U0102372

郭宝平——作品

大明首相

【第四部】

贞介
绝尘

中国文史出版社

图书在版编目（CIP）数据

大明首相：修订版．第四部，贞介绝尘／郭宝平著
．－－北京：中国文史出版社，2020.10
ISBN 978－7－5205－2391－2

Ⅰ．①大… Ⅱ．①郭… Ⅲ．①长篇历史小说－中国－
当代 Ⅳ．①I247.5

中国版本图书馆 CIP 数据核字（2020）第 198911 号

责任编辑：金硕

出版发行：**中国文史出版社**
社　　址：北京市海淀区西八里庄路 69 号院　　邮编：100142
电　　话：010－81136606　81136602　81136603　81136605（发行部）
传　　真：010－81136655
印　　装：廊坊市海涛印刷有限公司
经　　销：全国新华书店
开　　本：787×1092　1/16
印　　张：21.75
字　　数：290 千字
版　　次：2021 年 1 月北京第 1 版
印　　次：2024 年 3 月第 3 次印刷
定　　价：59.00 元

文史版图书，版权所有，侵权必究。
文史版图书，印装错误可与发行部联系退换。

目　录

第一章 | 压力陡增谋釜底抽薪
姻缘暗结思里应外合

1

隆庆五年的冬季，京城的天空不是被黑云遮蔽，就是弥漫着灰蒙蒙的烟霭，难得见到阳光。人们的心情，不知不觉间也变得阴郁。

这天晚上，张居正把长子敬修叫到书房，拿出家书命其阅看。张敬修战战兢兢读罢，躬身垂首道："儿不孝，不能替父分忧！"

"你祖父母年已古稀，想住所像样的宅子，也不为过。"张居正沉着脸说，"可为父供尔等兄弟读书、成家，已不堪重负，竟不能为你祖父母一了夙愿，能不愧疚？"他叹息一声，"今日召你来读家书，不为别的，就是盼尔等用心举业，早得功名，亦可一慰年迈人之心。"

敬修点头称是，踌躇片刻道："父亲，时尚每以襁褓子女缔结婚姻，儿和简修都有女，大者三五岁，小者逾周岁，不妨找一个巨贾之家结亲，也好有……"

"混账话！"张居正打断他，"婚姻讲究的是门当户对，堂堂宰辅孙女，安得许于商贾？你少操闲心，带个头儿，乡试得中，为父就阿弥陀佛了！"言毕，无力地摆摆手，命敬修退下。

敬修退去，张居正心绪烦乱，呆坐良久，铺开纸笺欲写封家书，可提笔在半空却久久未落下。

"老爷，福建巡抚何宽的急足求见！"游七禀报道，说着，把拜帖呈于书案。张居正拿起一看，拜帖里夹着一份礼束，列银五千两，而所谓急足，竟是何宽之子何敞。张居正不觉一惊，忙吩咐传见。

"相爷，大事不好！"何敞一进花厅就跪倒在地，连连叩头道。

张居正不悦道："何事惊慌？简要报来。"

"相爷，巡按御史杜化中一到福州就追查旧案，把金科、朱珏二将拘押了！"何敞惊恐地说，"小子奉家父之命、二将之托，特乞相爷转圜！"

"此前我让兵部把此案移巡抚勘问，就是要何巡抚把这个案子捂住的，贵为封疆大吏，怎么连这件小事都办不利落，又惹事端！"张居正烦躁地说，"究竟是怎么回事，尔如实道来！"

何敞道："禀相爷，承蒙相爷转圜，案行巡抚衙门勘问，家父委转运使李廷观听理……"

"转运使？你没有记错？"张居正打断他，问。

"相爷，就是转运使李廷观。"何敞道，"二将使了银子，俱从轻拟。二将以为事结，把家父宠妾父母接到家中维持，有些招摇。杜巡按……"

"糊涂！"张居正听不下去了，恨恨然道，"委按察使可，委兵备道亦可，安得委转运使理？大明开国二百年，没有听说委转运使问案的！本来，为巡抚问武将之案已是破例，巡抚又委转运使，这不是授人以柄吗？"他把拜帖并礼束往地上一摔，"拿去！"

"相爷，相爷！"何敞叩头道，"此事……"

"退下吧！会设法转圜的。"张居正说着，怒气冲冲转身进了书房，吩咐游七，"叫曾侍郎来！"

曾省吾并不知悉前因，刚一听到杜化中的名字，便一摆手道："太岳兄，等等！这杜化中可是河南人，会不会是高相要对太岳兄下手了？"

"下手？不至于吧？"张居正蹙眉道，"可如此一来，把柄捏在人家手里，就被动了。"

"这么说，太岳兄这个……嘿嘿。"曾省吾挤眼一笑，"可以理解，可以理解，太岳兄老少几十口，哪像高相老绝户！"

张居正正色道："我是看戚帅的面子，将才难得，有意保全！"

"那是那是，太岳兄做事，是有原则的。"曾省吾忙道，"只是何宽太糊涂，大抵得了二将的银子，竟然把案子委给转运使，真是耸人听闻，委实说不过去。"

"废话太多！"张居正嗔怪道，"是让你来画策的，不是让你说三道四的！"

"这件事嘛！"曾省吾眼珠子一转，"说好办，也好办。戚继光不是正要招浙兵吗？让兵部出个咨文，就说戚继光要调二将去浙江招兵，从福建把人捞出来就是了。兵部去了敕牒，难道一个巡按御史敢不放人？"

"嗯，是个法子！只是，万一大司马……"张居正踌躇道。

"谷中虚是左侍郎，上回已收了二将银子，他自会去办。"曾省吾自信地说，又挤挤眼道，"万一老杨博那里卡住，太岳兄亲自和他说，难道他会不办？此公最会做人。"

张居正快步走出书房，吩咐游七："叫钱佩来！"

"你速回蓟镇，禀报戚帅，让他火速呈文兵部，取用革职福建游击将军金科、佥事朱珏，到浙江招兵。"张居正吩咐钱佩道。钱佩本是戚继光亲兵，被委于张府听用，兼带沟通联络，故戚继光与张居正得以喘息相通。他领了张居正之命，连夜驰往三营屯而去。

"只怕杜化中不依不饶，弹章到了朝廷，还是有麻烦。"张居正回到书房，又惴惴不安起来。

"嘿嘿！"曾省吾揶揄道，"太岳兄，烦恼了？惧怕了？觉得权势不够了？"

张居正默然。

"嘿嘿，太岳兄放心吧！"曾省吾胸有成竹道，"杜化中上弹章也好嘛！高相查问起来，都是兵部出的公牒，他不纠缠，此事了之；他纠缠不放，岂不是让杨博难堪？杨博的人望，谁能比肩？得罪了他，高相在朝廷就真的孤立了！"他又狡黠一笑，"嘿嘿，太岳兄，我早就在外散布说，杨博以吏部尚书召回，却管兵部事，都是高相把着铨政大权不愿撒手！想来杨博对高相，不能无怨气。"

"三省，要谨言慎行！"张居正以警告的语气道。

"太岳兄，高相很自负，且心思都在政务上，他哪里有暇在意这些？"曾省吾不以为然回应道。

张居正摇头道："他那几个门生，也不是善茬儿，还是审慎为好。"

"太岳兄，殷相的事，还没了？"曾省吾问。

张居正道："走人！"

"老殷丢官，老高损威，受益者，惟太岳兄！"曾省吾拊掌道。

"内阁只剩两人，有些尴尬。"张居正叹息道。

"太岳兄，千万不能添人！"曾省吾伸手做阻拦状，又向张居正耳边凑了凑，压低声音道，"时下内里孟冲虽掌印，但他是呆头鹅，冯保狡黠有野心，对高相恨之入骨，当与他结盟，里应外合，即使不赶走他，也可玩他于股掌！"

听到"里应外合"一语，张居正仿佛被震了一下，蓦地向后仰了仰身子。前不久吕光衔徐阶之命造访时，备述徐府惨状，又说徐阶有四字相赠，正是"里应外合"四字。恩师久历官场，与严嵩斗法二十载，老谋深算，智术过人，张居正闻听"助楚伐郑"已是心动，又闻"里应外合"之计，更是为之一振。父母高堂、众多儿子带来的压力，福建旧案新发带来的不安，恩师求援的呼喊，让他想到了"釜底抽薪"四字。可是，惟其如此，张居正才越发惶然，他叹了口气，说出了自己的担忧："大臣交结太监，传出去，毕竟不美，历史上也会留下污点。"

"历史污点？你以为后人有是非观？"曾省吾一撇嘴，打断了张居正，"中国的读书人一向崇尚强权人物，只要你是强人，他们就拜倒在你的脚下顶礼膜拜，拼命吹捧，他们才不关心你是用什么手段夺得权力的！"

张居正沉吟良久，又道："万一玄翁察觉，发动门生攻讦，不是自蹈死路吗？"

"不会！"曾省吾自信满满，"高相外粗暴，内重情，太岳兄与他有香火盟，他不会对太岳兄下手，真遇危机，几句好话就能化解！"

张居正重重吐了口气，陷入沉思。

"太岳兄，当年徐相为和严嵩斗法，与缇帅陆炳结儿女亲家，又把一个孙女许给严嵩之孙；严嵩一倒台，徐相为除后患，便将孙女捂死，这些事，太岳兄都是晓得的。"曾省吾一咬牙，"舍不得孩子套不住狼，官场上，要想整垮对手，不能有妇人之仁，也不能儿女情长！"

张居正已明白曾省吾的意思，惊讶地看着他，目光中既有惊诧，又有跃跃欲试的冲动。

曾省吾冷冷一笑："太岳兄，徐爵乃冯保腹心，本是逃犯，狡黠伶俐，他有一子，刚满周岁，当与之暗结姻缘，如此，则张冯同盟可成，大内操纵于太岳兄之手矣！"

张居正浑身战栗，说不清是激动还是恐惧，镇静片刻，蓦地起身走到窗前，拉开窗帘，窗外漆黑一团，景物都淹没于密不透风的黑暗中。良久，方转身道："三省，殷历下就要回济南了，他道要在滦水之滨的元代万竹园故址筑室读书，乞我赠联一副。我与历下有同年之谊，不便回绝，然时下心绪烦乱，不能成句，你替我拟一副来。"

2

这天早起已是阴翳低沉，到了午后，风雪大作，雪片被狂风卷起、吹碎，变成了粉状，在京城狂舞。

"瑞雪兆丰年，来年当是个好年景！"高拱进了中堂，指着窗外道。甫落座，突然声色俱厉道，"官场怪事层出不穷，可恼！"

"喔？"张居正警觉地抬头望了一眼高拱，"何事惹玄翁生气？"

"前几天查出上计被察典的官员朦胧在任，已是骇人听闻；昨日又查出，还有假冒他人之名为官的！"高拱气鼓鼓地说。

张居正松了口气，苦笑一声道："太祖时代，一个严字，一个俭字，就把官场治得服服帖帖，风清气正，各安其业；是以当下整饬吏治，非用辣手不可！"

高拱顾自道："顺天府文安县有一个叫刘添雨的童生，照四十以上五十以下许投帖入拣的成例，到吏部入拣，呈堂考试合格，除授山西安邑县递运所大使，领凭去讫，迄今一年半。谁知，刘添雨本人并未与选，尚然在家。岂不怪哉？查了吏部的故牍，他的文引及保结俱在。那冒名刘添雨者，是何人？是真文假人？还是文亦是伪造的假文？"

张居正摇头道："居正不谙铨务，说不好。"

高拱感叹一声："近年以来，人心玩散，法度废弛，当官者率务以市私恩，更有甚者，买官卖官之事，竟屡禁不绝！这个假刘添雨若不是使了银子，绝不可能朦胧过关！"他目光盯着张居正，问，"叔大，你是知道的，我掌铨政，用了这么多人，可收过一人一文钱？也一再约束吏部司属，绝不允许受贿，可钻谋买官者，还是不绝于途，以至于刘旭、顾彬之流还假冒外甥招摇诈骗，这到底是怎么回事？"

张居正心里"咯噔"一声。自那次当面说起徐阶送他三千两银子之事后，他对高拱无意间提到每个话题，都充满戒备。难道，今日高拱这番话，又是意有所指？

见张居正沉吟不语，高拱恨恨然大声道："查出来花钱钻谋的，选人受贿的，绝不轻饶！"

张居正颇觉刺耳，脸上火辣辣的。这两年，因官场都知道他是高拱的金石之交，他也常常给一些升职的人透露说是他在高拱那里举荐的，因此之故，登门相求者甚众，多年沿袭下来的风气，拜访权门都免不得奉送可观的银两。所以，他怀疑高拱话中有话，急忙低头拿起一份文牍，问："玄翁，梁梦龙调任河南巡抚，阮文中调任湖广巡抚？"

"敝省为中国北部第一大省，也是第一税赋大省，当选才干出众者任之，故要梁梦龙去做；湖广巡抚张翀衰病致仕，阮文中在贵州巡抚任上做得不错，又与湖广邻郡，让他去做，顺理成章。"高拱解释道。

张居正心中不悦。往者，每用一个重要官员，高拱总是和他商榷后再行文，近来却少有相商，就连门生梁梦龙任职、湖广巡抚易人的事，事先也无一字相告，看来，适才高拱说起选人受贿的话题，当是对着他的！想到这里，张居正既惶恐又生气，如坐针毡。

"事体太忙，没有来得及和叔大说。我想叔大必是赞成的。"高拱见张居正心神不宁，补充道，又问，"怎么，叔大哪里不舒服？"

"喔喔！是，受了风寒，头昏脑胀。"张居正顺势道，"正想向玄翁告假，回去休息休息，养精蓄锐，免误公事。"

高拱虽不知张居正所言是真是假，却也不便阻拦，一扬手道："那就回吧。"

张居正五官缩成一团，做痛苦状，缓缓出了中堂，侍从为他披上厚厚的棉斗篷，戴好了暖耳，才出门登轿。回到家中，一下轿，骂了声"这鬼天气！"就疾步穿过回廊，问迎上来的游七道："都备好了吗？"不等回应，继续说，"菜品多用江陵特产，就在书房用饭！"说着进了书房，提笔给应天巡抚张佳胤修书：

前具札奉公，言徐府事，乃推玄翁之意以告公也。近闻存翁三子皆拘提到官，不胜唏嘘。业已施行，势难停寝，但望明示宽假，使问官不敢深求，早与归结，则讼端从此可绝，而存翁之体面、玄翁之美意，两得之矣！仆于此亦有微嫌，然不敢避者，所谓"老婆心切"也，望公谅之。

写毕，即命游七封发。游七刚要走，张居正突然想起有来谒的官员呼游七"楚滨"，遂问："这'楚滨'二字怎么回事？"

游七愣了片刻，"嘻嘻"一笑："小的取了个号。"

"取号？"张居正瞪大眼睛怒斥道，"你是哪榜进士？没有科场功名的人谁敢取号？莫说奴辈，即使武将，取号也会遭人耻笑，你一个苍头，竟敢擅用号，真是胆大包天，你非把张某人的脸丢尽不可！"

游七嘴角嚅动了几下，低声道："小的不敢了。"临要出门，又小声嘟哝道，"老爷要请的客人，也有号的。"

张居正四十多岁年纪，耳聪目明，听了个真切，忙问："你说甚？"

"人家号樵野！"游七赌气道。

张居正怔了一下，向外挥挥手，命游七退下。用罢午饭，张居正本想读会书，可心神不宁，怎么也看不下去，索性回卧室睡了一觉，不知过了多久，猛地惊醒了，大声唤游七。游七小跑着进了卧室，张居正问："快，到首门候着客人。"

"老爷吩咐避人耳目，小的就约到了酉时三刻，还有一个多时辰呢！"游七嘀咕道。

"那也去候着！客人一到，即引进书房！"张居正呵斥道。他心里憋着一股火，也知道这火气何来，愈是这样，愈感到焦躁，在书房转个不停，大口呼出的，全是悲壮气息。

3

雪越下越大了，白茫茫笼罩了京城，树枝被压得摇摇欲坠，连觅食的小鸟也不见了踪影。

张居正呆呆地站在书房的窗前，心里七上八下。勾结太监，正人君子所不齿，真的要迈出这一步吗？后人真的能原谅？可是，玄翁太不近人情，他明知我有六个儿子，无一科场得第，就该嘱托湖广的官员关照，他没有做！父母年迈，每次家书都会提到想建造可甲湖广的新宅，可玄翁肃贪之势咄咄逼人，不得不小心翼翼，难道要让父母抱憾而终吗？他突然用力摇摇头，默念道："我不是因为私利，我是为了国家！玄翁一意孤行，解海禁、通海运，后患无穷！对西南的土夷，说什么要引导人心向上，使之乐业向化，简直是妇人之仁！土夷非我族类，何可恤哉？斩草除根，在所不惜！还有，只有国库充盈，国家才称得上强大。玄翁却说什么聚财不能变成敛财，不能足额征缴税赋的州县长也可升迁，这样下去，国库何时方能充盈？地方官首要职责就是征税，完不成者，不管什么理由，罢官！国家的臣民，就该向国家纳税，管他有什么理由，拖欠者格杀勿论，看谁还敢拖欠！充盈国库，这才是施政的第一要务！"他叹息一声，"可惜啊，我的主张不能贯彻，大明中兴无望！"想到这里，张居正一顿足，"总之，我不能眼睁睁看着他把国家引向邪路！"

"禀老爷，徐管家到了！"游七在门外喊道。

"快请快请！"张居正一脸笑容，这笑容是游七从未见过的。

"小的徐爵，叩见相爷！"徐爵闪身进门，跪地叩头。

"喔！不可不可！"张居正趋前挽扶，"徐管……哦，樵野，请落座！"

游七惊诧不已，忙捂住嘴巴，怕发出声来。徐爵一愣，想不到堂堂相公阁老，竟知道他的号且以号呼之，又惊又羞，连道："不敢不敢，相爷见笑了。"

"哪里！樵野走南闯北，见多识广，论才干识见，远在翰林院那帮腐儒之上，怎的就不能有号？"张居正道，"况这号也取得恰到好处，自谦而又旷达，甚好！"

游七正在倒茶，闻听此言，暗自撇嘴。

徐爵"嘿嘿"一笑，面带尴尬。走南闯北是真，但那是因犯了杀人罪而被发配充军，在戍所不耐寂寞，偷偷跑到北京，打通关节，投奔到冯保门下。若不是冯保见其机警灵巧，极擅观风察色，设法给他洗清罪名，他还在边地苦熬呢，哪里奢望成为相公阁老的座上宾？他也知道，张居正如此礼遇，自是干父冯保之故。遂道："义父常在小的面前说起相爷，说张老先生的学识、才干、为人，举朝无人可比！"

"过奖！这话，用在冯老公公身上，倒是恰当不过！"张居正笑着说，"不要说时下内官二十四衙门，便是国朝二百年来，内官里也出不了一个冯老公公。可惜啊！"他长叹一声，"做御膳监的孟冲都做了印公，却把冯老公公晾在一边。"

徐爵不敢搭话，只是"嘿嘿"笑了两声。被安排与张居正隔几而坐，他忐忑不已，屁股不敢坐实，只微微跨了椅边，躬身不敢直起。又见仆从一阵穿梭，在一张桌子上摆好了酒肴，也不敢多问，直到张居正伸手说出"请"字，方知是款待他的，徐爵受宠若惊，踌躇不敢就座。

"樵野不必过谦，坐！"张居正拉住徐爵的手走到桌前，把他按在椅中，他则转到对面坐下，"今日专请樵野共饮！"

徐爵欠身欲逃似的，茫然不知所措，忙对正在斟酒的游七道："游兄、游兄陪陪嘛！"

"谅他不敢！"张居正瞪了游七一眼道，举盏伸到徐爵面前，"樵野，在下敬樵野一盏，请樵野干了！"

徐爵仰脸一饮而尽，放下酒盏，突然跪地叩头道："相爷有何吩咐，小的万死不辞！"

张居正起身将徐爵扶起，笑着道："樵野太见外了！"说着又端盏相敬，"樵野，来来来，好事成双！"

徐爵满腹疑惑，战战兢兢又喝干了，一抹嘴道："相爷如此礼遇，小的何敢承受？"

"吃菜吃菜！"张居正把一只鲍鱼夹到徐爵的碟中，见徐爵惶然不敢动箸，劝了又劝，两人埋头吃了几口，张居正又举盏相敬，放下酒盏，微微咳了两声，道，"不瞒樵野说，今日还真有一事要与樵野商榷。"徐爵又要起身跪地，张居正连连摆手，"使不得，使不得！"可是，良久，张居正嘴张了几张，话却还是未能出口。徐爵见状，忙起身敬酒，方才打破尴尬。

"樵野，是这样的。"张居正仿佛鼓足了勇气，"闻得樵野麟子满周岁，犬子简修正有一女与贵麒麟相当，若樵野不弃，愿结为婚姻！"

"啊？"徐爵惊叫一声，手中的酒盏"啪"地掉在地上，摔了个粉碎。

他仿佛毫无觉察，怔怔地坐着，良久方用力摇晃了几下脑袋，似乎想让自己从梦中醒来。

"只是，此事暂时不宜公开，待时机成熟再行订婚礼。"张居正郑重道。

"相爷——"徐爵带着哭腔喊了一声，跪倒在地叩头不止，"小的肝脑涂地，也要为相爷效命！"

张居正又一次起身，拉起徐爵请他入座。徐爵受宠若惊，手足无措；张居正也浑身不自在，大汗淋漓。酒宴再进行下去，彼此都感到尴尬，莫如见好就收，遂向游七递了个眼色，游七麻利地从腰间掏出一张礼柬，讨好地捧递给徐爵，"嘿嘿"一笑道："我家老爷的一点心意，孝敬冯老公公。"

徐爵欲推辞，张居正接过来，塞到他手里，道："亲家，居正一向敬重冯老公公，略表寸心，请亲家务必把这番敬意带给老公公！"

第二章 ｜ 门生雪夜禀密事
太监白天探隐情

1

入夜，大雪仍没有停息的迹象，京城大街小巷已被积雪覆盖，行人稀少，车马绝迹。巡城御史王元宾见此情形，吩咐兵马司档头各带逻卒四处巡查，以便及时救助受难之人。他也亲自领着几个逻卒出了衙署，沿十王府夹道一路向北巡查。这一带是达官贵人聚集区，不敢稍有闪失。王元宾骑马来到大纱帽胡同东口，下意识间向里拐去，这里是张居正的府邸所在。自从上次审勘徐伍、顾绍牵涉到了张居正，王元宾每次路过这座偌大的宅邸，总觉得里面藏着无数个秘密，又似乎在酝酿着惊天阴谋。绕过宅邸，穿进了甜水井胡同，抬眼望去，一片白茫茫，四周寂无声息。突然，张居正宅邸的后门"吱扭扭"响了，一顶小轿闪了出来，随即，两扇门又"哐唧"一声快速关闭了，仿佛怕人窥视似的。

王元宾勒住马，吩咐一个逻卒："你，悄悄跟上，看此轿到哪里去。"过了不到一刻钟，王元宾刚出甜水井胡同，身后传来"嚓嚓"的踏雪声，扭头一看，跟踪小轿的逻卒踏雪赶了过来，他一挥手，命档头带人继续巡逻，他则勒马停在原地，等逻卒近前说话。

逻卒气喘吁吁禀报道："都爷，小轿，小轿进了厂公的私宅。"

王元宾不敢相信，追问："你是说，进了冯保的私宅？"当得到肯定的答复，他稍一思忖，打马奔向韩楫的宅邸。

"真的？"韩楫也颇是惊诧，抓起一件斗篷，"走，随我到吏部去，禀报师相。"

高拱刚忙完阁务，赶到吏部直房审签公文。他要求司属务必把当天该办的事办完，自己不能不带头这样做。签批了一会儿公牍，忽然想到新任宣镇巡抚吴兑的急足投来一书，关涉边务，不能延宕，即展纸书答。写了一半，放下笔，用力揉了揉眼眶，顺口唤道："叫子维来！"话刚出口，蓦然想起张四维出都已旬日矣，忙对应声而来的承差道，"口误，叫魏侍郎来。"承差领命而去，高拱仰靠椅上，突然觉得心里空落落的，不禁长叹一声，自问，"子维，为何执意要走？"

"禀元翁，"司务在门口道，"张侍郎差急足来投书。"说着，奉书函走了过来。

"喔！子维有书来？快拿来我看！"高拱兴奋地站起身，伸出手臂去接，急不可耐地展开来读。读到"具札仰谢明德，临翰泫然，不能自制，自后望台光益远矣"时，他的眼圈湿润了。再读下去，口中却不时发出诧异的"嘶嘶"声，眉头不觉间皱了又皱，头不住地微微摇着。

"玄翁！"魏学曾唤了一声。

高拱却还在沉吟着，魏学曾又唤了声，高拱这才蓦地抬起头，怅然道："惟贯，你看子维说了些甚！"

魏学曾把张四维的来书读了一遍，默然不语。

"子维此书，令人费解。"高拱伸手把书函拿过来，"你看，他这句话：'讹言勃兴，可骇可怪，盖阴有鬼物害人。'这是何意？"

"玄翁，子维似是察觉到了什么，有幕后黑手要操控政局，谋害正人君子！"魏学曾道。

"幕后黑手？"高拱不解，旋即摇头道，"过虑了！时下政局外人安得操控？"

魏学曾沉思着，不再说话。

高拱又道："惟贯，你再看这句话：'自古豪俊，莫不同心共济，左挽右推。今翁与岳翁凤投心契，非一日矣。二翁之交，胶漆金石不足比拟。所深愿者，二翁相得，社稷苍生无穷之幸；所过计者，二翁识量作用不同，人情各有所便，而窥伺者又多方传致离析矣。'他这是何意？"

魏学曾黯然道："玄翁，学曾今日方知子维何以执意要走了。他与玄翁、与江陵相公皆相善，恐夹在中间难处。"

"有这么严重？"高拱不以为然道，"我与叔大乃金石之交，即使偶有意见分歧，岂有斗法之理？"

魏学曾不禁摇头，暗忖：你不与他斗法，就能同心共济？玄翁太自负了。但他不愿说出口，以免有煽惑交构之嫌。

"我看子维也是过度敏感了。"高拱说着，一扬手，"好了，不说这些了，朝政千头万绪还忙不过来呢，哪有心事瞎琢磨！惟贯，你记住一件事：在广东潮、惠任过职的官员，无论已提调朝廷还是到京候选听调，尽量让他见我，我要了解那边的情形，绥广这件事，我心里没底，需多方查访。"见魏学曾点头，他把吴兑的书函推过去，"吴巡抚新到任，书来计事，一下子就有十二端，可从者六，不可从者五，我已有定见，自可书答；惟抚赏穷困一端，一时拿不准。"

两人正聚精会神议论着，承差在门外禀报："元翁，提督四夷馆少卿韩楫、巡城御史王元宾求见。"

"来做甚？"高拱反感地说，头也未抬，继续和魏学曾说话，"凡出一策，不能只知眼前好用否，必从长计议，方可持久。倘若一直是吴兑任巡抚，这个抚赏办法自然是好的；只恐继任者不能持正，用这个办法就容易出弊病了。"

魏学曾歉意一笑："玄翁，学曾更拿不准了。"

高拱一笑道："这也难怪，新事物，前所未遇。也罢，让吴兑斟酌，试行两年再定制。"

"这样稳妥些。"魏学曾点头赞许道。虑及有人候在门外，他便起身告辞。刚走到门口，高拱突然叫住他："惟贯，留步！"待魏学曾转身回来，高拱仰脸问，"惟贯，钻谋买官之风没有刹住？"

魏学曾思忖片刻道："玄翁加意肃贪，有人算了笔账，迄今为止，平均三天即有一官因贪墨而受惩。朝廷掌铨者，上自玄翁，下至吏目，我看没人敢卖官。"

高拱蹙眉道："惟贯，你未正面回答。"

魏学曾良久不语，突然向外一指道："玄翁，韩楫做过吏科都给事中，专门对口监察过铨政；王元宾是巡城御史，常缉拿走空之徒，不妨向他俩垂询。"

高拱见魏学曾似有苦衷，不便强求，向外摆了摆手："你走吧走吧！让他们进来说话。"

"好大的雪啊！"韩楫大声说着，与王元宾相偕着，进门施礼。

"伯通、国贤，"高拱叫着两人的字，迫不及待地问，"钻谋买官之风是否刹住？"

两人面面相觑，不知高拱何以一见面劈头就问这个，韩楫把王元宾让到魏学曾适才坐的椅子上，自己又从旁边搬过来一把，在高拱对面坐下，道："师相，恕学生直言，没刹住！"

"没刹住？"高拱面露惊诧，还夹带几分尴尬，"你说，谁买官？向谁买官？"

"谁买官学生不敢说，但向谁买官，学生却心知肚明！"韩楫抖抖袍角的残雪道。

"谁？"高拱睁大双目，以咄咄逼人的语气问。

韩楫一脸惧色，欲言又止。

高拱似有所悟，无力地仰靠椅背，问："你们，来做甚？"

2

冯保每天总要跑到翊坤宫李贵妃那里消磨个把时辰。不是陪太子嬉戏玩耍，就是向贵妃说些市井趣闻，逗她开心。自端午又现怀孕之象，皇上就不再近她的身子了，二十六岁的贵妃免不得烦闷，多亏冯保这个鬼机灵会哄人，加之东厂里掌握的这类趣闻委实不少，时常把她逗得开怀大笑，心里不禁生出对冯保的感激之情。

这天午后，虽然天上飘着雪花，冯保还是依例到了翊坤宫，李贵妃已然显怀，蹙眉在前厅踱步。冯保闪身进来，叩头施礼毕，讨好的笑意在脸上洋溢着："禀娘娘，老奴刚从爵爷府上来，爵爷近来开心多了！"

李贵妃的父亲、武清伯李伟，经冯保从中联络，把为京营几十万将士做军服的生意揽了下来，又以漕船向京师运送布匹。听说高拱已决意漕粮海运，生恐海上风险难测，整日烦闷不已。李贵妃牵挂着娘家的事，嘱咐冯保为老爷子解颐，冯保自是卖力，以东厂的名义雇车船专门为李伟运布匹、棉花，不用他付运费，还上去了关卡各种税费。今日冯保本是来邀功的，可是，对冯保的话，李贵妃却充耳不闻，问也不问一句，顾自紧锁双眉想着心事。冯保"嘻嘻"一笑："娘娘，前些日子爵爷茶饭不思，老奴心急如焚嘞！就苦思冥想，想出了个法子……"

李贵妃却不愿听下去了，打断他，问道："听说皇上那里用膳的碗碟上，都是些乌七八糟的春宫图，是真的吗？谁干的？"

冯保一愣，旋即"嘿嘿"笑了两声："难怪娘娘面带愠色，原来是为这档子事儿！"他早有准备，一旦李贵妃问起，就推到已被贬黜的陈洪身上，"娘娘，陈洪大字不识一筐，当了掌印，靠啥讨取万岁爷欢心？"

"不用说，那些个春药，叫什么名来着？"李贵妃杏眼一转，甩了甩手中的香帕，"也是陈洪那个坏东西搜罗来送给皇上的吧！"

"听说叫温纳济，俗称海狗肾。山东登州所产。"冯保跟在李贵妃身后，躬身伸颈，仰脸看着李贵妃，"陈洪和高胡……高老先生是同乡，俩人一个鼻孔出气儿，说不定，就是高胡……老先生搜罗转给陈洪的！老奴看那陈洪呆头呆脑，没啥主意，烧制那些个带春宫图的瓷器，没准儿也是高老先生出的主意！"

"胡说！"李贵妃呵斥道，"高先生是皇上的老师，对皇上忠心耿耿，皇上对他可说是须臾难离，他做这缺德事儿，有啥好处？"

"娘娘诶！"冯保一顿足，做出痛心疾首的样子，"你可是不知道啊！高老先生就是巴不得万岁爷沉湎酒色，不然，大权怎的都落到他手里？时下举朝只怕一个高阁老，谁还怕万岁爷？"

李贵妃凝眉思忖，觉得是这么个理儿，微微颔首，恨恨然道："这些个男人，一个个嗜权如命，没有一个好东西！"

"依老奴看，张老先生倒是不错！"冯保转到李贵妃左侧，"俊朗儒雅，不像那个高胡……老先生，整天咋咋呼呼，粗声大气；再看人家张老先生，楚衣鲜美耀目，举止深沉稳重；而那个高老先生呢？邋里邋遢，一看就不是讲究人儿！"

李贵妃初到裕王府做宫女时，见过裕王的几位讲官。觉得高拱不修边幅，不怒而威；而张居正从来都是衣服熨得折缝分明，长须梳理得一丝不苟，给人以儒雅、俊朗的印象。她的父亲、弟弟都身材矮小瘦弱，裕王也瘦骨嶙峋，难得见到张居正这样儒雅俊朗的男人，当时见之，就怦然心动，在和裕王缠绵时，闭上眼睛，常常想象成是那个俊朗的张先生在她身上……一听冯保夸起了张居正，脸颊顿时泛起红晕，口中却呵斥道："朝廷里的人，你一个内官，少说三道四！"

冯保嬉皮笑脸道："娘娘问起那些个事儿，老奴不能不如实禀报哇！那以后娘娘再问啥事儿，老奴即使知道，也不敢说了。"

李贵妃正为皇上的事着急，又觉得自己理亏，便道："我说不过你，这会儿也没工夫扯闲篇儿。你这就到乾清宫，看看皇上近来龙体可好。替咱劝劝皇上，多保重龙体。"

冯保求之不得，出了翊坤宫，坐上凳杌往乾清宫而去。进得东暖阁，御案前空空如也，只有两个御前牌子照例守在门口。冯保持有翊坤宫的牙牌，又是秉笔太监提督东厂，御前牌子只得如实相告，说印公孟冲过文书房看文书去了，万岁爷正在龙床上休息。冯保暗忖：大白天躺床上休息？定然是龙体有恙。他轻手轻脚到了御榻前，皇上半倚半卧，大睁着双目，目光呆滞无神，眼窝深陷，急促的喘息声清晰可闻。几个暖殿宦官、宫女躬身站立一旁。

"小奴给万岁爷请安！"冯保跪地叩头，"贵妃娘娘和太子爷记挂万岁爷的龙体，着小奴来问安。"

皇上看了冯保一眼，迟钝地眨了眨眼，未发一语。

"这风雪交加的，万岁爷独卧御榻，不免凄冷。"冯保跪行着靠到御榻边，关切地说。他伸出手掌，隔着被子在皇上的腿上轻轻地来回敲动着，低声道，"谁不知万岁爷做王子的时候过得很憋屈，前几年呢，内阁里又是明争暗斗的，闹得万岁爷也不得安生。目今好了，高、张二位老先生，都是万岁爷可以眷倚的大忠臣，君逸臣劳，盛世之征。两位老先生能把朝政打理得停停当当的，万岁爷就安心享清福吧！"

这番话说到皇上心坎儿上了，投向冯保的目光显得格外柔和，苦笑着道："只是……只是力不从心。"

冯保从怀中掏出一个锦盒，小声说："万岁爷，温纳济好用吧？东厂悉心罗致，贡奉给万岁爷。"说着，转身对两个暖殿宦官道，"这药滋补龙体，侍候万岁爷服用时，尔等要先尝药。这是秘籍，不可对外人道。"

退出乾清宫，冯保到翊坤宫回禀李贵妃："娘娘，万岁爷龙体还算康泰，然……"他故意踌躇片刻，"以老奴看，万岁爷龙体或许有些隐疾。"

"隐疾？"李贵妃一惊，嗔怪道："休得胡说！"黑白分明的眸子转了又转，问，"你有没有劝劝他，清心寡欲，珍摄龙体？"

冯保暧昧地一笑："嘻嘻！老奴哪能不劝嘞！老奴劝万岁爷养精蓄锐，待贵妃娘娘身子方便了，再沙场搏击！"

李贵妃面颊一红："少耍贫嘴！"

冯保灵机一动，道："娘娘若不放心，何不差老奴到太医院打听一下万岁爷的龙体到底如何？"

李贵妃驻足片刻，道："皇上的龙体安泰与否，是谁都敢随便查问的吗？"

"娘娘，皇后娘娘病恹恹的，无心打理后宫的事，娘娘自应当仁不让嘞！不的，万岁爷的龙体，谁人悉心保养？"冯保撺掇道，"老奴这就拿娘娘的牌子去见皇后，领她的牌子到太医院问问，如何？"

李贵妃朱唇轻启："也好！"

冯保叩头一拜，喜滋滋而去。一番辗转，到得太医院，说明了来意。御医拿出皇上的脉案让冯保过目。冯保细细观瞧，心"怦怦"乱跳，手微微颤抖，额头上不知不觉冒出虚汗来。

过不多时，冯保回禀李贵妃："万岁爷近时受了风寒，谅无大碍。"说完，又敷衍了几句，目光躲闪，不敢与李贵妃对视，找了个借口，匆匆赶回私邸，专候徐爵从张居正家回来。

乾清宫里，时常感到不适的皇上，遵照医嘱已经有些日子未近女色了。三十五岁的年纪，到底把持不住，得了冯保所献温纳济，不免跃跃欲试，挨到交了戌时，还是吩咐暖殿宦官要召幸嫔妃。暖殿宦官请皇上点了名，须臾即把一名妃子抬到。皇上折腾了一阵，突然昏厥过去。

"快传御医！"执事太监慌了神，吩咐一个御前牌子，又对另一个御前牌子道，"快去知会高老先生！"

3

雪还在不停地下着，吏部首门前的积雪已有半尺厚。承差在尚书直房的火盆里又加了几块尚好的红罗炭，室内的寒气被逼退了。

韩楫伸手拉了拉王元宾的袍袖："师相问呢，你快说啊！"

王元宾欠了欠身："元翁，午后风雪大作，下吏亲领兵马司承差四处巡视…"

"简单说！"高拱心里烦躁，打断了他。

王元宾把适才追踪小轿的情形禀报一遍。韩楫接言道："从张府出来的，不是冯保就是徐爵。太监暗中交通阁臣，绝非光明正大之事。"

高拱闭目不语，脸颊上的肌肉，闪电般跳了几跳。暗忖：冯保与叔大交通，意欲何为？为钻谋买官之人说项？他微微颔首，似乎找到了答案，蓦地一拍座椅扶手道："伯通，你说清楚，钻谋买官者到底向谁买官？"

"师相进退人才，有人却专意假借。"韩楫以嘲讽的口气道，"师相进一人，某人必曰：此吾荐之玄翁者也；罢一人则必曰：吾曾劝止，奈何玄翁不听。如此，不惟笼人收恩，还纳贿无数。此人所共知，惟师相一人蒙在鼓里而已。是故，无人相信时下买官之风已刹住，钻谋买官于是难绝！"

高拱早就隐隐有此感觉，又想到上午在内阁，说起这个话题，张居正沉默以对，竟至提前离去，遂对韩楫的话有了八分相信，瞬间生出对张居正的怨怒。既然韩楫未点名，他也不便说透，只好把一腔怒气撒到韩楫身上，他拍桌瞪眼，呵斥道："既知之，何以不言？"

"师相，"韩楫抱拳赔罪，"路人皆知，师相与某人乃金石之交，禀报师相，岂不有挑拨离间之嫌？师相知之，又能如何？肃贪，能肃到某人头上吗？"

"有贪必惩，勿论何人！"高拱虚张声势道，心里却也不得不承认，即使张居正真像韩楫所言纳贿无数，他也不会动他，只能自慎，不复与言部事而已。

大明首相

第四部

贞介绝尘

"师相，此话若在半年前说，甚或一个月前说，学生都相信，可目下，学生不信矣!"韩楫一缩脖子道。

"此话怎讲?"高拱瞪着眼问。

"国贤，你说，"韩楫盯着王元宾道，"禀报师相那些个街谈巷议都说些什么!"

王元宾道："殷阁老致仕消息一传出，讹言腾天，说元翁无容人之量，连逐陈、赵、李、殷四同僚，跋扈横暴云云。"

"还有呢，你怎么不说了?"韩楫催促道。

"这个…"王元宾支吾着，"还说，就剩张阁老了，是他的小兄弟，也未必能容。"

高拱大怒，蓦地起身，一跺脚："这混账话谁说的? 拿来勘问明白!"

韩楫"哼"了一声，道："猜都能猜到!"

高拱一扬手道："谁让你胡乱揣测?"

"师相，有人已然在布局了，师相的棋子儿，不知不觉间已被人吃一个了!"韩楫脸上，露出因窥破暗局而自鸣得意的神色，"去张侍郎，就是人家开始走棋了! 张侍郎心知肚明，故恳辞再三，死活不愿再留京师!"

高拱气虽未消，却还是笑了："伯通，不要再胡思乱想、胡说八道了，张叔大赏识张子维，不亚于高某!"

"是，赏识张侍郎的才干，也赏识他的出手大方。三节两寿，银子哗哗地上兑!"韩楫一撇嘴道，旋即正色道，"师相有所不知，攻张侍郎，是为了挑拨殷、高; 去殷，是为了污名化高; 污名化高，名为自保，实则转守为攻! 这就回到适才学生那句话上了，一个月前师相要动谁，或不难; 目下不同了。"

"你到底想说什么?"高拱不耐烦了，他心乱如麻，烦躁之情溢于言表。

韩楫窥出师相的烦躁并非对他，故并不畏惧，缓缓道："师相复出，即有报复之说，这报复二字，用以束缚师相手脚，不敢制裁徐阶家族违法，不敢对那些攻讦过师相的人不利。如今讹言再起，说师相无容人之量，同样是要束缚师相手脚，师相一旦对某人有所不利，必被目为再逐同僚，如此，某人可为所欲为，即使明里暗里算计师相，师相却投鼠忌器，不敢轻易动他了！"

高拱蓦地打了个激灵，凝神沉思片刻，长叹一声道："伯通，诛心之论，有害无益！"

"师相不信？"韩楫一翻眼皮，"这不又有动作了？与太监勾搭上了！"

"男子汉大丈夫，安得像妇道人家似的，嚼舌头根子！"高拱脸色铁青，"不要说你说的那些诛心之论、揣测之言真假难辨，即使是真的，又如何？一心谋国，专心做事，谁奈我何？"

韩楫一脸苦楚，摇头叹息。

王元宾埋下头去，用脚踢了踢韩楫，暗递眼色，向外轻轻摆了摆头。

"师相，学生这样做，不惟为我师，也为国也。"韩楫以诚恳的语调说，"自古帝王总是防范宰辅，阴收其权；而今上却反之，唯恐师相权力不足，不顾祖制，授师相全权。委任之重、信任之专，亘古未有！而师相又是不世出之豪杰，治国安邦，运筹帷幄，谁可出其右者？此般大格局若能持续，大明中兴，一举可成，天下苍生，何其有幸！大明社稷，何其有幸！"说着，潸然泪下，"何忍破局？何忍师相被人算计？"

高拱被韩楫一番肺腑之言打动，鼻子一酸，几至落泪，起身踱了几步，蔼然道："伯通，不必忧心。为师与张叔大曾相期以相业，携手振兴大明，他焉能背我？况皇上圣明鉴察，岂容屑小为所欲为？"

韩楫又一阵摇头，叹口气道："师相，还有件事，本不想说，见师相如此相信友情盟誓，学生还是说了吧！"说着，他拿起高拱书案上的一支笔，又扯过一张纸笺，写了起来。写毕，向里推了推，拉了拉王元宾，躬身一揖："学生告辞！"

高拱扬扬下颌："你写的什么？"

"殷阁老前日离京，江陵相公为其送行所作对联一副。"韩楫答道，又深深一揖，与王元宾转身而去。

高拱走过去一看，上写着："山中宰相无官府，天上神仙有子孙"。

"有子孙"三字，像一把利刃，刺进了高拱的胸膛！他想捂住胸口，可手抖得厉害，吃力地半趴在书案上才没有倒地。

"叔大是无意，还是故意？"高拱口中喃喃，痛心疾首道，"看来，兄弟情义，不复存矣！"

　　"元翁，印公差人来见！"门外响起承差的禀报声，未等高拱回应，一个御前牌子慌慌张张地闯了进来，"高老先生，万岁爷……"

　　高拱嘴唇哆嗦着，声音颤抖地问："皇上、皇上怎么了？"

1

高拱闻听皇上昏厥过去，顿时惊出一身冷汗，急忙向乾清宫赶去，一路上大声催促轿夫快走，到会极门，轿子不能再入，他下了轿，踏着半尺厚的积雪，跌跌撞撞往前跑，蹬起的雪屑随在他身后一阵乱飞。跑到乾清门前，已是上气不接下气，他弯下身去，双手按抚在膝部，边大口大口地喘气，边喊："来——人——"

乾清门是内廷与外廷的分界，即使贵为首相也不得擅入。尽管高拱心急火燎，却也只得在门外焦急等候。须臾，掌印太监孟冲从内里走了出来，低声道："高老先生，万岁爷已苏醒过来。"

"皇上因何昏厥？"高拱拉住孟冲的袍袖，急切地问。

孟冲摇头，指了指内左门边上的九卿直房："外面寒冷，请高老先生先到那边直房候着，御医出来，即去向高老先生禀报。"

高拱到了直房，喝了口热茶，心绪稍宁。等了不到半刻，不见御医来，他坐不住了，又走到乾清门前，来回转圈，转一圈向内张望一下，再转一圈，再张望……

"哟！高老先生，莫冻坏了身子！"是孟冲的声音。他小跑着过来，身后跟着两位御医。

高拱目光落在御医的脸上，见御医眉头紧锁，心里不禁"咯噔"一声，"快快快！"他拉住御医的袍袖，"到直房去，说说皇上的病情。"

"皇上得了什么病?"一进直房，高拱屏退左右人等，只留两位御医在室，迫不及待地问。

两位御医你看看我，我看看你，都不说话。高拱一顿足："皇上春秋正盛，哪会有大病，无非偶感风寒罢了，有甚不能说的!"

"元翁，皇上疾患，这个、这个，是、是'疳疮'。"一位御医吞吞吐吐道。

"疳疮?这是甚病?"高拱问。他身体一向健朗，除去年因操劳过度病倒外，多年来很少求医问药，故对各种疾病素无了解。

"元翁，这个病……"另一位御医在同僚催促下，支吾良久，"我辈也拿不准，似是恶疮。"

"不就是生疮了吗?"高拱像是自我安慰，"生疮算甚事?诸位医术精湛，悉心为皇上诊治就是了。"

御医点头称是。

高拱又道："需注意些甚事?本阁部即上问安疏，向皇上进言。"

御医又是吞吞吐吐说了半天，高拱急了："圣躬违和，做御医的不能无责，早日把皇上的微恙医好了，算是将功补过。此后要加倍用心，不得有半点闪失!"又盼咐道，"御医须臾不可远离，就在这直房里轮直，皇上何时痊愈，方可撤回。"说完，他命御医再进乾清宫看诊，又对前来见他的孟冲千叮咛万嘱咐一番，要他一切以皇上的龙体为重，这才拖着疲惫的步履，缓缓往会极门走去。

此时，在冯保的私宅里，徐爵已详细地向冯保禀报了此番应邀到张居正府邸的经过，冯保边听，边不住地"喔呀呀喔呀呀"，高兴得满面红光，徐爵刚一住嘴，他就搓着手道："喔呀喔呀老天爷，这是哪缕光照到咱头上啦!忒好啦，忒好啦!咱早有这个意思，就怕那张老先生爱惜羽毛不敢与咱结纳嘞!"

"那姓高的，就是皇上的替身，权势忒大，可别让他察觉了，不然，咱和张先生都得玩儿完!"徐爵提醒道。

"哼，玩不死他!"冯保一咬牙，恶狠狠道。言毕，拉住徐爵的袖口进了卧室，把他下午在太医院看到的皇上的脉案，逐字逐句说与徐爵听。冯保年近半百，却记忆力惊人，即使在自己的私宅，依然把声音压得很低，"脉案上有'疳疮'二字，又有'发热、疲倦、头痛、喉痛、关节痛、厌食'等字眼，儿啊，你看，是不是那种病？"

"喔呀，干父！"徐爵兴奋地叫唤一声，"到底是染上了！"

"小声点儿！"冯保拍了拍徐爵的脑袋，"不想要了？"话虽这般说，他自己也抑制不住兴奋的心情，用力搓着手，口中喃喃，"俺父子出头之日，就要到了！"说着，猛一转身，拉住徐爵的袖口，惊恐地问，"儿啊，这个秘密，不会有人知道吧？"

自孟冲经高拱所荐接任司礼监掌印太监，冯保的希望落空，失落郁闷之余，便生出对高拱的无限仇恨。但高拱不惟大权在握，且皇上对他的倚重眷恋非同寻常，冯保绞尽脑汁，也想不出一个报复他的计策来。还是徐爵足智多谋又心狠手辣，竟献上釜底抽薪之计。冯保闻之，浑身战栗，惊出一头冷汗，忙捂住了徐爵的嘴巴。弑君大罪，谁敢为之？徐爵诡秘一笑道："不是动手杀人，是利用他好色的弱点，神不知鬼不觉……"

徐爵乃好色之徒，混迹于风月场。他从狐朋狗友那里知道有一种叫"杨梅疮"的花柳病，传染性极强；一旦感染，即不治之症。冯保一听，果然为之心动。一番密谋，徐爵找到了两名感染杨梅疮的风尘女子；冯保则说动皇上幸南海子，皇上与两女子缠绵了一场，冯保天天盼着皇上染病的消息，眼看两个月过去了，却未见异常，他有些坐不住了，遂伺机到太医院查看了皇上的脉案。徐爵听了，正是感染杨梅疮的症候，两人自是欣喜若狂。可毕竟是弑君大罪，冯保心里"嗵嗵"跳个不停，额头上的虚汗涔涔而下。

"干父放心！"徐爵一拍胸脯，"绝对无人知晓，这件事，永远烂在咱父子肚里啦！"

冯保这才平静下来，好奇地问："儿啊，你给为父说说，那到底是啥稀罕病，也让为父心里有点谱。"

徐爵狡黠一笑道："干父，这个玩意儿，是海外传来的，先是岭南人传染上，又传到吴越，吴越人就称为广疮。这玩意儿生的疮活像杨梅，于是都叫它杨梅疮。"

"生个疮，咋就是不治之症嘞？"冯保不解，"记得小时候在老家，一到冬天，生冻疮的人多着嘞，管都不用管，天一暖和，就好了。"

"杨梅疮可不是冻疮，厉害着呢！"徐爵神神秘秘道，"天朝没有治这个病的药，得这个病，也就一两年的事儿！"

"一两年？"冯保叫了声，露出失望的神情，"咱还要忍高胡子这么久？"

"今上身子早被掏空啦，没病都晃晃落落的，病来如山倒，儿看他支撑不了一两年！"徐爵给冯保打气道，"以儿看，整治高胡子的事，目今就可着手！"

"俺巴不得明早一起床，就听到高胡子完蛋的消息！"冯保咬牙道，又盯着徐爵问，"儿看，该从何入手？"

徐爵道："干父，那高胡子不知笼络人心，又是肃贪啦又是禁奢啦，得罪多少人哪他？还能趾高气扬的，他靠的甚？还不是今上的信任？搞垮他，得从这里入手！"

冯保手托光秃秃、肥腻腻的下巴，若有所思："儿是说，来他娘的个离间计？"

2

从乾清门走到会极门，高拱几乎是蹚着地上的雪慢慢挪步，感觉双脚重得抬不起来了。他没有回家，而是在内阁朝房里过夜。因牵挂着皇上的病情，一夜未眠。从御医支支吾吾的神情中，高拱预感到皇上的病情恐非微恙，心里就像压了块大石头般，异常沉重。他揣度，皇上之疾，大抵是纵欲过度之所致，遂字斟句酌坐写了一道问安疏，建言皇上珍摄龙体，澄心涤虑，进御有常。写完了问安疏，已是凌晨了，和衣而卧，了无睡意，熬到交了卯时，封送了问安疏，又候了一会儿，文书房散本太监带着几名小火者来送义牍，高拱吩咐道："回去请印公交了辰时到内阁中堂来一趟。"

"辰时，中堂。"散本太监重复道。想不明白高拱何以交代这么细致。

高拱之所以这么交代，是为了避嫌。一个人私下与太监相会，是坏规矩的，必得等张居正到了，堂堂正正内外对接。待张居正一到，高拱便把皇上昨日昏厥之事知会于他。皇上健康固然是国家最高机密，但也不必刻意瞒着内阁同僚。

"皇上病了？"张居正表情夸张地张大嘴巴，"这可如何是好？不知皇上所患何疾？"

"偶感风寒罢了，无大碍。"高拱故意轻描淡写道。

张居正低头不语，似乎在思忖着什么。过了片刻，他拿起一份文牍，脱口而出："礼部的这份奏章上得及时！"见高拱不解其意，他晃了晃文牍，"奏请太子出阁讲学的。"

高拱脸一沉，气鼓鼓道："成什么话？圣躬违和，却说什么太子出阁讲学'及时'，这是何意？"

张居正既尴尬又吃惊，脸上的肌肉顿时僵住了。

高拱怒气未消，又道："历朝历代，读书人从未像我辈这般受皇上信任，得以放手施政，真乃万年不遇！皇上万寿无疆，我辈自可立规模、新治理，振兴大明！况皇上春秋正盛，偶患微恙，何来'及时'二字？"

张居正被高拱一顿呵斥，面红耳赤，忍了又忍，虽满腹怨恨，却报以歉意的微笑："玄翁……"刚开口要解释什么，司礼监掌印太监孟冲进来了。

"司礼，你掌印大内，知职守否？"高拱劈头盖脸呵斥道，"保养圣躬，惟此为大！可目下怎么样？皇上正值壮年，仰窥圣容，微减于前，尔太监知愧否？"

"高老先生，这、这、这……"孟冲被高拱几句话训斥得晕头转向，支吾着不知如何作答。

高拱一扬手道："什么这的那的，说甚都苍白无力，事实最有说服力。啥也别说，此后，千万千万把心思用到保养圣躬上！"他突然怒目圆睁，大声道，"皇上若有三长两短，即使高某不要你的命，有人也会要了你的命！"

孟冲蓦地打了个激灵，便呆若木鸡，仿佛是被高拱的话吓傻了。

张居正接言道："读本、批红这些事，有好几位秉笔太监呢，印公就不必过问了，多把心思放在皇……"

高拱未等张居正把话说完，又怒气冲冲道："回去知会尔辈内官，谁敢导皇上于酒色，高某绝不轻饶！"言毕，手向外一摆，以厌烦的语气道，"去吧！"

孟冲灰溜溜而去，高拱依然心神不宁，坐卧不安，见张居正低头不语，烦躁地说："叔大，你适才说甚？礼部奏请太子出阁讲学？"

张居正并不搭话，起身把文牍递给高拱。高拱匆匆扫了一眼，蹙眉道："这个不成！"他喊了声："来人！把礼部尚书潘晟叫来！"

须臾，体貌俊伟的礼部尚书潘晟进来施礼。他与高拱同年，且是那一科的榜眼，倒是满腹经纶，只是办事能力欠缺，高拱对他多有不满。此时见他一副讨好相接连行揖礼，高拱不耐烦地叫着他的号，举着文牍道："水帘，贵部这个方案，不成！"

潘晟闻听阁臣有召，心里本已"突突"直跳，又见首相脸色铁青，上来就否决了礼部的方案，吓得虚汗直淌，嗫嚅道："此是本部依成例而定。"

"太子年幼，而讲官亦皆新人，今只委之讲官，阁臣不在侧，于心未安。"高拱说出了缘由。

"兀翁，东宫出阁讲学，祖宗有定例，阁臣在前三天到文华殿看视，以后便不再去了。"潘晟解释道。

"成例，就不能改？"高拱道，"阁臣再忙，也不能忽略太子讲学之事，除照成例看视三日外，以后每五天还要到文华殿看视一次。"

潘晟"嘶"地吸了口气，道："兹事体大，本部不敢擅改。"

高拱一脸厌烦，刚要发火，又压住了："你不敢改，我来改！叔大，拟旨！"说着，口述道，"东宫在幼，讲官皆新人，事未妥者，何人处之？望皇上容阁臣每五天到文华殿看视一次。"

一直沉吟不语的张居正脸上顿时流露出令人不易觉察的惊喜而又紧张的神情，建言道："玄翁，礼部也是照例行事，内阁驳正，亦要有依据才好。居正敢请玄翁上本，太子出阁讲学，阁臣每五天到文华殿看视一次，皇上允准了，即可照此行之。"

"也罢！"高拱决断道，"毕竟是破成例的事，不奉明旨，恐不宜遽行。"他转向潘晟，"水帘，礼部的本也无须改了！"言毕，提笔写成了题本：

臣窃惟东宫在幼，讲官皆新从事，恐事未妥者，何人处之？臣切愿入侍，而故典未有，未奉明旨，既不敢以擅入，而惓惓之心又甚不容己。为此谨题：望皇上容臣等五日一叩讲筵看视，少尽愚臣劝进之忠。

　　高拱写毕，一抬头，正与张居正目光相遇，张居正忙侧脸翻检文牍。高拱觉得张居正神情异常，以为是受了自己几句呵斥所致，自忖不该那样严词以对，但歉意的话却又说不出口，只是低声嘀咕了一句："叔大，时下内阁就你我二人，有事多商榷。"

　　张居正一笑："居正惟玄翁之命是从。"他心里，却在琢磨着上紧给冯保转送密帖。

　　冯保从徐爵手里接到张居正的密帖，即把东厂的事一概丢在一边，专心候在文书房，等着高拱的本子。会极门收本处送来公牍，他必上前查看，见到高拱的奏本，冯保像捡着了宝贝，塞进袖中就往乾清宫跑。

　　皇上尚在病中，孟冲遵阁臣所示，须臾不敢离左右，见冯保进来，正欲阻拦，冯保晃了晃手中的文牍："高老先生的本，耽搁不得。"说着，近前将高拱的奏本读了一遍，皇上听罢，露出欣慰的笑意，吃力地说："高先生考虑周到。"

　　"东宫幼小，还着阁臣每日轮流一员看视才好。"冯保小心翼翼地说。

　　"也罢！"昏昏欲睡的皇上轻轻颔首道。

　　过了一天，高拱的奏本发下，专责票拟的张居正首先看到了，正是照他透过徐爵传递给冯保的密帖批下的。他佯装吃惊，大声道："喔呀，玄翁的本，竟被驳了！"他摇着头，惋惜地说，"难以置信，难以置信！"

　　高拱一惊，大步走到张居正书案前抓起阅看，脸色陡变，双手禁不住颤抖起来，眼前一黑，身子晃了一下，就要跌倒。张居正忙伸手扶住，把他搀扶到座椅上

　　"这、这是怎么回事？"高拱不住地摇头，表情痛楚，突然，大声对张居正道，"叔大，你说，这是怎么回事？"自复出以来，高拱所有的奏本，无论争议多大，皇上一向照准，怎么这件事，竟然被皇上驳回？而且看批红的话，分明是嫌五日一看视的提议乃是对太子的疏慢，他仿佛当头挨了一记闷棍，顿时被打蒙了！

"呵呵，"张居正笑着，虽则目光闪烁，却早已成竹在胸，缓缓道，"玄翁不必介怀。我皇上从未体验过父爱，对太子关爱有加，也不难理解。"

"可是……"高拱用力地摇头，疑惑地看着张居正，"依例阁臣只是在起始三天到文华殿看视，此后就不再去视学，而我建言五日一视，已是破了成例，难道……"

张居正劝慰道："玄翁，不必再计较了吧，小事一桩嘛！"

高拱见张居正神色飘忽，便紧紧盯住他的脸，想从他的眼神中捕捉到某种信息。张居正不敢与高拱对视，端起茶盏埋头喝茶。高拱突然重重叹了口气，道："叔大，我看，内阁增补一两位阁臣才好。"

"喔？这……"张居正支吾着，突然灵机一动，"玄翁，居正听说，内里有人在动作，要把潘晟送入内阁。"

高拱吃惊道："有这回事？那定是冯保无疑！潘晟做过内书堂教官，是冯保的老师。"

张居正点头："是啊玄翁，礼部尚书入阁本是惯例，潘晟又有内援，若他入阁，居正不知局面会如何。"

"休想！"高拱断然道，"冯保狡黠贪婪，如今又想引外援干政，岂可坐视！"

当晚，高拱把门生、刑科都给事中宋之韩召到吏部直房，将从张居正那里听到的冯保为潘晟谋相位的话说了一遍，拳头紧握道："往者陈洪力言当逐冯保，我不以为然；如今他要把手伸向外朝，不能再坐视。"

宋之韩一撸袖子："学生早就查访到冯保不少罪赃，这就上章弹劾这个阉人！"

高拱摇摇头道："冯保是李贵妃的腹心，又是太子大伴，弹劾他岂不让皇上为难。"

"可是……"宋之韩不知所措，话未说完，高拱一扬手道："清除朝廷里的隐患，他冯保再有能耐，又能跑到外朝发号施令？"

3

工部侍郎曾省吾看到邸报上刊出的潘晟致仕的消息，不觉一阵惊喜，一散班，就直奔张家庄府邸。

"太岳兄，一箭双雕啊！"一见张居正，曾省吾就抑制不住兴奋情绪，伸出拇指道，"若内阁添人，朝廷大臣中点过翰林的，论资历、地位，必是潘晟无疑；潘晟果入阁，以他和冯保的师生之谊，结为盟友，就没有太岳兄什么事了！今高相不避嫌疑，让门生出面劾潘晟徇私失职，并拟旨罢去，除掉了太岳兄的心腹大患，还让冯保对高相的仇恨又添一层！妙，妙啊！"

张居正含笑不语。

"要趁热打铁！"曾省吾撸胳膊挽袖子道。他眨巴下眼睛，"离间计火候还不够，当再加把火！"

"恐玄翁生疑，反倒不美。"张居正蹙眉道。

"放心，我有一个成败都得益的画策！"又"嘻嘻"一笑，"快拿好酒来吃，吃了酒，好去办事！"

张居正也不多问，吩咐游七备下酒菜，与曾省吾对饮。酒过三巡，曾省吾起身别去，径直赶往高拱之弟高才的宅邸。

高才去岁方内调前军都督府经历司，任从七品都事。这个职位虽属文官，却受武官指挥，无非为都督府起草文稿、办理文移而已。举人出身的高才新到京城，又无同年、僚友，加之三哥一再嘱咐他不得与朝廷百官交通。因此之故，高才一向低调，就连三哥家也极少登门，不少人并不知道他是高拱的胞弟。他与曾省吾素无交通，何以突然造访？踌躇良久，觉得拒之门外似有不妥，只得到首门亲迎。

"德卿！"曾省吾叫着高才的字说，"怎么一脸疑惑，是不是有些意外？哈哈哈！"曾省吾爽朗地笑着，"别紧张，今次登门，只为一事而来。"

"请侍郎明示。"高才谦恭地说，躬身前引，请曾省吾到花厅入座。

"德卿啊！"曾省吾边落座边以亲切的语气道，"令兄元翁，以首相而兼掌铨政，冗忙可知。访得再过半个多月，就是他老人家的花甲之寿了，总不能无声无息吧？唉——"他叹了口气，"元翁无子，律己甚严，张罗此事，非德卿莫属。德卿是晓得的，江陵相公与元翁乃生死之交，他向我提及元翁寿辰之事，我就冒昧来访，欲与德卿一同画策，为元翁办一场像模像样的寿庆!"

高才越发疑惑,不知曾省吾何以如此主动张罗三司的寿庆之事,便如实回应道:"前些日子家嫂寿辰,曾说起过这事,家兄言:日用不足,遑论酒楼摆宴。听家兄的想法,是一切从简。"

"喔?元翁说起'家用不足'?"曾省吾眼珠子滴溜溜一转,面露喜色,"元翁清廉守贫,家如寒士,尽人皆知。为他老人家祝寿,何须他老人家自掏腰包呢?也就是元翁,律己太苛,若是他人,此一寿诞,收个万把两寿礼根本就不在话下。元翁自然不会收礼,但摆宴庆寿无论如何是要做的。"他欠身向高才这边靠了靠,"德卿试想,元翁没有子嗣,若无人为元翁张罗寿庆,他老人家必会伤感。"

高才颔首,问:"那么以侍郎大人之见,如何整备此事?"

"德卿不必费心,元翁门生故旧不少,只要和他们说一声,此事必能办妥。"曾省吾道,又提醒说,"喔!不可张扬出去,私下整备就是了,不的,场面就太大了。以元翁的为人,不必奢靡,摆他十几桌宴席,再请戏班子唱场戏,也就够了。"

"多谢侍郎大人提醒。"高才拱手道,"待禀报家兄后筹办。"

"喔!不妥!"曾省吾摇头,"这等事,要瞒着元翁方可。待筹办停当,元翁或许责备,但心必甚慰。若提前说了,让元翁如何表态?"

高才点头,觉得曾省吾所言俱在理上,送曾省吾出门时,竟有几分感动。

曾省吾一路上在脑海里把他所熟知的科道梳理了一遍,突然有一个名字让他感到兴奋,回到家里,当即就差人去送邀帖。

次日晚,曾省吾坐了一顶雇来的小轿,往湖广会馆而去。

湖广会馆专为张居正和曾省吾特设了一个幽静的雅间。此时,雅间里,户科给事中曹大埜独坐其中,慢慢地品茶。他接到曾省吾的邀帖到此餐叙,已等了快两刻钟了。

"梦质久等了!"曾省吾歉意一笑,叫着曹大埜的字说,快步走到主位落座。曹大埜乃四川巴州人,与曾省吾邻郡,彼此熟悉,曾省吾深知此人荣进之心甚切,故而选为可用之人。

酒肴上齐,又寒暄了几句,曾省吾突然感慨一声:"梦质,在官场,若不能进入圈子，再卖力也是枉然!"

曹大埜一惊，不知曾省吾何以突然发出这般感慨，细细品味，又觉乃肺腑之言，遂点头道："请侍郎大人指教。"

"要想进入圈了，就得把握时机，立奇功。"曾省吾又道。

曹大埜两眼发光，心"突突"直跳，忙举盏敬酒。

"梦质，你是不是以为，你上计时优叙，得以擢言官，是高相赏识你?"他用手指一敲桌子，"错!"顿了顿，道，"是我求江陵相公在高相那里为你美言，方得正果。"

曹大埜愣了一下，忙躬身作揖，又举盏敬酒。暗忖：若果如此公所言，何以一直未提及，延宕至今又说出来?

曾省吾又道："梦质，你以为高相权势熏天，人不敢碰吧?"他又一敲桌子，"错!"

"错?"这次曹大埜有些不信，伸着脖子问。

"梦质听说了吧，前两天，高相上本，言阁臣五日一视太子学，皇上大怒，说不意高先生对太子如此疏慢!御笔钦批，要阁臣每日轮流一员看视。看出来吧，皇上并非像朝野传闻的那样信任高相!"曾省吾一脸神秘地说。

"喔?"曹大埜小眼睛里闪出惊异的光芒。

"梦质，你听说了吧，有人道高相有干才，执政不久，中外事骎骎就理，太平功业，且夕可致!"他又一次伸出手指，重重地敲在桌面上，"错!"

曹大埜既觉好笑又觉吃惊，抿嘴不语。

"高相复出，就干了两件事：报复徐阶，赶走同僚!"曾省吾轻蔑地说，"事实摆在那里呢!徐阶三子被逮了吧?陈、赵、李、殷四阁老致仕了吧?他整天忙乎这些，惟江陵相公埋头做事。"曾省吾盯着曹大埜问，"你说高相做了什么正事?开胶莱新河吗?这倒是他想干的，可江陵相公略施小计，他就没干成嘛!"曾省吾得意地说，又自问，"除掉汉奸赵全、封贡互市?这件事，完完全全是江陵相公一手做成!不瞒梦质说，办这件事，江陵相公三计只用其一，而已!"

曹大埜惊诧之余，悟出了曾省吾的意图，道："侍郎大人对学生有何吩咐?"

曾省吾伸长脖子，压低声音道："梦质，皇上病重，闻得高相却要大摆寿宴，简直是目无君父! 一旦寿宴开办，望梦质仗义执言，上章弹劾!"

曹大埜"嘶"地吸了口凉气，嗫嚅道："这……"

"高相大奸似忠，实则大不忠也!"曾省吾愤慨道，"太子出阁讲学，他疏慢至甚，大不忠一也! 皇上病重，他大摆寿宴，大不忠二也! 圣躬违和，他昨日闻巡边御史禀报辽东备战情形，竟露出笑容，大不忠三也! 杨博本为冢宰，高相既上本将其荐起，又把着铨政不放，欲使天下只知首相而不知皇上，大不忠四也! 张四维……"

"等等!"曹大埜伸手拦住曾省吾，不解地问，"新郑相公三番五次请辞兼职，皇上不允，还奖赏他，朝野都说，他若再辞，就是变相讨赏哩，安得说新郑相公把着铨政不放?"

"书生之见!"曾省吾责备道，"弹章只要这么一说，杨博会感激你，杨博掌吏部是早晚的事，你替他说话，他自会酬答。"又照着他的思路继续说，"昨日，吏部提请起复张四维，这张四维才被弹劾回籍不过月余，何以又起? 他贿赂高相一千金哪梦质! 高相嘴上说肃贪，自己却大开贿门，此大不忠者五!"

曹大埜又吸了口气："闻得新郑相公片纸不入，他安得受贿一千金?"

"书生! 到底还是书生!"曾省吾用手指点着曹大埜道，"你是言官，言官可风闻而奏! 既然你听到有这么个传闻，自可上章，这是你的本分嘛!"

曹大埜心惊肉跳，缩了缩脖子，为难地说："这……"

曾省吾举盏一饮而尽，抹嘴道："梦质，你是自己人，不妨直言相告：目下皇上病得很重，"他四下扫视一番，低声道，"乃是不治之症。"抬头又警觉地扫视一圈，继续说，"孟冲呆头呆脑如同木偶，厂公冯太监在内主事，而他和江陵相公已结为兄弟，冯太监就是张相公，张相公就是冯太监，二公已决计逐高!"

曹大埜目瞪口呆，怔怔地看着曾省吾。

"高相视祖制如无物，处处标新立异，江陵相公为社稷计，不得不如此。"曾省吾解释道，"里应外合，胜券在握。梦质，你做了先行官，江陵相公当国，必以督抚相酬！"

曹大埕脸上的肌肉跳个不停，心潮澎湃，面色通红，端起酒盏顾自饮干，道："学生惟侍郎之命是从！"

"呵呵呵！"曾省吾突然冷笑起来，"梦质也可把今晚我会你之事向高相告密请赏。"他轻轻敲着桌面，"只可惜，高相一向厌恶不磊落之人，你若告密，不惟不会有赏，恐要被冷落几年嘞！"说着，"哈哈"一笑，伸过脑袋，露出惊喜的表情，"而梦质若帮了张、冯，那就是立了奇功，必有大酬！"

曹大埕又是一阵激动，须臾，忐忑道："侍郎大人，只学生一人，恐势单力薄。"

"不会！"曾省吾一拍胸脯，"必能形成攻势！"

4

高才反复斟酌了两天，方登门拜访提督四夷馆少卿韩楫，把曾省吾造访的经过说了一遍。韩楫疑心顿起："筹办师相寿庆，我辈当仁不让，小诸葛这么积极，意欲何为，挖陷阱？"因曾省吾常常为张居正出谋划策，百官暗地里送其雅号"小诸葛"。

"不会吧！"高才不以为然道，"听曾侍郎话里话外，此乃江陵相公之意；江陵相公乃家兄金石之交，何至于此？我看是出于善意。"

韩楫猜不透曾省吾这样做究竟是何用意，只得说："等等看，事体恐非表面这么简单。"待高才辞出，韩楫急邀同年好友程文、宋之韩聚议，三人还是没有议出所以然。眼看高拱寿诞之日临近，韩楫坐不住了，这天交了戌时，便壮壮胆，到吏部直房求见。

"又跑来做甚！"高拱头也不抬，对正施礼的韩楫不耐烦地说。

韩楫不以为意，顾自在高拱对面的一把椅子上坐下，看了埋头批阅公牍的师相一眼，不觉大惊："喔呀！"高拱被惊得蓦地抬头，韩楫又发出了一声尖叫，"喔呀呀！师相面色晦暗，眼袋凸起，双目中满是血丝，这是怎么了？"

高拱苦笑着，托起白须："老矣！"

韩楫摇头，一脸痛惜之情。

高拱还没有从奏本被驳回的打击中缓过神儿来，加之为皇上的病情忧心如焚，一直在内阁朝房过夜，多日不曾安眠，精神也不复此前那般饱满，甚或有些萎靡，仿佛一下子苍老了许多。但他不愿在韩楫面前提及，便问："伯通何事？"

"师相寿诞，门生们想……"

不等韩楫说完，高拱一扬手道："圣躬违和，哪里有心事做寿！谁也不许张罗此事！"

"哈！"韩楫突然怪笑一声，"我明白了！果然是圈套！"

"伯通！"高拱呵斥道，"你也是京堂了，还这么不稳重，一惊一乍的！"

韩楫语带激愤地把曾省吾找高才提议大摆寿宴的事说了一遍，恨恨然道："正所谓黄鼠狼给鸡拜年，没安好心！一旦大办寿庆，必有弹章上奏！"他一蹙眉头，"嘶"地吸了口气，"对了，师相，这几天百官突然议论纷纭，说师相五日视学的奏本被驳，分明是皇上对师相不满，原以为皇上对师相言听计从，却也是假象欺人！"

高拱面色通红，一拍书案："谁这么无耻，乱嚼舌头根子！"

韩楫拱手一揖："师相，他们已然里应外合，行离间计了！"

高拱一惊："离间计？"

韩楫道："他们也深知皇上对师相眷倚非常，若要撼动师相，必从离间君臣关系入手。这两桩事，联系起来看，实质即在于此！"

"皇上知我，我也知皇上，他人离间，岂可得逞？"高拱不以为然道。

韩楫焦急地说："至少，能做此模样，使人疑望揣摩，敢于对师相动手！一旦群起而攻之，恐皇上也难保全师相了！"他蓦地起身，抱拳一揖，"师相，得反制啊！"

"历史绝不会重演！"高拱自信道。他不相信隆庆元年举朝逐高之事会重现于今日。

韩楫不接高拱的话茬儿，自顾顺着自己的思路道："科道上章，弹劾他勾结太监，大干天条！"

高拱摇头："你有何证据？"

韩楫道："科道风闻而奏，只要把此事挑明了，众目睽睽，他还敢卖众，冒天下之大不韪？"

"如此，张叔大颜面尽失，何以存身？"高拱摇手道，"张叔大毕竟是难得的干才，当留有余地。况且……"他欲言又止，一扬手道，"不说了，总之，不许这么做！"

韩楫揣摩到了高拱的心思，无非是怕舆论说他连自己的盟兄弟都不容，投鼠忌器罢了。但他也不便说出口，无奈地叹息一声，又建言道："师相既然不愿撕破脸，不妨增加阁臣，也好有个见证，他或许会有所顾忌。目下内阁只有二相，一旦师相被劾，就要注籍回避，岂不是将命运交到他与冯保手里？"

高拱点头，那天接到皇上驳回阁臣五日一视太子讲学的奏本，高拱就想到过这一层，只是担心启动起来，遂了冯保纳潘晟入阁的私愿方未付诸实施。

韩楫起身向高拱一揖："我让他偷鸡不成蚀把米！"说着，匆匆辞别。

"不许胡来！"身后响起高拱的警告声。

须臾，韩楫的小轿到了张居正的府邸，投帖求见。

"这么晚了，相公不见客！"管家游七出面回绝。

"请管家回禀太岳相公，韩楫此来，为元翁寿诞事，请相公务必一见，只说一句话。"韩楫拱手道。

游七只得通禀，张居正不得不传见。韩楫在花厅等了近两刻钟，张居正方走过来，面无表情地回礼让座。

"张阁老，师相的寿诞快到了，门生委托学生向张阁老求寿序，不知张阁老能否赏脸。"韩楫开门见山道。

"伯通，你当知之，我与玄翁乃生死交，玄翁花甲寿诞，我自当奉呈寿序，这还用他人来索吗？"张居正不冷不热道。他从韩楫的神情和此番夤夜来索寿序举动判断出，高拱恐不会大张旗鼓办寿庆了，遂叹息一声，"伯通啊，玄翁无子嗣，我与他有香火盟，玄翁花甲之寿，本想为他好好办场寿庆的，不巧的是圣躬违和，我看你们这些门生，千万不可再张罗寿庆了！"

韩楫虽对张居正心存愤恨，但真的面对他时，还是被他的威重所震慑，又听他如是说，心里不禁打鼓："难道是我多疑了？"他不敢再勾留，忙起身施礼告辞。

"这小子不是善茬儿，来做甚？"张居正回到书房，曾省吾劈头就问。他是携曹大埜拟好的弹章来请张居正过目的。

"你挖的陷阱，人家识破了，不跳！"张居正沉着脸道，"知会曹给谏，万毋上章。还要劳驾三省，替我写篇寿序来。"言毕，烦躁地摆手道，"算了，还是我自己来写，以我与玄翁的关系，别人写，恐味道不对。"

曾省吾愣了片刻，旋即"哈哈"一笑："太岳兄，不必郁闷。省吾不是说了吗，成败皆有收益！"他呷了口茶，侃侃道，"迄今为止，太岳兄一直是以生死交身份与高相相处的。目下道路传闻高、张失和，高相对太岳兄也多有猜疑。论地位、实力，太岳兄不是他的对手，况还有徐府、福建两案的麻烦在，一旦公开决裂，对太岳兄不利。不可让朝野窥破暗中对高相动手之事，表面上要始终维系香火盟，为他张罗寿庆，就证明了这一点。是以此事一启动，太岳兄就大有收益了。寿庆不搞就不搞嘛，你写篇情真意切的寿序，外人一样得出太岳兄忍辱负重、重情重义的结论，高相也会为之动容，戒备之心自然减低。"

"不愧小诸葛之誉！"一向深沉的张居正也禁不住夸赞了一句。

次日早，一见高拱，张居正便道："玄翁，昨晚韩伯通造访，居正嘱他不可张扬玄翁寿庆事。不是居正不想为玄翁办像样的寿庆，委实是时机不巧，想来玄翁当能体谅。"

"一切以君父为重。"高拱道。他拿出一份文稿，"叔大，目下内阁只你我二人，我还兼掌铨政，委实忙不过来。转过年，太子就要出阁讲学，阁臣要每日轮视，人手就越发紧张了。我意，奏明皇上，为内阁添人。公本我已拟好，你把名字署上吧。"

"喔？"张居正有些吃惊，可他并未形之于色，接过文稿问，"玄翁有人选吗？"

"照例会推，廷臣多数认可者进，以免科道说三道四。"高拱答道，边盯着张居正，观察他的反应。

"玄翁所虑甚周，居正无不仰赞。"张居正说着，看也不看就欣然提笔，在文稿上写下了自己的名字。

高拱有些疑惑，暗忖：是叔大未洞悉玄机，还是自己被韩楫这些门生的鼓噪所惑，误会了他？这样想着，对张居正的一股怨气，竟消了大半。当晚一到吏部，就吩咐魏学曾，会推阁臣在即，上紧整备。

第二天午时，皇上的批红送到了内阁，高拱接过一看，只见上写着：

卿二人同心辅政，不必添人。

高拱惊得浑身战栗，嘴唇嚅动着，手禁不住又抖了起来。张居正见高拱脸色不对，即知计已得逞，但却佯装吃惊道："怎么，皇上又驳回了？"旋即眉毛一挑道，"皇上太眷倚玄翁了，玄翁只好能者多劳了。玄翁何来郁闷？朝野知皇上信任玄翁如此，玄翁见知于皇上如此，必越发敬畏玄翁，内阁威信也势必大增。"他仰天感慨一声，"皇上信任如此，夫复何言！"

高拱发出一声冷笑："哼哼，哼，这下，叔大满意了？"

张居正一惊："玄翁何出此言？"

高拱一扬手道："罢了！政务繁重，哪有精力扯这些！"

话虽这么说，高拱的心情却又一次如坠深渊。一个月里，先后有两个奏本被驳，仅这一点，就令他备受打击，何况，这背后，分明隐藏着阴谋！

过了两天，暮色里，高拱拖着沉重的步履往吏部直房走，魏学曾抱着一个簿册迎上前禀报道："玄翁，遵示已将翰林出身、有资格入阁的人选登出。"近来高拱情绪不好，魏学曾怕办事拖沓被斥责，遂督促各司一鼓作气把会推阁臣的人选理出了。

"用不着了！"高拱一扬手道，语调沉重。

"玄翁？"魏学曾不解，"皇上不允？"

"张叔大和冯保不允！"高拱自嘲道。他憋着一肚子气，在魏学曾面前也不避讳，"必是张叔大捏旨付保诳奏，皇上在病中，未及深思即准了他！"

魏学曾目瞪口呆，浑身直冒冷汗，低声问："玄翁，当如何应对？"

高拱顿时没有了底气，颓然而坐，良久方长叹一声："皇上既已有旨，奈之何？"

大明首相

第四部

贞介绝尘

1

隆庆五年腊月十三日，是高拱六十寿辰。无论是衣冠人物还是平民百姓，花甲寿庆总是最在意也是最隆重的。可是，皇上还在病中，整日昏昏沉沉，高拱忧心如焚，事先传话门生故旧、各部院寺监、翰林科道，是日任何人不得为他庆寿。

夫人张氏知道，老头儿是非常重视这个生日的，只是嘴上不说罢了。半个月前，老头儿手书"景仰"二字，吩咐房尧第裱后悬于书房门庭，以为书斋之名。问其故，方知是取周武公老而向学之义。他自知已垂垂老矣，却又不服老，还想有一番大作为。但张氏也看出来了，入冬以来，老头儿的情绪突然低落了许多，时常闷闷不乐甚或长吁短叹。是因为皇上的病？似乎也不全是。她揣摩不透，只是暗暗为他担心。她也曾设想为他做个风风光光的寿庆，被老头儿断然制止，也只能按照家乡习俗，在腊月十三这天早起，破例拦下他，让他在家吃了一碗长寿面、一个煮鸡蛋，又把他扶到正房的堂屋坐下，她和薛氏异常庄重地给他叩首祝寿。望着老头儿几乎尽白的胡须，张氏伏地叩首的瞬间，不禁泪流满面。

高拱见状，心里一阵酸楚，脑海里却闪现出珊娘的影子，一股愧疚感涌上心头，躬身扶起张氏，哽咽道："启祯她娘，起来，是俺对不住你嘞！"说着，命丫鬟把张氏、薛氏扶出堂屋，房尧第带着高福、高德几个人要给他叩首拜寿，他一扬手道，"罢了，已然晚了，快走吧！"

轿子到了文渊阁，高拱一下轿，张居正带着新任通政司右通政韩楫、翰林院学士申时行，在门前迎接。进了高拱的朝房，张居正从承差手里接过一个锦盒，双手捧过头顶，恭恭敬敬呈递给高拱。

"这是什么？"高拱接过去，问。

张居正上前打开锦盒，露出一册精美的函套，上书：少师首相新郑高公六十寿序合辑。他从函套中掏出一本册子，道："此乃居正等为玄翁祝寿的寿序。"

"诸门生集资刻刊，未花一文公帑！"韩楫在旁解释道。

高拱接过册子翻看，最上面的两篇，是张居正所撰《翰林为师相高公六十寿序》《门生为师相中玄高公六十寿序》，再下来是张四维从山西蒲州老家差人送来的《寿高端公六十序》，接下来是礼部侍郎吕调阳的《高中玄相公六十寿序》、翰林院掌院学士马自强的《寿少师高公六十序》……

"玄翁，"张居正道，"今日乃玄翁花甲悬壶日，本应摆酒称觞，无奈玄翁恳辞；然上寿寿国，其次寿身，居正等不能不略表寸心，是以居正请韩通政代表诸门生、申学士代表翰林诸大夫，为玄翁拜寿。"

话音未落，申时行把座椅搬起，坐北朝南放好，张居正和韩楫扶高拱坐下。待坐定，先是申时行、继之韩楫，叩首拜寿。最后，张居正恭恭敬敬站在高拱面前，饱含深情道："中玄兄，弟何德何能，追随我兄二十有余年！兹又奉皇上手诏，谕以同心辅政。兄之才十倍于弟，弟何足仰赞我兄万一。唯以兄素以教弟者而共相励翼，以仰副皇上委托，则弟已深感荣幸矣！兄台在上，小弟为我兄拜寿！"说着，一丝不苟地行叩拜大礼。

高拱端坐椅中，望着恭恭敬敬行礼的张居正，暗忖：叔大说某之才十倍于他，或许夸张，但倍于他还是富富有余吧？他追随我这么多年，会忍心背叛于我？

叩拜间，张居正的目光不时落在高拱的身上。看着自己多年的师友，已是须发皆白，额头上的皱纹密且深，眼泡高高鼓起，委实是一位年迈人了，默念着："中玄兄，对不住了，你老矣，不妨让弟来做吧，弟会比中玄兄做得更好！"这样想着，他一抖官袍，匍匐于地，叩首间，心里说："中玄兄，你出身官宦之家，上无父母需赡养，下无子女需抚育，怎知弟的苦衷？可是，为了存翁所送三千两银子，竟当面嘲讽，弟颜面尽失。弟要为子弟谋划前程，中玄兄若知之，不知还会怎样！中玄兄让弟如何安于位？"

"不不！弟非为权位也！"张居正内心自我辩驳着，"弟这也是为社稷计啊！解海禁、通海运，后患无穷啊中玄兄，弟若当国，必断然饬禁！中玄兄说甚以养民为先，因地制宜，积年逋赋征缴不够数额，州县长亦可升转！如此，国库何时方能充盈？国库不充，何谈富国强兵？弟若当国，完税不力，一律摘了他的乌纱帽！还有对西南诸土夷，说甚要引导民风向上，以使'乱民乐业而向化'，妇人之仁！弟若当国，此辈敢为乱，必不问向背，必斩草除根！中玄兄，行实政，弟极赞成，但祖宗之法行之不通者，人不力也，不议人而议法，何益？动辄改弦易辙，长此以往，国将不国！弟若当国，必遵祖宗法度，效法太祖高皇帝，只需'严'与'俭'二字，国即可治，振兴大明，重现开国初期蓬勃向上的景象，亦必可期！"

张居正的这深情一拜，是给高拱拜寿，但更像是与二十年的友情诀别！故而当最后一次叩首时，他竟伏地良久，不愿起身。

"叔大，起来说话！"高拱抬抬手说。

张居正依然伏地不动，高拱只得上前把他扶起，一扬手道："好了，不再说祝寿的事了。"

申时行把座椅搬回原处，请高拱归位。高拱请张居正在对面的椅子上坐下，转脸对韩楫、申时行道："你们快回去当直。"

韩楫、申时行施礼告辞，张居正嘱咐道："祝寿文集即发南北两京各部院寺监、科道翰林。"

"喔！不可！"高拱忙道，"发给门生故旧即可，不必广为散发。"

"照玄翁说的办。"张居正道，"此外再有人索求，自可陆续馈赠嘛！"说着，起身拱手道，"今日不同以往，玄翁权且在朝房歇息片刻吧，居正得上紧去看详。"

高拱起身相送，走到门口，忍不住道："叔大，太子出阁讲学在即，张子维起用为讲官，可他却一再疏辞，在老家一直不愿出山，你可知子维因何如此?"

张居正摇头道:"这,居正委实不明就里。张家乃豪富之家,子维自可悠游山林,居正向往之至!"

"道路传闻,子维是因高、张失和,恐夹在中间难以自处,方坚辞不就的,"高拱直言道,"叔大听到过吗?"

"高、张失和?"张居正惊讶地说,他双手一摊,"这,这从何说起啊!唯恐天下不乱的宵小,什么谣言都敢造!玄翁,这等事,要查,看看是谁造的谣,狠狠地收拾他!"

高拱苦笑着道:"但愿是谣言!"说罢,向外摆摆手,"去吧!"

2

望着张居正的背影,高拱满是疑惑,小声自语道:"看看他写些什么再说!"说着,快步回到书案前,细读张居正的两篇寿序。先翻开《翰林为师相高公六十寿序》,只见上写道:"今少师高公,起家词林,已隐然有公辅之望,公亦以平治天下为己责",他点头,"还是叔大知我!"又接着读下去,"尝与余言:'大臣柄国之政,譬之提衡',余深味其言,书之座右,用以自镜。"高拱又点头,"嗯,是我说于叔大的,亏他还记得,当作了座右铭!"他慨叹一声,继续阅看,"其后与公同典胄监,校书天禄,及相继登政府……"高拱又一次抬起头,仿佛回到了当年带着张居正领国子监、校《永乐大典》时彼此亲密无间的岁月。

"彼时,金石之交,真是金石之交啊!"高拱又慨叹了一声。他呷了口茶,继续往下阅看,"则见公虚怀夷气,开诚布公。"读到这一句,高拱眼睛为之一亮,反复读了几遍,确认没有看错,"叔大说出这样的话,总算没有白交一场,到底是知己啊!"

感慨了一阵,再读下去:"有所举措,不我贤愚,一因其人;有所可否,不我是非,一准于理;有所彰瘅,不我爱憎,一裁于法;有所罢行,不我张弛,一因于时。无兢兢以贬气,无屑屑以远嫌。身为相国,兼总铨务,二年于兹。其所察举汰黜,不啻数百千人矣。然皆询之师言,协于公议。即贤耶,虽仇必举,亦不以其尝有德于己焉,而嫌于酬之也;

即不肖耶，虽亲必斥，亦不以其尝有恶于己，而嫌于恶之也。少有差池，改不旋踵；一言当心，应若响答。盖公向之所言无一不售者，公信可谓平格之臣已！"

高拱心里热乎乎的，用手指轻轻敲打着书案："叔大这些话，可谓公允之言！"

"余无似，获从公后，二十有余年。兹又奉皇上手诏，谕以同心辅政。自惟驽下，公之才十倍于余，何足仰赞其万一。亦唯以公素所以教我者而共相励翼，以仰副上之委托，则余已有荣幸焉！"

读了这几行字，高拱眼前，浮现出当年两人"相期以相业"时的场景，联手执政，振兴大明，正是两人的共同愿景，如今愿景已变为现实，张居正若真如所说的这样，"以公素所以教我者而共相励翼"，该有多好！他一拍书案道，"看看下一篇，叔大说些什么！"翻开《门生为师相中玄高公六十寿序》，小声读了起来：

天佑国家，必有者硕魁垒之士，以据鼎轴而斡机衡，然后其主不劳，而休美无疆之业，可衍而昌也。自昔有道之长莫如周，周之盛莫如成王，成王相业莫如周公。周公身为太傅，操冢宰之权，而天下不疑，周道以隆，天下归德焉。老成人之重国家固如此。今少师中玄相公，相肃皇帝及今天子有年矣。入则陈王道之阔，启乃心，纳乎圣听；出则兼冢宰之重，鸠众才，庀乎主职。以余所睹，按周公之往迹，抑何符也！

"叔大把高某誉为周公，过誉了！"高拱含笑道，"不过，史称周公为相八十年，恐也是传说而已。若上天再让我辅佐今上八年，振兴大明，当不在话下！"

公尝授经天子，天子改容而师事之。比参大政，发谋挨策，受如流水。其著者：肃皇帝凭玉几而授顾命，天下莫不闻，论者乃罪方士，污蔑先皇，规脱己责，公为抗疏辩之。君臣父子之义，若揭日月而行也。

"喔呀！"高拱有些意外，"叔大对我纠正《嘉靖遗诏》，竟是赞同的，而且公开说出来了，不容易！"

虏从庚子以来，岁为边患，一旦震惧于天子之威灵，执我叛人，款关求贡。中外相顾骇愕，莫敢发。公独决策，纳其贡献，许为外臣，虏遂感悦，益远徙，不敢盗边。所省大司农刍粟以钜万计。

"喔！这件事，闻得朝野私下有些议论，说封贡互市乃叔大主导，叔大自己站出来，以'公独决策'四字澄清了。"高拱满意地点着头。

曹、沛、徐、淮间，数苦河决。公建请遣使者按视胶莱河渠，修复海运故道，又更置督漕诸吏，申饬法令。会河亦安流，舳舻衔尾而至，国储用足。是时方内乂安，四夷向风，天下翕然称治平矣。公犹弗康，日兢兢与九卿百执事讲究实政，甄别吏治，问民所疾苦，抚摩而噢咻之。虽桑土绸缪，不劬于此矣！

"这二年孜孜求治，辛劳万分，实过于农夫之经理田亩。叔大这话，说的是实情！"高拱捋了捋变白的长须，颔首自语。

始公方柄用，遭忌者言，郄娄不可诘辩，公避居东山，意嚣如也。居二年，再入政府，众谓是且齮龁诸言者，公悉待之如初，未尝以私喜怒为用舍。逾年，再上疏请解铨务，上手诏慰劳，恩礼有加焉。虽赤舄逊肤，不泰于此矣！

"喔呀！"高拱惊叹，"叔大出面说出我高某复出没有报复谁，有分量！"

公才略盖世，又天子师也，而滋益恭，亲贤爱士，实能容之。一事之善，称不容口；一言之当，决若江河。虽吐握延续，不勤于此矣。昔周公修此三者，令闻长世，为国元老。而公之功德烂然，后先争烈。年已六十，聪明步履，有逾少壮，其于上寿，犹缀之也。今天子基命宥密，孰与成王贤，其委任公不在周公下，薄海内外皆跂足抗手，歌颂盛德。即余驾下，幸从公后，参与国政，五年于兹。公每降心相从，宫府之事，悉以咨之，期于周、召夹辅之谊，以奖王室。此神明之所知也。由此言之，国家休美无疆之业，溢于成、周，虽有巧历，莫之能得。兹于公而卜之矣！

"喔？叔大是要释群疑吧？让朝野皆知，高、张甚谐，有周、召夹辅之谊！"高拱长叹口气，"若真如此，实我大明之幸啊！"

公今行周公之道，萃宇宙之太和，跻一世之仁寿，而况近在门墙者乎？宜其感悦爱戴，倍于恒情云。

两篇寿序看完了，高拱陷入沉思中：或许，都是宵小交构其间，使我与叔大生出诸多误会？他坐不住了，起身往中堂走，恰好张居正拿着一份文牍迎面走了过来。

"玄翁，居正正要到朝房请示。"张居正快步迎上去，把文牍捧递于高拱。两人复回高拱的朝房，隔着书案面对面坐下。张居正指着高拱手中的文牍道，"辽抚张学颜请与土蛮互市，与西怀东制方略不合，本应拟旨驳回，但兹事体大，还是请玄翁决断。"

高拱匆匆看了几眼，置于案上，道："先放放吧！"

张居正一脸狐疑，暗忖：往者遇到此类关涉边务的文牍，玄翁总是火急火燎的，容不得半点延宕，今日为何倒不急了？

3

张居正已有两个多月没有在高拱的朝房里与他面对面而坐了，一旦坐下，时而感到局促，时而又感到亲切。但私下直面高拱，心里总是忐忑，竟至额头上冒出汗珠。几次想走，又怕高拱不悦，越发如坐针毡了。高拱却是想和张居正交心一叙的。他把《少师首相新郑高公六十寿序合辑》向外推了推，道："叔大，这里的文章，你都看过吗？"

"看过，颂玄翁伟功，祈玄翁寿无涯！"张居正答。

"我不这么看。"高拱面色严峻，翻开文集道，"申时行说自我受命以来，海内易听改观，中外百司相劝，在位蒸蒸，臻于治理；张四维说这二年因我一切与之改弦更始，海内大小官吏兢兢修实，不敢作诳语，民无官扰，得安心田亩；叔大则言海内乂安，四夷向风，天下歙然称治平。"他把文集合上，"可在我看来，目下污习未殄，吏治不兴，民穷如故，每一思之，不觉汗颜！"

张居正一笑："玄翁过谦了。"

"我着急啊叔大！"高拱蓦地起身，侧过脸去，微微仰头，眼睛不住地眨着，良久方转过脸来，幽幽道，"叔大是知道的，这二年来，高某实夙夜尽瘁，不敢自有其身。"

"为国辛劳如玄翁者，古往今来，实属罕见！"张居正拱手道。

"孔子云：'苟有用我者，期月而已可也，三年有成。'孔子以至圣之才，当一诸侯国之任，尚需三年，况粗陋如我者，而又当天下之任！"他掀起白须，"叔大，为兄老矣！之所以求治如此之急者，盖因国家积弊已久，更革之务甚钜！可惜岁月易逝，我已年老，故每自惜桑榆之景，勉效犬马之忠，诚欲先立规模，见其大意，而后乃徐收其效。"

"立规模？"张居正心里说，"国朝立国规模、章程法度，尽善尽美，远过汉唐，还要你来立规模？不就是无视祖制，标新立异、改弦易辙吗？"他瞟了一眼高拱的银须，"至于要整顿积弊，你老了，有我在嘛！只要效法太祖高皇帝，革除积弊，易如反掌，无须像你老这般折腾！"心里这么想，嘴上却说："玄翁，今上春秋正盛，对玄翁眷倚非常，玄翁自可从容做十年、二十年！"

"五年，只要五年！"高拱伸出一个巴掌，"叔大，你我同心协力再做五年，我即可心安理得地悠游山林，届时叔大也不过五十出头，继续做下去，再做十年，我看大明必是欣欣向荣之象！"

张居正摇手道："居正才学安得与玄翁比？只要玄翁在，居正永远追随！"他拿起书案上放着的文牍，问，"玄翁，要不，张学颜的奏本发兵部题覆？"

高拱见张居正神色不宁，似不愿交心倾谈，便淡淡地说："此疏不必复。"

"不必复?"张居惊讶地问。他对张学颜提出允许与土蛮部互市本极不满,只是碍于高拱的情面,忍住未发,原以为高拱也会为之恼火,吩咐拟旨训诫,却不料竟以"不必复"处之,那岂不是默认了张学颜的提议?

"不必复!"高拱重复道。他拿起张学颜的奏本,"你细读此奏即知,开原、广宁本有马市,虽为建彝所开,但鞑虏时而入犯,时而入市。既然开了马市,对入市者,岂能俱熟其面貌,一一分辨出是建彝还是鞑虏?故张学颜建言,如遇土蛮部近边搭话,不必追究,不必拒绝。朝廷如何表态?若允准,则传之西虏,必以为我对东对西已无差别,西怀之策岂不瓦解?若驳回,则罔顾实情,徒发无法执行之文,朝廷威严何在?故默许其入市方是上策。"

张居正默然。暗忖:照这么说,与东虏也可暗中互市,所谓东制云云,必无从谈起。但他却并未说出口,而是起身道:"照玄翁所示办。"

见张居正施礼而去,高拱意犹未尽,怅然若失。有些话,很想向知己倾吐,又突然觉得万般孤独,并无可倾吐之人。正抓耳挠腮之际,突然想起,四十多年前与他同在乡试中中举的宁陵人符汝登前几日来书为他祝寿,书中多知己言,遂提笔给他复函,一吐胸臆:

辱书问,且有诲言种种,悉关机要。兄所谓身处江湖,心忧廊庙者,非耶!仆本薄劣,谬当重任,乃不自知其不肖,欲为主上进忠直,黜谗邪,振纪纲,正风俗,崇举敦明之治,实夙夜尽瘁,不敢自有其身。顾二年且余,曾无寸效。污习未殄,吏治不兴,欺负尚存,民穷如故,每一循省,不觉汗颜,诚有当寝而遽兴,临食而忽叹者。孔子云:"苟有用我者,期月而已可也,三年有成。"夫以大圣之才,当一国之任,然犹期月而可,三年有成;薄劣如仆,乃当天下之任,而顾求治如此其急者,岂不自量?盖念夫国家之弊久矣,数十年来,曾无整顿之人,仆幸有斯志,然年已六十矣。河清几时,日中已昃,故每自惜桑榆之景,勉撼犬马之忠。于是明祖宗之法,以唤醒久迷之人心;破拘挛之说,以振起久隳之士气。事务乎循名核实,而志在乎尊主庇民,率之以身,诚之以言,使天下皆知治道如此而兴，非若向者可苟然而为也。如其得行，当毕吾志；如其不可，以付后人；倘有踵而行者，则吾志亦可毕矣！此则仆之隐衷，朝夕在念，不能忘者。是以措置之际，自不觉汲汲，诚欲先立规模，见其大意，而后乃徐收其效，非敢谓太平之治可一朝而致也。兄固高朗，又在静观，试为思其何如？苟可训迪我者，不惜金玉则幸焉。冗剧不悉，统惟心亮。

　　写毕，刚要封送，听到外间一阵骚动，隐隐约约闻有"辽东"二字。

　　"辽东？"高拱一惊，自语道，"难道辽东出事了？"

1

接到朝廷拒绝土蛮汗求封的谕旨，张学颜当即将辽东镇总兵李成梁召到节堂，密议军机。时下已入冬，李成梁已移驻辽阳，一盏茶工夫即赶到，行参见礼毕，张学颜便把朝廷不允土蛮汗求封的诏书递给他看。

"末将明白，就是预备打大仗呗！"李成梁一笑道。

张学颜道："李帅骁勇多谋，输忠为国，只要你我同心协力，必使朝廷无东顾之忧。"

"没的说！"李成梁一拍胸脯道，"末将惟抚台之命是从，就请抚台吩咐！"

"此番请李帅来，不是吩咐，而是要听听李帅有何难题，需本院代为解决的。"张学颜一笑道，"李帅尽管说来！"

"抚台老大人！"李成梁甚感动，拱手道，"自抚台莅任，兵马缺额已补足，粮饷已足备，火器、战车也造了不少，又夜以继日整修边堡。这些，过去真是想都不敢想，目今还真就做到了！要说末将也没啥难题了。"顿了顿，他"嘿嘿"笑了笑，"末将治军，与戚继光不同，戚帅搞什么连坐法，末将不搞那玩意儿！末将率先冲杀，感召将士，并对有功将士厚赏，允以荣华富贵以劝士气。说白了，就是靠末将个人威望。如此一来呢，将士如不绝对服从，就坏事儿了！"

张学颜听出来了，忙问："何人不服从，李帅道来，本院参究！"

李成梁又"嘿嘿"一笑:"副总兵赵完,接令后总是嘀嘀咕咕,说末将凡事不和他通气云云,总之牢骚怪话一箩筐,扰乱军心!"

"喔?"张学颜眼珠一转,想到三天前赵完来谒,把一千两银子的礼单悄悄压在他的书案上,顿时有了主意,"访得赵完贪墨军饷,行贿上官,本院正要参奏。还有谁?"

"宁远左参将杜蹭、开原右参将刘沄,阵前不能身先士卒,一开战尽只想躲,这还能带兵打仗?"李成梁又道。

"畏敌如虎,不堪再用!"张学颜断然道,"参罢之!"又问李成梁,"还有吗?"

李成梁想了想道:"正安车营参将马文龙是员勇将,兵部来文书要调他分守山海关,他正遵抚台钧谕筑堡抚夷,夷人敬畏他,干吗要调他走?"他又"嘿嘿"一笑,"不过,朝廷既然已下了文,恐怕不好办,抚台也不必为难。"

张学颜微微一笑道:"实不相瞒,本院之任,乃新郑相公力排众议促成;本院所请,新郑相公必设法满足。这四人虽是武官,归兵部管,但请新郑相公出面,必能办成,李帅放心就是了。只是,这件事,要绝对保密,本院自有区处。"

送走李成梁,张学颜随即写成处分辽镇武将疏,又给高拱修书一封,八百里加急送往京城。他估算了时日,传檄各分巡道、守备以上各将领,某月某日至巡抚衙门会议军机。

过了二十多天,兵部咨文到了,张学颜压住不发,但等升帐时当众宣布。又过了旬日,到了会议的日子。这天上午,一应仪仗摆列就位,巡抚衙门内外,一派庄严肃穆。只听一声炮响,文武官员在二门外分列肃立。须臾,二声炮响,军乐声中,承启官高声传呼,文武官员缓缓走进大堂,东西相对肃立。张学颜身着四品文官朝服,在左右簇拥下从屏风后昂然走出,端坐虎皮太师椅上,先是六监司一一报名参拜;继之李成梁出列,行叩拜大礼,以下武将依次跪参。

礼毕,张学颜起身训话:"辽东一镇,延袤千有余里,北拒诸胡,南扼朝鲜,东控福余真番之境,实为神京左臂。朝廷超次拔擢,命本院抚辽,学颜虽愚钝,惟知效愚忠,誓为国家奠此一方!"他声音洪亮,抑扬顿挫，闻者为之倾倒。

"朝廷已制定西怀东制、蓟辽一体方略！"张学颜又道，"东西皆制，事所难能；东西皆怀，则怀之难久，非东制无以西怀。是以九镇安危，系于辽东！日前，朝廷已驳回土蛮汗求封乞请，同时传檄戚帅，与我辽东协力破敌。时下辽东战事，可谓箭在弦上，一触即发，众文当体认大局，严阵以待，务必遏制东虏，威慑建彝！"

文武肃然聆听，神情各异。

张学颜把目光转向西向的文官："辽东无州县之设，六监司理民政，兼兵备，分理一道兵马钱粮诸项事宜。然则，诸监司虽兼军务，却不与武将同叙功过。功过即不相关，则计议未必协衷，干事未免观望。本院已奏明朝廷，得旨允准：此后，地方有功，道、寺与将领酌量同叙。如无警，稽查不密、修理不实，完报不速，器械不备；如有警，收敛不尽，贴守不严，以致多掠人口，袭陷城堡，亦应及时查参！"

开原兵备道、宁前兵备道、辽东苑马寺、辽东行太仆寺等六监司正官凛然躬身，以示听命。

"辽东安危，端赖我军人！"张学颜又转向武将道，"本院已奏明朝廷，得旨允准：以后参、游等将，如营伍废弛，修理延缓，器仗不整，收保不预，逗留不进，隐匿失事，轻率失机等事，本院先以军法处置，轻则提问，重则拿解法司，尽法重处！"言毕，他脸一沉，高声喊道，"宁远左参将杜蹚！开原右参将刘沄！"

杜、刘二将闻声出列："末将在！"

张学颜拿起兵部咨文，道："尔等身为将官，畏敌如虎，不堪再用，革职！"说完，一挥手，"赶了出去！"

几名亲兵走过来，把目瞪口呆的杜、刘二人拉出了大堂。

"副总兵赵完！"张学颜又喊了一声。

赵完吓得双腿战栗，哆哆嗦嗦地出列，"嗵"地跪倒在地。

"赵完身为副总兵，贪墨军饷，行贿上官，拿解法司！"张学颜厉声道。

几名亲兵架起瘫软在地的赵完出了大堂。

众文武见状，面色俱变，个个直冒冷汗。

2

张学颜一次升帐拿下二参将一副帅的消息很快传到了土蛮汗的耳朵里，如一盆冰水，兜头浇了下来，他顿时冷静了许多。

一个月前，张学颜差人通报，天朝驳回了他的求封之请，土蛮汗闻之怒不可遏，当着张学颜特使的面，传令整备兵马，倾巢出动，还以颜色。来使早有应对之词，神情自若地说，天朝戚继光、李成梁二帅，厉兵秣马、摩拳擦掌、望眼欲穿，就怕你们不去呢！这句话果然起了作用，一向强硬的脱脱台吉这次一反常态，私下劝谏，说天朝既然驳回求封之请，必是有备而来，不可轻举。散布于关内外各处的细作又不断传回谍报，不是说戚继光率军出关操练，士气正旺；就是说辽镇兵马器械粮草墙堡俱今非昔比，张学颜部署严密，列阵以待。土蛮汗已是大为沮丧，又闻张学颜此举，越发意识到，此时绝非与官军开战良机。战非良机，不战大失颜面，土蛮汗左右为难。

"可汗，我有一计，可一箭双雕。"脱脱台古足智多谋，向土蛮汗献计，"张学颜对女真诸部，厚此薄彼，对海西女真一味怀柔，建州女真愤然不平久矣，建州女真中王杲实力最强，前不久刚被海西女真的王台勒令交还所掠人口，又被停了马市，不惟部众坐困，他心里也窝着火，不妨撺哄他去与李成梁厮杀！"

"何来一箭双雕？"土蛮汗不解地问，"本汗咋没整明白？况且王杲会不会上你的当，你有把握？"

"呵呵，可汗，是这样，"脱脱台吉道，"就说咱求封被拒，誓要教训教训天朝，与他相约行事，让他联合喀尔喀速巴亥先动手，他必欣然相从。"脱脱台吉诡秘地说，"咱再把这个消息秘密知会张学颜。"他得意地一笑，"一来，让王杲替咱出口恶气！二来，咱向张学颜通报敌情，算是示好立功，再求封王，就有话说了，免得天朝总说咱是以战求封。"

"是这个理儿！"土蛮汗大喜道，"快快照计行事！"

脱脱台吉当即启程，到建州寨密会王杲。王杲正为被迫交还所掠人口的事郁闷万分，部族内各支酋长又乘部众愁困、怨声载道之际跃跃欲试，向他发起挑战，越发坐不住了，闻听土蛮汗愿与他东西夹击，大掠抚顺、辽阳、沈阳，教训张学颜，自是求之不得，当即召集各酋长，一番煽惑；又与喀尔喀泰宁部联络，纠集兵马，设计线路，伺机向抚顺方向进发。

王杲兵马未行，脱脱台吉已差人向开原兵备道王之弼密报：王杲纠集泰宁部，聚精兵六千余，将从卓山方向入犯。王之弼大惊，羽书飞报张学颜，张学颜闻报，传檄总兵李成梁火速整兵马，设方略，列阵以待。

这天，建彝六千余踏着积雪，浩浩荡荡，突破险山堡，向抚顺一带挺近。数千快马荡起的雪屑，遮天蔽日，其势甚盛。

李成梁已在卓山设下埋伏，建彝兵马一翻过卓山，即陷入官军的埋伏圈。只听一声炮响，黑烟夹带着火光，在敌阵腾起，建彝还未回过神儿来，官军铳炮齐发，顿时火光滚滚，建彝兵马受到突如其来的惊吓，慌作一团，阵脚大乱。

"杀啊——"随着一声高喊，总兵李成梁跃马冲出，奔向敌营，所到之处，刀光闪闪，血浆四溅。

不到一顿饭工夫，黑压压的官军把建彝兵马团团围住，合拢冲杀。建彝见官军众多，精锐非常时可比，战不数合便四散而逃，弃马腾山穿林奔去，官军士气愈振，乘胜追杀，长驱直抵建州各寨。

一路奔逃的王杲刚回到寨中，闻听官军杀来，爬上马背向深山逃去。彝兵多弃马钻入堡垒，两个酋长领兵齐力拒战，官军用铳炮四面攻围夺垒，两酋长转眼间成了刀下鬼。

李成梁担心土蛮乘机入犯，传令清理战场，班师还营。

张学颜接报：此战计斩敌首五百八十有八，斩酋首把儿太、宁公提二人，获彝马六百余匹、明甲二百一十三副，彝器无算；阵亡官军八名，官马损失二十二匹。

"喔呀！喔呀！"张学颜惊喜不已，"国制：斩虏首至百一十者为大功，宣捷称贺。兹当五倍而余！起稿，快起稿！"他兴奋得声音颤抖，"叙功，报捷！"

捷报到京，外而通政司，内而司礼监文书房，见之者无不雀跃，散本太监喜滋滋地把捷报送到内阁，对书办人等道："快看，快看，辽东大捷!"书办人等一时兴奋,顾不得内阁肃穆之地,也纷纷喊出声来:"喔呀,太好了,太好了,辽东大捷!辽东大捷!"

正在朝房封发给好友符汝登复函的高拱,因为心里牵挂着辽东,对"辽东"二字格外敏感,闻听外间喧闹声中似有"辽东"二字,忙起身走出朝房,大声问:"辽东何事?"

寂静了片刻,就闻楼梯上"噔噔噔"一阵响,书办把捷报捧递过来,禀报道:"元翁,辽东捷报!"

"捷报?"高拱眼前一亮,急忙展读,口中不时赞叹,"喔呀!好!好啊!"阅罢,忙问,"皇上御览了吗?"不等书办回答,一把将捷报塞到他手上,"快,快呈皇上御览!"书办转身下楼,高拱快步进了中堂,以惊喜的语调道,"叔大,辽东大捷,斩敌首近六百,此为嘉靖以来所未有啊!"

"辽抚得人,玄翁又屡授其方略,方有此捷!"张居正起身拱手道,"居正为玄翁贺!"

"皇上看了,该有多高兴啊!"高拱像是自言自语又像是说给张居正听,眼眶不禁湿润,泪花在眼中打转。心里说,我真是老了,禁不住想流泪!

须臾,文书房散本太监匆匆来报:"万岁爷御览捷报大喜,病也减轻了许多。说都是高先生荐人得当,运筹有方。"

张居正闻言,脸上的笑容僵住了。

3

皇极门是紫禁城内最大的宫门,也是外朝宫殿的正门,建成于永乐年间,时称奉天门,嘉靖四十一年改称皇极门,门前有广场,广场两侧是排列整齐的廊庑,习称东、西朝房,并有会极门和归极门东西对峙。内金水河自西向东蜿蜒流过,河上横架五座石桥,习称内金水桥。

隆庆五年腊月二十五日,是钦天监选定的吉日。这天清晨,尚在五更前,朦胧中,午门城楼上响起一通鼓声,文武百官自午门东西掖门列队而入,进两侧的朝房静候。锦衣校尉、旗手手执仪仗、旗帜,在内金水桥南侧的御道两旁分列站定;一群执事太监则从宫内走出,在丹墀下分列肃立。须臾,头戴红缨铁盔帽、身穿铁甲、手持弓矢刀剑的锦衣将军走上丹墀，侍朝扈驾。一应仪仗列毕，午门上响起钟声，文武百官各于左右掖门外序立，皇极门和左右掖门徐徐开启，百官依次过内金水桥，至皇极门丹墀东西相向而立。一名手持静鞭的太监从内走出，在丹墀一角站定挥鞭，三声鞭响过后，队列里顿时鸦雀无声，哪怕一声咳嗽，也会被御史纠弹。随着"驾到"的喊声，皇上的舆辇徐徐抬出，在金台御座前落降。百官躬身垂首，不敢仰视。

皇上在御座坐定，鸿胪寺赞礼官入班，高唱一声："入班行礼！"文武百官俱入班，行一拜三叩礼，分班侍立。行礼间，高拱用余光窥视皇上，只见他头戴衮冕，身穿衮服，透过帽卷上端垂下的十二根五彩旒，可望见皇上苍白、消瘦的面庞上，挂着难以抑制的笑意。

今日虽是皇上御门，却非同往日的御门听政，皇上和百官都着吉服，在这不年不节的日子，必是有大喜庆。去岁，也是这个时候，午门行献俘礼；今年年底，皇上在皇极门御门，则是行辽东宣捷大礼。

最高兴的，莫过于首相高拱了。病重的皇上闻辽东大捷喜讯，突然有了精气神儿，病情大为好转，当天就下了病榻，到东暖阁省阅文牍。兵部建言，祖制，斩敌一百一十当宣捷称贺，今五倍于此数，宜具仪宣捷。高拱起初担心皇上的龙体，票拟择时举行。皇上御览，改票命钦天监选择吉日，及时举行。又连降手诏，指示加恩阁臣。看到皇上病愈，高拱比听到辽东大捷的喜讯还要高兴。今天，他身穿文官一品吉服，严寒天气却未戴暖耳，精神抖擞，满脸豪气，步履虎虎生威。

鸿胪寺官展开红纸，以洪亮、高亢的声调，面宣辽东捷音：

建彝王杲等敢于深冬冰冻之时，纠众入犯，势甚猖獗。总兵官李成梁督率官兵，劲死血战，始而夹剿前锋，终而直捣巢穴，斩首近六百之多，计功逾五捷之外！且斩有酋首二人，夺有明甲二百余副，夷马六百余匹，其余夷器甚多，官军损伤甚少。不惟近而土蛮见之寒心，亦且远而俺答闻之丧胆。兹惟大捷，允谓无前！皆赖我皇上天威震迭，神武布昭，嘉纳辅臣之议，特颁敕谕，督责边臣，尽心防御，以故一时文武诸臣，仰承庙算，委身奋志，立有奇功！今具仪于御前宣捷称贺，足可扬我皇上中兴之大烈！

致辞毕，文武山呼："吾皇万岁！万万岁！"

兵部尚书杨博出列，致辞称贺：

辽东以至甘肃，九边皆与虏邻，我太祖驱逐于前，我成祖犁庭于后，虽天威震迭，如霆如雷，然二百年间，竟不免侵轶之扰，甚至攻陷边城，践踏畿甸，枢笔之司，时无停牍，封疆之吏，日事奔驰。固未有若今隆庆五年之全盛者！在西虏则纳款称臣，绝无烟尘之警，钱粮节省者不赀，生灵保全者无算，干羽之舞真再见于虞廷；在东则斩虏首六百，几于巢穴之空，馘其名王二人，夺其甲马千数，挞伐之威，殊有光于周雅！仰惟皇上圣德，神功出自天授，上增二祖之光，下垂万世之宪！臣等浅昧，何所揄扬！惟向我皇上贺，恭祝我皇上万寿无疆，我大明民富国强！

皇上闻"未有若今隆庆五年之全盛者"一语，已是激动不已，欠身端坐，待杨博说完，百官"万岁，万万岁"声音未落，就起身扬手道："端赖众卿辅佐，将士用命，叙功！"

吏部左侍郎魏学曾出列跪奏："启奏陛下：遵陛下札谕，臣等与兵部议定奏上，辽东巡抚张学颜，锐志筹边，实心任事，功收三捷，虽总兵效命之忠，谋出万全，咸巡抚发纵之力，赏升右副都御史，巡抚如故，赏银二十两，纻丝二表里；总兵官李成梁，名腾九寨，勇冠三军，血战全胜之略，数十年来罕有其俦，功本殊常，恩当破格，升署都督同知，荫一子正千户世袭；余各加恩有差。"

"高先生功当首论，何以没有？"皇上问。

"启奏陛下，"魏学曾答，"内阁拟票，独不拟阁臣，陛下特颁御札：'卿等运筹制虏，功当首论，宜加升荫，拟敕来行，钦此！'臣等奉御札拟旨，高、张二阁臣上本辞免。"

皇上欠身看着高拱，道："高先生宜承朕眷，叙功加恩。"

高拱出列跪奏道："皇上，臣等迭荷温纶，恩眷隆厚，不胜感戴！但臣等备位内阁，谬蒙皇上心膂之托，竭忠效力，理所宜然，委的不敢言功。伏望皇上纳臣之言，容臣等照旧供职，以图报称，斯于愚分获安。"

杨博出列跪奏："启奏陛下，辽东巡抚张学颜、总兵李成梁联袂上奏，言'大学士高拱，奏请练兵马、整器械等诸事，又请皇上颁敕谕，责令臣等将一应战守事宜着实整理，定庙谟于密勿之中，收肤功于边陲之上。辽东宣捷，当论首功！'兵部奉御札议处题奏，看得辅臣高拱，禁中颇牧庙情，如在目中。定贡市于西陲，善谋善断，授方略于东服，至再至三，竟成偃武之休，当叙功，以示渥恩。"

皇上点头道："卿言极是！朕着吏、兵二部叙辅臣功，卿等奏来。"

杨博道："启奏陛下，臣等议得，辅臣高拱、张居正，运筹制庙，茂著忠勋，兹特加恩：高拱加柱国，进兼中极殿大学士，给予应得诰命；张居正加少师兼太子太师，余官俱如旧。二辅臣还各荫一子锦衣卫正千户世袭。"

"皇上——"高拱声音哽咽地喊了一声，再次出列奏道，"人臣各有所职，尽其职而有所建树则为功。臣等乃辅弼之臣，职守无所不兼，必使阴阳调和，纪纲振饬，百官奉职，万姓乐生，礼教流行，风俗淳美，兵强财足，四夷咸宾，然后其职乃尽，尽其职乃可言功。可是，目今水旱时闻，漕渠未利，纪纲之废弛者未尽修复，官僚之纵肆者未尽汰清，百姓尚尔流离，风俗尚尔薄恶，国库告匮，行伍不充，诸如此者，皆是臣等赞襄罔效，职守未尽之过，怎敢言功？故敢不避烦渎，恳切陈情，伏望陛下收回成命，俾臣等安心供职，勉图报称。"

张居正跪在高拱身后，严寒中，头上却冒出汗来。自辽东传捷，高兴之余，也不免有几分惆怅。皇上也好，辽东的文武大员也罢，甚至就连兵部，言必称高拱用人得当，运筹有方，功当据首。内阁就两个人，突出一人，势必贬低另一人，这让张居正愤懑不已。更让他不满的是，皇上屡屡手诏加恩，高拱却一再辞免，他虽不得不署名，内心却期盼辞而不准。荫一子锦衣卫正千户，还可世袭，这样的机会实属罕见！高拱无子，自可固辞；可他已有六子，出路除了科场，就是恩荫。时下科场得售者尚无一人，他越发指望恩荫了。见高拱还在固辞，每一个字听起来都那么刺耳、那么令人生厌！

"卿等功在社稷，宜承恩眷，勿再固辞。"是皇上的声音。

张居正顾不得礼节了，抢先大声道："谢陛下盛恩！吾皇万岁，万万岁！"

第六章　中玄过亲家遭盯梢　太岳召门客谋反制

1

隆庆六年的正旦节格外热闹。北虏之患终于成为过去，辽东一隅也传来捷报，举国为之振奋，目为大明中兴之象，京城百姓无不欢欣鼓舞。且不说嘉靖年间鞑虏围城，就是隆庆初年，春秋两季也必戒严，人心惶惶，莫说安居乐业，连踏踏实实过日子也是奢望。如今不同了，北边达成了和平，朝廷的恤商策又次第落实，京城的商号店铺，陡然间增加了许多。买卖人喜欢讨吉利，老百姓也相信炮仗足以驱邪，故而售卖鞭炮的摊贩和各大寺庙的生意，比往年大为红火，除夕的鞭炮声近乎彻夜未息，初一一早，又噼里啪啦响了起来，京城里弥漫着鞭炮的火药味。

京师习俗，过年这天早起吉利。孩童为了捡拾未开炸的炮仗，四处奔波着，大人们则穿梭着互相拜年。

"过年好！过年好！"认识的不认识的，凡相遇，总要拱手说句这样的吉祥话。

"喔，赵兄，许久不见了，忙些甚事？"一个中年男子对另一个中年男子说。

"不瞒钱兄说，北边太平了，与鞑子开了市，兄弟预备开春儿到宣府、大同一带做边贸，前些日子到南边去采买了些布匹绸缎。"被叫作赵兄的中年人答。

"喔？咱哥俩儿想到一块儿咯！不过呢，兄弟不是去北边做边贸，是去南方。"被叫作钱兄的中年人道，"兄弟一想，目今太平了，福建那边开了海禁，兄弟何不去那边采买些洋货来？京师最喜时尚，苏州样、广州风已然不新奇了，洋货想必好销。"

"可不是嘛，海外的洋玩意儿，鞑子的马尾、羊皮，天南地北的货物，都云集京城了。不惟棋盘街、灯市口这些繁华之地，就连一向凋敝的安定门、德胜门外的关厢，货架上也摆满了。"

两个人正说着，又有人走上前来，拱手拜年。

"孙兄？"赵姓男子吃惊地问，"你不是摊上场官司了吗？怎么样，赢了还是输了？"

"理在咱这儿，自是赢了！"被叫作孙兄的中年男子得意地说。

"赢了？花不少银子吧？"钱姓男子好奇地问。

"还真没花钱！"孙姓男子道，"哥俩儿，告儿你吧，自去年高阁老主持朝审，取出案卷一一参详，一家伙就开释冤狱一百三十九名啊！谁还敢乱断案？朝廷又加意肃贪，听说平均三天就拿下一贪官，当官的人人自危，谁敢徇私枉法？"

"官府里也能讨公道了？喔呀，那不容易啊！"

"我辈有幸，遇到清明之世了！"赵、钱两人感慨着说。

"二位兄台，兄弟想做大买卖，不知二位兄台愿不愿意合伙干？"孙姓男子问。

"兄台说说看！"赵、钱二人眼睛放光，忙问。

"朝廷要实行海运了，听说了吧？"孙姓男子道，"既然通海可运漕粮，自可运货物。何不雇了大船，顺着朝廷漕运的线路，走海路从南方运货？关卡少了多少？也不怕黄河决口，运河淤塞了。"

"嗯嗯，好主意！"赵、钱二人点头道，"走走，喝上两盅，合计合计！"

市井言谈，遇到东厂的侦事番子，或许可达天听，但除非敏感话题，侦事番子未必有此兴趣，故而赵、钱、孙三人的这番交谈，能否传到朝廷里去，端赖侦事番子是否用心。

朝廷里，百官的兴奋并不亚于市井村夫。初一的清晨，在震耳欲聋的鞭炮声中，午门上响起了鼓声。新年第一天，百官照例着吉服入宫贺岁。在朝房等候皇极门开启的空隙里，朝臣们还沉浸在几天前宣捷典礼的喜悦中，除了彼此拜年的吉祥话，就是议论着，目今西虏臣服，东虏必被辽东大捷所慑服，京师再也不会受到鞑虏的威胁了，实为开国二百年所未有，可喜可贺！

高拱独自沉思着，隆庆六年，该办些什么大事。持续推进吏制改革，是一件；绥广，是一件；海运，是一件；清丈田亩均赋役，要不要铺开？

"玄翁，午门的钟声响了！"张居正提醒道。

"呃呃，那快走吧！"高拱慌慌张张起身，快步出了朝房。

正旦节贺岁，皇上可升御座，亦可不升座，众臣只是在皇极门丹墀列班，向金台御座跪拜贺岁。今天，皇上并未升座，鸿胪寺赞礼官照例高唱："行礼！"百官行礼如仪，礼毕，高拱向众人拱手道："在此拜年了，诸公不必登门！"话音未落，众人或三三两两，或同僚结队，向高拱躬身行揖礼，祝贺新年。高拱抱拳晃了晃，快步而去。

出了会极门，高拱本想到文渊阁继续办事，又想到一年四季无暇陪陪夫人，新春佳节里，她必是为膝下无子而伤感，也就打消了到文渊阁的念头，登轿回府。轿子刚到门口，杨博的轿子也跟来了，高福上前拦阻，正好高拱从轿中走出，杨博掀开轿帘："呵呵，新郑，未遵钧嘱，乞请宽谅！"

"喔！是大司马！快请快请！"高拱迎上去，待杨博下轿，拱手施礼毕，拉住他就往花厅走。

花厅的几案上，摆着一碟炒花生米，一碟新郑干大枣，一碟葵花子，还有一碟点心，添了几分过年待客的气息。

"大过年的，说件高兴的事。"一落座，杨博就笑着说，"迩来有些故旧对我说，一些荒僻州县，因朝廷定下与民生息的政策，不以追缴欠税定州县长升迁，州县掌印官松了口气，转而关注民生，鸡飞狗跳追缴欠税的局面一举扭转，民得安居乐业，俱感戴朝廷盛德。连荒僻州县都出现了新气象，隆庆之治，隐然已成！"

"差之甚远，差之甚远！"高拱摆手道，他一拍胸脯，"不过，我倒是有信心，若再有三年五载，想必有成。"

"是啊！"杨博慨叹一声，"皇上委政内阁，眷倚辅臣；内阁两相又俱为人杰，委实是难得的历史机遇啊！"他呷了口茶，"新郑，我看了江陵的两篇寿序，情真意切，叙周、召夹辅之谊，赞新郑才略盖世，功德灿然，读之无不动容，高、张失和之议为之消弭。博垂垂老矣，只盼内阁二相同心同德，珍惜遇合，携手振兴大明！"

高拱明白了杨博的来意，一拍扶手："博老，这何尝不是我的心愿？"

"道路传闻，新郑要逐江陵，我是不信的。"杨博道，"但讹言四起，究竟不是好事。"

"逐江陵？"高拱惊讶道，"谁说的？信口雌黄！"

"不可再起政潮了。"杨博感叹道，"今日局面百年未有，来之不易，惟愿不破局才好啊！"说着，起身告辞。

"不会破局，也不容破局！"高拱自信满满道。

2

送走杨博，高拱低头边想着心事，边往夫人房里走，张氏恰巧从屋里往外走，两人差一点撞了个满怀。

"难得你还记得有家室！"张氏嗔怪了一句，拉他进屋，"她爹啊，俺想和你商量件事。"没有外人在场时，张氏一向按老家的习俗称呼高拱。

"喔，有事？那快说吧！"高拱正觉无话头，一听有事相商，精神倍增。他在床前的一把椅子上坐定，张氏坐在床沿，拿出一张邀帖伸手递给过去："这是曹亲家送来的，叫俺看，还是去一趟为好。"

高拱接过邀帖，看了又看，表情沉重，沉吟不语。

"她爹，还是认下吧，曹亲家为人不赖。"张氏劝道。

曹亲家名曹金，号傅川，与高拱同为开封府人，他与张居正同登嘉靖二十六年进士。高拱三女五姐出生不久，就与曹金次子治和定了亲。八年前，十四岁的五姐殁了，未能成婚。曹金只得又为儿子治和另定亲事。照开封地方习俗，新订未婚妻相当于接续亡者，亡者父母若认可，即可认其为"续闺女"。曹金曾与高拱提及此事，高拱未置可否。前不久，二十三岁的治和举行婚礼，高拱因皇上在病中，也就未去参加。如今过年，大年初二照例要走娘家，曹家拿不准该不该让治和夫妇到高府

"走娘家"，高拱认不认这个"续闺女"，就又差人送来邀帖，请高拱过府贺喜。若去贺喜，就意味着认下这门亲事。可一提到曹家，高拱就会想起聪明慧懿的五姐，心如刀绞，何况认了亲，此后还要经常走动？

"俺知道你心里难受。可续上亲事，以后治和添了孩儿，叫咱姥爷姥姥，膝下承欢，老来也有个抓挠。"张氏又劝道。

高拱想到当年夫人以死相逼要他纳妾添丁，他敷衍过去了，又回绝了珊娘，内心就对夫人有了几分愧疚，也体谅她的苦楚，既然夫人一再相劝，高拱也只好答应。他吩咐高福雇了两顶小轿，在大年初一的午时来到曹金府上。

曹金进士及第后授南通州知州，迁山东兖州府同知，累迁陕西左布政使，入为顺天府尹，前不久改刑部右侍郎。他家人口多，赁了一个两进的院子，倒比高府还要轩敞些。正在花厅接待访客的曹金，闻得高拱夫妇便衣来访，急忙跑出花厅，到首门迎接，径直把高拱夫妇引入正堂，在八仙桌两侧坐定，曹治和夫妇忙前来叩头行礼，认下了亲事。曹金夫人要带高拱夫妇到治和小两口儿的卧室去看看，高拱连连摇头。

"那是女儿的卧房，照例该去看看的。"张氏劝道。

高拱只得跟在夫人身后进了新房，抬头一看墙上挂着"书中自有黄金屋，书中自有颜如玉"的条幅，正色道："怎么挂这个？给我摘下来，摘下来！"

众人莫名其妙，一时不知所措，张氏道："你这个倔老头，唱的是哪一出啊？"

"什么黄金屋、颜如玉！"高拱不屑道，"诚如此训，则所养成者，岂不都是些淫逸骄奢、惨民蠹国之人？"

"你说说你，竟这么较真儿！"张氏嗔怪一声，也无可奈何，治和哭笑不得，只得命人摘下。

已是用午饭时分，曹金夫人带着新娘子，婆媳二人一边一个，搀扶张氏去后院招待，曹金又吩咐就在正堂摆下酒宴，只他和治和两人陪着。酒过三巡，曹金道："当年治和定亲时，亲家翁曾说待告老还乡时欲卜居汴京，怎么样？我让治和为亲家翁操办操办吧？"

高拱摆手："不提这个了。"他当年确有卜居汴京之意，因为只有五姐一女，为了能够他日与五姐朝夕相处，让她为自己养老送终，方与家在开封的曹家结亲。可五姐已殁，说这些只能勾起心中的隐痛，故而他不愿再谈这个话题，遂叫着曹金的号说，"傅川，你说，内政民生，当务之急是何事？"

"清丈田亩、平均赋役！"曹金不假思索道，"时下，朝野对亲家翁的治国思路已然明晰：主张处理政务要严谨务实、讲究实效，不能图虚名；消弭外患，营造和平的外部环境；大力改革吏治，裁淘冗员，选贤任能。亲家翁复出二载，面对困局，以排山倒海之势，大开大合，消弭边患，改革弊政，天下翕然称治平。然目今贫富悬殊越来越严重，若要长治久安，非均赋役不可！"

高拱点头："消弭外患是创造条件，改革吏治是手段，目的还是富民强国。故清丈田亩、平均赋役委实是当务之急。不过，此事，恐一时还不能铺开。"

"喔？"曹金不解地看着高拱，"这是为何？时下外患已弭，正可集中精力于内政民生。"

正说着，门外有人兴奋地高声道："给元翁拜年啦！"

高拱抬头一看，是尚宝寺卿刘奋庸，正恭恭敬敬行叩拜大礼。

"喔，亲家翁，亮采适才来给我拜年，正遇亲家翁光临。"曹金忙解释道，"都是同乡，过年走动走动，也是人之常情。"

"是光走动走动吗？"高拱脸一沉道。

刘奋庸提督四夷馆时，高拱因四夷馆无缅语译字生，刘奋庸却恬不为意，钻谋出差，对他生出恶感；近来刘奋庸又屡托曹金在高拱面前为他美言，乞求荣进，更让高拱厌恶。故而一见刘奋庸就满脸不高兴，出语毫不客气。刘奋庸脸"唰"地红了，低头不敢再言。他已施礼毕，等着曹金请他入座，曹金恐高拱生气，不敢说话，场面甚尴尬。

"呵呵，既然遇上了，奋庸怎么也得给元翁敬盅酒吧！"刘奋庸走过来，拿起酒壶，为高拱斟上，"元翁，奋庸表达下心意。"

"你的心意我知道。"高拱端坐不动，"你屡托乡人为你说项，他们都替你说过话了，我一直不同意为你升职，你还敬我酒？"他一扬手，"罢了，你可以走了！"

刘奋庸尴尬万端，求助地看着曹金，曹金给治和使了个眼色，治和起身，把高拱的酒盅端起，道："岳父大人，小婿给岳父大人敬酒。"又拉了拉站在旁边的刘奋庸，刘奋庸举起酒盅，和治和手中的酒盅碰了碰，治和再把酒盅捧递于高拱面前，高拱接过酒盅，一饮而尽。

曹金忙道："亮采，元翁干了，你也快干了吧!"待刘奋庸干了一盅酒，曹金拉了拉他的袍袖，示意他快走。

"躁急孟浪之辈!"高拱望着刘奋庸的背影，轻蔑地说，"一心想着升迁，到处钻谋，越是这样，越不升他的职!"

"喝酒喝酒，不能让别的事扫了兴!"曹金端起酒盅敬酒。

高拱喝了一盅酒，道："傅川，你不是问清丈田亩的事何以一时还不能铺开吗？这就是原因所在。"

曹金一头雾水，不敢接话。

"污习未殄，吏治不兴。"高拱忧虑地说，"官场上不图虚名，不袭故套，踏踏实实做事的，能占几成？我担心清丈田亩之事贸然推开，这帮官僚借机扰民，骚动海内，把好事办坏，要么半途而废，要么不真不实成为数字游戏，如何是好？"

"喔呀！这一层我确乎未曾想到!"曹金恍然大悟似的，"亲家翁所虑周详。"

高拱一攮拳头，道："隆庆六年，还要把改革吏治放在首位，驰而不息抓下去!"

曹金点头。两人又就吏治应兴应革事项议论良久，直到张氏差人来催，方知酒席已进行了一个多时辰，高拱这才起身告辞。

高福、高德跟在两顶轿子旁，刚拐了个弯，高福隐隐约约觉得有人跟踪，猛地回头一看，有两个人鬼鬼祟祟，闪身躲到了一个院墙拐角去了。

"老爷，好像有人跟踪嘞!"回到高府，高拱刚下轿，高福就低声禀报道，"这些天，小的总觉得，咱院子附近也有人盯着。"

"你说甚？"高拱大吃一惊，"盯梢？盯我的梢？谁如此胆大妄为？"但转念一想，东厂的侦事番子盯大臣的梢，也是常事，也就不再耿耿于怀，一扬手道，"不管他，看他能盯出个子丑寅卯!"

3

正月初六，正旦节五天的假期结束，又赶上三、六、九上朝的日子，百官照例在午门内两侧的朝房候着，等待午门上的钟声响起。

"叔大，边境稍宁，今年要把重心放在整饬吏治上。"高拱对坐在他身边的张居正道，"这几天在家无事，我拟了道《明事例以定考核疏》，把这件事办好了，方可把官员导入综核名实的实政轨道，吏治当有起色。"

"玄翁辛劳。"张居正拱手道，"务必综核名实，行实政，求实效。"

"今年再持续抓一年，吏治好转，内政民生更革即可次第推进了。"高拱说着，从袖中掏出一张稿笺递给张居正，"叔大，我事太多，怕忘了，这定考核的奏疏今日即上，届时你照这个来拟票。"

正说着，掌印太监孟冲匆匆走过来，到高拱面前，躬身道："高老先生，万岁爷口谕，免朝。"

"免朝？"高拱愣了片刻，忙起身拉住孟冲的袍袖走到朝房外，低声问，"皇上龙体康泰否？"

"万岁爷龙体欠安。"孟冲皱眉道，"自去冬患病，咱看一直也没有好利索过，这两天，又沉了。"

"治啊！用心诊治！"高拱焦躁地说，"说给太医院，快点把皇上的病治好！你也要悉心侍候着，千万不能让皇上生气，千万让皇上节制起居！"言毕，一扬手，"快去吧，务必侍候好皇上！"

"鸿胪寺！"回到朝房，高拱喊了一声，"知会文武，皇上偶感风寒，今日免朝，都回衙悉心办事。"说完，大步出了朝房，往文渊阁而去。

内阁中堂里，高拱和张居正两人埋头阅看公牍，无暇抬头。张居正刚批阅了两份，一眼看见巡按福建御史杜化中的弹章，上写着："为被劾贪秽将领钻刺部院大臣及司府勘问等官，致图脱网，恳乞圣明严行究问，以正法纪，以昭公论事。"

"喔呀！这个案子，到底是发了！"张居正心说，神色遽然紧张起来，细读一遍，额头上冒出虚汗，但又不能不提笔拟票："兵部、吏部知道。"

拟毕，塞在文牍下，直到散班时分，方命书办一并转呈高拱审定，他则站起身："玄翁，已交了戌时，居正先告退了。"言毕，匆匆出了中堂。

"速叫兵部侍郎谷中虚来见！"一进家门，张居正即吩咐游七道。

须臾，谷中虚进了张府，径直被引进书房，张居正劈头道："少司马，福建的案子发了，巡按御史杜化中的弹章已发到内阁了。"

"喔呀！"谷中虚大惊失色，禁不住抖了一下，"弹章说些甚？"

"少司马，有你的份儿！"张居正一指旁边的座椅，示意谷中虚坐下，"弹章说金科诈骗银七千两；朱珏侵削军饷，索银五千两，刑毙无辜，业经前巡按御史弹劾在案。金、朱二犯不知悔改，反以二千金请托戚继光，行贿兵部左侍郎谷中虚，以求解救。谷中虚竟违制转交福建巡抚问理。金、朱又以七百金和丝布等物，送福建巡抚何宽，何宽令福建转运使李廷观问理。金、朱又送廷观七百金，各从轻拟。福建按察使莫如善老而昏庸，听其舞文弄法。金、朱又各捐千金，赇于戚继光，戚继光差人到京转圜，兵部咨行福建巡抚，将金科、朱珏督发赴浙江招兵，纳贿招权，支吾卖法，情罪甚重。乞将金、朱递回福建严究，乞敕吏、兵二部将戚继光戒谕，谷、何、李罢斥，莫如善致仕。"

"完啦完啦！"谷中虚吓得脸色灰白，不住地打着冷战，他知道时下只有张居正可以救他，遂试探着问，"弹章里没有提到太岳相公吧？这事，中虚可是照太岳相公指示办的。"

这就想出卖我？我若当国，这种人，绝不再用！张居正暗忖，对谷中虚生出几分厌恶，但他丝毫未表露，一脸悲壮道："我也是为国惜才，今有人揪住不放，居心叵测！"

"可是，太岳相公，武将受劾转巡抚勘问，确乎是违制。"谷中虚胆怯地说。

张居正道："既已如此，就要设法顶住！武将处分由兵部题覆，你明日就和大司马说，就说我张某说的，务必要保护住戚帅，开豁不问；金、朱二将也不必深究，胡乱了事可也！"

"一定，一定办到！"谷中虚道，"可是，文臣由吏部题覆，新郑相那么严苛，肃贪正愁没有抓住'大老虎'呢，断不会手下留情，还请太岳相公转圜！"谷中虚声音颤抖地说。

张居正沉着脸道："武将是你兵部勘问，只要保护住戚帅，轻处金、朱二将，后来的事情就遮掩过去了。"

这话是为谷中虚打气的，张居正心里并不踏实，一夜辗转，好不容易入睡，又被噩梦惊醒。一想到要到内阁面对高拱，就有些忐忑。这么多年来，把到文渊阁视为畏途，还是第一次。轿子在文渊阁前停下，张居正良久才出来，步履格外沉重。

"这事，要彻查！"一进中堂，高拱就举着杜化中的弹章，怒气冲冲道，"国朝二百年来，曾未有巡按所劾行巡抚勘问之理；而巡抚差委勘问案件，不交按察使而交转运使，越发怪异！国朝二百年，可曾有过转运使问刑之事？这等咄咄怪事，居然发生在隆庆朝，可见官场纲纪松弛、规矩无存到了何种地步？"

张居正低头不语，良久，以试探的语气道："玄翁，戚帅已站不住了，蓟镇到浙江招选南兵的事，是不是就算了？"

高拱本以为出了这样的怪事，张居正也像他一样感到气愤，不料他不惟不附和自己，却冒出这么一句话，不禁火起，没好气地说："两回事！巡按御史弹劾武将，兵部不理，却行巡抚勘问，这等怪事，岂是戚帅操纵得了的？"

张居正不敢再言，低头阅批文牍，心里却七上八下，一整天都如坐针毡。

4

张居正独自在书房枯坐，越想越可怕！万一高拱揪住此案不放，一查到底，不费吹灰之力，轻轻松松就可把他赶出朝廷，而且还戴上一顶贪墨的帽子，名誉扫地！他一顿足，追悔莫及，自语："贪官污吏的银子，万万不能收！"转念一想，若是自己当国，这等事算得了什么？哪里还要受此煎熬，过提心吊胆的日子？

已交了子时，一个身材娇小、皮肤白皙的女子拿着一件棉袍进了书房。她是当年巡抚湖广的谷中虚送给还是国子监司业的张居正的，取名菱儿，最为张居正所宠爱。她径直走到张居正身后，抱住他的脖子，撒娇道："老爷，夜深了呢，菱儿来请老爷去睡觉。"

"去去去！"张居正掰开她的手，呵斥道，"睡觉睡觉，你只知道睡觉，我哪里睡得着觉，让我安静会儿！"

菱儿受宠惯了，今日受此冷遇，泪珠断线似的滚落下来。张居正看也不看她一眼，起身背手在屋内焦躁地徘徊。菱儿无奈，只得讪讪地出了书房。看着她的背影，张居正心里一软，自语道："不，我不能被人赶走，不然，这一家老小，何以安身？"

次日到了内阁，张居正语调低沉地对高拱道："玄翁，居正思维再三，觉得既然戚帅站不住了，招南兵的事，还是算了吧！"

"嗯？"高拱诧异地盯着张居正，"怎么又说这话？戚继光本事再大，焉能操纵兵部？何以总往戚帅身上推？"他侧过脸，歪着头观察张居正的表情，"叔大，我看你神色不对，怎么，病了？还是有心事？"

"玄翁，"张居正试探着问，"福建案子的事，玄翁知道内幕吧？"

"内幕？"高拱有些惊诧，又有些生气，"杜巡按在万里外，我何以知？"

张居正沉吟片刻，难为情地说："居正以为玄翁知之，连日熟观玄翁动静，玄翁实不知。今乃敢以实情禀告：金、朱二将皆可用，居正故扶持之，为国惜才而已。前兵部题覆，将金、朱的案子转福建巡抚勘问，乃居正意；居正亦曾有书指示巡抚何宽，要他从宽区处。今杜巡按上本参揭此案，一旦查实，居正还有何颜面？愿玄翁曲处。"

高拱有些吃惊，道："难怪！但巡按既有弹章，总不能置之不问吧？我意只令听勘，勘来便好了。"

"玄翁，这……"张居正红着脸道，"非要勘？"

"我说过了！"高拱脸一沉道，"不要因此事分心，快把我上的《明事例以定考核疏》拟了旨，改革吏治的事，要以开年第一道旨颁发下去！"

张居正点头不再说话，心里盘算着应对之策。当晚，他召曾省吾到了书房，一脸愤懑道："三省，有件事，本不想让你掺和进来，以免节外生枝。可没想到玄翁不念情谊、不给面子！"他慨叹一声，"也好！从此以后，做什么，即可心安理得了！"

曾省吾哈腰侧脸，问："福建的案子发了，对不对？"

张居正点头，蓦地瞪大眼睛，问："你何以知之？"

"定然是高相在暗中查访。"曾省吾道，"我看他那几个门生上蹿下跳，到处打听此事呢！我正要来知会太岳兄的。"他曲起手指，在扶手上快速弹动，"这是人家设的局！看来，太岳兄处境危殆！"

张居正摇头："我倒不信玄翁会故意设局，拿此事做文章来赶走我。可彻查下去，轻者颜面丢失，重则狼狈去国，不堪之至！"

曾省吾一笑："不必烦恼，好办！"

"好办？"张居正有些不信，"三省，切不可儿戏！"

"让案子变性，可也！"曾省吾诡秘地说，举盏悠然地呷起茶来。

"一口气说完，别卖关子！"张居正嗔怪道。

"得给人这样一个印象：高相揪住福建的案子不放，并不是真肃贪，是要整你张太岳！"曾省吾放下茶盏，一抹嘴道，"如此，性质就变了，变成政争了；一旦转化成政争，朝野的同情心必往太岳兄这边倾斜。何以言之？一来太岳兄那两篇寿序，朝野读来无不动容，皆云太岳兄珍惜友情，对高相尊崇有加；二来内阁几位同僚都被他赶走了，连金石之交都不放过，高相还有甚威信可言？"

"理是这个理，然则如何方可转化？"张居正问。

"反守为攻，把水搅浑！"曾省吾得意地说。

"怎么说？"张居正问。

"劾高！"曾省吾恶狠狠道，"只要发动攻击，则高相对太岳兄不利的举措，必被视为政争；劾高弹章，要说他高某人受贿，这样把水搅浑，他再说你受贿的事，朝野也就不信了！有也是无，无也是有，谁搞得清？"

张居正沉吟不语。

"太岳兄，这几天，徐爵传递了什么新消息吗？"曾省吾问。他已从张居正这里得知，冯保命东厂盯梢高拱，一有动向，即命徐爵知会张居正，故有此问。

"说是初一这天，玄翁过曹金府中喝酒。"张居正道，突然又想起了什么，补充道，"嗯，还有，据徐爵报：玄翁去曹府那天，正好刘奋庸也在，可不多时，刘奋庸就垂头丧气地出了曹府，口中还骂骂咧咧的，似是对玄翁有怨气。"

曾省吾眼珠子飞快转动着，顾自重重地点着头，口中喃喃："刘奋庸，刘奋庸……"

"劾高的人，不好物色吧？"张居正担心地问。

"是不好物色，可诱之以利，总有投机者可用！"曾省吾道。

"还是不要轻举妄动。"张居正不放心，"时下玄翁全权在握，一旦发动就没有退路了，万一玄翁反制，岂不弄巧成拙？"

曾省吾"嘿嘿"一笑："太岳兄，实言相告，非省吾多谋，乃是徐老暗中指点。徐老差吕光常驻京师，方便多了，请客吃饭、馈赠银两，都是他出。时下徐老一心要扳倒高相，松江与京师喘息相通，吕光随时把徐老的主意知会于我。太岳兄不信我，还能不信徐老？那可是宦海沉浮几十年的老手啊！"

张居正对徐阶经常差人在松江和京城之间穿梭，自是知情，也知道吕光在京师的使命，因此对曾省吾的话并不吃惊，他眉毛一挑问："存翁以为可以发动？"

曾省吾点头："找准时机，里应外合，必玩高相于股掌！"

张居正踟蹰着："先不忙，福建一案要查清，尚需时日，再等等看。"

1

戚继光从张居正那里得到福建案发的消息，顿时紧张起来。为金、朱二将之事，他曾差人拜托张居正门下，调取二将为蓟镇招浙兵，也是按照张居正的授意做的，这意味着，张居正也卷入了此案，目下再向他求助已不可能，唯一的办法是求助于高拱。固然，高拱与张居正一样赏识他，可他素知高拱眼睛里揉不进沙子，与他打交道比不得与张居正，可以重礼相送，美色相娱；可倘若总是公事公办式的，又怎能求得高拱的谅解？

"这可如何是好？俺老戚最重名望，这事捅出去，一世英名岂不毁于一旦？"戚继光在镇府节堂越想越着急，长叹一声，"早知金、朱这两个小子如此不堪，何必替他们遮掩！"抓耳挠腮，想不出办法来。忽有亲兵禀报：有名叫刘旭者求见。

"不见！"戚继光把手扬过头顶，烦躁地说。他虽是武将，却雅好诗词，文坛领袖王世贞是他的好友，山人墨客，成群结队到蓟镇打秋风，他多半会礼貌周全，殷勤款待。可今日本有烦心事，刘旭其人又从未耳闻，故而断然回绝。

"大帅！"亲兵又道，"客人说，他从河南新郑来，是高阁老的亲戚。"

"啊？"戚继光大喜，"快快有请！"

刘旭因冒充高拱外甥行骗，在得意楼被兵马司抓获，枷锁一个月后释放。他没有回河南老家，在京城四处游荡，听说戚继光一向款待山人侠客，遂灵机一动来到三营屯。到后方知，来打秋风的，都是小有名气的文人墨客，人人都有诗作奉上。他两手空空，无名小卒，根本就接近不了戚继光。这天，他瞅准机会，以河南话对亲兵口称高拱亲戚，须臾就被传请。

戚继光见到刘旭，试探着问了问河南新郑的情形，刘旭对答如流，把高家祖上几代、时下兄弟数人，说得一清二楚，不由人不信。

"刘兄远道而来，在蓟镇多留些日子，本帅差人侍候！"说着，戚继光传下帅令，命两名亲兵解除本职，专意侍候刘旭，好生款待，不得有误。

送走刘旭，戚继光提笔修书一封，差人日夜兼程送往京城。

吏部直房里，高拱正与兵部尚书杨博商榷处分戚继光一事，司务禀报，戚继光差急足投书一封。

"呵呵，说曹操，曹操到。"高拱微微一笑，命将投书呈来。

杨博处事圆润，武将处分虽职在兵部，且张居正已透过谷中虚有明确授意，但他知道高拱和张居正已然失和，恐贸然按张居正的授意题覆，遭高拱驳正事小，卷入高、张之争事大，故他欲事前与高拱沟通，达成共识后方起稿。杜化中的弹章发交兵部，杨博压了几天，知高拱每晚必到吏部来，便差人在门口候着，闻得高拱已到直房，便徒步来谒。高拱向杨博说出了自己的想法："戚继光国中名将，功勋卓著，惟好宾客排场，有不廉之名。照理当从巡按所请，予以训诫。然正因戚帅好排场，计较名衔，必是甚好颜面；况时下蓟辽一体，东虏虎视眈眈；建彝时服时叛，有戚帅坐镇，土蛮、建彝不敢窥蓟门，朝廷无东顾之忧。是以对戚帅当加意保护，兵部不妨差员到蓟镇私下诫勉，不做公开训诫。"边说，边拆开戚继光的书函。

"新郑所虑周详。"杨博附和道，"戚帅从戎多年，嘉靖季年，墨臣当国，政以贿成；先帝又以刑立威，动辄斩杀将帅，将帅无不战战兢兢，纷然以重礼贿廷臣，习以成俗，戚帅焉能免俗？时下朝廷加意肃贪，文武凛然不敢再贪，想来重名望如戚帅者，已幡然自新矣！"

"惟愿如此！但福建一案，戚继光卷入其中，行止有污，当严厉诫勉之!"说着，高拱抖了抖戚继光的书札，举在眼前匆匆浏览。

"那么金、朱二将?"杨博又问，"新郑有何考虑?"

高拱一拍书案："可恶!"

杨博吓了一跳，以为是戚继光的书函激怒了高拱，不禁为他捏了把汗。

"那个假冒我外甥的刘旭，竟又到蓟镇行骗，太可恶了!"高拱顾自说，顺手把戚继光的书函递给杨博阅看。

杨博阅罢，方知是戚继光向高拱禀报他必尽心款待刘旭之事，遂笑道："呵呵，我看也是周瑜打黄盖嘞! 你看戚帅匆匆忙忙投书来禀此事，必是想以此与新郑套近乎，买个人情，也是怕对他严处吧!"

"处分戚帅事，就照我适才所言办。"高拱决断道。杨博抱拳欲辞出，高拱伸手向下压了压，示意他坐下，郑重道，"大司马，今年春防，宣大等七镇，不必再刻意部署; 当集中精力于蓟辽，方略只一个字: 战! 对胆敢侵扰之东虏、建彝，当大加一挫，如此，不惟使东虏胆寒，而西虏亦知畏，则和平可固!"言毕，向杨博一拱手，"请大司马照此部署。"

杨博施礼辞出，高拱提笔给戚继光回书："巡按所劾事，仆已与大司马商……"刚写了一句就住了笔，口中嘀咕着，"朝廷之事，不可泄于武将，况示恩于人，非大臣体。"想到这里，把稿笺撕碎，再展开一张，写道:

　　其刘旭者，乃一无家荡子，昔年曾在敝县教书，去岁行骗于京师，今又到蓟镇行诈，须得重惩解回，乃可为戒。不然幸脱于此，又将行诈于彼也。今岁蓟镇事体，较之往时关系尤为重大。何也? 西人新附，而东人尚然内窥，若遂得志，则有以阴启西人之心，虽得贡市不足为羁也。必须大加一挫，则不惟东人胆寒，而西人亦知畏，贡市乃可永焉。况西人不动，则东人无援。吾无西忧，则得以专力于东，以防秋之全力，专用于失援之敌，若再不得一胜，则天下之事更无可为。岂惟将军之辱，而愚亦无面目立于庙堂矣!

　　读了一遍，高拱自语道："接阅此函，戚继光当能明白，对他不会严厉追究了。"再读一遍，顾自点头，"嗯，对戚继光，要用此激将法。只要戚继光大张旗鼓，做痛击土蛮之势，就足以震慑土蛮，蓟门可无忧矣！"

放下稿笺，又给张学颜修书：

出塞大捷，数十年所未有者，非公壮猷，何以致此！上览奏，喜动天颜，且示恩于西，而又立威于东，国势乃益强矣！大捷策勋已有成命，今土蛮虎视眈眈，防备宜周，仍期一捷，斯国威益振！盖土蛮自谓强于建彝，故敢乘吾战胜解严而窥伺之，以为吾气且骄，吾力且疲，而因遂可以得志也。今须整搠人马，愈加奋励，彼出吾不意而吾亦出彼不意，大加挫衄，则西北诸酋皆落胆矣！李帅威声大著，诚为可喜。然从此须当自慎，倘恃胜轻事，则有不宜。公幸代仆一告之，亦爱助之意也。

想了想，李成梁屡有禀帖，不给他回复，恐生误会，遂又给李成梁修书：

将军逐寇长驱，有此大捷，可谓奇伟丈夫！圣主褒功，恩礼隆厚，岂人之所易得哉！今土蛮虎视眈眈，若敢进犯，须再得一大挫，则国威益振！是在将军奋力耳！然须慎重，计出万全乃可。

书函封发毕，高拱背手在直房踱步，自忖："嗯，料俺答不敢渝盟，土蛮、建彝不敢跳梁！隆庆六年当是祥和之年！"本是越想越高兴的事，可这种兴奋情绪一闪而过，旋即心头一沉，像有块石头堵在胸口。

"皇上，你还年轻啊，病快些好起来吧！"高拱望着窗外漆黑的夜空，慨叹了一声。

2

隆庆六年二月，是闰月。过了正月，皇上的病情加重，手臂上出疮化脓，太医院搜捡偏方，加意调理，过了一个多月，方稍稍见好。

闰二月十二日，皇上终于出而视朝，御门听政。已有近两个月没有一睹天颜了，得知皇上病愈视朝，百官早早就在午门外等候入朝的鼓声。鼓声响起，众文武鱼贯而入，在朝房里候着。须臾，午门鸣钟，百官入班。

高拱和张居正并未在朝房里，而是在内阁批阅文牍，听到钟声响起，方自阁而出，快步北上。过了会极门，高拱抬头一看，隐隐约约间，望见御道上像是皇上的舆辇停在路中。

"叔大，快看！"高拱用手一指，回头望了一眼跟在身后的张居正，疑惑地说，"那是不是皇上的舆辇？"

"皇上不御座，竟是要往文华殿去吗？"张居正也感到奇怪。

"快过去看看！"高拱说着，越发加快了步伐，朝袍发出窸窸窣窣的响声。

前方的人群也看到了高拱和张居正，几名执事太监飞跑着迎上来，道："二位老先生，二位老先生！万岁爷宣老先生觐见！"

高拱小跑着往舆辇方向赶去，气喘吁吁到了近前，只见皇上怒容满面，已下了金台，正要往舆辇上坐，一群衣着华丽、执掌朝会仪仗的太监，环跪于舆辇四周。皇上一见高拱，怒容顿消，不待他跪地叩头施礼，伸手一把牢牢抓住他的袍袖，咽了口唾沫，想要说什么，却未能说出口。

"皇上为何发怒？今将何往？"高拱忙问。

"我不还宫了，不还宫了！"皇上赌气道。

"皇上不还宫，去何处？"高拱吃惊地说，以慈祥的目光望着皇上，劝道，"望皇上还宫为好。"

听高拱如是说，皇上稍作沉思，道："你送我。"

高拱道："臣送皇上。"

皇上长出了口气，仿佛有了依靠，放开高拱的袖袍，又抓住他的左手，用另一只手把皇袍向上拉了拉，露出左臂，委屈地说："先生看，我腕上的疮尚未落痂。"高拱刚要细观，皇上却一甩手，迈步往金台走。

张居正跪在地上叩头，皇上并不理会，他伏地听到皇上与高拱的对话，又听到皇上和高拱沿御道北上的脚步声，慢慢抬起头，缓缓起身，见皇上抓着高拱的手往北走，欲跟上去，又恐皇上不悦；退回去，又恐百官轻看，一时进退失据，甚为尴尬，神情黯然地望着不远处的君臣二人，心中怅然："皇上心目中，只有高，何有张？"

"张阁老，发生了什么事？"张居正闻声看去，是锦衣卫都督朱希孝。他在朝班中看见这边情形异常，忙带几名校尉赶来查看，待走上前来，见张居正独自站在御道上，便问了一句。

张居正摇头，道："缇帅，皇上神色有异，我看你我不妨也跟上去吧？"说着，拉了拉朱希孝的袍袖。

朱希孝踌躇着，但他身为锦衣卫都督，负有护驾之责，也担心发生意外，便道："也罢，远远跟在后面吧。"

高拱被皇上紧紧拉住，只得紧随其后，到了金台上，皇上停下脚步，眼巴巴地看着高拱，突然愤恨地说："我祖宗二百年天下以至今日，国有长君，社稷之福，怎奈东宫小哩？"

高拱大惊失色，怔住了。

皇上既焦急又无奈地重复道："国有长君，社稷之福，怎奈东宫年幼？"一语一顿足，一握高拱的手，语调突然变得哽咽，"太子年幼，以天下累先生！"

高拱看着皇上，一脸茫然。他不愿听到这样的话，也不相信皇上会有不测，遂不住地摇头，安慰道："皇上万寿无疆，何出此言？"

皇上沉吟良久，告状似的说："有人欺负我！"

"是何人无礼？祖宗自有重法，皇上说与臣，当依法处治，替皇上出气！"高拱像哄孩子似的道，又关切地说，"皇上病新愈，千万不要发怒，恐伤圣怀。"

皇上踌躇着该不该说出来。

自去年秋天幸南海子，回来不久，皇上就觉得身体不适，总感到疲倦、头痛、关节痛，不想进食，连幸嫔妃的力气也没有了。服用冯保秘献的春药，勉强能行房事了。可渐渐地，身上长出了不少斑疹，虽不痛不痒，却不断溃烂，很难结痂。御医只说染上了疳疮，却又说这疳疮不同一般，甚难治愈。委实如此，治了几个月，病情不惟未减轻，反而一日比一日严重了。他隐隐觉得，这病与乱交有关。可这等事，九五之尊的皇帝怎能说出口？在南海子私幸民女的事一旦暴露，他这个皇帝在历史上会是什么名声？故而他究竟没有勇气说出来，无奈地一顿足道："甚事不是内官坏了，先生你怎知道？"

高拱对太监阉党向无好感，听到皇上这样说，本想问问是怎么回事，又怕皇上说起来又会动气，欲言又止，默不作声。

皇上拉着高拱的手继续往前走，皇极门外两侧，文武百官已站立良久，众人以诧异的目光看着皇上拉着高拱穿过了皇极门，下了丹墀。

"端茶来！"皇上停下来，吩咐了一声。

孟冲一边命内侍快去端茶，一边吩咐执事太监搬过一把椅子，北向而放。皇上看了一眼，想坐，却又未入座。孟冲似乎明白过来，忙把椅子转为南向，皇上这才入座。

高拱的左手还被皇上紧紧攥着，他跟着皇上转过身，躬身立在座旁。一名内侍用托盘端来一盏茶，皇上用左手端起茶盏，一连喝了四五口，看着高拱道："我心稍宁。"说着，站起身，依然抓住高拱的手不放，迈步由东角门入，径直往乾清门而去。

乾清门为紫禁城内廷的正宫门。入了此门，即属内廷，是帝后嫔妃寝宫起居所在。走到乾清宫门口，高拱站住了，皇上拉了他一把，他依然未动，仰身向后道："臣不敢入。"

皇上却不放他的手，又向里拉了拉，扭头看着高拱，一脸眷恋的神情，以恳求的、恋恋不舍的语气道："送我！"

高拱的目光与皇上对视了片刻，见皇上颜色相顾，眷恋之情蔼然，不禁潜然泪下！他也不忍就此与皇上作别。自十一年前结束裕邸长达九年的讲官生涯，从来没有像今日这般单独与皇上如此亲密地接触了，高拱感到既心痛又幸福。他分明感到，这个他看着长大、教大的少年，如今虽是九五之尊，却依然像当年一样依恋他，从他这里寻找安全感，获得父爱的满足。皇上的手已然汗津津的了，却还是舍不得松开，高拱想透过自己的手，传递给皇上力量和关爱，也暗暗祈祷着，把皇上的病转移到他的身上，由他代皇上忍受病痛，甚至，去死！

正在高拱思绪万千，泪流满面之时，皇上把他的手抓得更紧了，迈步进了乾清门。高拱扬起右手，乘皇上不注意，用袍袖在脸上蘸了蘸，抹去了泪痕。他猜不透皇上执意拉住他进宫，所为何事。

3

既得了皇上口谕，高拱满腹疑惑地挪动脚步，随皇上顺着乾清门内高台甬路，走过月台，径直进了乾清宫。

远远地跟在身后的张居正和朱希孝在乾清门前停了下来，踌躇不敢进。

"缇帅，既然首相进去了，都是臣子，你我不妨也进去吧？"张居正望着朱希孝道。

"这……"朱希孝踌躇不决。

"走吧！"张居正拉了朱希孝一把，大步进了乾清门。

皇上进了东偏殿寝宫，在御榻上坐下，显然是走累了，大口大口地喘着粗气，但还是抓着高拱的手不放。张居正、朱希孝近前，跪地叩头。高拱想叩头，因左手被皇上牢牢攥住，鞠躬弯膝，身子却跪不下去，甚局促。皇上见此，方缓缓地松开了手。高拱这才跪地叩头行礼，张居正、朱希孝也随着他再叩头，皇上气喘吁吁，不发一语，三人遂辞出乾清宫，退到门外候旨。

须臾，御前牌子走出来："宣阁臣觐见！"高拱、张居正复入，站在乾清宫外的丹墀上。内里传出皇上的声音："近前来！"高拱和张居正这才进到乾清宫内，见皇上已升座，忙趋前跪地叩头。

皇上缓缓道："朕一时恍惚。"喘了口气，又说："自古帝王后事……"

听到"后事"两字，高拱脑袋"轰"的一声，心如刀绞，皇上又说了些什么，他竟没有听清，恍惚间似是预备后事之意，他强忍住内心的痛楚，屏息静听，"卿等详虑而行。"皇上的这句话，他听清楚了。

高拱本想说，皇上春秋正盛，不必多虑，静心调理就是了，可话到嘴边又咽回去了。皇上口谕是让他预备后事的，他这样说，岂不是不遵旨？皇上也会对自己的后事不放心的；若说遵旨，似乎认同了皇上不久于人世的判断，他内心不能接受，也不愿让皇上再这样想。故而只是默默地流泪，叩头而出。

出了乾清宫，高拱停了下来，对张居正道："在此候旨。"

天已大亮，两人默默地站在宫门外，各自想着心事，听着宫内的动静。过了片刻，御前牌子出来传旨："着高老先生在宫门外莫去。"

张居正闻言，脸色遽变，讪讪地转身要走。

"叔大，且留步。"高拱伸手拦住他，"时下百官还在皇极门外候着，我留下，你出去，让人看出二阁臣皇上重一个轻一个，对你不好。你暂且同留，我奏知皇上就是了。"说着，对御前牌子道，"你去奏知皇上，二阁臣都不敢去。"

张居正虽被高拱挽留，心里却甚不是滋味。他真切地意识到，在今上的心目中，高拱是不可取代的，他张居正安心辅助他还好，若生取而代之之心，只能自毁前程，自取其辱！而高拱适才的一席话，也让他明白，高拱对他虽有猜疑，却并未绝情，还在为他着想！而他却在暗地里算计着，伺机整垮他！这让他生出些许内疚，看了一眼高拱，道："玄翁年纪大了，总这么站着不是法子。"正巧一个内侍从宫中出来，张居正向他招了招手，"你去请印公出来一见。"

须臾，孟冲从里面走出来，张居正迎上去，拱手道："印公，元辅年迈，不可久站，命人在乾清门内北向设座、奉茶。"

孟冲想了想，道："张老先生，咱看万岁爷没啥事儿，不如二位老先生到内左门那边的九卿直房里去候着吧，都这个时辰了，咱叫御膳房给二位老先生送吃的去。"

张居正看着高拱，等待他决断，高拱沉吟良久，他不相信皇上真的会出意外，这么守着，反倒不吉利，便点头道："也罢！"又对孟冲道，"你差人去皇极门外，知会百官，到朝房候着。"言毕，由一个执事太监前引，下了丹墀，出了乾清门，来到九卿直房。须臾，内侍抬来了食盒，摆上几案。高拱喝了几口小米粥，把碗一推，就再也吃不下去了。

就这样，高拱和张居正在内左门直房一边批阅文牍，一边候着乾清宫的消息。薄暮，突然刮起了大风，大风卷着沙尘，遮天蔽日，夕阳仿佛被裹进风沙里，一片暗红色。一个内侍顶风进了直房，先扭脸把刮进嘴里的沙尘吐了吐，传旨道："阁下着在乾清宫门外宿。"

高拱忙道："你去回奏皇上，祖宗法度甚严，乾清宫系大内，外臣不得入，昼且不可，况夜宿乎？臣等不敢宿此。然不敢去，当出端门，宿于西阙内直房。有召即至，有传示即以上对，举足便到，距离很近。"

过了一刻钟，内侍复来传旨，万岁爷允准了。于是，高拱、张居正起身，戴上内侍拿来的面罩，顶风往西阙内九卿直房宿夜。

夜深了，风仿佛刮累了，在喘息。高拱躺在床上，辗转反侧不能入眠。裕邸九年的往事，一幕又一幕，在脑海闪现。又想到复出两年余，朝政刚有起色，边患甫弭，正可集中精力于大修内政之时，正值壮年的皇上却病倒了。万一皇上不起……他不敢再想下去，索性披衣而坐，望着窗外的夜空，泪水止不住流淌。

五更鼓声响过，左右掖门开启，高拱忙叫上张居正，入乾清宫问安。皇上还在昏睡，两人只是与孟冲低声交谈数语，就退了出去。

漫长的一天过去了，又过了一天，内侍传旨：圣体稍安。

高拱欣喜不已，在直房里提笔写成一道札子：

臣闻圣体稍安，不胜庆幸。今府部大臣皆尚朝宿不散，宜降旨令各回办事，以安人心。而二阁臣仍昼夜在内，不敢去。

写毕，又拟旨："说得是。百官各回办事。"一并封送。

不多时，内侍进来禀报："高老先生的札子，万岁爷御览，以为然。"

"快办文降旨！"高拱吩咐。

过了不到半个时辰，执事太监捧圣旨到。高拱忙吩咐："快去午门内宣旨！"

外廷闻旨，百官皆散，人心稍定。高拱、张居正仍夜宿西阙门内直房，日日上疏问安。

又过了三天，已是十八日了。高拱和张居正入乾清门问安，孟冲前来禀报：万岁爷圣躬益安。高拱闻之欣喜不已，命以内阁公本移司，将此消息遍告各部院衙门。午时，用了饭，他提笔写了一道问安疏。

过了一个多时辰，执事太监来禀："高老先生的问安疏，万岁爷命发下落科。"

"问安疏照例都是留中的，此疏何以发下？"高拱不解地问。

执事太监道："万岁爷见高老先生大疏，很是欢喜，连着看了好几遍，又命司礼监抄写了一幅，放到几上，说要随时阅看，照着做嘞！"

高拱忙接过一看，上有皇上亲笔御批："朕知道了。"不觉喜上眉梢，道，"皇上御批，字体有力，看来是平愈了！"

"不错，万岁爷说，觉益平愈，要咱来慰劳老先生，说老先生可以出而还家了。"

"好啊好啊！"高拱高兴得不知所措，在屋内踱了几步，吩咐孟冲，"好生看顾，不可惹皇上生气！"

1

文华殿东厢房，是太子讲学之所。每日早朝散后、无早朝之日在交了辰时后，内侍在文华殿东厢房正中面西设座，左侧摆书案，内侍导太子入座，侍班、侍读、侍讲等官入内叩头，分立左右两侧。内侍展书，先读《四书》，左班侍读官出列，走到书案前，陪伴太子诵读十遍，读毕，退回原班站立；太子再读史或经，右班侍读官出列伴读十遍，退回原班。稍事休息后，交了巳时，太子复升座，侍班、侍读、侍讲、侍书等官员，依原班站立左右，左班侍讲官出列，讲解此前所读四书的大意；再由右班侍讲官讲解所读史或经文的大意。讲书结束，通事舍人清理书案。侍书官出列，至书案前，辅导太子写字，讲解笔法、笔画、端楷。写字毕，课程结束，太子命赐讲官等酒宴，各官叩头而退，太子回宫。

除侍班官张四维尚在赴任途中外，其余侍班官礼部尚书高仪等，侍读官翰林院学士马自强等，侍讲官翰林院编修陈邦经等，校书官翰林院检讨许国等，侍书官内阁制敕房中书马继文等，俱已到职。这些太子辅导官，皆由高拱精心挑选，吏部疏荐、内阁公本上奏获任。

国制，内阁提督太子讲学。礼部并詹事府提交讲学内容要目：先讲经书，再讲《贞观政要》。高拱批注："先知本朝之事为主本，后可证以异代之事。宜将列祖列宗《实录》所载，如何慎起居，如何戒嗜欲，如何进君子退小人，如何务勤俭，如何开言路，如何赏功罚罪，如何安抚百姓，如何镇抚四夷八荒，撮其紧切者，编辑成书，进呈御览，日讲数条。"据此，讲学内容即与此前有异；皇上又据冯保建言，著阁臣每日轮流一员看视，届时，阁臣一人到文华殿现场提督讲学。

这天，轮到张居正到文华殿看视太子读书。辰时，他到了东厢房讲所，给太子叩头，监视讲官讲读。讲读间歇，阁臣照例到文华殿东小房喝茶歇息。陪太子的内侍由冯保率领，他见张居正进了东小房，便左顾右盼了一番，迈步跟了过去。

张居正屏退侍从书办，正坐在炕席上悠然地品茶，冯保笑眯眯地进来了，拱手道："张老先生！"

张居正忙起身还礼："冯老公公！"

冯保身后跟着他的掌班太监张大受，乃心腹之人，冯保向外摆摆头，张大受会意退出，站在门外不远处观察外间动静。

国朝太祖皇帝最忌宦官干政，故严禁太监与外臣私下交通。冯保虽早与张居正结成联盟，面对面密谈还是第一次。当初张、冯之所以捏旨阁臣每日轮流一员看视，可借机密会也是重要动因。

"亲家翁！"冯保坐在炕席上，扭脸叫了一声。

张居正竖起中指，放于唇上，摇了摇头。

冯保知张居正不愿让外人知晓他们缔结婚姻的事，只好改了称呼："呵呵，张老先生！"他伸手向北指了指，"已油干灯枯，时局当一新。"他又指了指间壁的东厢房，"还是个娃娃，大局谁可掌之？"

"自然是首相。"张居正故意说。

"哼哼！"冯保冷笑，"那要看谁来做首相了。张老先生自是知晓的，本朝的体制，内阁也好，部院也罢，无内里的批红，任何文书都是废纸一张！若没有内里的支持，首相就是有天大的本事，也无以施展！"

张居正暗忖：冯保其人，在太监里委实是有见识之辈，他这句话说到了要害处。

"咱也知晓，"冯保呷了口茶，继续说，"本朝祖制，内官、外戚、后宫俱不得干政。可若万岁爷是个娃娃，内里总要有人拿主意吧？难不成内阁怎么拟票，大内只能照单全收？这成什么话？"他"嘿嘿"一笑，"首相若是通情达理谙熟世故如张老先生者，另当别论；若是他高胡子，尽做些伤天害理绝人情的事，凭什么要照单全收？"

张居正暗自琢磨冯保"内里总要有人拿主意"这句话，这个拿主意的人会是谁？难道冯保打定主意要干政，事先把丑话说前头？刘瑾专权的丑剧要重演？冯保见张居正沉吟不语，夸张地咳了几声，肃然道："咱知晓咱是内官，不能干政。可太子爷生母贵妃娘娘，那可不是凡人。小万岁爷听他生母的话，是孝道！咱侍候贵妃娘娘多年，忠心耿耿，到那时，咱给她出出主意，总是应该的吧？咱出的主意，想必贵妃娘娘是会听的！"言毕，得意地咧着嘴，摇头晃脑。

一句话点醒了张居正：李贵妃才是新朝的关键人物。她可以名正言顺地控驭皇帝，冯保也在她的掌控中！她自是晓得今上对玄翁的空前眷倚，如她执意要继续用玄翁，恐怕冯保也不敢造次！

冯保干笑了几声，又道："咱知晓张老先生深有城府，不妨把话说透：张老先生主外，咱主内，宫府一体，开一代新治，如何？"

"老公公，为国家计，为大局计，居正愿与老公公携手！"张居正终于开口了，"但老公公也晓得的，居正与玄翁乃生死交，无论对玄翁做何事，居正只能隐身，不能让人察觉。公开决裂的事，居正不能做。"

"放心，冯某替你背黑锅！"冯保一拍胸脯，"反正高胡子也知晓咱恨他！"他伸出手臂，拍了拍张居正的手腕，压低声音道，"今上不是要内阁预备后事吗？你心细，要好好琢磨，你我里应外合，暗中把这事打理停当，到时来他个措手不及，让高胡子一边凉快去！"

张居正不语。

"不能等，马上就动手！"冯保一咬牙，目露凶光，"物色人弹劾高胡子！"

张居正故作沉思状。曾省吾早就暗地里在物色弹劾高拱的人选了，那是为把水搅浑；今日冯保也提出要物色人弹劾高拱，可谓不谋而合。但张居正尚不知冯保提议弹劾高拱的动因。在今上心目中，高拱是不可替代的，只要今上还有一口气，想撼动他恐不可能。既然今上已油尽灯枯，冯保因何急于弹劾高拱？遂重重吸了口气，问："万一皇上发怒，岂不弄巧成拙？"

"就是要激怒他，免得夜长梦多！"冯保脱口而出，话一出口，又感到后怕，缩了缩脖子，"这个……咱是说，要把水搅浑，越乱越好，到时咱奏请贵妃娘娘，让张老先生出来控制局面。"那天在御道，皇上执高拱手所说的话，早有心腹太监禀报给了冯保，听到皇上说"有人欺负我"这句话，冯保就已心虚，又听皇上说出"甚事不是内官坏了"这句话，冯保浑身冒冷汗。他担心皇上已然怀疑他的病与南海子之行有关。固然，皇上居深宫大内，对杨梅疮之类的说辞、来历一无所知，御医也不敢说透，但倘若高拱起了疑心，命人查访，事情败露也未可知。果如此，必是大祸临头！战战兢兢了十来天，思谋着要促皇上速死。弹劾高拱，必激怒皇上，激怒他就是促他速死。做这件事，冯保无能为力，只有仰仗张居正在外操控。因此，今日铺垫了良久，最终落到要张居正物色人弹劾高拱这件事上。

张居正听出了冯保的弦外之音，后背阵阵发凉。但在他的内心深处，何尝没有这样的闪念？今上活一天，他就只能屈居人下，倘若玄翁的那些门生故旧煽惑，已被人拿住把柄的他，随时可能被逐出朝廷。想到这里，他故意长叹一声，佯装无奈道："玄翁动辄改祖制，有人早已不忍坐视。居正多方劝阻方风平浪静至今。既然老公公有此意，居正不再阻拦就是了。"

冯保咧嘴一笑，点了点自己的鼻子，又一指张居正，握起拳头向上一扬，得意道："只要你我里应外合，局面便掌控在手心矣！"

张居正点头。当晚，他即召曾省吾到书房，开门见山问："物色到人了吗？"

"虽然费了些力，还是物色到三个人。"曾省吾道，"要发动？"

"动手吧！"张居正以决断的语气道。

2

看到工科都给事中胡槚的奏疏，张居正既紧张又兴奋，他佯装吃惊道："这胡槚乃玄翁门生，竟上这等本，委实令人不解！"说着，起身把胡槚的奏本递给高拱。

高拱接过一看，胡槚疏陈纷更、倾陷、苛刻、求胜四事，是指责言官的，但字里行间，似另有所指：

祖宗立法，至精密矣，而卒有不行者，非法敝也，不得其人耳。今言官条奏，率锐意更张。部臣重违言官，轻变祖制，迁就一时，苟且允覆。是为纷更。

看到这里，高拱已是怒不可遏，又见他在结尾处说：

要在大臣取鉴前失，勿用希指生事之人。希指生事之人进，则忠直贞谅之士远，而颂成功、誉盛德者日至于前。大臣任己专断，即有阙失，孰从闻之？盖宰相之职，不当以救时自足，当以格心为本。愿陛下明饬中外，消朋比之私，还淳厚之俗，天下幸甚。

"一派胡言！"高拱一拍书案，大声道："把胡槚给我叫来！"

张居正道："玄翁，时下不患科道不言，患其言之冗漫无当，言愈多，而国是益淆乱。是以胡槚以科道身份上疏指斥科道，倒也难得。"

"哼哼！"高拱冷笑道，"我看他名义上是责科道，实质是阻挠行新政，说什么轻变祖制，就是反对改革弊政嘛！说什么宰相当以格心为本！回到严嵩、徐阶当国时代，整天讲学以正人心就对了？"他气得无心批阅文牍，在中堂来回踱步。待胡槚一进中堂，刚要施礼，就呵斥道："嘉木，你是何意？"

"师相……"

"不敢！"高拱揶揄道，"今天请你来，是要拜师于你的，你说做宰相的，救时不足论，当以格心为本，你来教教高某和张阁老，怎么个格心法？"

胡槚心中窃笑：哼哼，你老以为江陵相公对你老动辄改弦易辙标新立异变更祖制很赞同？听着高拱的呵斥，胡槚越发认为自己的选择是对的。他虽是高拱门生，对擅改祖制甚反感；自奉命到山东实地踏勘、奏请停开胶莱新河，胡槚对张居正对事体的掌控手段多了几分钦佩。他判定，张居正已有取代之心，正暗自谋高拱，而高拱胸无城府，绝非张居正的对手，故回京后就有意与张居正接近。这一微妙变化，被曾省吾捕捉到了，遂找到他，口吐莲花一番煽惑，胡槚便以指斥科道的名义上疏暗刺高拱。今见高拱不顾体制，召言官而面詈，越发认定改换门庭的选择是对的。

见胡椎缄默不语,高拱一扬手道:"好了,你回去收拾行装,准备到外地任职吧!"

"啊?"张居正故作惊诧,"玄翁,玉吾并未……"

"叔大不必多言!"高拱打断张居正,"六科官不能久任,分期补外任,是成宪;吏部正在外补科官,凡是没有在州县做过的,都要下去!"

胡椎脸庞上挂着一丝冷笑,一言未发,施礼而去。高拱望着他的背影道:"指名攻讦高某者,我不敢外放;指桑骂槐干扰大局者,不可使之处朝廷!"

"胡椎疏中责科道动辄构陷大臣,是维护大局的嘛!"张居正故意说。

"让他到陕西按察司做金事,了解一下民间疾苦,体验一下是救时重要还是格心重要!"高拱怒气冲冲道。

"玄翁,喝口茶,消消气。"张居正关切地说。心里却说:"这才是序曲,生气的时候在后面呢!"

次日一到内阁,翻开文牍,张居正又是一声惊叫:"喔呀,这是怎么了?刘奋庸也来凑热闹!昨日一门生,今日又冒出一乡党。"

刘奋庸大年初一给曹金拜年,本欲拜托他在高拱面前为其说项的,闻听高拱到了曹府,激动不已,以为终于可以当面向高拱求情了,又有曹金在旁帮衬,高拱念及同乡之情,升迁当有望;不意却遭一番羞辱,既绝望又愤恨,整个正旦节假期,都在郁闷中度过。曾省吾正愁物色不到出面参劾高拱的人选,听张居正转告的刘奋庸大年初一垂头丧气出曹府的消息,喜出望外,请他到湖广会馆赴宴。编造了高拱要贬他的假话,又钓以诱饵,刘奋庸起稿成疏,照曾省吾指定的日期,准时奏上。

高拱只看了开头"陛下践祚六载,大柄渐移"一句,已觉味道不对,待看到"总大权"一节,手已抖得拿不住文牍了:

今政府所拟议,百司所承行,非不奉诏旨,而其间从违之故,陛下曾独断否乎?国事之更张,人才之用舍,未必尽出忠谋,协公论。臣愿陛下躬揽大权,凡庶府建白,阁臣拟旨,特留清览,时出独断,则臣下莫能测其机,而政柄不致旁落矣。

又见在"览章奏"一节，竟然有"恐权奸蔽壅，势自此成"之句，文牍"哗啦"一声掉在地上。高拱无力去捡，仰面慨叹："叔大可证，这二年来，我实在是夙夜尽瘁，不意竟被诬为权奸，天理何在？"

张居正暗忖：大权独揽，却委屈成这个样子，还做什么首相！嘴上却道："小人之见，何必与他一般见识。既然刘奋庸此疏是劝谏皇上的，皇上自有英断。"

高拱手还在不住地抖着，听张居正这么一说，回过神儿来，大声道："来人，叫孟冲……不，孟冲还要侍候皇上，叫冯保来！"

张居正心里"咯噔"一声，难道玄翁察觉了什么？

3

冯保忽闻高拱有召，心里直打鼓。他恨高拱，更怕高拱，不知今日相召所为何事，生恐私下与张居正结交之事被高拱察觉，在未与张居正沟通前，不愿面对高拱，遂找来心腹张大受耳语一番。张大受领命，一溜小跑到得内阁，禀报道："高老先生，厂公让小奴知会高老先生，贵妃娘娘吩咐厂公办事，一时不得空儿，待办完事，即来内阁领命。"

高拱倚在座椅上大口地喘着粗气，听完禀报，一拍书案："你们这些阉党，整天干什么吃的！皇上皇上你们侍候不好；文牍文牍你们不上心，养你们何用？"

张居正这才明白，高拱是有气无处撒，拿太监出气。他只觉得好笑，面对对手进攻，如此漫无对策，何以立足？倘若我当国，莫说攻讦者无中生有，便是凿凿有据，也必让他家破人亡，看谁还敢出头挑战！这样想着，生出几分快意，慢悠悠地呷着茶，袖手旁观。

高拱手还在抖着，勉强从地上把刘奋庸的奏本捡起，"哗啦哗啦"地抖动着："这文牍是旁敲侧击攻讦高某的，拿给内阁，让阁臣如何票拟？何以不检出呈请御览？"

张大受嗫嚅不敢言。

高拱用力把刘奋庸的奏本往张大受的脚下一扔："拿去！"

张大受弯腰捡起，刚要走，高拱又拦住他："慢着！皇上在病中，看到此疏必会生气。"他一顿足，"唉！这些小人，攻讦高某事小，摧残皇上事大！"可他也自知这样的奏本不能不呈请御览，只得无力地一扬手，"去吧，知会孟冲，此疏要趁着皇上精神好的时候再呈览。"

待张大受刚走，张居正像悟出了什么似的道："玄翁，连续两天，胡槚、刘奋庸接连上疏言事，旁敲侧击，不会有什么阴谋吧？"

"阴谋？"高拱一蹙眉，"谁搞阴谋？"他眯起双目，思忖片刻，心烦意乱道，"算了，随他去，攻讦高某，无非说些不着边际的空话，还能说出什么？"他抄起一份文牍，"明日太子讲学的讲稿要详审，上紧把讲稿审定，发回讲官去改定，不能再拖了。"

"居正来审改，玄翁累了，不妨去朝房歇息片刻。"张居正善解人意道。

"哪能歇息，喘息的空儿都没有啊！"高拱感叹一声，埋头阅批文牍。

"哼哼，明日，你不想歇息也得歇息了！"张居正心里说。

第二天，是高拱看视太子讲学的日子，高拱早早来到中堂，他打算先把急务打理一下再到文华殿去。刚坐定，司礼监文书房散本太监拿着一份文牍进来了，径直走到高拱书案前："高老先生，户科给事中曹大埜上章弹劾高老先生，已呈御览，这是抄出的副本，按例送高老先生阅看，以便上章自辩。"

"弹、弹劾我？"高拱用手指着自己的鼻子，一副不敢相信的样子。说着，抓起弹章阅看，只见上写着：

大学士高拱蒙陛下任用，今掌吏部事，宜小心辅弼，奉公守正以报。乃专肆日甚，放纵无忌。臣不暇悉举，谨以其不忠之大者略陈之：前者圣躬违和，拱言笑自若，且过姻家曹金饮酒，大不忠一也。太子出阁讲学，拱建言五日看视一次，无人臣礼，大不忠二也。自拱复用，朝廷善类为之一空，大不忠三也。侍郎曹金，拱姻亲，无一才能，升刑部侍郎；给事中韩楫，拱门生，历俸未久，升通政使，大不忠四也。杨博以吏部尚书起用，拱却久掌铨政，坚不辞免，凡黜陟去留，不恤清议，引用非人，排斥善类，甚于严嵩，大不忠五也。徐阶一代元老，拱以私恨多方害之，必置于死地，大不忠六也；俺答归顺，圣威所致，拱乃扬言于众，攘为己功，大不忠七也。昔严嵩止于子世蕃贪财纳贿，今拱乃亲开贿赂之门，吏部侍郎张四维被论去职，贿拱八百金，起用为东宫讲官，招权纳贿，赃私大露，大不忠八也。官员乃陛下所任，拱每当选授，即于部堂戒谕，夺陛下威福，大不忠九也。言官乃陛下耳目，拱则结为心腹，专交章谏诤陛下，而拱之罪恶，则隐讳不言，天下人故皆知有拱，而不知有陛下，大不忠十也。请如先帝处严嵩例，特赐罢黜。

看到一半，高拱的双手已是抖个不停，待看完了全文，浑身颤抖起来，脸憋得通红，连声道："小人，十足的小人！"又像想起什么，找到"太子出阁讲学，拱建言五日看视一次"这一句，他发出了一声冷笑，"哼哼，果然，他们里应外合，故意捏造出我疏慢的证据，今日终于端出来了，端出来，狐狸尾巴也露出来了！"

"玄翁，怎么还在这里，不是要到文华殿看视吗？"是张居正的声音。

"好啊叔大，真是金石之交啊！我走开，你来做！"说完，起身往外走。

"玄翁，怎么回事？"张居正一脸茫然状，追了两步，喊道，"文华殿……"

"哟！"高拱这才想起看视太子讲学的事，忙道，"叔大，你快去，快替我去！"

"玄翁何以不去？"张居正故意追问。

"我要注门籍，回家等皇上的谕旨去。"高拱冷冷地丢下这句话，头也不回，径直走出文渊阁，登轿回府。

估摸着高拱已登轿，张居正方不慌不忙走出中堂，往文华殿而去。

文华殿东厢房里，太子已然升座，侍读等官也候在两侧，就是不见高拱的影子，正纳闷间，张居正佯装气喘吁吁进来叩头，礼毕，方愤愤然道："有人论劾元辅，元辅注籍矣，臣临时代替，延误了，请太子殿下恕罪。"说罢，又跪地叩首，这才起身，示意讲官开始讲书。

讲读间歇，张居正进了东小房，尚未坐定，冯保慌慌张张闯了进来，神情紧张道："张老先生，万岁爷览曹科官弹章大怒，气得说不出话来，良久方说，要重重惩治曹大埜。"说着，从袖中掏出一张纸条，"请张老先生过目。"

张居正一看，上写："曹大埜这厮排陷元辅，着降调外任。"略一思忖，指着纸条道，"把'这厮排陷元辅'换成'妄言'，再把这个'降'字抹去。"

冯保试着念道："曹大埜这厮妄言，着调外任。"他一拍手，"好好好！这一改，就可以让人知晓，万岁爷并没有为高胡子被劾发雷霆之怒，哪怕深文周纳弹劾高胡子，也没有什么大不了的！"

张居正笑而不语。

"表面上看与适才所拟差不多，孟冲那个呆头鹅看不出来；万岁爷病甚，到他面前含含糊糊念叨一句，也就蒙混过关了。"冯保得意地说。

张居正突然想起一件事，低声问："胡槚和刘奋庸的言事疏，皇上御览了吗？"

冯保道："孟冲那个呆头鹅，只记住高胡子嘱咐他不能惹万岁爷生气，拿到胡槚和刘奋庸的本子，只是禀报说有人上疏言事，万岁爷也不问所言何事，命发部院知道。"

张居正微微颔首。暗忖：三疏连发，人必疑幕后有人操纵，矛头必指向张某，得想出一个可以解脱的法子来。

第九章 ｜ 新郑被论百官骇异
江陵封帖掩己推人

1

文华殿太子赐宴一散，翰林院掌院学士马自强就叫上翰林院检讨许国，一同到了高拱府上。

注门籍的高拱得到通禀，颇感惊讶。今日轮到他去文华殿看视，因被劾回避不能前去，马自强、许国都是太子讲官，突然来谒，会不会出了什么事？说好闭门谢客的，此时也顾不得了，忙吩咐传请。

两人进了花厅，高拱一袭布衣，疲惫、萎靡，似乎站起来的气力也没有了，坐着未动，只是拱拱手算是还礼。两人尚未入座，他就叫着马自强的号、许国的字，瓮声问："乾庵、维桢，今日讲读顺利？"

"顺利。"马自强答，"元翁，小人构陷，不必介怀。"

高拱冷笑一声："列我十大不忠，谓比秦桧、严嵩更甚。我到曹侍郎家认亲，也是一大不忠；曹金晋升侍郎、韩楫升京堂，也是我的大不忠。曹是嘉靖二十六年进士，与他张叔大同年，论能力、政绩、资格，早就该晋升侍郎；韩是吏科都给事中，吏科掌科与都察院河南道掌道御史升京堂，是惯例，怎么到了韩楫这里就是我任用私人了呢？我若党比，搞团团伙伙，胡槻是我的门生，刘奋庸是我的乡党，他们还会齐齐上本攻讦我？又说我受了张四维的贿，真是昧良心不怕雷劈！"

"竟是毛举细故，深文周纳？"许国吃惊道，旋即一笑，"也是，师相操守行止，无可挑剔，小人攻讦师相却找不到把柄，只能深文周纳了。

也好，弹章让朝野看看，对师相威望无损，倒是把小人的嘴脸暴露无遗了。"他是高拱的门生，故以师相相称。

"元翁，自强和维桢，"他一指许国，"有一事当禀知元翁：国法甚严，内官不得交通外臣。可连续两天，江陵相与冯保两人，屏退左右，在东小房私晤。此事非同小可，不敢不报。"马自强是张四维的儿女亲家，素知亲家翁钦仰高拱，故特意叫上高拱的门生许国，把他们亲见的宦官与外臣勾结的事实向当国者禀报。

"人家事先已做成了局，如之奈何？"高拱一脸无奈地说。

马自强闻听此言，怔了一下，对许国道："维桢，该告辞了。"

出了花厅，马自强低声对许国道："维桢，元翁只知谋国，不知谋身。你看，元翁全权在握，皇上无比信赖，对手又大干天条，只要反戈一击，轻轻松松就可把冯、张拿下，他却说如之奈何！那别人还能说什么？你是元翁门生，我劝你不要卷进来，超然些，元翁不是他们的对手。"

许国默然。

两人到得首门，听得门外有人在争论着什么，出去一看，是韩楫、程文、宋之韩、雒遵几个人，一见马自强、许国出来，围上来问："师相还好吧？"

"围在门口吵吵闹闹的，生恐人家不知道是元翁的门生？"马自强以责备的语气道。

"乾翁，你来评评理。"韩楫向马自强求助道，"他们说学生在通政司，接到曹大埜的弹章，事先应禀报师相。是，当年严嵩当国，特意让他的义子赵文华掌通政司，每有弹劾严氏父子的，赵文华都事先禀报严嵩。可那是因为严氏父子为恶多端，恐先帝讦问，事先得知弹章内容好预为应对；师相何人？国朝二百年，操守行止谁人可比？怕什么？事先禀报徒早增师相烦恼罢了。"

马自强摇摇头，苦笑一声道："好了，既然元翁不让进门，就散了吧，你们帮不了元翁。"

"帮不了？我看帮得了！"韩楫赌气道。说着，向众人拱手，"告辞，我去兵部走一遭！"说着，跨马而去。刚走出不远，迎面遇到内阁书办姚旷骑马而来，便勒马问，"书办到何处去？"

姚旷下马施礼道："奉张阁老之命，给元翁送张阁老的书柬。"

"张阁老的书柬？"韩楫重复了一句，"嘶"地吸了口气，眯眼思忖良久，摇了摇头，向姚旷一拱手，"别过！"说罢，打马往兵部而去。

管兵部事杨博上了年纪，午间在直房里间的床上打盹儿，闻司务通禀，甚不悦；但韩楫也是朝廷九卿之一，又是乡党，不便回绝，只得懒洋洋地起身，抹了把脸，站到直房门口迎接。

"博老知道了吧？"施礼坐定，韩楫一副愤愤不平的表情，问。

"知道了。"杨博答。

"学生看过弹章，毛举细故，深文周纳，堪称笑料！"韩楫以不屑的语气道，"十大不忠有一条，说皇上起用博老，高却把持铨政不放。尽人皆知，师相辞免再三，皇上坚不允辞，曹大埜那个小人居然列为师相的大不忠一罪！"

杨博面无表情问："高新郑差伯通来的？"

韩楫摇头道："博老，自己人，不妨直言相告：于私，当年徐、高不和，博老带头上公本逐高，师相复出后不计前嫌起用博老，就冲这一点，博老欠师相一个人情；于公，师相复出这两年，功绩有目共睹，隆庆之治隐然已成，大明需要师相。是以学生敢请博老带头上公本，挽留师相。"

"他们赶不走高新郑。"杨博淡淡地说。

"学生也知他们赶不走师相；但要让那些小人知道，公道自在人心！"韩楫激动地说，"让他们知道，众怒难犯，别再躲在阴暗角落打如意算盘了。"他蓦地欠身向杨博靠了靠，"诶，博老，难道他们不掂量掂量，能不能赶走师相，何以像小丑一般跳梁？"

"人心难测，不好揣度。"杨博一笑道。

"必是张、冯指授，博老以为然否？"韩楫又问。

"呵呵，伯通，还是不胡乱揣度为好。"杨博捋着胡须，以老到的口气道。

"张这个人，虚伪之至！"韩楫以鄙夷的语调道，"你看他在给师相的寿序里说……"

杨博不愿别人在他面前搬弄是非，不等韩楫说完，就起身道："伯通，明日弹章上了邸报，老夫即上公本挽留高新郑。"

"好！"韩楫抱拳道，"学生这就到礼部去……"

话未说完，杨博打断他："伯通，看在同乡的分上，我劝你不要深陷其中。在朝廷立足，要知进退，远祸为上！"

韩楫悚然而怔，良久，叹息一声道："也罢，反正他们攻不倒师相！"

出了兵部衙门，韩楫突然感到心寒，马自强、杨博，一个是翰林院的掌院学士，一个是兵部尚书，都是有名望的缙绅，一个说"帮不了元翁"，一个说要"远祸"，是非呢？公道呢？真是人心不古，难怪小人敢为非作歹！

2

听到曹大埜论劾高拱的消息，百官多半既吃惊又好奇，猜不出他劾高拱些什么；待看了弹章，个个摇头耻笑。联想到胡槚和刘奋庸相继所上条陈疏，又见皇上在曹大埜的弹章上御批"曹大埜妄言，调外任"，都隐隐感到，幕后必有操控之手，一时人情骇愕，揣测议论，似乎预感到，一场宦海风波，已然起于青萍之末。

高拱的门生们再也坐不住了。这天用罢晚饭，程文、宋之韩、雒遵一帮门生，不约而同到了韩楫府上。

"太轻了！对这等宵小，当重重惩治方好！"程文顿足道。

宋之韩一脸疑惑："皇上眷倚师相，对赤裸裸的诬陷之词不发雷霆之怒，轻描淡写给个调外任的处分，真是令人费解！"

"上本，请皇上严遣姓曹的！"雒遵撸着胳膊道。

"刘奋庸久不徙官，怏怏风刺，动摇国是，更不是东西，他们是一伙的，不能让他漏网！"程文接言道。

"师相竭忠报国，万世永赖，曹、刘之辈宵小，倾陷首相，罪不可胜诛！"宋之韩恨恨然道。

"还有胡槚呢，这个叛徒！"程文扭头向地上"呸"了一口，"他那个陈事疏，通篇就是反对师相的实政、改制政纲的。他和姓曹的、姓刘的，都是一伙的！"

"政见不同，正常。"宋之韩道，"我闻对胡槚的观点，朝野罕有以为非者。他已然调外任了，不提也罢，打击面太宽不好。"

"说够了吧？"一直不说话的韩楫瞪着眼道，"和曹大埜之流较劲不值得。打蛇要打七寸，得对准幕后黑手才是上策。可师相的为人诸兄不是不知道，他会同意我辈攻击幕后黑手吗？"

"当年师相失徐阶欢，徐阶的门生故旧群起而攻之；只一个齐康站出来论劾徐阶，不惟遭徐阶的门生故旧围殴，还被师相呵斥，降调外任了！"程文痛心疾首道，"师相总是说相天下者无己，不敢有其自身，可不谋其身，被人家谋去，还有谋国的机会吗？师相却总想息事宁人，我看这次不能听师相的，得干起来！"

雒遵叹了口气："算了，先别说什么幕后黑手了，只求严遣曹、刘，挽留师相就是了。听说科道里不少人都上了本，部院寺监也有本上，我辈随大流上本算了。"

"说到这，我对大司寇有看法。"刑科都给事中宋之韩道，"午间我到尚书直房找他，对他说，当年为助徐阶逐高，不惜上白头疏，这回该上个公本了吧！"

"说得好！"程文赞赏道，"师相复出，不计前嫌用他掌刑部，他刘自强这回该表现表现了吧？"

宋之韩鼻腔里发出"哼"声，不满地说："可他却说，不能一错再错。师相曾郑重嘱咐他，掌司法者要特立持正，万不可媚权势，还要他像当年的葛守礼学习。是以这次他不上公本，也不上独本，要超然。"

"当年齐康弹劾徐阶，凿凿有据；而今曹大埜论劾师相，可谓信口雌黄。"韩楫激愤道，"可当年除了刑部葛守礼，部院俱上公本要求严遣齐康，并硬说师相是幕后指授者。而今呢？吏部不可能上本；户部尚书刘体乾一向不仰赞师相政纲，必不会上本；礼部尚书高仪谨小慎微，他不会上本；刑部刘自强也要超然；工部朱衡带河道总督衔在外治河，也就是兵部博老要上公本，无非是请皇上慰留师相罢了，做做样子而已！"

"师相无心机，无权谋，又爱惜羽毛，真叫人替他着急！"雒遵顿足抱怨道。

"走吧，回去上紧起稿，专攻曹、刘两个小人！"程文起身道。

几个人怏怏而散。

外间的反应，通过东厂侦事番子，冯保都了如指掌。这是第一次向高拱发起攻击，冯保有些紧张，生恐弄巧成拙。他一夜没有睡好，次日卯时，就先到司礼监文书房翻检文书，凡劾曹、刘，挽留高拱的，都一一检出。他数了数，六科公本一，独本三十三；都察院十三道公本一；部院公本一；太常寺等衙门公本一，凡公本四、独本三十三。又把内容匆匆浏览了一遍，这才紧赶慢赶到了清宁宫，接太子往文华殿去听讲。一到间歇，冯保也就不再瞻前顾后，径直到东小房去见张居正，一落座，就通报道："张老先生，外廷上了三十七本。"

张居正面无表情道："厂公，当是三十八本。"

冯保正用茶盏盖拨茶，张嘴凑过去刚要吸溜一口，又停住了："不会吧？咱亲自数过的。"

"居正也有本，为玄翁申理，已以密揭奏上，也应算在内。"张居正道。

"张老先生，真有你的，佩服，佩服！"冯保揶揄道。

"有言在先，无论如何我不能公开与高决裂。"张居正淡定道，又问冯保，"三十七本里，可有关涉你我的？"

冯保"嘿嘿"一笑："无非劾曹大埜诬陷元辅，而恐高胡子必不肯留，劝万岁爷特加信任，勿令去。咱看这些本都是做做样子的，无关痛痒。"

张居正舒了口气，叮嘱道："估计后续还会有本，一旦词涉你我，当设法遏制，不然，传扬出去会坏事！"沉吟片刻，又道，"这些日子风声紧，厂公就不必到东小房来了。有事命徐爵、游七通传。"他向文华殿东厢房一指，"那些个讲官，都是高所荐，难免不向他通禀。"

"谨慎些也好。"冯保点头道，"最好再物色些人，继续弹劾高胡子。"

张居正沉吟不语。他知道，物色人选委实不易，关键是高拱没有把柄可抓，在两京科道中发动这么久，也只有胡槚、刘奋庸、曹大埜三人响应，再想物色人，已无可能。

冯保从袖中掏出一份文牍递给张居正："高胡子又上一本乞休。"

此前，高拱已上本请辞，言"既经言官论列，理宜引退，幸特赐罢免"。皇上慰留，口授谕旨："卿忠清公慎，朕所深知。妄言者已处分矣，宜安心辅政，以副眷倚，不允所辞。"这些张居正都看到了，且差人送到高府。高拱再次求去，也是意料之中的。张居正只是想看看高拱说些什么。他展开一看，上写着：

大臣之道，上之以身报国，次之不敢以身辱国。今臣奉职无状，既不明报国，若再不明进退之节，而徒觍颜在位，是诚以身辱国。臣之罪愈大矣，天下后世其谓臣何？

倒是没有说为别人让位之类的话。张居正暗忖，也就放心了。

冯保却有些担心："高胡子会不会学徐阶当年以退为进的把戏，以辞职相要挟，把张老先生排斥走？当年齐康论劾徐老先生，他坚辞不出，门生故旧遂称高胡子是幕后黑手，非罢斥他不足以息争，一下子把高胡子赶走了。"

"我料高无此意，亦无此手腕儿！"张居正道，"高的乞休疏经御览，皇上必再降谕旨慰留，我即亲自去府上接他到阁视事。"

"够朋友！"冯保嘲讽地一笑，"嘿嘿，不愧是生死之交！"他突然脸一沉，"张老先生，预备后事的事，你上紧些办，别让人家醒过闷儿来，把咱给闪了！"

"厂公放心，居正心里有数。"张居正胸有成竹道，见冯保起身告辞，又叮嘱道，"居正与厂公结交之事，不可暴露于光天化日之下。一旦有人本中论及此，势必紧急灭火，万不可令其势蔓延！"

3

高拱已注籍在家三天了，不是躺在床上，就是关在书房，不愿见人，也不愿说话。夫人张氏也好，房尧第、高福也罢，想找他说句话，替他宽宽心，都被拒之门外。

眼看天就要黑了，高福到书房叩门："老爷，该用饭了。"

“不吃，别来烦我！”高拱不耐烦地说，高福刚要走，高拱蓦地坐起来，道，“高福，你这就差高德回老家去。”

“老爷，回老家有啥事？”高福问。见高拱不理会，只得讪讪而去，叫高德前来听命。

“高德，”高拱叫了一声，嘱咐道，“皇上历次颁赏的银两，我一直不让用，积攒了一千多两，新郑城里老宅后边，有一块空地，你回去一趟，把那块地买下来，我有用。”

正说着，门公来禀：“老爷，宫里孟公公来宣谕。”

高拱忙整理衣着，出了书房，但见掌印太监孟冲在一干侍从的簇拥下已进了花厅，高拱走过去，孟冲一抖朝袍道：“高老先生接旨！”随即，扯着尖嗓，捧读谕旨：“卿辅政秉铨以朴忠，亮直不避嫌怨，致被浮言，朕已具悉，何乃再疏求退？宜遵前旨，即出辅理，以副朕倚毗至意，慎毋再辞。”

高拱叩头，起身接过谕旨，请孟冲入座。

“高老先生，老奴不敢坐，得快点回去侍候万岁爷。”孟冲乖巧地说，“高老先生，万岁爷特意差老奴来宣谕，就是不允高老先生再辞了。明日就到阁视事吧！”说着，转身往外走。

“龙体可安？”高拱跟在孟冲身后问。

“唉！”孟冲叹口气道，“辽东又传捷报，说是东虏进犯，李成梁和他们干了一仗，斩首这个这个，嗯嗯，斩首一百六十五级，还有一个头头脑脑也被斩首。”

“喔，那太好了！”高拱露出笑容，“看来没有白费心思一再叮嘱他们。”

“可不是咋的？”孟冲压低声音道，“兵部有本，说、说例当宣捷。万岁爷看了，倒是高兴，最后却皱着眉头说‘勿宣，犒赏就好’。叫老奴看，万岁爷是怕龙体撑不住啊！”

高拱脸上的笑意顿时消失了，抱拳道：“印公，千万侍候好皇上啊！”送走孟冲，高拱又回到书房，高福进来问：“老爷，还要不要高德回老家买地？”

“咋不要？明日就走！”高拱吩咐道。高福转身退出，高拱边踱步边沉思着：照例当再上疏求去，以全体面；可皇上言辞恳切，若再求去，徒伤圣怀。正斟酌间，高福在门外禀报："老爷，通政司韩楫求见。"

"传请！"高拱答。他正想了解外间的情形，也听一听韩楫对下一步行止的意见。

"小人构陷师相，邸报一出，人情骇愕，汹汹愤激，不平之甚。已上本四十余。但此番通政司既未上公本，学生也未单独上本。"韩楫甫落座，就开门见山道，"因曹、刘乃卒子，受人操控，不值一攻！要攻，就攻幕后黑手，而此事当师相认可后方可为之。学生今来，即为此事。"

高拱起身，从书案上拿过一封书柬递给韩楫："伯通，张叔大差姚旷送来的密帖，你看看。"

韩楫正想问那天姚旷来送书柬的事，展开一看，上写着："曹大垫赵内江乡人，闻此事乃赵所为。"

"师相相信吗？"韩楫抬头问。

高拱从书案上拿出一封书函递给韩楫："阅此便知。"

韩楫接过一看，是回到内江老家的赵贞吉写来的："仆抵家，闭门追思往咎，慨然叹曰：今之世，惟高公能知我，惟高公能护我，惟高公能恕我……"阅毕，韩楫慨叹道，"学生读赵老此书，愈觉此公乃坦荡君子，绝不会干出偷鸡摸狗卑鄙勾当的！"说着，突然发出"哼哼哈哈"一阵怪笑，"欲盖弥彰！师相的那位金石之交，想掩己而推以与人，为先入之说以惑师相也！"又一拍扶手，"伪君子，真小人！"

"伯通言重了。"高拱沉着脸道。与张居正相交多年，竟是与小人结为兄弟？高拱感情上不能接受。

"师相，"韩楫欠身道，"他在给师相写的寿序里，说北虏封贡一事，'公独决策'，可他在给他的乡党李幼滋的书函里，竟说'赖主上纳用愚计，幸而时中'，还说'计然三策，今始售一'，把封贡互市的功劳尽归己有。时下南都官场不明就里，俱以为东师奏凯，西虏款贡，都是姓张的功劳嘞！师相看，此人虚伪不虚伪？阴险不阴险？"

"张叔大不进德如此，大异于往昔！"高拱感叹了一声。

"师相，既然他取而代之之心毕露，竟然指授小人攻讦师相，若不一举拿下，必养虎为患。"韩楫露出凶光，"学生意，师相当坚卧不出，学生再发动科道，揭其勾结太监丑行，还有纳贿等事，轻者逐出朝廷，重者置于刑典！"

高拱摆手道："我与张叔大相交二十载，于心何忍？况皇上病甚，我此时坚卧不出，徒苦圣怀，更非宜。我今当以君父为急，焉能与此辈计较！"

"可是，师相，若不反击，恐师相被其谋去！"韩楫提醒道。

"我说过，相天下者无己。"高拱感慨道，"只知报国，不敢有自身。叔大追随我多年，谅他也不会如此绝情！"

"师相！"韩楫带着哭腔道，"不要再……"

高拱一扬手，打断他："伯通不必再说！"言毕，起身走到书房门口，大声向外喊道，"高福！整备停当，明日一早上朝！"

韩楫摇头不止，告辞而去。这一夜，高拱终于睡了个好觉。清晨，他正要上轿，高福慌慌张张地跑过来通禀："姚旷来禀，张阁老须臾就到。"

话音未落，首门传来张居正的声音："玄翁——"

"你来做何？"高拱沉着脸问。

"居正来迎玄翁出而主政。"张居正笑着说，"玄翁受此委屈，居正也该来看看，虽则来迟了，也是表达一下心意。"

"若叔大真有心意要表达，把精力都用到谋国上就好。"高拱冷冷道。

张居正佯装听不懂高拱的弦外之音，一拍胸脯道："玄翁事，居正不能不放在心上。"说着向高拱面前凑了凑，压低声音道，"闻赵内江布散流言于南北，今北果有曹大埜辈上章矣；恐南都亦有之，玄翁不可不防！"

高拱一扬手道："我有什么可防的？无私心存焉，能奈我何？"说着，躬身上了轿，"起轿！"

张居正回避着高拱的目光，附和道："是啊，皇上对玄翁之眷倚，古之罕有，屑小不知天高地厚，想撼动玄翁，笑话！"一眼望见高拱已然起轿，忙小跑着钻进自己的轿中。

两顶轿同时在文渊阁前停下，高拱下轿，顾自往前走，张居正快步跟上，高拱头也不回，瓮声问："辽东捷报怎么回事？"

张居正答："东虏喀布喀的速巴孩，见我大败建彝，朝廷宣捷，以为我气且骄，必恃强轻敌，竟犯长胜堡、清河堡，李成梁大败之，斩首……"

高拱已从孟冲那里知道了战果，遂打断张居正："不出所料，好在我事先叮嘱再三，让张学颜不要放松警惕。"又问，"有何事要我来定的？"

张居正心说：等你定？难道我不能定？但口上却说："倒是无疑难事，惟程文、宋之韩各有一本，劾刘奋庸、曹大埜朋谋诬陷元辅，事甚悉，乞重处。居正已拟旨吏部题覆。"

"吏部还能怎么题覆，只能为他们讲情。"高拱叹息一声道，忽然想到看视太子讲学事，"叔大，今日还是你去看视，我先处理阁务。"

张居正估摸时辰已到，转身要走，高拱扭脸道："记住，东小房是阁臣看视太子讲学的直房，不是与阉党喝茶密语之所！"

"喔？这……"张居正愣了一下，脸"唰"地红了，旋即"呵呵"一笑，"玄翁提醒得是。"心里却恨恨然，"我不是婴孩，竟如此不留颜面！"

高拱有了几分快意，一进中堂，就吩咐书办："去吏部，叫魏侍郎来见。"

须臾，魏学曾赶到了，施礼间，高拱道："科道劾曹、刘的弹章，打算怎么题覆？"

魏学曾并未直接回答，低声道："曹大埜失意怏怏甚，偷偷知会学曾，言劾玄翁非本意，乃曾省吾所指授。"

"哼！我早知道此人不是东西，上蹿下跳！"高拱冷笑道，"哪个省巡抚缺员？"话音未落，一扬手道，"川南土司屡叛，其首领阿大等盘踞九丝山僭号称王，官兵屡剿不能胜，曾省吾不是多谋略、精力过剩吗？把川抚的位子腾挪出来，给他加兵部侍郎、副都御史衔，巡抚四川，让把叙、泸局面稳住。"又问，"殷正茂又向吏部要人了吗？"

"是。他要山东参议陈奎到广东去做兵备道。"魏学曾答。

"那就快办！凡关涉广东的事，要特事特办！"说着，把一张稿笺递给魏学曾，"程文、宋之韩劾曹、刘的题覆我已拟就，拿去，照此办文。早办早了，免得分散精力！"

魏学曾一看，上写着：

奋庸尝供事裕邸，效有勤劳；大埜少年轻锐，亦言官，未足深咎。
当宥奋庸，复大埜职。

"玄翁，这……"魏学曾为难地说。

高拱向外摆摆手，示意他出去，又吩咐书办："这几天的文牍里有没
有漕运、两广的？速翻检出来给我看。"

第十章　阁揆出视事首议海运
军门又督师初获战果

1

书办奉高拱之命，把他注籍四天来内阁收到的关涉漕运和广东的文牍，一一检出，已发部院题覆的，则将登录的事由摘要呈上。高拱坐下细阅，一眼看见漕运总督王宗沐的奏本，乃条陈海运七事，已批户部、工部题覆，他不禁疑惑，更放心不下，吩咐道："快去，叫户部尚书刘体乾、工部侍郎曾省吾拿上王宗沐的奏本来见！"

想到海运，忽然又想起殷正茂所要的陈奎，乃是为协办海运事专门从广东选调到山东的，日前陈奎来函禀报筹备海运事颇详，还寄来一张线路图，高拱阅之甚喜。殷正茂请求把他升调广东，高拱委实有些不舍。踌躇片刻，自语道："算了，殷正茂既然要，不可不给！"说罢，提笔给陈奎修书：

海运事宜，处分详悉。披图即如见之。仆所望于执事者，可为不负也。

书函封发，他继续检阅文牍，待刘体乾、曾省吾一到，高拱一脸焦躁，劈头问："记得王宗沐说过，海运当在五月前完成，可避风波，怎么到现在还在条陈海运的事？"

刘体乾把王宗沐的奏本递给高拱，他一看，上写：

迩来因漕船漂流，朝廷复议海运，而百官害怕风波。夫风波在海，三尺童子知之，利害自当有辨，海上风波，无妨大计。若主于河而协以海，以海运佐河运之缺，自可万全无虑。

高拱"啪"地把奏本往书案上一拍道："海运已定策，到此时还要苦口婆心说这些，定然是有司胆小怕事不敢推进！"他用手一指刘体乾，"户部是不是阻挠？"又指了指曾省吾，"工部呢？有人阻挠吗？"

"元翁，户部不敢阻挠。"刘体乾面无表情道，心里却发出冷笑，问谁阻挠，莫如问谁赞成更便于回答。朝廷里，除了你高新郑，谁还赞成？就你高新郑，自恃全权在握，刚愎自用，一意孤行！但既然高拱问怎么回事，他也不能不解释，遂又道，"时下是王宗沐不敢……"

高拱不容刘体乾再说，打断他："王宗沐？他建言海运最力，他有何不敢！"

刘体乾噤口不言。

"工部，未闻有人公开阻挠。"曾省吾以懒洋洋的语调道。

高拱瞪着眼扫视二人良久，不满地说："去岁漕粮延时到京，工部奏请议赏河工，皇上断然驳回，说漕粮比往年迟，却赏河工，于理不通。若今年漕粮再迟到，如何向皇上交代？圣躬违和，再伤圣怀，罪莫大焉！丑话说前头，谁阻挠海运，导致漕粮迟到，就摘谁的乌纱帽，绝不宽贷！"说罢，再细看王宗沐奏疏中条陈的海运七事：定运米，议船料，议防范，议起剥，议回货，议护航，崇祀典。看罢，抬头问，"这七事，俱可行否？"

"本部正在研议。"刘体乾答。

"户部的司属比王宗沐更了解海运？"高拱瞪眼道，"议来议去议到海上风波大起，欲海运而不能，就达到目的了是吧？有何可议的，说来听听？"

"元翁，闻有商家欲租船，海运货物北上贩卖，山东已有商贾私造大船专做租船生意。"刘体乾答，"本部所忧者，乃漕粮海运，则民船必如影随形，海上贸易，自南而北渐次兴起。如此，海禁国策全线突破矣！"

"说来说去还是抵触！"高拱气鼓鼓道，"官船可海运，民船自然也可海运，有何可议的？行之既久，对后世即是祖制。莫以祖制吓唬人！此事不必再议，速题覆，争取明日就下诏！"他低头掐指算了算时日，突然发火道，"海运，去岁已定策，迄今户部、漕运衙门竟漫无区处，未做整备，等到火烧眉毛了才开议！"

刘体乾见高拱脸色铁青，生恐再遭呵斥，忙禀报道："户部已拨节慎库银一万五千两，王宗沐已雇海船三百余艘，募水手、岛人三百余。时下业已整备停当，漕粮也已运抵淮安，入淮即可到海。"

高拱松了口气："那就好。"又感到不解，"那何以不上紧入淮出海？"

"正是王宗沐，不敢挽漕船入海。"刘体乾把适才被高拱打断的话，说了出来。

"那是为何？"高拱越发疑惑了。

"王宗沐知朝野赞成海运者寡，生恐一旦入海，若漕粮漂欠，必受严参，故战战兢兢不敢挽漕船入海。"刘体乾解释道。

高拱道："河运每年都是几十万上百万石漂欠，海运有漂欠也不奇怪，何惧之有？"但转念一想，反对海运的人正无借口，王宗沐担心漂欠也是为维护海运声誉，遂问，"王宗沐有何要求？"

刘体乾道："元翁可能有所不知，往者漕粮漂欠，虽因黄河决口所致，亦多有运军贪侵，凿舟自沉者……"

"等等！"高拱伸手做制止状，惊讶地问，"你说凿舟自沉？"

"已将漕粮侵盗，凿舟自沉即可计入漂欠，以为掩盖。"刘体乾解释道。

"什么？"高拱蓦地起身，"太恶劣，令人发指！"他大步转出书案，在中堂焦躁地踱步，"漕政到了这种地步，再不好好整顿，对不起纳粮的百姓！"回身盯住刘体乾，"远水不解近渴，目下先想个应急之策，把今年的事办了。户部有没有应对之策？王宗沐有何建言？"

"王宗沐建言改制。"刘体乾道，他给户部上了禀帖，言"宜先议优恤，并行连坐制"。

"户部何意？"高拱急头怪脑问。

"漕制行之已久，贸然改制，恐科道责难。若改之，不妨付诸廷议。"刘体乾道。

"廷议来不及了！"高拱焦急地说，"不就是怕担责吗？我来承担！连同禀帖一同奏上，内阁拟旨允准。要快，免得王宗沐提心吊胆，误了运期。"言毕，一扬手，不耐烦道，"好了，上紧办吧！"

刘体乾、曾省吾喏喏告退。高拱还在踱步，口中喃喃："要做的事何其多，何其多也！"忽然想到，海道在山东，山东巡抚已换人，需向他嘱咐一下，遂回到书案前坐下，给新任山东巡抚傅希挚修书：

> 海运一事，乃仆日夜在念者。首运在即，望公鼎力助之，以期一举功著。仆不忧者，有公图计，必可望成。东邦多盗，而近来有司全不为意，且务为蒙蔽，玩以殃民，民至有被杀被劫而不以报官者，曰："官为不理，徒益重寇怒也。"以故寇日猖而民日益受害，无所告诉。此养乱之道，非细故也。愿公一并加意，则所以为地方造福者不小矣！

写毕，又拿过一张稿笺，在上重重写上："整饬吏治、改革漕政、缉盗安民，刻不容缓，上紧推进！"他放下笔，倚靠椅上闭目思忖片刻，又提笔在"刻不容缓"前加上"底定岭表"四字。提笔端详了一会儿，又落下，再加"户部改革"四字。这才放下笔，喊了声，"广东没有本上？"

书办来禀：近日未有广东的奏本。高拱心里嘀咕："这殷正茂怎么回事？"

2

两广总督正茂移辕门于惠州，本欲大征山寇，不意却出师不利，各路兵马铩羽而归。一则并未折损朝廷命官，二则朝廷已授予靖粤全权，故他未将此事奏报朝廷。又听潮州知府侯必登言剿山寇不能急于求成，遂改变了主意，一面奏请朝廷允其招募浙兵，并请授侯必登兵备之职；一面照巡按御史赵淳所荐，札委潮州知府侯必登与海贼许瑞暗中接洽，伺机招抚。

侯必登接到军门札谕，召来左右，了解了许瑞的身世，亲自到城南隶属澄海县的下外莆许瑞老家，与许氏族长密语一番，回城听候回音。

许瑞也是读书人，只是屡试不中，与人合伙出海经商，又被官军当作海贼追捕，折了本，无奈之下，才追随其外甥、广东第一海贼曾一本多年，几年前曾一本被捕杀，许瑞收其余众西遁，活动于惠州与广州之间。随着年岁增长，他厌倦了漂泊生涯，又闻听殷正茂受朝廷特遇，发誓靖粤，已在打造大船，训练水军，越发有受招抚之意。正愁求抚无门，忽听军门差人招抚，急忙带上几名随从谒见侯必登。侯必登故意延宕不见，以试其诚。等了三四天，侯必登命人传见，许瑞如约而来。侯必登即觉许瑞乃诚心受抚，又与他闲谈了几次，以为此人对剿倭必大有助益，遂亲自带上许瑞前往惠州。

殷正茂闻报，在节堂召见许瑞，正色道："尔从倭多年，烧杀抢掠，为恶多端，本当斩尔首、灭尔族，念尔俯首受招，姑不究！尔当助官府破倭，以赎前罪。"

许瑞身材瘦小，眉宇间却透着几分机灵，他伏地连连叩首："罪民知罪，必为军门效死命！"

"若尔破倭立功，本部堂当奏明朝廷，授尔官职！"殷正茂许诺道，看了许瑞一眼，"起来说话！"

许瑞起身，躬身垂首而立，不待殷正茂问，就把海贼情形一一道来，最后，又献进剿之策道："目今海贼以林道乾最盛，他已回屯马耳澳，在拓林也有贼巢。军门可分路夹击，必大败之。"

殷正茂与侯必登相视一笑，甚为满意，对许瑞道："尔即回去候命，本部堂随后传檄于尔！"

许瑞叩首退出，殷正茂抱拳向侯必登一晃："恭喜侯道台！"说着，拿起书案上的邸报，"朝廷诏命已发，剿灭山寇之事，本部堂全权委于道台办理。"

侯必登拱手道："军门，停留于纸上的招抚已不足震慑山寇，反显得官府无能，应采取强硬措施，先断其与外界交通，再各个击破。"

殷正茂为之一振："招抚是官府无能的表现，不能再以招抚糊弄朝廷！"

两人密议一番，议定：按照许瑞之计，传檄总兵俞大猷，率部绕道福建海域，屯兵铜山；参将王诏率部，从海丰出发，向回屯于马耳澳的林道乾夹击。与此同时，侯必登则专注剿灭山寇之事，尽力避免山海之贼相合，或官军致力于剿倭，而惠潮再受山寇之掠。

侯必登接印后，传檄差遣千百户十三人，在山寇与各乡交通要道巡捕，凡有接济山寇者即擒之。不日即抓捕多人，截获一批弓矢、马货、布帛，并以军法，将所捕之人斩首示众，潮惠各府县为之震动，再无敢接济山寇者。

花腰蜂闻之大惧，又听说殷正茂已调大军向潮阳一带集结，坐卧不安，对温七道："看来官府这回要动真格，好汉不吃眼前亏，还是收敛些吧！"遂传令不许出山抢掠，并遣人至府县，求如旧听抚。

侯必登将计就计，传檄花腰蜂："汝既向化，余复何疑？大兵为倭而来，汝若效顺，可以精锐从征，立功自赎。"

"怎么办？"花腰蜂问温七。

"只能敷衍啦！"温七道。

二人遂传令集结队伍，磨磨蹭蹭延宕时日，不愿出山。

回兵马耳澳的林道乾得知殷正茂已移辕门于惠州，知必有大军来剿，是留是逃，举棋不定。梁有训自告奋勇，愿出马耳澳试探官军风向，并与山寇相约。林道乾从其请，梁有训遂率两千余人循海墹至海丰，扎营于金锡都。正欲差人秘密上山联络花腰蜂，却见他的同伙弟兄徐二前来投靠。

徐二与花腰蜂有隙，闻得梁有训屯兵金锡都，偷偷率所领三百人前来，并向梁有训献计："帅丞，目今这些地方都很穷，没啥可抢的，倒是有一个花贼，这些年掠得不少财宝美女，如攻他，那些个美女金帛，不都归你老人家了吗？"

梁有训求之不得：花腰蜂惧怕被抢掠，必求和，则山海相合，让殷正茂海陆受敌，不敢轻举妄动，遂当场应允，并故意将要攻打山寇的消息泄于花腰蜂。

花腰蜂闻听林道乾要来攻打他，大惊失色，又担心官军乘机攻袭，首尾难顾，急得团团转。温七一笑道："大军要来剿倭，他林道乾还有心思抢掠？必是来与我辈相约，共同对付官军的。"

"喔，有道理！"花腰蜂转惧为喜，遂差心腹带着美女二人、马十四、银二百两前往金锡都，送给梁有训以结好，相约合兵对付官军。

殷正茂得到谍报，急召已移驻惠州的侯必登来见，焦急地说："山海之贼相合，则其势愈盛，我岂不顾此失彼？"

侯必登道："军门，山寇不足忧，所患者海贼也。今下吏侦知有山寇头目徐二者，投靠海贼，可将计就计。"

"将计就计？"殷正茂问，"道台有何妙计？"侯必登三言两语略述一二，殷正茂转忧为喜，"本部堂这就到前线督剿海贼，道台可照计行事。"

侯必登回到兵备衙门，即移檄花腰蜂："汝党有徐二者，往倭中诱倭攻汝，汝知之乎？汝既为我用，我示汝知，汝其善为备，不必再出山剿倭。"与此同时，侯必登又修书两封，差人分送巡海道、分巡道。

这天傍晚，两名身背黄色包袱的壮丁出现在金锡都附近，行色匆匆。梁有训的巡哨望见，策马驰追，二壮丁即弃包裹逃匿。巡哨捡起包袱，打开一看，并无财物，竟是两封密书，忙向梁有训禀报。梁有训展开密札一看，是侯必登写给另外两位道台的，只见上写着："花腰蜂已受抚，愿出兵三千与官军协力攻海贼，并已送美女、金银、马匹等以蒙蔽海贼，海贼颇信之；花腰蜂部属徐二已伪降海贼，以作内应。当见机行事，如期速进。"

"这……"梁有训将信将疑，踌躇良久，吩咐亲兵，"传徐二带其腹心来见，就说本丞要宴请他。"

徐二兴冲冲来到大帐，梁有训一声令下，亲兵手起刀落，徐二和他的五名心腹头目顿时身首异处。

"不管侯必登书函里说的是真是假，不得不如此！梁有训对左右道，"已侦知殷正茂集结大军两路夹击马耳澳，此地不敢久留，即刻返航！"

3

殷正茂得知花腰蜂已被稳住，梁有训已从金锡都撤退，当即率亲兵三千出了惠州城，到前线督师，设行辕于潮阳县东南二十里的海门城。

海门城始建于洪武年间，坐临大洋，城墙高两丈，周围九百七十丈，有四门，乃海防要塞，殷正茂在城内千户所千户署设下军帐，传檄俞大猷、王诏两路大军同时向马耳澳进发。

传令中军刚要出发，许瑞拦住，对殷正茂道："军门，时下海上多西南风，从海丰来者顺风，一二日可到马耳澳；由铜山去马耳澳为逆风，两军应审风势，约期同时到达，不然，不是被林道乾各个击破，就是让他逃脱。"

"喔呀！差点误了大事！"殷正茂猛醒，"你给掐算下时日再传檄。"

此时，梁有训已回到马耳澳，向林道乾禀报了官军动向。

"他郎奶的，不能坐以待毙，老子给他来个出其不意！"林道乾吐了口唾沫道。

"大帅说得是。"梁有训道，"我当东去，与俞大猷一战，若胜则回师对付王诏，若不敌，可遁去外洋，再作计较。"计定，林道乾率大船五十艘、小船八十艘，倾巢出动，向铜山突袭。

俞大猷接到殷正茂的令檄，即率大小船一百零五艘，将士万余，排成扇形，向马耳澳围拢而来。刚出铜山，忽闻林道乾海船冲来，急命迎战。自随佛朗机人追击林道乾，惊诧于佛朗机战船火器的厉害，俞大猷在战船上就设置了铁棒雷飞、母子火兽等炮，另有最能及远的涌珠大炮，此时派上了用场，官军以火炮向敌船猛轰。

林道乾在海上多年，身经百战，手下喽啰又习于海，操纵舟船甚是谙熟、灵活，遂以小舟四处突袭，两军激战，火光冲天，海浪四溅。

激战一昼夜难分胜负，梁有训建言道："大帅，看这阵仗，不必恋战，向拓林撤退吧！"

"也罢，好汉不吃眼前亏！"林道乾决断道。

海贼边战边撤，乘潮退转头向拓林方向逃遁。

许瑞闻林道乾已主动出袭，忙率队追击，侦知主力逃至柘林，意欲与在那里的部属会合，并将藏匿于此的宝藏带走，忙向殷正茂禀报。

殷正茂令王诏追击，直追至玄钟澳方停，当日泊入港湾，相度风势再战。过了两天，俞大猷率部赶到。许瑞查勘风向、风势，以为可出港再战，殷正茂遂下令两路向柘林冲击。

林道乾刚把藏匿于柘林的财宝装上船，官军围剿而来，只得下令应战，边战边向深海撤退。火炮声、船只撞击声震天动地，激战一昼夜，众海贼四散溃逃，林道乾率残部向深海逃遁。许瑞奉殷正茂之命四处侦查，一说林道乾逃往暹罗北大年，一说林道乾已投水而死。

"不管林道乾是死是逃，总之沿海大股倭患已消除矣！"殷正茂闻报大喜道，他终于畅出口气，大声吩咐，"报捷！"

"军门，罪民冒昧说一句逆耳之言：倭患，除不了。"许瑞小心翼翼道。

"嗯？怎么说？"殷正茂瞪眼问。

许瑞道："军门可知，潮州百姓种地的都是老弱病残，壮丁都去逐海洋之利，往来海上如履平地，若不开海禁，潮州百姓都是海贼，哪里剿得尽？堂堂正正开了海禁，百姓光明正大做生意，那时海贼就不难剿灭了。"

"广东开海禁？"殷正茂沉吟良久，"此事体大，本部堂不敢贸然奏请，还是先投书新郑相公请示后再说。"

许瑞又道："军门，以罪民看，广东的出路在海上，只要堂堂正正开了海禁，百姓有了活路，哪里还有那么多山寇海贼？此后官府要稳定广东，也得重海防。罪民在海上漂泊多年，深知广东海防委实不严，军门当奏请朝廷，加意海防。"

殷正茂听了许瑞一番话，冷静了许多。他没有急于报捷，而是先召集幕僚，商榷良久，写成加强海防的条陈；又给高拱修书，建言广东开海禁；捷报则对此番剿倭战况，轻描淡写，重点为许瑞请功。

高拱从文华殿看视太子讲学回到内阁，看到了殷正茂的条陈和捷报，多日来的愁容为之一展，欣喜道："昨日还在说殷正茂，今日就有捷报来。叔大，批兵部议覆吧。"又道，"殷正茂失利时当鼓励，今日他取胜，倒是要压他一压。"

张居正则是眉头紧锁，不悦道："照殷正茂条陈，广东光武将就要增设多个，兵马必随之增加。目今当紧缩，他却要扩张。国库何日能充盈？"

高拱拿起条陈细细阅看，明白了殷正茂的意思：重振广东，出路在海；稳定岭表，当严海防。据此，提出了严海防的一系列举措。他把文牍往书案上一放，重重拍了拍，又举着殷正茂的书函道："我看殷正茂的条陈当准！他还有大札来，力言欲听民人与番人互市，且开海口诸山征其税。一旦海禁大开，严海防是应有之义。"

张居正内心是坚决反对开海禁的，但出于对高拱的尊重，往者一直隐忍，今日终于忍耐不住，道："玄翁，且不说祖制国策，就从事实来说，北边皆敌，防御压力已然很大；东、南茫然海洋，本是天然屏障，一旦海禁大开，不能不加意防御，国库何堪重负？居正百思不得其解，因何要开海禁，把茫茫海洋变成边防线！"

"禁得住吗？"高拱眼一瞪，质问道。

"那要看是不是真心要禁！"张居正一咬牙，"一则把沿海之民迁徙于腹地，一则严刑峻法，敢出海者格杀勿论，看禁得住禁不住！"

高拱感到惊讶，若是过去，必循循善诱，给张居正讲解一番，让他跟上自己的思路；如今他已无心这样做，只是沉着脸道："等你当国，你来禁。目下我当国，照我说的办。"言毕，大声对书办道，"差人去兵部，知会大司马：第一，殷正茂的条陈，题覆准奏；第二，殷正茂捷报，低调处理，奏请抚民许瑞授职一事，不允！广盗未靖，尽剿诸贼以后再一并授官。"

开海禁、通海运，大明要被引向何方？还是太祖高皇帝缔造的大明吗？这样想着，张居正痛心疾首，蓦地起身道："该用午饭了。"说着一甩袍袖，大步走出中堂。

望着张居正的背影，高拱生出几分紧迫感，对承差道："把食盒给我端来。"说着，提笔给殷正茂修书：

广东事理，前已略言其意，想达左右。兹剿倭报捷，良可喜也！条陈海防事，已令本兵题覆，不有异同。如此，处处有兵，处处有粮，威力既盛，伸缩在我，以剿以抚，皆可成功。然倭尚可平，而地方之贼难于卒灭。地方之贼不可灭，固倭之所以来也。而地方之所以多贼者，实逼起于有司之贪残，而养成于有司之蒙蔽……今幸有公在彼，必须痛剿一场，使诸山洞海洋之贼皆就殄灭，然后抚恤疮痍，休养生息，乃称平定。不然而犹循故事，恐日复一日，广非国家有矣！已令本兵覆题，发银两招浙兵以副公之用，其伸缩操纵，任公便宜为之，他人更不得以阻挠。公其为皇上整顿此方，复如当年之富庶，是不世之功也！……至于征剿之事，尤须将领得人，乃可奏功。广东自大将偏裨而下，果孰可用当留，孰不可用当去，何人可待，孰宜于彼、不宜于此，孰宜于此、不宜于彼，所当更调，可即奏上，当拟行之。仆当与公勠力协心，必为主上奠此一方！苟可为公助者，纤毫不敢自惜也。有将有兵有粮，则贼平有日矣！听民与番人互市一节，尊谕极是，自可上本奏请。仆所以急急于此者，尤有深意。夫广东之敝极矣，整顿而使之如旧亦甚难矣，非公在彼，孰能经略；非仆在此，孰肯主张？故整顿此方，必当在此时也！过此以往，但少一人，事必无济，广东终无宁日矣！公有雄负，成此不难，时不再来，可不念哉？冗中放笔无论，不能尽意，惟照亮千万！

写毕，边抓起食盒里已然凉去的馒头，边翻看文牍，忽见张四维的乞休疏，不觉火起："这个张子维，不成话，怎么又上本，难道朝廷召不回他来了！"

1

一开春，天气渐暖之时，张四维坐上豪华马车，带上一干仆从，悄然自山西西南端的蒲州北上，一路游山玩水，三月中旬，到达山西东北端的阳和卫城。

自被劾辞职返乡不久，张四维就接到太子侍班官的任命。他已三次上本，坚辞不就。高拱、魏学曾多次来书敦促，朝廷再发严旨，命他就道赴任。他知道一旦入都，夹在高、张之间难以自处；但太子侍班官即是太子师保，未来内阁大臣的首选，弃之可惜，加之高拱敦劝，他不好再辞，只上本说身体有疾，一俟康复即刻首途，却高车宝马赶往阳和，请大舅王崇古为他的行止拿主意。若舅父主张赴任，他即从阳和赴京；否则，再议推托之策。

到得总督辕门，略事寒暄，王崇古就将外甥领进后堂，把一份邸报递给他。张四维一看，大惊失色："这曹大埜狂夫小人，可恨！"他突然冷笑一声，"竟然还诬称甥送给玄翁八百金以求起用！说玄翁别的，或许有人信，说他纳贿，谁会信？不瞒大舅说，江陵相多子，过年过节甥都有馈赠；玄翁那里，片纸不敢奉送。这些人居然攻讦玄翁纳贿，真能把人活活气死！"

"子维，你自入仕即在翰苑，幸遇新郑、江陵二相激赏，得进京堂。你仕途太顺，经历太单纯，不知宦海险恶。"王崇古以长辈的口吻道，

"人家这样说中玄，安知不是为了把水搅浑，让人真伪莫辨?"

"大舅是说……"张四维顿时醒悟，"与福建案有关?"

王崇古不语，又拿出一封书函递过去："子维，你再看看这个。"

张四维一看，是张居正写给大舅的，只见上写着：

> 曹大埜劾玄翁之事，既恼鄙怀，又费措画。言者谬妄，至波及令甥子维，尤为可恶! 方事起时，仆即具揭入告主上，为玄翁申理。幸圣明过听仆言，信之愈笃，而言者被遣不恤，此主上之明也。

"到处都在传，说曹大埜之举，乃赵内江主使。"王崇古补充了一句。

"这话，怕也出自江陵相吧!"张四维以揶揄的语气道，"赵老在野之人; 玄翁全权在握，孰重孰轻，曹大埜不知掂量? 江陵相太急于撇清了，反而欲盖弥彰。"他凑到王崇古面前，指着书函，"看他书中所说，不惟此事与他无关，且他不出面在皇上面前恳请，似乎玄翁就得罢官。"张四维因在舅父面前，也就不再隐晦，"玄翁与今上的情谊，岂是一本荒唐弹章所能离间的，要靠江陵相全力恳请? 字里行间还流露出，今上对他江陵相信任有加。"他摇了摇头，"当局者迷啊，江陵相聪明过头了。"

"子维，此话不可为外人道。"王崇古皱眉道，"高、张都很赏识你，你双方都要维持，不管谁输谁赢，届时都会用你。照目今的局面，你还是躲开为好。曹大埜弹章里不是诬称你贿中玄八百金吗? 就算捎带着把你也弹劾了，你正可以此为由再疏乞休。"

"可惜啊!"张四维叹息道，"玄翁复出二载，局面一新，隆庆之治初见雏形，再有三到五年，大明振兴有望，何忍猝然破局?"

"权势诱人啊!"王崇古感慨道，"自嘉靖朝，阁臣俨然宰相，首相权势无可敌者，遂成攘夺猎物。远的不说，夏言、严嵩、徐阶，他们的首相之位，哪一个不是从前任手里夺来的? 江陵相亦人杰，自不甘久居人下。"

张四维摇摇头："江陵相固人杰，然其格局、识见，不可与玄翁相较! 玄翁是大手笔、大格局，头脑里无条条框框，敢破敢立，大开大合，破海禁、通海运; 饬吏治、安边防; 恤商贾、修内治，大有为皇明开新局之势；江陵相以尽复祖宗之旧为宗旨，效法太祖高皇帝而已。然玄翁粗暴激进，直抒自负甚或意气用事；江陵相心思缜密，沉稳渊重，藏而不露。两相作用不同，正可珠联璧合，若能同心共济，真乃社稷之福。"

"中玄端赖今上非常眷倚，不恤招怨，触动利益太多，清流责他轻变祖制；务实者恨他绳官严苛，今上在一日，无人撼动他；一旦……恐难立足。"王崇古忧心忡忡道，突然一声惊叹，"喔呀！子维，你与江陵相同龄，万万不可开罪他，万万不可！"他一指旁边的书案，"你即刻就修本，我差人即送京师。"

张四维不敢怠慢，起身走到书案前，稍加思忖，提笔起稿，须臾成篇，先说本欲病愈后赴任，再说曹大埜弹章连污及己，以自辩口气痛斥曹大埜之诬；后说虽无此事，仍遭言官论劾，说明德不足以服人，无颜再立朝班，乞请罢斥。写毕，递给王崇古阅看。

王崇古看了一眼，点头道："不要蹚浑水，远祸为上。封发吧！"

下一步的行止总算有了着落，张四维不再纠结，但他的心情却越发沉重了。仿佛看到乌云滚滚压来，惊雷在天际已然响起，暴风雨就要来临，而自己牵挂的人却浑然不知，还在郊野辛勤劳作。他恨不得一步跨过去，把他接回屋内，免受风雨摧残。

"呜呜"的风声，使得阳和的夜，比蒲州多了几分诡异。躺在床上，张四维辗转不能成眠。此刻，玄翁当还在直房忙碌着吧？他的眼前浮现出吏部直房里与高拱商榷边务、遴选官员的情景，爽快的笑声，抑或发怒的面容，都让他感到亲切。暌违半载，玄翁健朗如初吗？他翻了个身，风声越发尖厉了，如泣如诉，仿佛不停地向他呼唤着。他索性披衣下床，挑灯修书。先写给高拱，再写给张居正。他反复斟酌，生恐劝和不成反增误会。

晨起，张四维即将书函呈王崇古过目。

王崇古阅罢，叹息道："恐一片苦心，付诸东流！"

"不忍破局，尽力挽回，至于效果，看天意吧！"张四维感慨道。

"对了子维，江陵相的小妾又为他生一子，你要投书给他，当备些贺礼一并送去。"王崇古提醒道。

2

又到了暮春时节，京城依然多风，风沙刮得人睁不开眼睛。交了戌时，风虽渐弱，街上却少见行人。高拱在文渊阁用罢晚饭，赶往吏部直房，他已多日无暇来理部务了，一进首门，就吩咐承差：“叫魏侍郎来见。”

魏学曾进得直房，高拱正埋头阅看文牍，头也未抬道：“惟贯，子维连上三疏请辞未准，又因曹大埜弹章里诬及他，昨上本自辩，乞请罢斥，看来他真是要躲清静了。”

“玄翁，别忘了，子维出身商贾之家，商人自有商人的精明。”魏学曾以揶揄的语气道。他早就看出来了，高拱对张四维赏识有加，顶着物议提携，而他却三番五次请辞，无非是两边都不想得罪罢了，心里对他便生出几许鄙夷。

“惟贯，不可轻视商人，大明富强，需要商人。”高拱一摆手道，“不成，张子维是干才，有识见，能成事，又年富力强，不能让他悠游山林……”话未说完，司务来禀：张四维急足来投书。

“料他会有书来，果然就来了。”高拱说着，展开阅看，只见上写着：

顷自家舅所得邸报，见狂夫流言，披猖无忌，殊增愤懑。我翁心事勋业已轩揭天地，薄海内外共所闻见，而彼狂乃欲变乱黑白耶！可恨！可恨！夫以台端精忠谋国，冲虚好贤，士论明甚。乃彼狂敢为此言者，实以无似不允公议，遂借陈以行其私耳。曹疏固孟浪，观其词指，其处心积虑深矣！无乃内江阁党，今犹存者耶？此事生在远，不得其详。翁与岳翁，心同道同，知契非一日，岂茫昧之说所能遮间？然二翁局面不同、作用不同，故取人亦异。人各为知己者图厚，则必有生枝节处；在二翁，生保其无他肠也。况事真伪，久必辩白。望台端大观，付之不理，徐观其后何如。且君子之交，难合易疏；而小人之情，多端无定。以台端豁达大度，与何物所不容？生受知二翁俱深，而翁之爱生尤笃。今又在二千里外，得以自申其说，无嫌可避，伏望台端伏垂听焉。今国家之事倚重二翁，天下士方冀幸太平，功业庶几三代者，幸舍小嫌存大计也。

"子维真是苦口婆心啊！"高拱读罢，递给魏学曾看，"他也提及赵内江，看来赵内江指使曹大埜弹劾我这个说法，已流布中外了。"

魏学曾只是埋头阅看，并不回应。

"喔！"高拱像是想起什么，伸过手去，"来来来，我再看一眼。"说着从魏学曾手里把书函抓过去，指着上面道，"惟贯，子维不是说有病不能赴任吗？怎么，他是从王崇古那里看到的邸报，说明他人到了大同嘛！"他蓦地起身，蹙眉道，"惟贯，时下官员动辄以生病为由规避，得定个规矩！"

"按制，京官可以请假回籍养病，外官则无此例，"魏学曾道，"此制委实不甚合理。京官滥用养病之权，动辄以养病为由规避；外官一概不能养病，又太一刀切了。"

高拱坐回去，看着魏学曾："起稿，定《中外官员养病之例》，核心是官员确有疾病，无论京官外官，俱得养病；但以养病为由规避烦难或京官规避外调者，一律致仕！奏荐起用病愈官员，须由抚按官考核裁酌，不得徇私滥举。"

"学曾记下了，不日即可上奏。"魏学曾道。

高拱突然叹了口气："子维劝我没用，目今要大修内治，多少事要做？我倒是真心希望与张叔大同心做下去，待规模粗定，把位子交给他。"

魏学曾苦笑一声，不接话茬儿。

高拱沉吟片刻道："惟贯，有些话本不该说，不过你是佐铨大员，说也无妨。张叔大也很赏识子维，他若上紧回来，我和叔大商议，荐他入阁。他入阁，从中调和，局面或许会缓和些。是以他的辞呈不能准，明日即题覆，就说事已白，宜遵旨速赴任。"

魏学曾见高拱一脸疲惫，坚毅中透着几分无奈，不觉一阵酸楚，却又不知如何劝慰，低头沉默着。

高拱起身，边在室内踱步边道："惟贯，时下边患无忧，当大修内治。你做过巡抚，有两件事，要你帮我画策。"他伸出食指，"第一桩，缉盗安民。梁梦龙是干才吧？他出抚山东，我几次致函给他，敦促此事，可迄今未见明显成效，我又给新任巡抚修书，除了海运，就是这桩事；梁梦龙转任河南，我给他的答书，还是这桩事。看来靠书函这个法子不行，得立规矩。"

魏学曾道："这是件大事。容学曾斟酌，择日再禀。"

"多找些在府县做过的官员访咨。"高拱说着，又伸出中指，"再一桩，就是户部改制。时下裁革冗员、整饬吏治，各环节大体都立了规矩，就连盐政、马政也已大破常套重新定制，惟户部改制未做。"

"户部改制？"魏学曾惊问。

"恤商惠民，户部至关重要。理财，王政之要务。后世因腐儒所谓君子不言利谬种流传，竟视理财官为浊官。如今户部官劳倍于人，然必俸资倍于人而后方得升迁，其升迁出路又劣，官场讥之为'钱粮衙门出身'；户部如此，各省转运司更甚。钱粮衙门，国用民生所系，盖重任也。官此者，若贪墨，诛之可也，不然，都是国家的官员，为何劣视之？因此之故，有志之士，不乐就此。若不幸到了钱粮衙门为官，一个个志夺气沮，务支吾了事，徒积日月以待迁，而经制之略置之不讲，不复闻有善理财者矣！理财无人，国用日蹙，而民生乃益困。是以户部不改制，无以足国用而厚民生。"

魏学曾叹道："这也是大事，当审慎，不的，必是沸沸扬扬，朝廷无宁日。"

"此事早该做，只是一时顾不上，必在年内着手。"高拱以坚定的语气道，"这两件事，俱关乎国计民生，非做不可！把这两件事做成了，清丈田亩之事方可铺开。"

魏学曾心想，人家还容你做下去吗？此何时，玄翁竟无一丝危机感！他不便明言，只好侧面提醒一句："玄翁，曾省吾抚川诏书已下。"

"发文凭，限他一个月内到任！"高拱露出厌恶的神情。

"不知张阁老会做何想。"魏学曾试探着说。

"给他加兵部侍郎、副都御史，并没有贬他的意思。"高拱不以为然道，"还有何说的？他借曹大埜之口骂我奸恶过于秦桧、严嵩，我若真像他所说，轻者让他滚蛋，重者其命难保。此事，我做不出来嘛！让他到四川去建功立业，不要把生命浪费在搬弄是非、构陷离间大臣上，朝廷也可少些是非，集中精力做事。他曾省吾若能像殷正茂、张学颜那般做出名堂来，我照样升他的官！"

魏学曾不语，暗忖：玄翁太自负，想事情又未免太简单了。你这么想，人家可未必这么想。

3

曾省吾一进张居正的书房，就恨恨然道："看来，高相拿我开刀，是要向太岳兄动手了！"

"三省，这是好事。"张居正若有所思地说。

"到了决战时刻，他把我打发到万里之外，你还说是好事？"曾省吾梗着脖子说。

张居正刚要说话，游七进来，递给他一个书套，面露喜色，附耳低声咕哝了几句。张居正最反感游七有人在时向他嘀嘀咕咕说到收受银子的事，便不耐烦地一摆手，让游七出去，打开书套，是张四维的急函。展开一看，上写道：

今二翁同心，翊宣元化，天下骎骎然向理，假之岁月，太平之业端可坐致，乃心膂之间，不免有挠惑若此，古人所以嫉彼谗人，欲投诸豺虎而不恤也。玄翁弘毅疏宕，是以不免于轻信而骤发，然性故明达，而与翁相知又深，未有旬日不悟，悟而不悔者。伏望台明念天下之重而略小嫌，敦久要之好而无失其故。翁与国同休戚，且素知玄翁心者，宁可不委曲周旋，如周公之与召公，以求济大事哉！

张居正一言不发，将书函递给坐在旁侧的曾省吾。

"嚯！"曾省吾怪笑一声，"如周公之与召公？你张太岳就活该做人家的辅助？"

"看来，高、张失和已然被张子维看穿了。"张居正怅然道，"他给我修书，势必也给玄翁投书，反倒让玄翁起疑心。这个张子维，糊涂！"

"张子维不说，高相的那些门生也会挑破，不的，他就不会把我外放！"曾省吾恨恨然道。

"三省，适才我讲你外放是好事，不是玩笑话。"张居正一脸肃穆道，"一则你有军旅才，做一回封疆大吏，叙、泸一带都掌蛮作乱，正可施展，建功立业；二则玄翁明知你是我的挚友，连声招呼也不打，就外放你，足见他已不再珍视往昔香火盟矣！"

"哈哈！"曾省吾怪笑两声，蓦地低下头去，暗忖：人都是站在自己角度思考问题的。事到如今，在张居正的认知里，却是高拱不珍惜友情。可越是自私之辈，越值得为他卖命，将来必有厚报；越是正直无私的人，越要远离，他不会因你替他卖命而回报你。高拱就是一个典型，谁会死心塌地为他干？连张四维也躲了吧？

张居正也觉得抱怨高拱不珍视香火盟的话有些不妥，见曾省吾低头不语，问："三省，因何沉默？"

曾省吾道："省吾在思忖，高相不珍视香火盟，外放省吾，怎么就成好事了？"

张居正一欠身道："三省，两件事，让我彻底打消了顾虑，精神再也没有负担了。"

"喔，是这样！"曾省吾悟出来了，不住地点着头，抬眼问，"另一件，何事？"

张居正道："前几日殷正茂有本，要求广东开海禁，又一口气提请增设好几个参将，说要固海防，玄翁竟欣然同意。"他突然激动起来，"开海禁、通海运，把本是天然屏障的海洋变成边防线，造大船、练水军、固海防，民脂民膏投到无底洞里去，祸国殃民，莫此为甚！稍有谋国忧民之心，焉能坐视？而玄翁却务快己意，颟顸专恣！前年贵州水西安氏作乱，我主张痛剿，玄翁却费尽心机去调和，说甚不战息争，自以为得计！殊不知，让西南蛮夷轻视朝廷，动辄作乱。好在那是一时一地，我还可以隐忍，可海禁之事大不同，国策、国计所关，子孙万代之事，我不能眼睁睁看着玄翁误国如此！"

"加上他外放你的亲信，是以再也不必有精神负担了，自可放开手脚谋高了？"曾省吾把自己的会意说了出来，他"喊"地一笑，"早该如此啦！官场上，情比纸薄，重情必害己！要想施展抱负，就得握权处势；而揆诸本朝首相上位形迹，要想握权处势，就得不择手段！莫忘了，历史是胜利者书写的，胜利者就代表正义，代表真理，何必瞻前顾后，心事重重！太岳兄才四十多岁，干他十年二十年，富国强兵，中兴大明，必名垂青史，成为后人眼中的名臣良相，谁还去追问你的权位是如何得来的？唐太宗杀兄逼父，照样是明君！本朝成祖起兵夺位，可你翻开史籍，找得到这四字吗？没有！满篇所载，俱是成祖挽救大明，无他老人家起兵，大明江山就会断送！这就是历史！"他被自己的一席话所振奋，满面红光，双目炯炯，两手相合，不住地搓揉着。

张居正静如止水，良久才道："三省，你快整备赴任吧，别磨磨蹭蹭的，让人家起疑心。记住我的话，非我族类，其心必异。到了四川，对都掌蛮要痛剿一场，不问人心向背，务必斩草除根！待平定了都掌蛮，再召你回来。"

曾省吾从张居正的话语中听出了他的自信，来时的不快已然烟消云散，只是还有些担心，道："省吾走了，毕竟少了画策之人，吕光可用。不惟此人足智多谋，且他与徐相喘息相通，有他在，不啻徐相在侧。"

张居正点头，叫来游七，吩咐道："在左近赁座宅子，让吕光搬来住。"

4

张居正见高拱走进中堂，抱拳施礼道："玄翁，曾省吾已陛辞，今日就首途赴任。"

"喔？好！"高拱道，"曾省吾有军旅才，家乡又距川南不远，风土人情有近似处。他到那里，可施展一番。你转告他，要像殷正茂、张学颜那样，好好做，做出政绩来，照样升他的官。"说着，就有几分得意，"殷正茂、张学颜经常书函不断，请示方略。他也同样，随时可向我请示方略。"在他看来，随着曾省吾陛辞离京，曹大埜弹劾一案掀起的风波算是止息了。此前，他曾奏请宽宥刘、曹，皇上御批："此辈朋谋诬陷，情罪可恶，宜重治如法。以卿奏姑从宽，大埜如前旨，奋庸降一级调外任。"吏部接旨，念及曹大埜乃巴县人，将其调往离家乡较近的陕西乾州做判官，刘奋庸则降一级调湖广兴国知州。今日曾省吾又乖乖离京，足以证明没有人能够撼动他。故而高拱特意向张居正解释了一番，表达他不再介怀的和解之意。

张居正低头窃笑，口中道："自当经常向玄翁请示方略。"他顺手拿起一份文牍，走到高拱书案前，"玄翁请看看这个。"说完转身往外走，去文华殿看视太子。

高拱一看，是苏松巡按御史李贞元的奏本，奏报审勘徐阶三子一事。只见上写着："戍其长子璠、次子琨，氓其少子瑛，家人之坐戍者复十余人，没其田六万亩于官。"

"真是像阴魂一般纠缠不散！"高拱恼怒地把奏本往书案上一丢，"刚说可以消停了，麻烦事又来了！"他知张居正特意让他看，必是有话要说，就又把奏本往外推了推，以便等张居正回来再议。

午时，张居正回到中堂，高拱劈头问："徐老三子，判重了吗？"

"罪有应得！"张居正道，"若不是存翁之子，定然还要重于此。"

"那还有甚说的？"高拱一脸怒容道。

张居正道："记得玄翁说过，天理就是人情。以人情论，存翁在政府二十载，士林谓之一代名相，国之元老。若三子系罪，竟至充军，士论何谓？居正乃存翁弟子，不能为恩师进一言，何以自处？玄翁当国者，本与存翁有嫌，此案一旦公之于众，士论谓玄翁何？玄翁固无报复之心，而必落报复之名，如此，谁能获其益？"

高拱闻听"报复"二字，越发恼怒，黑着脸道："叔大，记得我给你讲过，为人之理，始于立心；立心之本，在于忠信。苟有不实，便欠光明，便为心害。丈夫心事，当如青天白日。你在给我的寿序里说，'再入政府，众谓是且齮龁诸言者，公悉待之如初，未尝以私喜怒为用舍'，可我听说，你常常提醒徐老，说'高实未忘情也'，端赖你从中调和。你怎么能这样？嗯？"

"玄翁，"张居正面红耳赤，刚要辩解，高拱打断他，以居高临下、师长教训弟子的口吻道："寿序里，你还说'北虏款关求贡，中外相顾骇愕，莫敢发，公独决策，纳其贡献，许为外臣'，可你给李幼滋书函里怎么说的？都是你的功劳，还说三计只用其一！怎么能这样做人，嗯？"

张居正额头上冒出虚汗，神情慌张道："小人挑拨之言，玄翁若信之，以之责居正，居正夫复何言？"

高拱的怒气宣泄得差不多了，又见张居正一副羞愧难当、委委屈屈的样子，便缓和了语气道："我说过，省得一件闲事，便是一件治道。过去的事，无论真假，都不提了！"他拿起李贞元的奏本，"徐老的事，也该早日了结。我拟旨，明言判得太重，令改谳就是了。我再给苏松巡按御史和蔡国熙修书，让他们务必宽解。"

张居正松了口气，道："玄翁磊落！只是……"他欲言又止，生恐再把高拱刚熄下去的火再挑起来。

"只是什么？"高拱边拟票，边问。

"哦，没什么，没什么，居正只是想早结此案。"张居正小心翼翼地说。

"不能纠缠个没完没了！"高拱烦躁地说，拿过一叠稿笺，提笔先给巡按御史李贞元修书：

> 承谕徐宅事，具见委曲处分，情法两尽之意。但此老尚在，而遽使三子蒙辜，于心实有不忍者，故愿特开释之。来奏已拟驳另勘，虽于原议有违，然愚心可鉴谅，必不为罪也。

写毕，他用左手举起，向张居正晃了晃："嗯，拿去看看。"右手提笔又给蔡国熙修书。

张居正起身接过，见高拱正写出"春台"二字，知是写给蔡国熙的；他有话要说，恐高拱写完了再说，又被他责怪不早说，遂清了清嗓子道："玄翁此前已多有札谕，可蔡国熙似乎是铁了心要依法行事的，居正担心，还会反复折腾个没完。"

高拱闻言，把笔往架子上一摆，道："你说怎么办？"

张居正不语。

"也罢，为了大局，只好委屈奉法之官了！"高拱叹了口气，"正好山西学政缺员，就调蔡国熙去吧！徐案，转交松江府勘理。"

张居正心想，要的就是你这句话！但却以关切的语气道："蔡国熙也是奉法行事，把他调走，不惟亏待了他，玄翁也会因此受他的抱怨！"

"顾不了这么多了。"高拱又喟叹一声，"我这才体会到，当国者为大局计，不得不对事实让步，牺牲一时一地一人，也是出于无奈。"说着，把刚起头给蔡国熙的书函"嚓嚓"撕成细条，又揉成一团，摔在地上。

"玄翁谋国周详！"张居正赞叹一句，"时下皇上病重，人事纷扰越少越好。"踌躇片刻，又道，"那么玄翁，福建的案子……"

5

巡按福建御史杜化中的弹章，内阁照例拟旨发交吏、兵二部题覆。吏部题覆：除总兵戚继光等由兵部径自查覆外，为照兵部侍郎谷中虚、福建巡抚何宽，俱大臣，若果受贿纵奸，则是重干法纪，岂容轻贷？但事出风闻，靡所证据，未经勘实，何以正法而服其心？令回籍听勘，待事明之日，另行奏请处分。兵部题覆：将金科、朱珏送法司勘问。

张居正自知，一旦勘问起来，内幕揭出，必授人以柄，这一直是他的一块心病，故而当高拱欲了徐案时，他遂借机试探。

高拱明白张居正的意思，知只了徐案而不了此案，恐与他和解依然无望，遂一咬牙道："都了了吧！"旋即吩咐道："来人，去，叫刑部尚书刘自强来见！"

"玄翁，正是用午饭的时节。"书办提醒道。

"把食盒拿来！"高拱吩咐，又道，"去叫！"

刘自强正在用午饭，听到高拱有召，放下碗筷匆忙赶了过来。见高拱、张居正都在中堂，边用餐边阅看文牍，施礼站定，等待吩咐。

高拱咽下一口馒头，问："福建的案子，几个月了，何以还未审结？"

刘自强看了一眼张居正，斟酌道："元翁，杜巡按所劾二将罪状有二，一则贪恣侵剥，二则用贿营求。目下贪恣侵剥已审结，可谓罪不容诛；惟用贿营求，关涉朝廷……"他又瞥了一眼张居正，欲言又止。

"关涉到何人？"高拱故意问。

"关涉……关涉大臣。"刘自强含糊地说。

"我也知关涉大臣！巡按弹章里指名兵部侍郎、福建巡抚，都是大臣，除了这二人，还有谁？"高拱追问。

张居正佯装埋头吃饭，却停止了咀嚼，侧耳细听。

刘自强为难地看着高拱，向他使眼色。

"喔，记起来了！"高拱道，"张阁老和我说过，此事他曾参与其中，给兵部打招呼，给巡抚投书。是不是金、朱二犯咬住了张阁老？"

"这个……"刘自强不敢说。

"有左验吗？"高拱继续追问。

"是以拖了这么久。"刘自强又含含糊糊答道。

"行了，不能再拖了！"高拱一扬手道，"巡按御史指称二犯用贿营求，二犯也供了，但总要有左验吧？巡按御史可以风闻而奏，不足为凭；人犯口供，安知不是自保之计？既然金、朱二犯贪恣侵剥，凿凿有据，以此将二犯定罪就是了；用贿营求无左验，不必再纠缠下去了，刑部上紧奏来，早结此案！"言毕，向外摆摆手，示意刘自强退出。

张居正紧绷的神经松弛下来，暗暗舒出了口气。高拱待刘自强出了中堂，一推食盒道："虽则二犯用贿营求之事不再追究，但谷中虚、何宽不能再用！"

"不堪再用！"张居正忙附和，"目今二人回籍听勘，吏部题覆是要把巡按御史指称其罪勘实，再另行奏请处分，玄翁的意思是不再勘问了？"

高拱道："既然金、朱用贿营求之事不再纠缠，对谷、何二人也不必再勘下去了。不然，何以了此案！"

张居正悬着的心终于落地，道："玄翁果断！既然不再勘问，以何名目罢斥二人？"

高拱检出一份文牍，道："这是吏科给事中涂梦桂的弹章，论劾谷中虚两任巡抚，再贰本兵，皆有贪声，赃私狼藉，乞要亟行罢斥。既然巡按御史杜化中论劾于前，科官再劾于后，似难再留。"

"那么何宽呢？"张居正急切地问。

高拱略一思忖，道："至于何宽，近几天我让吏部清理各省督抚举荐事例，要严厉处分举荐过滥的督抚，记得何宽在列。正可以他举荐违例为由，给他个革职处分。"

"玄翁为了大局计，可谓费尽心机了。用心良苦，用心良苦！"张居正感叹了一声。

高拱苦笑一声："唉！我的除八弊疏稿，叔大看过的，第一弊就是执法不公，如今我当国，却把秉公执法者调开；我教大司寇要特立持正不能看权势者眼色，却又指授他如何大事化小，抵牾啊！"

"玄翁非为己，乃为国，为皇上！"张居正忙道，"为了达成隆庆之治，一时一事，玄翁就不必介怀啦！"

高拱抬头看着张居正，问："叔大，你说，大唐开元之治，谁的功劳最大？"

"自是玄宗的宰相姚崇。"张居正不假思索地答。

"不错。可是，姚崇的副手卢怀慎，也功不可没啊！"高拱慨然道。

"喔？"张居正一笑，"世人讥怀慎伴食宰相，玄翁谓怀慎有大功，居正愿闻高论。"

高拱道："姚崇，救时良相，怀慎居其次，使其一起私念，横生旁出，动辄掣肘，姚崇又何以展其救时之略？而怀慎宁甘受无为之名，而终不掣肘，使姚崇得以展其才，以济国家之事。非有体国之诚意，忘己之公心，哪里做得到？因此，我说姚崇之有功于国，怀慎自然也有份。我看，怀慎之品格，非常人所能及！"

张居正尴尬一笑："居正谨遵玄翁教诲！"

高拱喟叹一声道："叔大，皇上病重，内阁只你我二人，共谋国事吧！"说完，起身出了中堂。回到朝房，高拱歪倒在床上，睁眼细思，似还有未了之事，喃喃道："嗯，徐老那里当说清楚，不的，此老不甘心，再煽惑门生故旧起事端，还是了而不能了！"这样想着，起身走到书案前，提笔给徐阶修书：

仆不肖，昔在馆阁，不能顺奉公意，遂致参商，狼藉以去。暨公谢政，仆乃召还，佥谓必且报复也。而仆实无纤芥介怀，遂明告天下以不敢报复之意。天下人固亦有谅之者。然人情难测，各有攸存。或怨公者，则欲仆阴为报复之实；或怨仆者，则假仆不忘报复之名；或欲收功于仆，则云将甘心于公？或欲收功于公，则云有所调停于仆。然而皆非也。仆之意盖未得甚明也。古云：无征不信。比者，地方官奏公家不法事至，仆实恻然。谓公以元辅家居，岂宜遽有此也。且兔死狐悲，不无伤类之痛。会其中有于法未合者，仆遂力驳其事，悉从开释，亦既行之矣。则仆不敢报复之意，亦既有证，可取信于天下矣。盖虽未敢废朝廷之法，以德报怨；实未敢借朝廷之法，以怨报怨也。念昔仆典试时，曾以题字致先帝疑，公为解护，仆实心感之。当公不悦仆时，仆曾明告公云：公即仇我，然解先帝疑一节，终不敢忘，必当报效。别公而去，言固在耳，公不记忆之耶？今此之举，固当日初心无敢变也。然既有以取信于天下，则乃可有辞门下，故敢奉告，布区区之意。今以后愿与公分弃前恶，复修旧好。勿使借口者再得以鼓弄其间，则不惟彼此之幸，实国家之幸，缙绅大夫之幸也。丈夫一言，至死不易。皇天后土所共鉴临，惟公亮之。

　　封发了给徐阶的书函，高拱用力伸了个懒腰，感到浑身松快了许多，终于把这两件棘手的案子了了，可以集中精力做关乎国计民生的大事了！

　　"但愿不要再出什么岔子了！"他抱拳向上晃了晃，似在向上天祈祷。

第十二章 | 暗中许诺贵妃开颜
　　　　 | 踪迹大露相公惶急

1

东华门向东不远处，十王府夹道南头西侧，有一条呈东西走向的胡同，长不过半里，谓之大纱帽胡同。张居正三年前就把家搬到了这条胡同东头的一个三进院落里，三进院各有庭院，又以回廊月门连为一体，还在庭院东侧辟有一座花园。

这天晚饭后，张居正身着一身深蓝色茧绸直裰，头戴方巾，穿过后院的月门，信步来到花园，绕着一座假山悠闲地漫步。因福建一案终于了结，他心里的一块石头落了地，顿感轻爽。初夏的微风暖中带凉，令人有种沉醉感，街头的喧闹声透过高墙传来，仿佛要为静谧的花园添上几分生机。

"老爷，吕先生有要事相禀。"游七走过来禀报道。因花园只与后院相连，且常有女眷出入，外人不便涉足，游七是管家又是表亲，有事就由他来通禀。

张居正不说话，出了花园，穿过回廊，径直往前院正房东间的书房走去。

刚走到书房门口，吕光就跟了过来，躬身施礼道："太岳相公，存翁有密函一封。"说着，从袖中掏出密帖，捧递过去。

张居正接过，进了书房，在书案前坐下阅看：

唐宋时，主上为嫔妃所出者，御极后，尊先帝皇后为太后，生母为太妃，盖分嫡庶也。国朝列帝，非皇后所出者，御极后，亦依唐宋旧制。景帝初登极，尊皇太后孙氏为上圣皇太后，生母贤妃吴氏为皇太后。宪宗初元，尊先帝皇后钱氏为慈懿皇太后，尊生母贵妃周氏为皇太后，但无徽号，以示稍别等威。此二例未引发朝政震动，然识者则过之。

"不谋而合！不谋而合！"张居正禁不住惊喜道。

一个多月前，张居正与冯保在文华殿东小房初次密议，就萌发了俘获太子生母李贵妃芳心的念头。他闻得李贵妃和她的娘家人都很贪财，可莫说自己并无余赀，即使奉送厚礼，未必就能赢得她的格外青睐。这件事，一直困扰着他。读了徐阶的密函，不惟找到了打开困局的突破口，而且还证明了自己的思路与徐阶是吻合的。徐阶久居中枢，又任礼部尚书多年，他发来这样一个密函，表明他对李贵妃在未来朝廷权力格局中关键地位的认识与自己不谋而合。以徐阶的老辣，对朝政走向的判断当是可信的。张居正对恩师的及时指点心存感激。

"游七，你去请徐爵来！"张居正抑制不住兴奋情绪，起身吩咐道。游七刚要走，张居正又改变了主意，"罢了，此事恐他人转达不清，需面陈厂公。"

次日，正是张居正在文华殿看视。因高拱当面警告过他，对于冯保在东小房密会，张居正谨慎了许多。但今日不同了，在照例给升座的太子叩头毕，起身的瞬间，他向站在太子旁侧的冯保递了个眼色，头微微向东摆动了一下。冯保心领神会，待讲学间歇，二人快步闪身进了东小房。

"嘿嘿，张老先生，今日必有要事。"冯保拱手道。

张居正还礼，道："厂公，龙体怎样？"

冯保一撇嘴，起身凑到张居正面前，躬身附耳道："色若黄叶，骨立神朽，恐有叵测。"他直起腰，"不知老先生预备好了吗？"

张居正摆摆手，示意冯保坐下，他侧过脸，左肘搭在茶几上，上身倾向冯保，低声道："此事，若不经贵妃娘娘认可，恐生意外。"

冯保也把左肘搭于茶几，侧过身，伸过脑袋道："不瞒张老先生，咱在贵妃娘娘面前不少为老先生吹嘘。咱看她对张老先生倒也有好感嘞！"旋即叹了口气，"可娘娘对高胡子打理朝政颇认可，若事先和她挑明，事恐不协。"

"当谋连为一体、一荣俱荣之策。"张居正胸有成竹道。

"喔！那最好不过！"冯保两眼放光，"老先生有何妙策？"

"本朝圣上为嫔妃所出者，御极后，常制，当尊生母为太妃。然宪宗皇帝却尊生母为皇太后。"张居正语速极快地说，"届时，可仿宪宗例，尊贵妃娘娘为皇太后，不唯如此，当再加徽号，与正宫并尊。"

"唉呀呀！"冯保惊喜道，"贵妃娘娘必大喜过望！"旋即一搓手道，"然则，如此大破常格，行得通吗？"

"行不通！"张居正道，顿了顿，又道，"是以才要采取断然措施！"

冯保恍然大悟："呵呵，咱明白！"

张居正掀起茶盏，又"啪"地盖上，道："只要贵妃娘娘点头，则诸事可行。"

冯保忙起身道："咱这就去翊坤宫走一遭！"

"这就与贵妃娘娘说这事，大不敬吧？"张居正踌躇道。

"咱把握得住！"冯保一拍胸脯道。说着，向张居正抱了抱拳，疾步走出东小房。

冯保匆匆忙忙出了门，一个人差一点与他撞了个满怀，对方一闪身道："喔？厂公，如此急促所为何事？"冯保一愣，定睛一看，认得此人，乃御史张齐。

张齐当年在行人司曾奉命护送被逐的高拱回河南老家，皇上在平台召见他，一时令朝野为之震动；不久，又奉圣旨晋升御史，更令百官为之瞠目。隆庆二年因弹劾徐阶，虽导致徐阶下野，张齐也被都察院左都御史王廷指控，竟至下狱。几个月前，张齐一案经刑部重审昭雪，复其职。

"喔呀，是张都爷！"冯保亲热地叫着坊间对御史的尊称，"嘻嘻，都爷忙着，咱替太子爷办事去。"说着，打躬抱拳，就要走。

"慢着！"张齐正色道，"厂公适才从哪里出来的？"

"喔……这个这个……"冯保支吾着，向东小房摆了摆脑袋。他知道言官不好惹，连万岁爷都要让三分，何况内官，故而摆出一副谦恭样，脸上挂着讨好的、僵硬的笑容。

"张阁老还在里面吧?"张齐向东小房内一指，问。

"喔? 都爷找张老先生啊，想必是在的。"冯保忙抱拳一揖，不待张齐反应过来，来不及唤他的掌班，连凳机也不坐了，一溜烟似的跑开了。

2

翊坤宫后院寝宫里，李贵妃看着熟睡的婴儿，暗自垂泪。这个女婴刚出满月，皇上多次说来看视的，却一直没有来过。李贵妃知道，不是皇上不想来，是龙体衰萎，力不从心了。

"可怜见咱这小公主，还没有见过爹的面……"说着，李贵妃的泪水又断珠似的滚落下来。公主的奶娘徐氏劝了又劝，还是没让李贵妃平静下来。虚龄不满二十七岁的年纪，不敢想象未来岁月该如何度过!

李贵妃在裕邸时，因博得王妃陈氏的欢心，被安排在书房侍候裕王，那时她就暗暗拜冯保为师，识字读书。这些年大有长进，经史子集，委实读过不少。她深知，无论是皇家还是民间，嫡庶之分如同天壤。按制，文臣武将，若嫡母在堂，生母不得受封;在皇家，太子无论是谁所出，都尊正宫皇后为嫡母，实为过继于皇后名下。倘若皇上驾崩，太子御极，皇后就是皇太后，朝廷一应礼仪尊崇，俱为正宫所独享。李贵妃乃贫贱之家出身，惟其如此，越发有股不服输的倔强，事事都要努力争取。眼看皇上一天不如一天了，不知道能不能熬过这个夏天，一旦驾崩，她一个宫女出身的妃子，今后就只能是独居深宫，枯灯相伴，了此一生了。想到这些，李贵妃自是难抑悲痛，珠泪涟涟。

"娘娘，冯太监来了。"一个宫女进来禀报。

"他怎么这个时辰跑来了?"李贵妃像是自问，暗忖冯保必是有事要禀，遂擦了把泪，到前殿升座。

冯保行了礼，看了看李贵妃身后的两个宫女，故意做出欲言又止的样子，李贵妃会意，屏退闲杂，吩咐冯保近前说话。冯保上前盯着李贵妃端详着，夸张地惊诧道:"喔呀，咱的美人儿娘娘哎! 这是咋的了? 谁惹娘娘生气了?"

"莫耍贫嘴,有事说事!"李贵妃杏眼一瞪,嗔怪道。

冯保"嗵"的一声跪地,叩首道:"娘娘先恕老奴的罪,老奴方敢奏事进言。"

"行啦!"李贵妃突然脸一沉,"在本宫面前,你还有啥话不敢说的,嗯?"

冯保这才爬起来,跪行到李贵妃座椅边,仰脸道:"娘娘,万岁爷……万岁爷这病,娘娘可知是咋回事?"又自答道,"是杨梅疮!"

"杨梅疮?"李贵妃重复了一遍,"这是啥病呀?"

冯保诡秘道:"娘娘,这杨梅疮又叫广疮,是从岭南那边传过来的。得了这个病,谁和他同床,谁就得传染上,治不了的!"

"啊?"李贵妃大惊失色,慌忙低头看着自己的下身,又蓦地转脸盯住冯保,声音颤抖地问,"你咋知道?"

"嘿嘿,娘娘诶!"冯保道,"老奴提督东厂,坊间的事,哪样不知道?"

"那,皇上咋会得这脏病?"李贵妃又问。

"娘娘,孟冲那呆头鹅本是一个伙夫,冒升掌印,为希宠固位,挖空心思给万岁爷找乐子。万岁爷得这病,早晚的事!"

"那那那……"李贵妃神色慌张,看着自己的下身,"咱也……"

冯保道:"娘娘放心,这大半年娘娘有孕在身,没和万岁爷享鱼水之欢,不会的。"他一蹙眉,哭丧着脸道,"只是,以后,千万不可让万岁爷沾身儿了。"他佯装惊恐地捂住嘴,"娘娘,这是天机,连万岁爷也不知情,一旦泄露出去,万岁爷的圣威,岂不一落千丈?以后太子爷坐了江山,也没有面子。是以老奴不敢说,今日只敢说与娘娘一人。"

李贵妃用香帕掩面,抽泣起来。

冯保道:"既已如此,娘娘伤心也于事无补了。万岁爷着内阁预备后事,娘娘莫如把心思用到预备后事上。"

李贵妃侧过脸去,用香帕擦拭泪水,道:"那是外廷的事,容得妇道人家插手?"

"娘娘诶!"冯保伸手轻轻为李贵妃捶腿,"皇后娘娘凤体欠安,又一向不讨圣心欢喜；而娘娘是太子爷的生母，后宫的事，娘娘不操心，谁操心？"

李贵妃沉吟片刻，推开冯保的手，柔声道："起来说话。"

冯保见李贵妃神色凝重，即知她已动心，又道："娘娘，这大明江山，是太子爷的江山，外廷的大臣，哪个没有私心？安得全仰仗他们？太子爷尚在冲龄，做母亲的，焉能不替儿子操心？万一万岁爷……主少国疑，内里总要有人做主吧？依老奴看，这做主的人，非娘娘莫属！"

李贵妃眼睛眨了又眨，露出一丝笑容，旋即叹了口气："祖宗有规矩，哪里轮得到后宫！"

"轮得到！"冯保语气坚定地说，又"嘿嘿"一笑，"是以老奴建言娘娘操些心预备后事。"

李贵妃眼前一亮，忙道："说来咱听！"

"娘娘，老奴和张老先生密议，届时要两宫并尊！"冯保道。

李贵妃目光中流露出期待的光芒，问："并尊？怎么个并尊法？"

"尊娘娘为皇太后，与正宫娘娘并加徽号！"冯保盯着李贵妃的眼睛道，"创本朝一个先例！"

李贵妃蓦地起身，身子因为惊喜而微微战栗，须臾，又颓然坐下，怅然道："坏规矩的事，外廷岂容得？"

"张老先生还说，届时，晋武清伯为武清侯，造一座京城最大的侯爷府，荣华富贵冠国中，世袭罔替！"冯保又道。

"说说罢了。"李贵妃苦笑道，语气却是试探性的。

冯保道："此事体大，焉敢儿戏！只是，高胡子这头倔驴……"

"嗯？你大胆！"李贵妃瞪了冯保一眼，打断他，嗔怪道，"高先生最为皇上所尊崇，你却口出污言秽语，胆儿够肥的你！"

冯保打了自己一个嘴巴，道："高老先生是个倔老头，他自是不允两宫并尊，也不会同意为武清伯晋侯爵，可还有张老先生呢，倘若他说了算数，必可办成此事，只要一个条件……"他欲言又止。

"那你快说呀！"李贵妃急切道。

"待太子爷登基，把高胡子赶走！"冯保咬牙道。

"呀！"李贵妃惊叫一声，"皇上对高先生眷倚非常，高先生也很卖

大
明
首
相

力，把朝政打理得件件停当，朝野共知。闻得那次皇上拉住高先生的手，说'东宫年幼，以天下累先生'！此顾命之意。主少国疑之际，怎得就赶走高先生？"

"娘娘居深宫，不知外廷事。"冯保咽了口唾液道，"这两年，那高胡子忙于逐同僚，哪有心事打理朝政？都是张老先生默默做事，功劳反都算在高胡子的头上了。有张老先生在，朝政自可放心！"他"嘻嘻"一笑，"娘娘，那高胡子粗暴霸道，看着就让人心烦；人家张老先生，四十多岁，俊朗儒雅，凡事好商量，看着就让人心里舒服。"

李贵妃两腮陡然间泛起红晕，忙举手以袍袖掩饰。

"届时，张老先生主外，娘娘主内，宫府一体，大明振兴指日可待！"冯保继续说。

李贵妃脸颊绯红，含笑扬手道："好你冯保，口无遮拦，又是主外主内，又是一体的，反了你了！"

冯保没有料到李贵妃竟说出这番话，知她已是春心荡漾，不禁暗喜，拉住李贵妃的手，暧昧一笑道："娘娘，老奴一心只想着娘娘，只要娘娘想要的，老奴必竭尽全力促成，定会让娘娘满足！"

李贵妃抽出手，侧过脸去，羞怯道："冯保，既如此，你和张先生商榷着办吧，千万不可走漏风声！"

冯保心"扑通扑通"跳个不停，叩头辞出，他的掌班张大受已带着凳机在宫门外候着。冯保坐上凳机，吩咐："快，到文华殿！"

"厂公怎么又来了？"张居正见冯保喜滋滋地走过来，忙道，"适才御史张齐在这边探头探脑……"

不等张居正说完，冯保已坐下，伸过头去，声音颤抖地说："张老先生，事协矣！"

"喔！"张居正惊喜不已，"娘娘允准了？"

冯保收敛了笑容，正色道："张老先生，快些预备吧！咱要说清楚，首相你来做，印公兼厂公，咱来做。"

张居正讨好地一笑："那是自然。"

"东宫年幼，必有顾命之臣，咱，也是一个！"冯保又道。

"啊？"张居正惊讶得张大了嘴巴，看着冯保，说不出话来。

冯保沉脸道："咱不出手,你坐不上首相的位子!"说完,蓦地起身,一甩袍袖,昂然而去。

3

内阁中堂里,高拱伏案批阅文牒,已然半个时辰没有抬头了,刚欠了欠身,又顺手抓起案上的一份文牒,举在手里,仰靠在椅子上阅看。刚看了一眼,不禁吃了一惊,忙俯下身子细看,看着看着,忽而面露喜色,忽而又眉头紧锁,心中涌出阵阵忧虑,一时竟拿不定主意如何拟票。他把奏本推到一旁,拟待张居正从文华殿看视回来再说。

张居正回到中堂,端起茶盏喝茶,一眼看见书案正中放着一份奏本,忙放下茶盏阅看,乃是御史张齐的言事疏。再一看,不禁大惊失色,只见上写着:

昔赵高矫杀李斯,而贻秦祸甚烈。又先帝时,严嵩纳天下之贿,厚结中官为心腹,俾彰己之忠,而媒孽夏言之傲,遂使夏言受诛,而己独蒙眷中外,蒙蔽离间者二十余年,而后事发,则天下困穷已甚。

这不是暗指他与冯保之事吗?顿时面赤气粗,头上冒出虚汗。此本一出,则交通冯保谋逐高拱之事岂不挑明于天下?若不遏制于萌芽,必有乘其后而大发者,何以收拾?冯保这个太监,真不知道轻重缓急,以为只要不是指名参劾的本子就不必留意,岂知这样的本子就是引子,挑起事端的引子,安得发下?

高拱见张居正面色惶恐,心里颇是纠结。他希望张居正交通冯保之事挑明,如此一来可遏制两人的图谋;可又担心引发政潮,闹得纷纷攘攘,既不能集中精力做事,又会给重病的皇上增添烦恼,左右为难。他想看看张居正做何反应再说。

"这御史如何比皇上为秦二世?"突然,张居正蓦地奋起,把张齐的奏本重重往书案上一摔,大声道。

高拱无论如何也想不到张居正会说出这样的话,本欲斥责他两句,又恐引起争吵，只是淡淡地说："叔大，张齐本里没有这个意思嘛！拟票'该衙门知道'就是了。"

张居正心慌意乱，埋头给冯保写了一封密帖，强忍了大半天，一到散班，就匆匆往家赶。回到府中，顾不得更衣，就吩咐游七："你快去找徐爵，让他把这封密帖转呈厂公。"

次日辰时，高拱刚要往文华殿去，散本太监来到中堂门口道："高老先生，御史张齐的本，留中不发了。"

"留中不发？"高拱问，"本已散下，内阁也拟票了，为何留中不发？国朝二百年，没有这样的先例嘛！"

散本太监道："万岁爷爷说，这张齐如何比我为秦二世？"

高拱转脸看着张居正："叔大，这不是你昨日说的话吗？"

张居正尴尬地低下头去，不敢直视。

高拱摇着头，走出中堂，只听身后散本太监道："张老先生，你可不知道，万岁爷爷看了张御史的本，气坏了，说要廷杖他嘞！"高拱止住步，又听散本太监道，厂公也气得顿足说，"廷杖时我便问他，今日谁是赵高？"

"张御史知道了吗？"张居正问。这一切，都是他在昨日密帖里教给冯保的，要他把张齐的奏本收回不发，并将要廷杖张齐的话喧传内外。

到了午时，高拱从文华殿一出来，就听到要廷杖张齐的事。回到中堂，尚未坐定，就问张居正："叔大，到处都在议论，皇上要廷杖张齐？"

"居正也听到了。"张居正答，"或许只是道路传闻？目今法网不密，讹言腾天，玄翁，这股风，该狠刹！"

高拱急于避嫌，不想把这把火引到自己身上，决计超然处之，也就不再说话。

都察院里，张齐听到消息，顿时出了一身冷汗。张齐看到朝政已入正轨，天下翕然而治，切盼这般局面得以维系。曹大埜弹劾高拱，张齐恨得咬牙切齿，但他没有立即上本，而是暗中访咨，以期查出逆流的源头。高、张失和因曹大埜之疏而近乎公开化，又风闻张居正已与冯保结为一体，张齐扼腕顿足，四处打探，欲找到左验。听说张居正视学时，常常与冯保在东小房密语，他便借故到东小房附近跟踪查看。那天，果然遇到冯保从东小房出来，传言得到证实。当即回到家中起稿，写好了一份弹章，指名参劾张居正、冯保。可是，弹章写好后，他又踌躇了，此事体大，靠他一人之力，恐难济事。反复斟酌，决计以上疏言事的方式，隐晦揭出，或可引出后续动作。没有想到，奏本甫上，引起天威震怒，竟要廷杖，一旦实施，恐性命难保。他左思右想，急忙到左都御史葛守礼的直房求助："台长老大人，都听说了吧？下吏只是提醒皇上，不要让历史悲剧重演，怎么就说我把皇上比作秦二世？这不是深文周纳吗？老大人要替下吏主持公道啊！"

"传言而已。"葛守礼面无表情地说，"若皇上有旨下，本院自会上疏论救。"

"冯保已然发话，说廷杖时要问我今日谁是赵高。"张齐哭丧着脸道，"言外之意是要杖死下吏啊！"

葛守礼不语，良久，方叹息一声，道："御史，回家看看吧！"

张齐闻言，心彻底凉了。出了葛守礼的直房，骑上毛驴，失魂落魄地往家赶。回到家中，召集一家老小把事情说了一遍，吩咐买南蛇胆，预备棺木，交代了后事。次日，让家人带上被褥，到了朝房，随时听拿。

御史王篆感到事情蹊跷，忙登门拜访张居正。他们既是同乡又是儿女亲家，故王篆也就不必绕弯子，开门见山问："亲家翁，张齐买南蛇胆、预备棺木的事，传遍京城，这事如何了？"

"再困他几日，让他尝此滋味！"张居正道。

过了两天，官场议论纷纷，人心惶惶，都说廷杖言官，绝非皇上本意，必有奸人用计。王篆坐不住了，又找到张居正，忐忑道："目今张齐日夜在朝房听拿，其本虽未发，而所言事却已流传各衙门，皆知其说矣！又有传闻，说曹大埜抱怨曾省吾指授他弹劾高阁老，舆论对亲家翁越来越不利。张齐事一日不了，则添一日说话。"

"借以威众，看谁敢再说三道四！"张居正恨恨然道。

王篆急了："当局者迷！岂知目今已是人情汹汹，科道里不少人攘臂切齿，欲论劾亲家翁！尚可激之乎？"

"嘶——"张居正重重吸了口气，对王篆道，"你快去朝房，知会张齐，就说张相公致意，君可归家，奏本已不下，无事矣！"

突然之间，张齐安然无恙地回家去了，次日又照常来院当直，让不少人大惑不解。都察院、六科，言官们不是在朝房窃窃私语，就是三五成群躲在某个隐秘的角落里悄悄议论。

王篆找来给事中吴文佳、御史周良臣，嘱咐道："你们好生打探，看看科道里有何动向，随时知会我。"这二人都是张居正的门生、同乡，又是常到张居正府上去的，知道王篆是在替张居正做事，都愿听他吩咐。

当晚，吴文佳和周良臣就到了王篆府上，一见面，周良臣就以惊恐的语调道："不得了！御史都说，大臣勾结宦官，士林之耻，我辈有言责，焉能不言？"

"是啊！"吴文佳接言道，"六科也蠢蠢欲动。说既然张齐讽讦张居正与冯保交通有惊无险，咱何不群起而攻之！"

王篆急忙赶到张居正家，急头怪脑道："闻得科道各相约，要具本劾亲家翁交通冯保，唆使言官诬陷首相，联翩弹章，且夕且上！"

张居正大惊，急得搓着手，边在书房踱步，边道："如何是好？"

王篆呆呆地坐着："踪迹大露不可掩矣！若高相借机发难，亲家翁凶多吉少啊！"

"快快，快叫吕先生来见！"张居正惶急无计，顾不得王篆是客人，指着他吩咐道。

大明首相
第四部
贞介绝尘

1

张居正惶急之中，召吕光来见，并不是真的以为吕光有甚高明处；而是因为，吕光与徐阶保持着密切联络，徐阶远观时局，不时将画策知会于吕光。但如何应对目今局面，徐阶事前并无指点。吕光听完张居正的讲述，一笑道："相公追随存翁多年，必知当年存翁与严嵩暗中角力，几番被置于险境，都是如何化解的。"

当年，徐阶的三个门生同日弹劾严嵩，结果，三人俱遭严遣，严嵩对徐阶越发猜忌，徐阶为自保，登门向严嵩谢罪，还把自己的一个孙女赐予严嵩的一个孙子。张居正熟知这段历史，也听出了吕光的言外之意。

"大丈夫能屈能伸！"吕光又道，"官场上，要想当大爷，就得先学会装孙子！"

张居正颇觉刺耳，脸一沉道："我乃为国家，"看了一眼吕光，"也为存翁，方有逐高之谋。"他已有计在心，摆摆手，"散去吧，我还有事。"

王篆、吕光出了书房，张居正坐到书案前，展纸提笔，埋头起稿。

早在闰二月，得知皇上要高拱为其预备后事，冯保就要求张居正私下预为起草遗诏等件。开始是因为尚未把李贵妃拉到自己一边，张居正不敢贸然起稿；待抛出"两宫并尊"的诱饵把李贵妃摆平，冯保突然又提出在遗诏中写明他同受顾命的要求，张居正感到震惊！国朝太祖皇帝严禁宦官干政，在煌煌诏书中授太监以顾命大臣，未免骇人听闻。张居正一时难以接受，也就迟迟未起稿，甚或萌生退意，不再与冯保交通。偏偏在这个节骨眼儿上，张齐把他交通冯保之事挑明了；本想以困张齐几日以威慑敢言者，不料却弄巧成拙，科道大有群起而攻之之势，倘若再不牢牢抓住冯保，则处境危矣！他不再踌躇，照徐阶透过吕光传达的"步步为营"的指点，一口气把《遗诏》《遗旨》《与皇太子遗诏》写完，反复修改了多遍，直到满意为止。又亲自誊清，拿出一个红纸套，把几份密揭封好，走到门口，唤游七来见。

"你把密揭送给徐爵。"张居正说着，把红纸套递给游七，"须格外小心，千万不可外泄。"

游七麻利地把红纸套塞进怀中，转身往外走。刚走到垂花门，张居正小跑着追了出来，喊道："游七，回来，回来！"游七转身回来，张居正要回红纸套，走进书房，放到书案上，默念道："科道正四处搜罗交通冯保的证据，万一被人盯上，岂不坏事？还是谨慎些好。"

游七见张居正在书房踱步沉思，悄然退出，刚走出去，又听张居正唤他："你去玄翁宅邸四周转转，观察一下他家里是否有客人，回来禀报。记住，不要让人察觉。"

不到半个时辰，游七来禀："高阁老府外拴三匹马，似有客人。"

"嗯。"张居正点点头，向外摆了摆手，"去吧！"待游七退出，张居正从鼻孔中发出一声冷笑，"哼，必是那几个不安分的门生去煽惑玄翁！"

正如张居正所料，此时，虽已是深夜，在高拱的书房里，韩楫和程文、宋之韩这三位门生，正在极力说服高拱，抓住这次机会，一举将冯保、张居正驱逐出京。

"这不是小事，师相！"韩楫激愤地说，"大臣勾结宦官，作为当国者，焉能不断然处置？目今科道已然相约行事，师相不能无动于衷啊！"

"师相，于公于私，都不能踌躇！"程文道，"冯保与江陵相为何结为一体？矛头就是对着师相的，师相若不反制，必受其害！"

"不需师相发动，科道已然控弦待发了，只要师相预为准备，禀明皇上，届时拟旨严遣，大事可成！"宋之韩道。

"谋我？不是已然试过了吗？奈我何？"高拱不屑地说，"江陵密帖告我，暗示南都也有弹章，结果怎样，都没有嘛！稍有良知者，都知道抓

第十三章　恐苦圣心力止风波　急解困局负荆请罪

143

不住我甚样话头，论劾我，拿什么话头论劾？”

韩楫痛苦地摇了摇头，起身欲走。

高拱叹息一声道："你们可知，皇上病得很重，若闻有人害我，必盛怒。这个时候，安可怒圣怀？他人之事，自有阁臣处之；谋我之事，则何人处之？必皇上亲自处之。今皇上水浆不入口，而能处乎？安可以苦圣心？"

"可是，师相，不能眼睁睁看着他们里应外合，害你老人家啊！"程文近乎哽咽着说。

"人臣杀身以成其君！今日，宁吾受人害，事不得白，也不能让皇上为我忧心！"高拱语气悲壮地说。他一扬手，以决绝的语调道，"不必再说！明日到衙门，知会六科的吴文佳，都察院的周良臣，还有刘浑成、王璇，到内阁朝房见我！"

"师相，我辈去知会，似不妥。"程文嗫嚅道。

"也罢，明日让书办去知会。"高拱一扬手道。

韩楫已猜出高拱召四言官的用意，不禁仰天长叹一声，拉了拉程文的袍袖，"不早了，走吧走吧！"

给事中刘浑成，御史王璇，已备好了弹劾张居正、冯保的奏本，闻听高拱有召，以为必是嘉勉他们的，兴冲冲来到文渊阁，一眼看见湖广籍的给事中吴文佳、御史周良臣这两位张居正的幕宾也在，一脸的笑意陡然僵住了。

施礼毕，高拱正色道："今日请诸君来，有一事相托。"

吴文佳几个人俱一脸疑惑，躬身道："请元翁吩咐。"

"闻科道将有本上？"高拱问。

吴文佳、周良臣低头不语；刘浑成见吴、周在侧，也不敢多言，嗫嚅道："科道当是闻得曹大埜受人指使诬陷首相，欲为首相白而已。"

"眼见大臣勾结宦官，大干天条，言者何忍缄默？"御史王璇补充道。

"此必不可！"高拱以坚定的语气道，"皇上病重，一闻此说，必盛怒。愿诸君以君父为重，我宁受害，宁事不白，特鸿毛耳，安可此时苦圣心？"

吴文佳几人这才明白了高拱的用意。吴、周自是面露喜色，点头称是；刘浑成、王璇蹙眉不敢言。高拱扫视了一下四人，凛然道："诸君回去，遍告同僚，就说高某说的：上本参劾冯、张的事，都不许做！但有一人上本，则我即日辞归！"

"遵示！"吴文佳道，向其余三人摆了摆头，起身揖别，高拱送至门口，抱拳道，"拜托诸君了！"

四人回身还礼，匆匆而去，一路上俱默然无语。出了文渊阁，吴文佳、周良臣一道，刘浑成、王璇一道，窃窃私语起来。

"禀报江陵相公吧？"周良臣道。

"相公在文华殿看视，此时不在啊！"吴文佳道，思忖片刻，又道，"我看还是谨慎点好，未知止得众言官否？若止不住，而先禀报此事，恐是非弄在你我身上，还是不必禀报吧，看看再说。"

2

高拱送走四位言官，刚要到中堂去，忽见乾清宫执事太监神色慌张地跑了进来，气喘吁吁道："高老先生，万岁爷疾重，印公说，阁下宜赴宫门候宣。"

"啊！"高拱脸色陡变，一顿足，"快走快走！"说着，小跑着出了文渊阁，突然想起张居正还在文华殿，便道，"快，去东小房请张阁老！"

文华殿东小房里，张居正把一个红纸套交到书办姚旷手里："速送厂公。"话音未落，乾清宫执事太监跑进来禀报，请他火速赶往乾清门。张居正来不及多说，跟着执事太监出了东小房，看见高拱满头大汗跟跟跄跄走了过来，迎上前去问："玄翁，出了什么事？"

高拱气短，说不出话来，只是向北摆手，示意快走。两人刚走过文华殿后殿的恭默室，只见姚旷手持红纸套，自后飞走而过。

"纸套，与何人？"高拱喘着粗气，问了一声。

姚旷止步，答："与冯公公。"言毕，即疾步而入。

高拱侧脸看了张居正一眼，见他面赤惶怖，不敢对视，问："给冯保送的？内里是什么？"

张居正干笑一声："玄翁太忙，皇后、贵妃娘娘吩咐冯保预备遗诏，居正代为草之，送过去供娘娘参酌。"

高拱默然，暗忖，我当国，凡事当由我同众而处，独奈何于此时私言于太监？但他牵挂着皇上，已无暇细究，便不复再问，加快了步伐，往乾清门而去。

到得乾清门，只见太监、宫女、御医穿梭不停，两人在门厅的梢间内落座，高拱的朝服透出片片汗渍，大口大口地喘气。张居正举起茶盏慢慢地呷着茶水。

约莫过了一刻钟，孟冲进来，向高拱禀报："万岁爷适才昏过去了，御医会诊，目下已苏醒，咱禀报万岁爷二位老先生在宫门听宣，万岁爷口谕：不必候着了。"

高拱松了口气，抓起茶盏，猛地喝了一大口，道："印公须多留心，太医须臾不得离左右。"

"那么玄翁，居正还是到文华殿去吧？"张居正起身，问高拱。

高拱沉着脸道："皇上病重，天就要热起来了，春季讲学就提前结束吧。"

"也好，居正这就去文华殿，把玄翁所示奏明太子，宣布于讲官。"张居正说着，向高拱躬身一揖，匆匆而去。

高拱在梢间写了问安疏，吩咐执事太监送进皇上的寝宫，方拖着沉重的步履回到文渊阁。

这一天，高拱脑袋昏昏沉沉，精神恍恍惚惚，连说话的气力也没有。他本想把午前召见四言官的事说给张居正，但一想到他竟预写遗诏私下付之冯保，心里就又气又怒，索性不开口说话。到了散班时分，起身慢慢往外走。

"玄翁很疲倦，不要到吏部去了吧？"张居正关切地说。

高拱"嗯"了一声，继续往外走。

张居正吩咐一名正在收拾文牍的承差："你跟在玄翁轿子后，看轿子往吏部去还是往府中去。"

须臾，承差来禀："元翁的轿子出了承天门拐向西去了。"

"喔，那就是回府了。"张居正说着，起身往外走，匆匆登轿，吩咐道，"往玄翁府中去。"轿子上了长安街，刚穿过长安右门，又吩咐，"掉头，先回府!"

轿子调头向东，回到府中，张居正下轿，叮嘱道："轿子在此候着，待我更了衣，即去玄翁府上。"说着，快步往中院走去。

游七跟在身后，不解地问："老爷，就为了换身衣裳，走那么多冤枉路，不值当吧?"

张居正不理会，须臾，两名丫鬟侍候着，为他换上了一身深蓝色茧绸直裰，戴上四方巾，就又往外走。

"老爷，为啥非换衣裳再去见高爷?"游七忍不住又问。

"你懂什么!"张居正瞥了游七一眼道，"穿官袍见，那是同僚；穿便装见，就是兄弟。"

游七恍然大悟，投以敬佩的目光。

张居正的轿子沿着长安街向西疾驰。入了夏，天变长了，酉时已过，日头才极不情愿地缓缓沉去。薄暮的京城，街道上熙熙攘攘，见一品文官的大轿过来，坐轿的官员迅疾回避，骑马的官员慌忙下马施礼。张居正坐在轿中，闭目沉思，心中忐忑至极。轿子到了高府首门前，张居正掀开轿帘，正看见游七拿出一张拜帖，忙呵斥道："不许递拜帖! 我来高府，何时递过拜帖，连这个你也记不住?"

游七咧嘴一笑，疾步上前叩门。门公闻听是张居正来谒，一边开门，一边唤高福。高福走过来，见是游七，再一看，张居正从轿中出来了，忙躬身施礼。

张居正笑了笑："玄翁何在? 你禀报玄翁，居正来谒。"

"老爷在床上躺着嘞，小的这就去禀报。"高福边说，边把张居正引进花厅，侍候了茶水，就一溜小跑进了高拱的卧室，"老爷，江陵张爷来了，在花厅候着嘞。"

高拱躺在床上，想到皇上的病情，不觉垂泪。忽闻张居正来谒，翻身向里，没好气地说："他来做甚? 不见!"

高福不敢再言，愣怔片刻，忙到张氏屋里求助。张氏一边骂着"倔老头儿"，一边走到高拱的卧室，劝道："她爹，叔大兄弟许久不来，来一趟，你咋能不见?"

"在内阁整天在一起，有啥不能说?"高拱道，依然侧脸向里，动也不动。

"在衙门和在家里能一样吗!"张氏道,"来家里,几句知心话,平常的那些个心结,也就打开了。叔大兄弟也是阁老相公的,他这一来,就是个姿态,你咋能不见呢?"

高拱已被夫人说动,却向外一摆手,以不耐烦的语调,用老家话说:"中了,中了!叫他等一会儿吧!"他故意又躺了片刻,才慢慢起床,要茶来喝。喝完了一盏茶,净了手,沉着脸往花厅走。

3

已在花厅候了小半个时辰的张居正一见高拱走过来,忙起身相迎,躬身深深一揖:"居正给玄翁请安!"

高拱故意咳了一声,也不还礼,径直在左边的椅子上落座。张居正跑过去,坐在右手的椅子上,这是他往昔常坐的位子。曾经的废寝忘食商榷治道的场景,恍然就在昨天。可是,风云际会,已经身在中枢的昔日好友,彼此猜忌着,场面变得很是尴尬。

"玄翁,居正昨晚就想来谒,一则时辰晚了,一则玄翁家里有客人,延宕到了今日。"张居正以讨好的语调说。但言外之意,却是在提醒高拱,他知道那些个门生故旧在煽惑挑拨。

高拱摸不清张居正的底细,不知昨日他已来过,还是差人来过,也不明白他这句话是话里有话还是随口一说,索性不回应,端坐不语。

张居正想说什么,又咽了回去。

"高福,退下吧!"高拱一扬手道,"不许人来打扰!"

自吕光说到徐阶与严嵩角力时遇到危机如何应对这句话,张居正就决计放下身段,以负荆请罪的方式求得高拱的谅解,化解危机。但面对高拱,他的自尊心,又让他一时难以启口,嗫嚅再三,每每欲言又止。花厅里,陷入难堪的沉默中。

高拱瞥了张居正一眼,见他表情举止大异于往日,似有话在心却难以出口,忍不住道:"你有什么话要说?"语气居高临下。

"玄翁,这个这个……"一向出口成章的张居正,红着脸,支吾起来，"曹大埜，这个、这个参劾玄翁之事，谓我不与知，居正、居正不敢如此说！"他斟酌词句，吃力地说。不等高拱回应，就起身走到高拱面前，深深打躬作揖，"事已至此，都怪居正一时糊涂，请玄翁、中玄兄，饶恕小弟的罪过！"

高拱用力一拍扶手，又蓦地高举右手，食指指天，大声道："天地、鬼神、祖宗、先帝之灵在上，我高某平日如何厚待你，今日乃如此，为何负心如此？嗯？"

张居正愣了一下，面色通红，脸上阵阵发烧，举起右手，发起了毒誓："玄翁以此责居正，居正将何辞？但愿玄翁饶居正一次，居正发誓必痛改前非，如再敢负心，我有七子，当一日而死！"

高拱被张居正的毒誓吓了一跳，但他不想就此罢休，依然沉着脸大声诘问："昨姚旷封送秘帖与冯保，说是'遗诏'，我当国，事当我行，你奈何瞒我，而自送遗诏与冯保？我观封帖，厚且半寸，都写些什么？安知其中无谋我之事？"

张居正"嗵"的一声双膝跪地，叩首道："玄翁以此责居正，居正何地自容？今但愿中玄兄赦罪，容弟改过！"

高拱并未问出所以然，但看着眼前的张居正，一脸委屈，叩头谢罪，心顿时软了下来，摆摆手，以吩咐的口气道："坐下说话！"

"多谢玄翁体谅！"张居正爬起来，又躬身一揖，退回、坐下，慨然道，"居正忆昔中玄兄多年的教诲，愧疚不已。居正入仕，每遇困境，总有中玄兄指点，若非追随中玄兄，居正安有今日？玄翁是兄长，亦是恩师，望玄翁仍以弟、以生畜居正。"

高拱很受用，虽未说话，但脸上的表情却由愠怒变得和蔼起来。

"居正闻得，科道有欲上本劾居正者，玄翁知否？"张居正试探着问。

"嗯，科道啧啧有言。"高拱摆出一副轻松驾驭大局的姿态，一扬手道，"你不须担心，我已托四言官遍告科道，力止之矣！"他瞟了张居正一眼，"怎么，叔大不知道？吴文佳、周良臣皆楚人，用此二人者，就是想让他们告知你。竟未告叔大知之？"他摇摇手，"事情都过去了，你就放心吧！"

张居正脸上略过一丝不易觉察的笑意，旋即起身，又一次走到高拱面前，躬身一揖："中玄兄爱弟如此，弟夫复何言？"

"好啦好啦！"高拱又摆摆手，"坐下说话坐下说话。"他突然叹息一声，"叔大，皇上、皇上……"他说不下去了，飞快地眨了眨眼睛，顿了顿，语调沉重地说，"一切当以君父为重，千万不能再闹出什么风波了。"

"玄翁说得是。"张居正侧身重重点头。

高拱暗忖：叔大发誓痛改前非，正可借机检验一回，便道："叔大，目今要大修内治，要做的事情太多，内阁里只有两个人，实在忙不过来，这事，我看不能再拖下去了！"语气是决断性的，像通报自己的决定。

"玄翁说得是，"张居正忙道，"居正正欲就此向玄翁建言呢。"

"想必，这回内里不会驳回了吧？"高拱故意问。

张居正尴尬一笑："皇上病重不能理事，既然玄翁定了，内里谁敢驳回？"

高拱得意一笑："看结果吧！"

张居正明白高拱的意思，却不愿再回应，他见此行目的已然达成，再勾留下去，恐节外生枝，遂起身告辞。

出了高府，张居正掀开轿帘，吩咐游七道："你这就去，传吴文佳到府！"

张居正刚进家门，吴文佳已然站在垂花门候着，见张居正走过来，忙躬身施礼。张居正阴沉着脸，像是没有看见，顾自往书房走去。吴文佳提心吊胆地跟在身后，待进得书房，张居正转身瞪着吴文佳，大声呵斥道："如此大事，为何不禀报？"

吴文佳浑身一颤，故作茫然状，心里却在盘算应对之词。

"玄翁明知你是楚人，特召你去，就是要你禀报的，你何以不禀报？"张居正盯着吴文佳，大声质问。

"这个…"吴文佳支吾着，嗫嚅道，"学生欲禀报，周良臣说万一止不住，是非惹到我辈身上，还是不禀报的好。我二人共闻，学生也不敢独自禀报。"

游七端着托盘进来送茶，张居正走过去，一扬手，"哗"的一声，托盘被掀飞，两只茶盏"啪"地摔了个粉碎。

吴文佳没有想到，一向喜怒不形于色的张居正何以如此震怒失态，

大
明
首
相

第四部

贞介绝尘

吓得"噌"的一声跪在地上，连连叩头。

"哼，这个周良臣！"张居正咬牙切齿道，"以后不许他再进家门！等着瞧！"又对吴文佳吼道，"滚！"

吴文佳又叩了两个头，爬起来灰溜溜退出书房。

"哼，要是早点禀报，老子何必受此屈辱！"望着吴文佳的背影，张居正恨恨然道，又对正在低头捡拾茶盏残片的游七道，"夜深人静时，你去见徐爵，知会他，内阁上公本请求补阁臣，厂公不可再驳回。"沉吟片刻，又吩咐道，"你先去高府，给玄翁送二斤莲子去。"

游七一伸舌头："老爷，适才去，何不带上，又跑一趟。"

"你懂什么！"张居正呵斥了一声，"快奉茶来！"

游七侍候了茶水，拿上二斤洪湖莲子，骑上毛驴赶往高府。

高拱正在书房徘徊着，闻听张居正差人送来莲子，仿佛又回到了以往亲密无间的岁月，吩咐道："拿些新郑大枣带回去。"

"看来，以后尚可同心相济，共谋国事。"高拱自语着，"惟皇上的病情……"他沉吟着，突然眼睛一亮，"对！若再有捷报，皇上喜悦之下，病情当大为好转！"这样想着，快步走到书案前，提笔给殷正茂修书。

1

两广总督殷正茂接阅高拱札谕，不觉热血沸腾，当即传檄，令粤东诸道、府掌印官，参将以上武将，克日到总督行辕会议军机。

是日，惠州行辕仪仗齐备，总督升帐。文武行参拜大礼，按序站定，殷正茂从虎皮交椅上起身，清了清嗓子，大声道："广东狼狈已久，民怨沸腾。朝廷励精图治，决计奠此一方。今海贼已平，对山寇，必痛剿一场，使诸山洞海洋之贼皆就殄灭，然后抚恤疮痍，休养生息，乃称平定！这是首相高公的嘱托。遵朝廷所示，本部堂决定，集结兵马，迅疾出征，剿灭山寇！诸公有何高见，不妨直言相教。"

话音甫落，兵备道侯必登出列道："军门，广东山寇众多，盘踞深山多年，相互勾连，官军征剿多次，终不能奏肤功。今次贸然征剿，恐重蹈覆辙。"

殷正茂本意是召他们来听命的。他从高拱来书中读出了他的急切。这两年，要人给人，要钱给钱，高拱对他的信任、扶持，可谓不遗余力；既然高拱如此急切，又明示要痛剿一场，哪里还有商榷余地？一接到来书，就召集幕僚议定了军机，征剿方案业已制成，适才让文武发表高见，是客套话，他以为众人必是一番赞同，外加奉承，不意侯必登站出来反对，他甚不悦，不客气地说："你的意思呢？"

"剿抚并用。"侯必登很畅快地道。

"哼!"殷正茂一声冷笑,把高拱来书里的话用上了,"往者执事诸公计无所出,乃为招抚之说,以苟且于目前。于是我以抚款彼,而彼亦以抚款我。东且抚,西且杀人,非有抚之实也,而徒以冠裳、金币、羊酒宴犒,设金鼓以宠与之。事体如此,诚为可恨!"但这次他没有明说这是高拱书札中的话,恐有失总督威严。

众人悚然不敢出声,都用余光偷偷扫向侯必登。侯必登却昂然而立,又要说话,殷正茂不容他开口,便怒气冲冲道:"既然诸公尚有异议,都回去思虑周详了,申时再议!"言毕,一甩袍袖,疾步而去。

"哼!这个侯必登,难怪官场人人不喜,愣头青!"殷正茂回到节堂,气鼓鼓道,"说甚'重蹈覆辙',乌鸦嘴,大不吉利!"

话音未落,亲兵禀报:"侯道台求见!"

殷正茂本想拒见,又怕他下午再持异议,不妨先警告他两句,也就没有好气地说:"传!"

侯必登快步走进节堂,施礼毕,殷正茂也回礼,沉着脸,把高拱的书函一推,示意他阅看。

"新郑相公多次说,广东官员贪墨者多,良有司寡。然则独独赏识一个侯知府,一力保护、拔擢,你不可辜负玄翁!"殷正茂从旁提醒了一句。

"正因如此,下吏方不揣浅陋,知无不言。不然,委实对不起新郑相公。"侯必登把书函恭恭敬敬放到书案上,"新郑相公识必登,必登斗胆说句大话——必登知新郑相公。新郑相公不是囿于条条框框的人,他老人家最讲一个'实'字,据实定策!"

殷正茂沉吟不语,斟酌着该如何回应侯必登的一番说辞。

亲兵来禀:"禀军门,京城八百里加急送来急件!"

侯必登转过身去,以示回避。殷正茂打开一看,是高拱的书函,忙展读,只见上写道:

仆昨所以力言招抚之非者,为往日之旧套言也。若使彼之归款非伪,而吾之处置得宜,则盗亦可用。但威足以破其胆,而恩足以结其心,使果为吾用而立功,胡不可者?不然,则直有剿除而已,此在公斟酌为之,仆非有成心也。大抵天下之事，在乎为之出于实，而处之中，其机则未有不济者。

"喔呀！"殷正茂发出惊叹声，暗忖：定是新郑相公怕我受他前书的拘束，误了军机，遂匆匆再修此书！人言新郑相公刚愎、师心自用，只是看表面罢了！他看了侯必登一眼，心想，此公言新郑相公施政只一个"实"字，还真让他说对了！遂缓和了语气，叫着他的字道，"懋举，你言剿抚并用，愿闻其详。"又示意亲兵，给侯必登让座。

侯必登落座，道："军门，粤东山寇众多，最著者为花腰蜂、温七、叶茂、蓝松三。花腰蜂盘踞紫金龙窝，与温七合流；叶茂、蓝松三则盘踞长乐七障目，往来劫掠于长乐、通衢、龙川、兴宁之间，积十余年，部众已达万人，屡抚屡叛，又与花腰蜂、温七时合时分。此番我大军压境，若一味征剿，则是逼山寇协作也。粤东山峰叠嶂，绵延千里，山寇出没其间，相互接应，见首不见尾，官军只能被他们牵着鼻子走，疲于奔命，劳而无功。是以往者大军数次征剿都铩羽而归。"

殷正茂默然。

侯必登继续说："军门，此番海贼已平，大军压境专剿山寇，花腰蜂等闻之，定然胆战心惊，必再施求抚之计，我自可将计就计，分而治之。"

殷正茂本是端坐着，闻言一欠身，把脑袋伸向侯必登："懋举，再说详细些。"

"此番只说征剿花腰蜂，则叶茂势必来援，我可……"侯必登拿过书案上的纸笔，边说边画，殷正茂频频点头。两人商榷良久，定下方略。

申时一到，殷正茂升帐，他不再客套，昂然而立，大声道："本部堂已有方略，众文武听令！"他扫视众人，下令："著俞帅率两万兵马，并狼兵三千，直趋紫金龙窝，征剿山寇花腰蜂！"说罢，扬了扬手大声道，"散了！总兵官俞大猷、兵备道侯必登留下议事！"

众人面面相觑，面带疑惑出了白虎厅。

"俞帅，此番征剿花腰蜂，要大张旗鼓，一则振奋民心，一则威慑山寇！"殷正茂嘱咐道，"侯道台随军参赞，剿抚大计，由道台决断，俞帅当听节制!"

"遵命!"俞大猷躬身道。

白虎厅外,一个亲兵走过来,找到参将王诏,与他耳语几句。王诏随亲兵到了节堂,须臾,殷正茂进来了,带王诏走到墙上挂着的一张舆图前,指点着道:"将军带一万人马,在横坡设伏,一旦叶茂来援花腰蜂,即在此地歼灭之!然后直捣长乐叶茂、蓝松三老巢,一举清剿之!"

部署完军机,殷正茂神清气爽,正要到院中漫步,亲兵禀报:"江西来人求见。"一看拜帖,是他在江西任按察使时的老部下方良曙的师爷袁铮,不觉纳闷,忙吩咐传请。

"军门,出事了!方公委学生来求军门出手相救!"袁铮一见殷正茂,边叩头,边心急火燎地说。

2

江西南康府安义县,地处赣西北,离会城南昌不远。国朝武宗正德十三年析建昌县五乡所置,设县不足甲了。隆庆六年二月初三夜,三更时分,县城北门西边的一个空处,几十个黑影鬼鬼祟祟摸到城墙边,搭上软竹梯,翻墙而入。这伙盗贼,为首的名叫项伯十一,只见他一挥手里的长刀,四十余人跟在他身后,直奔县衙而去。

安义小城的子夜,万籁俱寂,街上已不见行人。偶有一两个起夜的人,望见一伙手持刀枪的强盗,也不敢声张,生恐引火烧身。

一伙人顺利到得县衙,麻利地逾墙而入。

安义小县,官员甚少,负责治安的巡捕由典史张谨兼任。近来本县盗贼猖獗,他不敢大意,深夜又起来查哨,刚出房门,忽听县衙里有响动,伸头细观,见一群黑衣贼人各持刀枪,来者不善,一旦出声,恐性命难保,他不敢集兵捍拒,忙悄然躲进屋内。

项伯十一如入无人之境,冲进后堂,抬脚把门踹开,一把将熟睡中的知县曾知经从被窝里拽出。抬眼细看,不过二十四五岁的白面书生,早被吓得浑身战栗,抖个不停。项伯十一抓起床边的一件长衫胡乱套在他身上,吩咐用绳子绑了,一挥手:"给我搜!"

众喽啰翻箱倒柜，把后堂翻了个遍，只搜出几件首饰，并无多余钱财。

"说，财宝藏在哪里？"项伯十一大声恫吓知县道。

知县曾知经浑身哆嗦着道："并、并无财宝。"

"糊弄谁？"项伯十一冷笑道，"做县官的，哪个不贪上几万两银子！"

"本县说的、说的是实话。"曾知经解释道，"本县隆庆二年三甲进士，隆庆三年秋方分发安义。近年朝廷加意肃贪，哪里敢贪墨？"

"他奶奶的，倒霉！"项伯十一骂骂咧咧，指着床上的被褥，"贼不走空，把衣被给老子拿上！"

两个喽啰上前，把衣被卷成一团，绑成包袱背上了肩。一个喽啰上前道："大哥，劫一回县衙，只得这一捆破烂玩意儿，传出去让人笑话。既然来了，索性，把县库劫了！"

曾知经脸色煞白，忙道："各位好汉，劫县库非同小可，劝诸位收手为好。"

项伯十一踌躇片刻，一咬牙道："也罢，老子走江湖，不能让人笑话！"他指着背包袱的两个喽啰，"好生看着他！"说罢，带着三十多人冲向县库。

库吏万以和、书手吴仕来被惊醒，起身查看，一个喽啰一伸铁标枪扎了过去，两人一人挨了一枪，疼得躺在地上打滚。又一个喽啰从万以和腰间解下钥匙，打开县库，其余人等喘息间即把县库搜罗一空，得银二千八百九十五两，零金九钱八分。

"他奶奶的，堂堂一个县库，才这点碎银子！"项伯十一失望地摇头道，他一指二堂，"去，看看那里还有没有货！"

众人进了二堂，翻检半天，一无所获，气得项伯十一挥刀把一只卷箱砍了个稀巴烂，又把查盘簿册堆到院中，点火烧毁，这才押着知县出了县衙。走到青云楼，一个喽啰低声问："大哥，把这县官办了？"

"翻箱倒柜也没有搜出钱财，这是个清官。"项伯十一道，他鬼头鬼脑地四处看了看，不见一个人影，对押着知县的两个喽啰道，"放了他！"

两个喽啰把知县推到青云楼南侧，项伯十一带着众人一溜小跑到了北门，守城逻卒不敢阻拦，项伯十一打开城门，出城而去。

巡捕典史张谨这才集兵尾随，到得青云楼，忽听知县呼救，忙四处搜寻，在青云楼南侧墙角下找到了曾知经。

"快，快回衙，申报上官！"曾知经吩咐道。

"当追……"张谨本想说当追捕强盗的，又咽回去了，改口道，"快，扶知县老大人回衙！"

回到县衙，曾知经换上官服，连夜具由申报。巡抚徐栻、巡按御史任春元接报，急行司道查勘挨拿。

江西布政使司左参政方良曙，正在饶州督造瓷器，闻报大惊。他本分巡南昌道，但九江道道台缺员未补，由他带管。道台以维系一方治安为首务，自己辖下竟发生劫掠县库大案，自是不敢稍息，星夜赶到安义，查勘现场，得软竹梯三驾，并铁标枪十根，又把知县曾知经所述贼首长相，命画成像，广为张贴，不几日，即拿获项伯十一并喽啰十一人，追出赃银六百四十九两。他一边继续挨拿漏网人犯，一边急差师爷往广东向殷正茂求助。

殷正茂与江西巡抚徐栻乃同年，他任江西按察使时，方良曙任按察副使，两人颇投契。殷正茂升广西巡抚，方良曙升参政。大体是这些缘故，方良曙才差人向他求助的。

听完袁师爷的陈情，殷正茂一笑道："安义，本是居宅求安，行商讲义之意，看来安义不安，盗贼倒也有义嘞！"

袁师爷苦笑一声道："不瞒军门说，方公资俸已满，前些日子向在吏部供职的一位同乡打探，据说吏部建了什么簿、簿册……"

"哦，那是新郑相公掌铨后，命吏部建的，咨访、记录官员贤否的册子。"殷正茂提示道。

"对对，"师爷道，"据簿册所记，方公的官声甚佳，就连新郑相公也颇赏识，有意推升到湖广去做按察使。谁知突然就冒出安义县劫库案，闻得时下新郑相公大力整饬官常，势必问责，方公前程蒙尘。是以方公忐忑不安极矣，特差学生来求助。"

"喔！"殷正茂收敛了笑容，"方参政摄兼两道，遥制之权，势难尽御。况且捕获贼赃，勤劳可原。巡抚只要替他说话，应该没事。我这就给徐巡抚修书，请他关照，对方参政免究就是了。"

袁师爷忙跪地叩首："学生替方公谢过军门！"他抬起头，踌躇片刻，吞吞吐吐道，"军门、军门为当朝首相所赏识，朝野皆知，若军门再、再给新郑相公修书……"

殷正茂摇头道："新郑相公可不是看私人情面就网开一面的人。给新郑相公修书替人说情，反倒激起他的反感，就不必再提了。巡抚奏本里替方参政开脱，想来吏部不会不给面子。"

袁师爷不敢再说，又叩了两个头，起身从怀中掏出一张礼单放在殷正茂的书案上。殷正茂佯装没有看见，提笔给江西巡抚徐栻修书。

"来人！"写毕，殷正茂向外喊了声，亲兵应声而来，殷正茂吩咐道，"备两匹快马，星夜赶赴南昌。"言毕，拿起礼单，笑道，"当初我在江西，阖省官员都说殷某贪墨，惟方良曙替我鸣不平，我若收下这礼，岂不辜负了方兄？"说着，起身把礼单并书函交到袁师爷手里，"速回，免得误事。"

3

俞大猷率大军征剿的消息，令花腰蜂胆战心惊，忙与温七商榷对策。

"怕他个鸟！"温七一拍胸脯道，"以前征剿过多少回了，也没把老子怎样，还不是以招抚为名下台阶？"

"这回怕不同。"花腰蜂忧心忡忡道，"那几回都是因为海贼猖獗，官军多处用兵，不敢恋战；这回海贼已平，官军专意征剿我辈，来者不善。"

温七这才悚然道："这倒是。还请花帅拿主张。"

花腰蜂自知无力抵抗，一面差人飞马约叶茂前来外援，一面差人投书求抚。

"进剿，先不理会！"侯必登决断道，"封锁要道，断其交通！"

俞大猷照计行事，并不急于进兵。

花腰蜂闻听官军拒抚，又封锁了出路，急得像热锅上的蚂蚁，翘首以盼叶茂的援兵，仍每日数度差人投书求抚。

这天，侯必登把花腰蜂的急足召进帐内，道："尔回禀伍瑞，求抚不能只靠乞求。我送他七个字，尔密告之，不得让他人知晓。"说罢，故作神秘地附耳密语。

花腰蜂闻听"与我温七即抚汝"七字，默然良久。问亲随："叶茂那边有消息吗？"

叶茂接到花腰蜂的求援，与蓝松三密议良久，唇亡齿寒，照例互援为上策，遂由蓝松三留守老巢，叶茂亲率三千人马驰援。行至横陂，忽闻战鼓"咚咚"，还没有明白是怎么回事，又听"轰隆"几声炮响，队伍被淹没在浓浓黑烟中，火光处，被炸死、炸伤、惊吓的人马，黑压压倒了一地。官军以狼兵为先锋，乘势冲杀过来，叶茂几千人马被截成几段，首尾不能相顾，不是被砍杀，就是抱头鼠窜，激战不到半天，已是全军覆没，只有叶茂在几个亲兵护卫下狼狈而逃，一口气逃到韩江边，正想喘口气，一队官军冲杀出来，把他团团围住。叶茂还想抵抗，被一箭射下马来，几个官军士卒围过来，叶茂忍痛起身，挥刀乱舞，随着"嗖嗖嗖"几声响，叶茂被射成了马蜂窝。

花腰蜂闻知叶茂援军已全军覆没，捶胸顿足，吩咐亲兵，请温七率所属头目至大帐商议军机。待温七一到，埋伏在大帐内的兵勇一拥而上，将温七等人拿下。

次日，花腰蜂差部将押温七等六人去见俞大猷。俞大猷禀报台侯必登，侯必登一面飞报殷正茂，一面传檄花腰蜂，同意招抚，命其遣散部众，只留三千兵马原地待命。

殷正茂闻报大喜，传令将温七等六人押往惠州，磔于闹市。惠州绅民加额相庆，有些商家还放起了鞭炮。殷正茂听着"噼里啪啦"的响声，心花怒放，吩咐亲兵："整备行装，到前线督师！"

在紫金窝不远处的大帐里，侯必登侦知，温七被斩后，他的部卒已四散而逃，这伙山寇时下只有花腰蜂一万余众，遂商俞大猷道："以往招抚，都是无奈之举；今次不同了，受抚就要听从调遣。若命其解散部众，是逼其再叛，当用计瓦解之。我意，可命花腰蜂从其部众中挑选三千精锐，仍由其率领，编入征剿蓝松三的队伍，其余解散之。一则以贼攻贼，兵法所贵；一则寇脱其巢，伸缩在我。如其不从，大军进山清剿不迟！"

花腰蜂得令，叫苦不迭。可虑及已被官军团团围住，且孤立无援，他已别无选择，只得从命。待他领兵下山，侯必登、俞大猷设宴款待。

酒过三巡，侯必登端起酒盏，对花腰蜂道："你交出温七，即立一大功。今次又率众受抚，前去征剿蓝松三，望再立新功。海贼许瑞，乃巨盗曾一本之舅，可谓血债累累；然受抚后征剿林道乾有功，军门即奏请朝廷授职；朝廷虽未即授，却也明示，先厚其赏，待贼平后一并授职。是以你自可安心征战，待平了长乐山寇，必奏明朝廷授你官职。"

花腰蜂心稍安，举盏痛饮。俞大猷接言道："本帅已有主张，命尔率五百锐卒为先锋，其余两千五百人，分别编入把总俞尚志、翁思海部。"俞大猷久历沙场，经验丰富，他恐花腰蜂阵前倒戈，故将其部众肢解，化整为零，以防不测。

侯必登自是赞成，见花腰蜂面露难色，遂凛然道："伍瑞，目今你已别无选择，死心塌地跟俞帅冲杀，否则只有死路一条！"

花腰蜂忙跪地叩首："愿效死命！"

晚宴结束，俞大猷对侯必登道："道台，军门已到了永安，当将此事面禀。"

"军门已授权，就不必再禀了！"侯必登不以为然道。

俞大猷心中忐忑。忆及每次打了胜仗，弹章即接踵而至，他小心了许多。侯必登只是道台，他身为总兵，当直接向总督负责，遂带上几十名亲兵，连夜飞马赶往几十里外的永安县城。

永安是新设县。隆庆三年，朝廷批准割划归善县古名都、宽得都，长乐县琴江都，共三都，设立永安县，取永远安定之意，以安民镇为县治，新筑县城，仍隶属惠州府。殷正茂的行辕就设在县衙里。

多年来，这里屡受山寇蹂躏，百姓困苦，商业凋零，县城里交了戌时便漆黑一片，了无生机。殷正茂刚要就寝，忽听俞大猷来谒，忙到二堂来见。听完俞大猷禀报，殷正茂喜不自禁，可旋即一蹙眉："如此大事，侯必登何以不来禀报？"

"已将花腰蜂部众肢解，不会出事。"俞大猷答非所问，搪塞道。

殷正茂沉吟良久，道："俞帅，照计行事就是了。"言毕，吩咐亲兵为俞大猷安置住处，俞大猷刚要推辞，殷正茂道，"诶！俞帅年迈，不必连夜奔波了。"

俞大猷刚辞出，殷正茂吩咐亲兵，召永安知县来见。

黎明时分，城门刚刚开启，俞大猷就出了县城东门，走不到一箭远，一匹快马从旁疾驰而过，向东北方向狂奔。俞大猷心中嘀咕：像是传宪令的，要传给谁？何以军门昨夜没有提及？回到营帐，俞大猷即问侯必登："道台，军门有宪令来？"

侯必登摇头。俞大猷不再说话，传令集结兵马，向长乐方向进发。刚走出不远，把总俞尚志飞马来报："禀大帅，花腰蜂部卒二人，蛊惑人心，声称招抚是假，早晚必被灭，不如早点溜走！此言在军中散播，军心不稳。"

"召花腰蜂来见！"俞大猷吩咐。

须臾，花腰蜂疾驰而来，勒马施礼，俞大猷命俞尚志将情形复述一遍，花腰蜂闻言，当即把二人召来，斩首示众。侯必登闻报甚慰，对俞大猷道："俞帅，看来这伍瑞是真心效命，不必再担心了。"

俞大猷颔首。

大军过了韩江，即与参将王诏部会合。一番密议，兵分四路，向七障目围拢而去。

蓝松三因叶茂被歼，已是惊恐不已；又闻官军四面围剿，花腰蜂也参与其间，更是魂飞魄散，硬着头皮下令迎战。

山高潭深，路径难觅，官军行进迟缓，又有蓝松三部众时而出其不意伏击，官军损兵折将，俞大猷只得传令收兵。

侯必登道："俞帅，我看要下决心，还是要花腰蜂率五百精锐为前锋，其余各路人马，都要花腰蜂部众为前导，或可有济。"

"万一花腰蜂临阵倒戈，与蓝松三里应外合，后果不堪设想啊！"俞大猷蹙眉道。

侯必登不以为然道："识时务者为俊杰，我看花腰蜂是个明白人。他把温七献出，表明他已对形势作出判断，不留后路了，此番自可大胆用之。"

俞大点头道："军门授命道台领军，末将惟道台之命是从！"

侯必登遂召集各路统领，一番部署，官军方重新发起攻击。花腰蜂率部为先锋，其后是三千狼兵，一路砍杀，所向披靡。各路人马有熟悉地形的花腰蜂部众为前导，进军果然顺利。战不到两昼夜，即攻克叶茂、蓝松三的老巢。俞大猷传令搜山，务必斩草除根，不留后患。

次日辰时，花腰蜂还在营帐酣睡，有亲随推醒他，说是参将王诏有请。花腰蜂迷迷糊糊问："参将找我有事？"

王诏的亲兵道："军门有赏，将军代颁。"

花腰蜂不解，暗忖：怎么叫参将颁赏？心虽有疑，想到自己的部众已散于各处，五百精锐也已死伤多半，只能逆来顺受了。

"拿下！"花腰蜂一进王诏的大帐，就听一声高叫，几名埋伏的力士一拥而上，把他按倒在地，王诏走上前来，手起刀落，花腰蜂已是身首异处。

"肢解了他！"王诏又命令道。一队兵马早已在外听命，王诏吩咐拿上告示，各持花腰蜂遗骸一块，报沿途村落曾被其掳掠受害者。

部署停当，王诏来谒俞大猷："大帅，末将已奉军门密令，将花腰蜂肢解，传之各村，以平民愤。"说着，把殷正茂的密札并事先刻好的告示，拿给俞大猷看。

俞大猷这才明白，必是那天在永安听完他的禀报，军门即召幕僚写好了花腰蜂的罪状，连夜印制，次日即命亲兵密送王诏。他默然良久，道："此事，当报于道台。"

侯必登闻报，一言未发即跨马往永安而去。殷正茂正在行辕，得意扬扬地口授捷报，忽闻侯必登求见，忙亲自出门相迎。此番征剿山寇，多亏侯必登画策方如此顺利，殷正茂对他心存感激，方破例出迎。

侯必登满脸愤懑，竟不施礼，大声质问道："军门，此番荡平山寇，伍瑞之功甚大，他既已受抚，本当为之请赏，何以遽然斩杀？"

"懋举，来来来，进屋说。"殷正茂虽不悦，却也强颜欢笑，拉住侯必登的手欲往后堂去。

侯必登一甩，把殷正茂的手甩开，继续质问："军门，这样做，诚信安在？"

殷正茂脸一沉："懋举，伍瑞罪大恶极，粤东绅民恨不得食其肉，不杀反赏，必失民心。本部堂焉能不顺从民意？"

"为了收买民心，背信弃义，非君子之风！"侯必登激愤地说。

殷正茂大怒：“这成什么话！”言毕，转身往后堂走。

侯必登躬身道：“军门，下吏这就上本求去！”

殷正茂不理会他，大步进了二堂，对伏案起稿的幕僚道：“捷报改写，先报捷，不报功！要快，八百里加急呈报！”言毕，转身走到后堂，坐下呷了口茶，沉吟片刻，蓦地抬头，问亲随，“巡按御史何在？”

4

吏部尚书管兵部事杨博一向是不早不晚，在交了辰时必进直房。这天，刚进兵部首门，就看到几个司属在走廊里兴奋地谈论着什么，似乎被那件令人兴奋的事情所吸引，没有人注意到他从旁走过。一进直房，职方司郎中就兴冲冲地闯进来：“大司马，岭南底定！”说着，把殷正茂的捷报呈到杨博手中。

“喔呀！喔呀！”杨博只是感叹着，良久，颤颤巍巍起身，大声道，“走，到文渊阁去！”

从尚书直房走出来，杨博就感受到了弥漫于兵部上下的喜悦气息，众人奔走相告，到处可听到惊喜的欢叫声。

杨博坐在轿中，闭目沉思。自嘉靖八年进士及第，至今已四十三年了，何时像这两年，勃勃向上，战无不克，大明复兴之象已著。不管是否赞同高拱的政纲，都不能不钦佩他的识见和才干。再有三年五载，大明振兴可期。这样想着，一进内阁中堂，杨博边拱手施礼，边兴奋地说：“新郑、江陵，广东……”突然看见新入阁的浙江钱塘人高仪，忙补充道，“喔，还有钱塘，广东底定了！”说着，把捷报递给高拱。

高拱接过捷报，手微微颤抖着看了一遍，慨然道：“岭南造乱之邦，终得乐业而向化，再苦干几年，必为国家再造繁荣富庶的广东！”

“新郑，为了绥广，你费心啦！”杨博突然动情地说，说着，向高拱躬身抱拳一揖。

高拱忙还礼，嘴唇嗫动着，却说不出话来，泪水忍不住涌出眼眶。多少个日日夜夜，为了绥广，他废寝忘食；多少个万籁俱寂的子夜，他在灯下，给殷正茂修书，指示方略。脑海里稍一梳理，正式的奏疏就有

《议处远方有司以安地方并议加恩贤能官员以彰激劝疏》《议处广东举劾以励地方官员疏》《议革广东巡抚疏》《议处广东兵备知府等官疏》《议留副使王化立功赎罪疏》《改参政陈奎兼潮州兵备疏》；仅给殷正茂的书函，已有六七封了。为殷正茂的一时失利而担责，为他选用文武官员，筹集军饷，为他提出的建船厂、练水军，招浙兵、画信地，开海禁、强海防等等治粤举措能获朝廷认可而与部院沟通。如今朝廷资历最老的杨博，一句"费心了"，让高拱感到欣慰、激动。他转过脸去，用袍袖擦拭泪水，大声道："快，把捷报径送乾清宫，呈皇上御览！"

"这……"张居正道，"玄翁，径直呈报，似不合规矩。"

"此何时，讲那些规矩！"高拱一扬手道，"快送去！"

书办拿起捷报，快步而去。杨博看了张居正一眼，皱了皱眉，抱拳告辞。高拱起身送到门口，道："大司马，广东昔称乐土，狼藉数十载，要重现昔日荣光，必立章程、定法制，凡关涉兵部的，务必鼎力支持。"

"自不待嘱！"杨博拱手道。

高拱转身回到书案前，提笔给殷正茂修书：

渠魁既得，地方既平，一省宴然，皆公之力。而计其所费又甚省约，非有经济弘猷而又出诸为国之忠赤，何以能此。公真社稷之臣，非时流能伍也。忆昔识荆，即仰公为大用之器，以今观之，诚为不爽矣！仆素无他长，惟有一念为国之心，死不敢易。柱石如公，敢不为国爱护！公其畅意行之，惟以济国事为主，余更无他虑也。数十年造乱之乡，一朝靖谧，诚为可喜。然善后之计，更须深图，种种停妥，乃可望于久安。有公在镇，必获良策，凡所当行者，不妨见示，当为行之。

"新郑，江西巡抚徐栻有奏本，安义县县库被劫。"高仪拿着一份文牍道。他入阁不几日，今日轮值，由他执笔票拟。

高仪字子象，号南宇，与高拱同登嘉靖二十年进士第，同选庶吉士，又同窗三载，同授编修。他资历深，为人平和，又以清廉著称于朝，故在会推阁臣时，位列第一，入阁办事。因是同年，故便以籍贯代称高拱。

高拱只顾埋头修书，思绪还未从绥广中转移出来，加之高仪声音又甚微弱，他良久没有回应。高仪有些尴尬，转脸向张居正求助："江陵，你看……"

张居正一听"劫库"，知事体严重，本想说话，又忍住了。

对高拱极力主张内阁添人的用意，张居正洞若观火，第一次上本时，他与冯保合谋，驳回了。此次迫于无奈，没有再阻止。他以为高拱会上本请皇上特旨简任张四维入阁，结果却付诸会推，选出一个书呆子高仪来。此公寻章摘句或许是高手，治国安邦，不逮远甚。张居正内心鄙视高仪，相信高拱也不会欣赏他。果然，一到高仪执笔，就一副诚惶诚恐、无所适从的样子。县库被劫，自是大事，关键是看抚按奏本中对一应官员的处分建议是否到位，但他不想指点高仪，只是微微一笑，叫了声"南翁"，因张居正是科举后辈，又比高仪小八岁，便叫着对他的尊称："南翁执笔，拟稿就是了，玄翁若认为不妥，再照他的意思改嘛！"

高仪心虚，但更怕别人轻视他，听张居正这么一说，便不再请示高拱，径拟"该部知道"。

高拱把给殷正茂的书函交书办抄副本、封发，这才叫着高仪的号道："南宇，适才你说甚？"

"喔，江西巡抚徐栻的奏本。"高仪说着，起身把奏疏递给高拱。

高拱接过一看，竟是盗贼劫掠县库之事，不觉怒火冲上脑门，再看徐栻的奏本写着：

> 看得知县曾知经，本当照例革职，但素甘清苦，年力盛强，若竟弃捐，犹可怜惜，似当降调，以存器使者也。带管九江道左参政方良曙，寄重一方，摄兼两道，虽一次之例，责不容辞；而遥制之权，势难尽御，且捕获贼赃，勤劳可原。巡捕典史张谨，畏惧不行集兵捍拒，致盗贼得逞，理应革职。乞将张谨革职，曾知经降调，方良曙功过相准，免予追究。

"南宇，这是大事，内阁要先议一议，再交部题覆，部院照内阁的意见题覆，不然内阁再驳回，岂不误事？"高拱强忍怒气，语带责备地对高仪说。他沉吟片刻，吩咐书办，"速去，召六科都给事中、都察院河南道御史并吏部侍郎魏学曾到阁!"

须臾,吏部左侍郎魏学曾,吏科都给事中雒遵、户科都给事中吴文佳、礼科都给事中陆树德、兵科都给事中温纯、刑科都给事中贾三近、工科都给事中程文、都察院河南道道掌道御史王元宾等科道领袖陆续进了中堂。众人不知首相急急相召何事,却俱为殷正茂的捷报所鼓舞,人人笑逐颜开,进得中堂,无一例外都先说此事。

吏科都给事中雒遵道:"岭南不靖,连年用兵不得要领。元翁以殷石汀为总督,促其剿除,勿致养寇,而广东州县长又多选科班充任,宽其荐额,勿拘成数,遂使广东造乱之邦,乐业而向化矣!"

一向寡言少语、持正特立的礼科都给事中陆树德也抑制不住兴奋情绪,慨然道:"元翁于诸边情形,无不熟谙而洞悉之,故边人有事来请,元翁辄为指示方略。政府不谙边务,而边人能立功于外者,难矣!"

"广东一个省底定,可还有十二省并两直隶,盗贼满地,民不得安枕。"高拱不惟未露喜色,却一脸阴翳,语气沉重地说。

众人面面相觑。只知广东海贼山寇聚啸,数十年剿抚无功,未闻各省两直隶有此状况,首相何出此言?

5

高拱向高仪一招手道:"南宇,把江西巡抚徐栻的奏本给诸公说说。"

高仪心里不悦。堂堂阁老相公,做文吏的事?可他又不好把高拱顶回去,只得有气无力地一字一句把徐栻的奏本读了一遍。

"诸公都听到了。"高拱开言道,"一个安义小县,四十余盗悍然劫库,此事若发生在以前,我不敢说;"他突然提高声调,"发生在高某当国的隆庆六年,我不能忍!"顿了顿,放缓了语速,"今海内虽称乂安,而盗贼殊为可虑。聚众杀劫,四处皆然!倘若是饥寒交迫之辈铤而走险,或可理解。可据闻,今盗贼中多为健侠之徒,吃喝嫖赌,挥金如土,自相雄视,击剑杀人,肆行荼毒而无人敢招惹者。"他扫视众人,问,"何以如此?"又自答道,"究其故,皆起于有司之养寇,而成于上官之不察!"

"照元翁这么说，盗贼劫库也好、杀人也罢，都是为官者的责任？"刑科都给事中贾三近一向亢直，对高拱的政纲又多有不满，遂以揶揄的语气问。

"不错！"高拱断然道，"正因如此，今日方请负有监察之责的诸公来此一议。"不等众人回应，继续说，"迩来，本阁部多方访咨，略知其情：那些个玩忽职守的县太爷、巡捕官，平日不留心武备，对健侠之徒又不行惩禁，任其所为。及至聚而为盗，则又自先畏惧，不敢出声。巡捕官又往往受盗贼之贿，不行缉拿；既有拿获，又多放纵，却只蒙蔽上官，以为地方无盗，而上官亦甘受蒙蔽。为何？"他又扫视众人，问，又自答道，"假若当下无事，上官即可论资升转。习以成风，彼此相效，以为为官诀窍！于是有司蒙蔽日益甚，而盗贼之猖獗日益不可制。百姓受其残害无所控诉。直至杀官劫库，势不容匿，乃始申报，上司又以重为轻，以多为少，支吾了事。上官更为推脱规避己责，睁一只眼闭一只眼，此所以盗贼日益滋蔓而不可图也！"

"居正所知，正如玄翁所言！"张居正插话道，"玄翁言盗贼横肆，责在官员，乃是一针见血的灼见确论！"

众人皆点头称是。

"回到安义县这桩案子上。"高拱又说，"盗贼聚集至四十余，入城劫库，则平民受害不知凡几。只因县库被劫，不得不申报，假若不是县库，只是平民百姓受害，大抵又会不理不问！此等官员，岂可轻饶？诸公说说，该如何处分？"

"抚按奏本所拟，学生看尚属妥帖。"刑科都给事中贾三近道。

"妥帖？"高拱冷冷一笑，"四十余盗入城劫库，巡抚、巡按御史岂可无责？奏本不惟无一句自责之语，还替下属开脱，朝廷就照单全收？如此，哪里有振作之象？"他一扬手，"不可！"

"上上下下，都要问责！"张居正接言道。

"除典史张谨革职这一条可准，其余俱重议！"高拱大声道，"先说巡抚、巡按御史，要通行戒饬；左参政方良曙，抚按奏本里说其'遥制之权，难以尽御'，诚如是，则远地不必令官代管，既代管，又说遥制不能尽御，可以免责，是何道理？念及其事发后捕盗有功，可不革职，姑予降俸一级处分；知县曾知经，抚按奏本说甚年力强壮，操守素清，只给一个降调的处分。诚如是，只要不贪，出多大的事，也能保住乌纱帽。县库失盗，县官之重罪，犹乃曲为回护，设若是平民受害，更不会追究官员责任了。养乱之道，孰大于此？然此乃近时相沿故套，踵而行之，而不自知其非。故套牢不可破，官以蒙蔽为当然，而盗以抢掠为当然，民之安危，谁怜之安之？知县当革职，以儆效尤！"

张居正道："应当革职！"

高拱因得到张居正的仰赞而欣喜，道："话是这么说，可毕竟过去不曾立过规矩，大家都袭故套，拿一两个人开刀，未必公允。"他一扬手，"先立了规矩，再照规矩绳之，仍不振作者，再严厉追究，绝不宽贷！"他转向魏学曾，"惟贯，吏部题覆时，要把我适才说的那些话都写进去。不是为了说服皇上，是为刊于邸报，让天下官员都警醒起来！"

"是。"魏学曾点头道，又建言说，"玄翁，不妨把最近所议条格一并纳入，一俟批红，即成法令，正可一体遵循。"

"喔！甚好！"高拱赞同道，又向众人解释道，"边境稍安，正可大修内治。修内治，当从安民做起。是以我与魏侍郎多方访咨，议成缉道安民条格，尚未呈报，正可一体奏上。"又转向魏学曾，"惟贯，你把所拟条格说说。"

魏学曾知道，时下高拱最关注此事，随身带着与高拱商榷多日形成的条格疏稿，遂从袖中掏出，展读道："各州县掌印巡捕官，有盗贼至十名者降一级，二十名者降二级，三十名以上者罢其官；各兵备道及该道官所属，有盗贼合至五十名者降一级，七十名者降二级，百名以上者罢其官。有隐匿不行参奏者，听吏部、都察院及科道官参奏重治。若地方有盗贼，即行申报上司，就便捕灭；或上司官闻地方有盗，即拨兵马，就便捕灭者免究，仍录叙其捕盗之功，量多寡为升赏。曰罚必罚，更无假借；曰赏必赏，更不食言。则庶乎捕盗有人，而盗息民安可望于万一。"

"诸公，如何？"高拱扫视着众人问。

"已然量化，便于考核，此往者所无，缉道安民之法，无过于此者！"吏科都给事中雒遵赞叹道。

都察院河南道掌道御史王元宾接言道："立了规矩，执行者与监察者都使于权衡了。此后巡按御史再也不能凭一己好恶品评地方官了。"

高拱向科道拱手道："诸公是科道领袖，回去与同僚广为宣扬此事。"

众人刚要施礼，刑科都给事中贾三近突然冷笑一声道："立了规矩也实行不了，徒落苛刻之名而已！"

6

高拱听了贾三近的话，勃然大怒，一拍书案，指着他道："贾科长，你说这等阴阳怪气的话何意？把话说清楚了！"

"学生是要说清楚的，可尚未说完元翁便拍桌子了。"贾三近并无惧色，揶揄道，他向前走了两步，"诸位阁老都知道，天下州县正官，皆初仕者为之。即如安义知县，不过二十余岁，原本只知读书应试，一旦登科，即授以民社之寄，还能指望他怎样？百姓告状，他能升堂审案已经不错了，要求太多，他做得到吗？朝廷何不体谅之？"

高拱听罢，沉默了。

"呵呵，走吧走吧，阁老们忙得很嘞！"程文打破沉默，拉了拉贾三近，与几名科道官一起施礼而去。

众人散去，高拱呆坐良久，闭目沉思。书办走过来，附耳道："元翁，适才管家高福来，说河南巡抚梁梦龙的急足来求回书。"

高拱这才想起，梁梦龙转任河南巡抚，他几次去书，力促他把弭盗安民作为首务；前日梁梦龙差人投书，禀报弭盗之法，尚未顾上给他回书，遂道："稍候！"便提笔给梁梦龙回书：

承示弭盗之法，可为曲尽。自此中原之民得安生矣！大抵多盗之故，只是有司蒙蔽，以有为无，而盗亦有应对有司之法，不劫府库与有名大家，恐声著而累有司，不得不捕也；却只于小宦与百姓之家任意为之，有司见事小，不必闻于上官，故亦不问。及至养成大势，则劫库与有名大家亦公然为之，而莫敢谁何矣！自此而上，非揭竿而呼之耶？仆所以抱深忧者，非为身家计，盖为国家虑也。今遍地皆盗矣，其势愈盛，而有司愈怯，可不亟为之处乎？然所以剪除之者，又非可以急遽为也。必是务修弭盗之实，而不可为弭盗之文。弭盗之实，在未生者防之，使不得生；已形者制之，使不得逞……

写毕，交书办拿去，高拱起身在室内踱起步来，口中喃喃道："看来，欲求治，必大更革！"

"大更革？"高仪不解地重复了一句。

"比如，适才贾三近言州县正官，俱用初仕者，此制，我看得改！"高拱深沉地说，"州县长者，守令也，亲民之官，最为紧要。若天下守令得人，则安民有望。然目今州县长俱为初仕者为之，进士登科，既授州县正官，民事既非素谙，掌铨者对其守身之节、爱民之仁、处事之略更是一无所知，乃待其事败，然后罢黜，可民已受其害矣！继任者又是初出茅庐的书生，亦复如是。这不是以官安民，是以民试官。即使所谓循吏，因其民事未谙，我看多半也是善于饰虚文以媚上，为急政以求名者，勉习时套，以求荣进，而以实政惠民者恐不多见。非读书人个个都不好，委实是制度所致！是以不改制度，所谓安民，恐流于口号罢了！"

高仪被高拱这番话吓着了，摇着头道："新郑啊，国朝二百年都是如此，岂可轻言改之？"

高拱觑了高仪一眼，嘴角一撇，目光中有几分不屑。高仪虽是他的同年，操守良佳，可书虫而已，入阁以来，凡关涉实政的，都不知所措，哪里有甚治国安邦之才？此前，高拱只是对高仪个人有些不满，可突然间，他明白过来了，这也是祖制所致！非进士不入翰林，非翰林不入内阁，是成宪，阁老非翰林出身者无缘。此制不改，相公阁老中有治国安邦之才者，与州县长中有谙民事之才者一样难觅！他不禁感慨道："何止州县长选任之制，阁臣选任之制，何尝不是亟待改之？"

张居正被高拱的话震惊了，蓦地抬头，想说什么，又忍住了。高仪不敢相信高拱会说出这样的话，以右手把在耳后，侧着脸惊诧地问："新郑说甚？"

高拱一吐为快："太祖罢丞相，分其权于六部，而皇上亲裁之。后置内阁，以翰林官任之，备顾问，并不平章政务。但慢慢演进，阁臣虽无宰相之名，而有其实。然阁臣仍非翰林官不得其选。须知，翰林官，选时靠的是诗文，教的又是诗文，岂非所用非所养，所养非所用乎？还美其名曰'储相'，岂不令人扼腕！"

"新郑，别忘了，若不是非进士不入翰林，非翰林不入内阁的成宪，你未必能坐在这里。"高仪提醒道。

"不错，我辈是此制受益者。"高拱道，"可为国家计，此制弊端甚多。适才所言，翰林官以诗文优者得选，又教之以诗文，从无治理地方的经验，安能治国？此其一。再则，非翰林官不能入阁，他衙门官既无辅臣之望，亦不复为辅臣之学，治国之才难得矣！"

张居正没有想到高拱会走这么远。他一掌铨政，就推兵部官重选特养之制；主持一次朝审，慨叹冤案累累，又推刑官久任之法；恤商策次第实行，就着手重订户部及天下理财官选任之制，如今竟至对州县令选任、阁臣选任也要改制，这是国之大臣敢触及的？他再当国几年，太祖、成祖的祖制，恐荡然无存矣！心里说："玄翁，你委实走得太远了，居正不能坐视！"这样想着，他因暗中与冯保谋逐高拱而仅存的一丝歉意，顿时消散了，神色显得轻松了许多。

高仪和张居正对视了一眼，原以为他也像自己一样骇讶不能收舌，却见他轻松自得，高仪被高拱一番话震惊之余，又被张居正的神情所惊，突然"嘿嘿，嘿嘿"笑了几声，痛心疾首道："不忍闻，不忍睹！"

高拱知此事非同小可，也不想争辩，默默地回到座位，尚未落定，书办禀报："元翁，适才御前牌子来知会，皇上命内阁制敕房速差二中书到乾清宫去！"

"啊？"高仪大吃一惊，他入仕后一直在翰林院和礼部做事，对国朝礼仪规制最谙熟，却不曾听说过皇上直接召内阁制敕房中书到乾清宫的事，"这，这是怎么回事？"

高拱也有些吃惊，忙问："皇上清醒了？皇上要制敕房中书去做甚？"

1

内阁制敕房中书，全称中书舍人，进士出身，从七品，掌机密文牍，受命起草各类敕书、诰命。皇上绕过内阁，钦点中书舍人到乾清宫，当是起草敕书诏命的，可这等事，何不委于阁臣？既然皇上不想让阁臣插手，高拱也不便问，心中疑惑的同时，又隐隐感到不安。本来，绥广告捷，缉盗安民条格也起稿上奏，高拱许久没有像今日这样轻松了；可皇上召中书这件事，却让他遽然间沉重起来，急忙差人到乾清门打探，询问皇上的病情。书办去不多时，回禀："元翁，内里说，皇上闻广东捷报，连阅数遍，天颜欢忭。"

高拱这才舒了口气。午后，漕运总督王宗沐差人报来禀帖，言所运漕粮已过海，安抵天津。高拱喜不自禁，忙吩咐书办："速将禀帖径呈皇上御览！"

过了半个时辰，书办回禀："元翁，皇上御览漕运禀帖，拊掌大喜，正坐在御榻口授敕书！"

高拱一则高兴，一则疑惑，不知皇上口授什么敕书，居然瞒住内阁，委实令人不解。这一天他有些心神不宁，一散班，没有在内阁用餐，也没有到吏部去，而是径直回家。

张氏一听老爷今日回家吃饭，高兴地亲自到厨房吩咐做几样老爷爱吃的菜肴，可话音未落，高福来知会："老爷说，今晚斋戒，吃素。"

匆匆用了晚饭，高拱又吩咐烧水沐浴。张氏不解，待高拱沐浴更衣，进了书房，方走过去问道："她爹，咋回事呀？"

"我有件事求皇上，是以要斋戒、沐浴，以示虔诚。"高拱一脸庄重地说，也不容张氏再问，向外摆摆手，提笔起稿。

次日辰时，高拱下了轿，没有到内阁去，而是独自一人，穿过会极门，一路北行，径直来到乾清门。未听说皇上召见，首相却大步往乾清门而去，见者无不骇异。

到得乾清门，高拱止步，大声道："来人，叫孟冲来见！"

一个执事太监不敢怠慢，吩咐小火者给高拱搬来一把椅子，他则小跑着进了乾清宫禀报孟冲。须臾，孟冲一脸疑惑地走了出来，惊问："喔呀，高老先生，怎么一大早到这儿来了？"

"皇上龙体如何？"高拱问。

"大好！"孟冲道，"昨日已能下床，还能开口说话了。"

"那太好了！"高拱欣喜道。说着，从袖中掏出稿笺，捧在手里，郑重道，"把此本呈皇上御览。"说罢，向孟冲一拱手，转身大步而去。

高拱尚未走到内阁，他亲自到乾清门递本的消息就传开了。

"元翁亲自去乾清门递本，你听说了吗？"

"怪哉，何事还要堂堂首相亲自去递本？必是机密大事。"

"再机密的事，也不必首相亲自递本吧？反而传得沸沸扬扬。"

……

冯保刚进文书房看本，就有内侍来禀。尚未听完，已是大惊失色！广东报捷、海运成功，皇上一高兴，竟能下床了，神神秘秘召内阁制敕房中书口授着什么，高拱又突然亲自到乾清门递本，君臣的怪异举动，难道……冯保越想越可怕，下意识摸了摸脖颈，仿佛一把钢刀倏地一下砍了下去，吓得浑身颤抖。他蓦地起身，忙召张大受："看来要出大事啦！你快去，知会张老先生，快让他想法子！"

张居正和高仪枯坐中堂，不见高拱的人影，正纳闷间，忽听有内官来禀事，抬眼一看是张大受，不觉吃惊：众目睽睽，冯保差张大受来不怕招惹是非？忙起身往外走，张大受转身追出去，压低声音，气喘吁吁道："首相径到乾清门递本，厂公要张老先生快想法子避祸！"

"啊?"张居正不禁叫出声来，脑子里一片空白。良久方缓过神儿来，颓然道，"完了! 快回去，知会厂公，把来往的文字速速销毁!"言毕，一脸惊恐地向外摆摆手，示意张大受快走。

须臾，高拱进了中堂，张居正暗暗察言观色，却也看不出有何异常。他知道高拱没有城府，倘若真的向他和冯保动手，绝不会如此淡定。

"叔大，有心事?"高拱看出了张居正举止反常，一副心神不宁、坐卧不安的样子，便问。

"呃呃，没、没有。"张居正支吾了一句。看看刻漏，尚未交午时，这个上午委实太漫长了。

"高老先生!"随着一声尖嗓发出的叫声，文书房散本太监进来了，"高老先生的本，万岁爷御批，命小奴径送高老先生，副本抄送工部。"

"啊! 这么快!"高拱惊喜地起身接过，兴奋不已，"喔呀，皇上钦笔，是皇上的字! 喔呀，皇上能写字了，皇上的病要好了!"

张居正神经紧绷，额头上冒出虚汗，心"突突"跳个不停。

"叔大，你看，是皇上的御笔!"高拱举着文牍，走到张居正书案前，递给他看。

张居正忙伸头看过去，只见上写着:《恭建楼堂尊藏宸翰乞赐名额以崇圣泽疏》。匆匆浏览一遍，方知: 高拱祖孙三代得历代皇帝所颁诰命、制书达十七道，他拟用积攒下的皇家缩赐银两购地建一座小楼，专门恭放这些圣旨。皇上御批: 览卿奏，具见忠敬，楼名与做"宝谟"，堂名"鉴忠"，着工部制匾送安。

原来如此! 张居正大大松了口气，抹了把汗，拱手道:"恭喜玄翁!"

"高兴，为皇上病情好转高兴!"高拱喜不自禁道。

张居正暗忖: 玄翁神神秘秘，原是为自家建阁收藏几代皇帝颁给高家的圣旨之事! 若玄翁上道密札，要皇上把张某和冯保赶走，皇上断断不会踌躇，必是照做。幸亏玄翁不是那样的人。可是，皇上会不会察觉了什么? 何以绕开内阁召中书去口授谕旨? 须知，皇上不久前执高拱之手，言"以天下累先生"，分明是向他托付天下的，自是不容有人动摇他。想到这里，张居正刚松弛的神经又陡然绷紧了，不禁打了个寒战。

2

夕阳透过窗棂照进文渊阁，走廊上的影子仿佛是一幅画，被日头临别前抹上了重重一笔。三阁臣埋头文牍，都没有注意到室外的这道景致。因为午前大内送来皇上为高拱的《恭建楼堂尊藏宸翰乞赐名额以崇圣泽疏》的御批，内阁里一时为皇上病情好转而振奋，耽搁了批阅文牍，是以散班时分到了，三阁臣都未起身。

突然，中堂外响起一阵躁动声，一个书办进来禀报："司礼监印公奉旨前来向元翁宣谕！"

"高老先生接旨！"孟冲尖着嗓子高唱一声，在一应侍从的簇拥下进了中堂。

高拱、张居正、高仪都很纳闷，不知皇上突发谕旨，所为何事。

"臣接旨！"高拱应了一声，撩袍跪地。

张居正、高仪已走到高拱身后，正要下跪，孟冲道："谕旨不是给内阁的，是给高老先生个人的，二位老先生不必跪接。"说着，展开长长的黄色丝绢，递给身后的中书舍人，"你来宣读。"

中书舍人马继文是太子的侍书官，又奉旨为皇上起草诰命，他字正腔圆，朗朗读道：

奉天承运，皇帝制曰：朕躬膺骏命，嗣守鸿基，愿得不二心之臣，共致大有为之治。天惟纯佑，邦欲中兴。笃生名世之英，茂翊格天之业。昭宣异常烈，诞霈殊恩。咨尔光禄大夫柱国少师兼太子太师吏部尚书中极殿大学士兼掌吏部事高拱，振今豪杰之才，稽古圣贤之学，养气极其刚大，为众人所不能为；析理入于渊微，发前哲所未尝发。精忠贯日，贞介绝尘。讦谋为百辟之师，风采系万民之望。在先帝爱立作相，托以代言；暨渺躬先学后臣，赖其训志。偶遭谗忌，周公遂以居东；追黜庸回，司马于焉再相。既端揆席，载摄铨衡。朕思观德化之成，卿乃以天下为任。赤心报国，力扶既隳之纲常；正色立朝，顿折久渝之议论。内弘启沃，外竭勋勤。尽鞠瘁以不辞，当怨嫌而弗避。澄清流品，虞廷之黜陟惟明；登进材贤，汉室之循良最盛。士风丕变，吏治勃兴。泽普于民，如乔岳大川之无私，而均蒙其利；诚孚于众，如青天白日之无隐，而皆信其心。且值国家多事之时，先为社稷万年之计。乃通海运，乃饬边防，乃定滇南，乃平岭表。制降西虏，坐令稽颡以称藩；威挞东夷，屡致投戈而授首。盖有不世之略，乃可建不世之勋；然必非常之人，斯克济非常之事。既大书于彝鼎，宜显示于朝廷。兹特加尔勋柱国，进兼中极殿大学士，锡之诰命。仍荫一子为世袭锦衣卫正千户。於戏！文武成功，卿既征于历试；安危注意，朕益切于眷怀。讵止风云龙虎，庆会昌时；固将带砺山河，永垂盟府。卿其尽摅闳蕴，懋赞大猷；罔俾皋夔名绩，专美于前，庶几尧舜君民，亲见于世。钦哉！

张居正一听是颁给高拱的诰命，心想，原来神神秘秘忙活了大半天，是为这事，他放心了。可是，听到皇上称赞高拱"振今豪杰之才，稽古圣贤之学。养气极其刚大，为众人所不能为"时，就露出惊讶的神情，再一听"精忠贯日，贞介绝尘"一语，更是惊讶，再听"乃通海运，乃饬边防，乃定滇南，乃平岭表。制降西虏，坐令稽颡以称藩；威挞东夷，屡致投戈而授首。盖有不世之略，乃可建不世之勋；然必非常之人，斯克济非常之事"，竟难以自持，站立不稳，微微晃了两晃，手心里汗津津的。他看了高仪一眼，却见高仪也被诰命中的用语震惊了，茫然不知所措。

马继文宣读毕，孟冲又唱了一声："高老先生接旨！"

高拱伏地不起，哽咽道："拱不敢受！"

孟冲走上前去，边搀扶高拱边道："万岁爷已然颁下，哪里能不接呢！"

"皇上——"高拱不愿起身，突然放声痛哭起来，"何以如此啊，皇上！"

"这……"孟冲不知所措，"高老先生，还是起来接旨吧！"

"皇上！"高拱哭着说，"这是亘古未有之事啊！让臣如何敢受？"

张居正还在震惊中，呆呆地站着不动，高仪只好独自上前，帮着孟冲一起搀扶高拱，劝道："新郑有不世之功，皇上有不世之遇，既然诏命已下，焉能不接。"

高拱在孟冲和高仪搀扶下颤颤巍巍起身，双手接过诰命，又跪地叩首："臣谢皇上永世难报之恩！吾皇万岁！万万岁！"

张居正这才缓过神儿来，忙趋前与高仪一同搀起高拱，将他扶到座位上。

"新郑，这是怎么回事？"高仪的声音有些发颤，惊诧中夹带着几分恐惧，"我读书少，自从盘古开天地，从未听说过，皇帝出自宸断、发自圣心，如此褒扬一位大臣的。皇上对新郑评鉴之高，本朝二百年绝无仅有！"

张居正两颊因震惊而僵硬着，他勉强挤出一丝笑意，抱拳道："居正为玄翁贺！"

高拱痛苦地摇摇头，道："我不忍皇上有此一举。"

高仪被高拱的话点醒了，恍然悟出了皇上的用意，瞥了张居正一眼，只见他神情黯然，低头沉思。中堂里顿时陷入沉寂。良久，高拱起身回到朝房，用湿手巾擦了擦脸，坐了片刻，这才又回到中堂。他不愿再说起皇上这道令人惊诧的诰命，为了转移视线，问张居正："殷正茂报捷，当论功行赏，捷报里似未见他为文武官员请功，这是么回事？"

张居正目光呆滞，似未听到高拱在说什么，茫然看了高仪一眼，高仪摇了摇头。

高拱只得自语道："喔，或许是急于报捷，一时尚未厘清？再等等，想必会奏来的。"

过了两天，并未见殷正茂的请功疏，却见侯必登的奏本：为患病不能供职，仰负天恩，乞赐罢斥，以免贻累地方事。高拱一惊："侯必登突然以患病为由乞请罢斥，必有缘故。"

"想必与殷正茂有关？"张居正提示道。

高拱正想修书向殷正茂问明情形的，听张居正这么一说，也就作罢，道："那就先等等再说。"

又过了两天，巡按广东御史赵淳论劾侯必登的弹章放在了高拱的案头。高拱越发惊诧了："这，到底是怎么回事？"

3

几个月前，殷正茂听时任潮州知府侯必登言，潮州府推官来经济形迹可疑，遂差人请巡按御史赵淳到潮州一行。巡按御史只七品，却不受总督节制；相反，还可监察总督，殷正茂不便向他交底。但总督对朝廷说话分量毕竟比巡按御史要重，既然总督有此意，赵淳也不便违拗，遂风尘仆仆巡视潮州。

巡按御史两年一轮换，随时可以弹劾文武官员，回京复职时，还要开列两张单子上奏朝廷。一张举荐贤能官员，一张弹劾贪墨及不职官员，朝廷罕有不照单全收者。故而他出巡一地，当地官员无不战战兢兢，极尽讨好之能事，接待上不敢稍有闪失。虽然朝廷禁奢，不许接送迎往趋谒酬酢，但潮州天高皇帝远，闻听巡按莅临，驻守潮州的分巡道、巡海道和潮州府的官员，早早就来到接官亭迎接。

赵淳下了轿，在接官亭里摆放的一把座椅上坐定，举盏呷茶，道府官员一一拜见，却独独不见潮州知府侯必登的人影。赵淳不过二十多岁年纪，进士及第做了三年知县，即被拔擢为御史，还做不到喜怒不形于色，潮州府同知杨汝聪见按台面带愠色，忙解释道："侯知府奉军门之命为征剿山寇画策，不能前来迎迓，请按台老大人恕罪！"

"呵呵，哪里话！"赵淳一笑，指了指站在两旁的道府官员，"照理说，诸公也不应来接，不能讲这个排场嘛！"但心里对侯必登便生出几分不满，暗忖：我听玄翁说侯必登乃循吏，就向军门极力推荐，他攀上总督这棵大树，就视我为无物？

到得潮州城，分巡道金柱设宴款待，侯必登并未出来作陪，只是在饭后到驿馆投帖参谒。略事寒暄，侯必登道："军门曾刻刊新郑相议处广东有司的疏稿，言广东狼狈，皆有司之不良。此言甚真确！沿海官员，多有与山寇海贼暗中交通者，请按台务必查出几个，以为整饬官常的典型。"

赵淳大起反感，硬邦邦问："谁暗通山寇海贼？"

侯必登未说出来经济的名字，但他知道来经济时常以各种名义出没于柘林镇，遂道："柘林镇乃山寇海贼穿梭之地，按台不妨到那里访咨。"

赵淳虽极不情愿，却也有意前去。推官来经济闻听巡按要到柘林去，惊恐万状，这天午夜投帖参谒。赵淳问："闻得潮州地方，官员多有与山寇海贼交通者，推官有耳闻吗？"

"按台，学生就与山寇海贼交通过。"来经济道。

赵淳一怔，以咄咄逼人的目光盯住来经济。

来经济一笑："呵呵，按台不必惊诧。按台晓得的，多年来官府对山寇海贼常有招抚之举，既然招抚，自会与之交通，这不奇怪。学生就时常到柘林与之接头，以行招抚。"

赵淳顿生疑窦，暗忖：侯必登与来经济不合，人所共知，会不会是侯必登想陷害来经济？遂问："访得推官与侯知府不合，竟至公开互讦，是怎么回事？"

来经济早有说辞，道："已故熊巡抚大征曾一本，驻扎潮州，因府皂殴打标兵几死，批行学生究问。学生秉公而断，并未护短，将府皂责治。侯知府遂以此怀恨学生。后熊巡抚擒获曾一本，会官审验，侯知府当堂冷言冷语说：'真假难辨。'次日，飞帖遂遍布城市，说所获曾一本真假难辨。熊巡抚以此抱怨成疾，欲移出潮州城避之，司道强劝乃止。此学生与知府相嫌之始。"

赵淳恍然大悟似的道："喔，是这么回事啊！"

"知府对此事耿耿于怀，遂伺机媒孽学生。"来经济又道，"隆庆三年，学生蒙委，管广济桥桥务，知府自捏揭帖，言学生贪污桥税，并差人核查，以知府之尊，挟虎狼之威，提拘商家照簿认税，孰肯有不认者？显系挟仇团陷。学生不服，禀明道台主持公道。道台差人来查，查得学生管桥一年，抽银八千五百余两，而前后两年，则分别为四千八百余两和四千三百余两，遂申斥知府，为学生洗冤。知府对学生之恨遂不可解。"说完，他委屈地一抽鼻子，"学生所言，乃一面之词，按台自可找上上下下的人访咨。"

赵淳已被来经济的说辞打动，点头道："两位道台都与本使说过侯知府的不近人情，看来，上下对他都甚不满。"

来经济踌躇片刻道："学生访得按台乃温州人士，据沿海之地，对海中宝物必是识货的。"说着，从怀中掏出梁有训送他的两颗夜明珠递给赵淳，"按台，此物为招抚林道乾时，林的师爷所赠。学生多次想上缴，又怕上官拿这个做文章。今日送给按台老大人，此物可传之子孙。"

赵淳怦然心动，一想到将夜明珠传之子孙，若干代后玄孙们还拿出来念叨乃几世祖所传，委实是件美事；可转念一想，高拱加意肃贪，万一……他忙摆手道："这个不成！本差身为监察官，焉能收礼？"

"按台，这不是府库中物，本就是私人馈赠。"来经济道，"学生家在内陆，无人识货，藏之无用。按台收下，留作在广东任职的纪念未尝不可。此物惟学生一人知之，学生不说，他人不会知晓。"言毕，把夜明珠放在书案上，起身抱拳一揖，疾步离去。

赵淳心"突突"直跳，暗忖：若访得来经济无事，侯必登为众人所不容，便将此物收下；否则，退给来经济。这样想着，忙把夜明珠收好。他当即打消了去柘林访咨的念头，把全部精力放在查访侯必登与来经济互讦一事上，整日在潮州城内四处访咨。

侯必登闻报颇是失望，感叹道："看来，巡按到潮州，也是做做样子的。"这句话喘息间就传到赵淳的耳朵里，不禁大怒："难不成巡按御史要听命知府？本差来潮州，就是要把侯必登与来经济互讦的事查清楚！"

一番访咨，驻潮州的两道，府辖各县，众口一词，与来经济所说几无异同，众人无一为侯必登美言者，反而对来经济或同情或钦佩，竟无指摘者。赵淳本已起稿要给高拱投书，陈述对侯必登其人不可信用，忽见邸报刊出，侯必登升补广东布政司右参政仍兼佥事职衔管潮惠兵备事，赵淳叹息良久，书函也就未封发。

到潮州两个多月，赵淳并未查出大案，只对澄海知县不职提出弹劾，便收拾行装，收好夜明珠，直奔惠州，再转永安，监察剿山寇海贼情形。殷正茂因密谕参将王诏斩杀花腰蜂而受侯必登一番责问，恼怒不已，又听侯必登声称上辞呈，恼怒的同时多了几分担忧，便想到要找赵淳商榷，午前刚问"巡按御史何在"，午后就接到了赵淳的拜帖，忙吩咐传请。

征剿山寇大获全胜的消息，早已在永安小城传开，赵淳一见殷正茂的面，免不得一番恭维祝贺，殷正茂客气了两句，便迫不及待地问及巡视潮州情形。赵淳把巡视情形大略说了一遍，喟叹道："玄翁一力提携侯必登，却不知，侯必登在潮州官场，甚不得人心，不惟上官难以忍受，还与下属互讦，委实不成样子。"

"侯必登要辞职。"殷正茂道，"我担心他在辞呈里说些什么话，让玄翁对我辈生出误会。"

赵淳自收了来经济的夜明珠，说话的底气就远不像以前那么硬朗了，在殷正茂面前，一副讨好状，试探着问："军门的意思呢？"

"不能让玄翁听侯必登的一面之词。"殷正茂道。

赵淳道："下吏这就上本！"

"本中说甚？"殷正茂关切地问。

"只说潮州之事。"赵淳善解人意地说。

4

日头早已落山，偶有知了不知趣地发出几声鸣叫，给街上的喧闹再凑一份热闹。

高拱心里想着侯必登的事，在内阁用了晚饭就赶到吏部，把侍郎魏学曾、考功司郎中穆文熙叫到直房。他把侯必登的辞呈和赵淳的弹章并排摊开在书案上，皱眉道："巡按的弹章很值得玩味。"说着拿起弹章读道，"据其近日与本府推官来经济相讦者度之，不过以乞休为名，暗引党己为援，不附己者一概波及之，以售其必报之恨耳。"他又拿起侯必登的辞呈，"可侯必登的辞呈里，却没有巡按所猜度的内容，只是说他感患瘴疟，继生疮疡，医治失方，毒流在足，动履艰难，恳乞罢斥回籍，无一语关涉他官，也无一言关涉他事。"

"蹊跷！"魏学曾道，"必是闻听侯必登上本乞休，一些人猜度他会在本中告状，惶惶不安，遂出此弹章！"

考功司郎中穆文熙道："巡按的弹章很长，主题是围绕侯必登与来经济互讦展开，说来说去就是三件事，一是来经济秉公惩治殴打标兵的府皂开罪侯必登；一是侯必登报复来经济，拿来经济贪污桥税说事，字里行间，全是替来经济说话；三是说侯必登声称患病是欺罔。"

"哼！"魏学曾冷笑一声，"要么是受了来经济的贿赂，要么是侯必登开罪了他，抑或二者兼而有之！"

"如此，则侯必登当留！"穆文熙道，"他可是元翁树的循吏典范，不能这么不明不白让巡按一纸弹章给搞掉！"

"惟贯，你说呢？"高拱问魏学曾。

"学曾看，要留侯必登，还要查赵淳！"魏学曾恨恨然道。他突然自嘲一笑，"不过……此事，若殷正茂肯替侯必登撑腰，他何至于乞休？侯必登因开罪了殷正茂不得不乞休也未可知，如此，事情就难办了。"

"魏侍郎所言极是。"穆文熙道，"赵御史明知侯必登是吏部加意所树循吏，元翁对侯必登激赏有加，却上本弹劾，必是殷军门对侯必登也大不满。"

高拱吸了口气道："岭南新靖，善后事宜堆积如山，当集中精力立章程、定法制，不能节外生枝。"

"巡按御史的弹章，吏部例当信其言。"魏学曾伸手拿起弹章，"可赵淳说侯必登逞一己好刚之气，辄欲睚眦害人，无故称病，擅自奏渎，明系紊乱法纪，似此不忠之臣，所当亟行罢斥。"他放下弹章，"明知里面有蹊跷，还照他所说，罢斥了侯必登？"

"非也！"高拱断然道，"侯必登之事，要妥善区处；待赵淳巡按到期，差新巡按去，务必彻查此案！不惟要把此案查个水落石出，还要以此为典型，把整饬吏治之事引向深入！"

"可是，"穆文熙为难地说，"元翁，吏部题覆巡按弹章，要么照单全收，要么再复查。可元翁之意，不复查，又不照单全收，究竟该如何区处，请元翁示下。"

高拱突然长叹一声，语调深沉道："皇上在诰命里赞高某'尽鞠瘁以不辞，当怨嫌而弗避。澄清流品，虞廷之黜陟惟明；登进材贤，汉室之循良最盛。士风丕变，吏治勃兴。泽普于民，如乔岳大川之无私，而均蒙其利；诚孚于众，如青天白日之无隐，而皆信其心。'我受之有愧啊！"说着，起身从书架上翻出一封书函，"这是我给友人的复函，这里有一句话，"他读道，"今海内贤杰渐次登用，第旧习虚套难尽改革，乃于诸贤共倡务实之风，以正人心，或者行之既久，元气渐盛，客邪可望消也。"读罢，放下书函，"广东只一个侯必登，朝廷褒奖有加，却不容于官场，足见目今官场客邪之气甚盛，整饬吏治任重而道远啊！"说着起身在屋内踱步，"时不我待，时不我待啊！"言毕，蓦地回身坐下，语气急促地说，"题覆当驳斥赵淳的弹章，对侯必登要肯定。"

"那么，侯必登照旧供职？"穆文熙不解地问。

高拱神情黯然道："事已至此，侯必登照旧供职已不可能，给他换个地方吧！"说着，转脸看着魏学曾，"惟贯，你去查一下，看哪里缺员，把侯必登补去。不要到边远地方，好像是贬他，不能给人贬他的印象！"

魏学曾道："玄翁，江西九江道缺员，正可将侯必登补上。"

"明日即起稿！"高拱点头道，又嘱咐道，"题覆赵淳的弹章，要拿捏好。"说完，思忖片刻，一扬手道，"还是我亲自来写吧！"待魏学曾、穆文熙退出，高拱提笔一气呵成：

看得巡按广东监察御史赵淳题参侯必登挟嫌相构，妄行奏扰，乞要罢斥一节。为照广东地方遍地皆盗，民不聊生，实起于有司之贪残，而成于蒙蔽因循之日久。本部于先年访得潮州府知府侯必登能抚绥穷困，制伏豪强，弭盗安民，地方利赖，特为奏请加三品服俸以示激劝；后巡按广东御史杨标至京，臣即问彼处有司贤否，标曰：知府侯必登有守有为，任劳任怨，民赖以安，但不肯屈事上司，所以问之百姓人人爱戴，问之上司人人不喜。至朝觐时，又加查访，佥同。本部遂有卓异之荐。然侯必登资俸已深，潮州士夫在京者恐其升去，每向臣等保留曰：潮州不可一日无侯必登也；又有潮州举人监生及在官纳解人等数十人，遮道告曰：侯知府年久该升，若遽升去，百姓无主，必皆随之而去，此人情如此。臣等思得，官久不升，何以示劝，会潮州兵备员缺，遂将侯必登升参政带宪职管潮州兵备事。盖所以慰士民之心，为地方计也。今该巡按御史论劾前来，其中论词多出守巡等官揭帖，夫言既盈耳，监察之官，固不容默然。详其论词并其中揭帖语意，乃是侯必登素不能奉顺上司，巡按及守巡等官既皆衔之，会又与推官来经济相讦，而推官乃巡按所信用，两司所趋附，于是遂明有左侯右来之意。侯必登忿其不胜，遂具本乞休，守巡既知侯必登恨已，闻其有奏，以为必有相攻讦之辞，遂具揭巡按，激而为此，又恐迟则侯必登之说行，而己反出其后，故如此其急也。而不知侯必登本中止自乞休，并未沿及他人，向使知其不相沿及，又岂有此论哉？今观劾词，首云侯必登与来经济挟嫌相构……彼此相讦事尚未明，则是非固未定也，劾则俱劾，止则俱止，又何匿来经济不劾而止劾侯必登乎？此其理亦自可知。然事既如此，侯必登实有难于处者，欲拟其去，则不惟失百姓之心，而将来任事之臣，何以自效？欲拟其留，则上司既不相容，合无将侯必登仍以现职衔，量调别省，令其痛自省改。目今广东盗贼新靖，正破格整饬之日；民生凋敝，正协力干济之时。毋得仍守成心，尚循故套，崇姑息而摧振作，奖黑熟而抑刚方，当知任事为忠，不可徒诿罪于人，当以救民为急，不可徒取便于己。如有违者，参奏重治！斯于事理两得，其拨乱反治之功，或可望于一二也。

阅罢，叫魏学曾来看。魏学曾苦笑道："对弹章作如此题覆，绝无仅有。"

高拱沉着脸道："不能让人破故套，自己却从故套中跳不出来！就这么定了，抄毕签发。此事到此为止，我再给殷正茂一书，略作交代。"说着，提笔给殷正茂修书：

公有报国之忠心，有戡乱之雄略，指挥一定，叛究遂平，此数十年不能得者，乃不劳而致，功在社稷，谁能右之？其善后事宜，惟公处分，更无掣肘，愿益展弘猷，图其永久，是所望焉。侯必登其人，前所以宠异之者，以其能守己任怨，弭盗安民故，特奖以励人心。今且被论，则任事之臣，反为狗旧套者所笑，而地方之事，其孰为振作乎？初意欲直留之，念及广东善后大局，又恐其自兹难于展布，故稍为处分，而又为之明其意。盖恐广中有司，遂以必登为戒，而不可以驱使也。然其实必登被论之由，不过如仆疏中所云而已，一览自当知也。幸以此意，遍示诸地方官，使知庙堂之上，所以念广东者如此，所以顾地方、顾百姓者如此。有志之士，固不可因侯而自为无志之人，亦不得快侯而自幸也。

写毕，高拱边端茶盏凑到嘴边，边侧过头来审阅文稿，手一抖，茶水洒到了胡须上，他忙举袍袖擦了擦。望着花白的胡须，不觉又焦躁起来，慨叹一声："时不我待，只争朝夕吧！"

司务突然出现在直房外，禀报道："元翁，南京兵部尚书王之诰差急足来投书！"

王之诰做过宣大总督、三边总督，高拱掌铨后登用贤才，取代的正是王之诰这批旧人。故而这些人与高拱一向疏离，加之王之诰又是张居正的儿女亲家，一听说他差人投书，高拱有些惊讶，待拆阅书函，顿时火冒三丈，大声道："这还了得！"

1

自留都南京溯江而上，北岸有一座滨江小城，谓之安庆。这里西接湖广，南邻江西，素有"万里长江此封喉，吴楚分疆第一州"的美称。

这天薄暮，巡江官船在安庆靠岸，从船上走下三个男子。为首的不到四十岁年纪，细高个儿，乃是南京守备太监张宏的掌班，身后两个宦官，是他的侍从。

国朝留都南京设有守备太监一员，关防一颗，看守留都的内宫摊子，为司礼监外差。隆庆五年末，守备太监出缺，钦命司礼监秉笔太监张宏出任，他的掌班太监张鲸随其前来。张鲸自入宫即按例投大太监张宏为其主子，列其名下。他刚介好学，驰心声势，与师叔冯保惺惺相惜，关系密切。临来南京前，张鲸向冯保辞行，冯保向他透露了拟建双林寺的想法，张鲸心照不宣，一到南京，就日夜思忖资助冯保之策。但是师父张宏为人谨慎，约束手下甚严，张鲸不便在南京施展，遂思谋到沿江各府走一遭，看看能不能筹笔款子献于冯保。他找了个随船查看江防的借口，行牌操江巡抚李邦珍，搭官船到了安庆。

操江巡抚职在江防，可就江防事宜节制沿江各府县卫所。李邦珍从河南巡抚调任此职，有些心灰意懒，既然守备太监行牌，他也不愿细问，就发出滚单，知会各府、卫接待。可当张鲸下了船，却不见安庆府官员来接，倒是安庆卫指挥张志学亲自带着排军赫赫煊煊把张鲸迎到驿馆，又设宴款待。酒酣耳热之际，张鲸终于忍不住问："这安庆知府是什么人，架子这么大？"

张志学嘴角挂着一丝冷笑道："人家不得了，名门望族，谁也不放在他眼里。"他一咧嘴，"老公公，我辈在他手下，受尽委屈啊！"

张鲸听出来了，安庆府文武不和，张志学与知府似有积怨。但他是来要钱的，虽对知府失礼不满，却还要指望他出银子，也就不愿过多介入他们之间的矛盾，举盏道："喝酒喝酒，明日咱去会会他。"

次日用过早饭，张鲸坐上张志学雇来的轿子，到间壁的知府衙门投帖。

安庆知府查志隆是浙江海宁县人，出身江南有名的书香世宦之家，国中望族。他是嘉靖三十八年进士，与侯必登、蔡国熙为同年好友，三人常以清介爱民相砥砺，目无余子，何况太监？但既然张鲸来拜，他也不能拒之门外，只得吩咐传请，在二堂接待。

张鲸进了二堂，查志隆方起身相迎，拱了拱手，指了指书案前的一把椅子，看也不看张鲸一眼，回身坐到对面的一把椅子上，问："不知老公公到此，有何贵干？"

张鲸看着眼前这位三十五六岁年纪、一脸傲慢的白面书生，心中不悦，歪着脑袋问："操江巡抚的滚单，明府没有接到？"语气中带着对知府未去迎他的不满。

"喔，本府差点忘了，老公公是来察看江防的。"查志隆淡淡地说，"本府可以保证，安庆江防无虞。若有差漏，老公公自可向操江巡抚陈情，请操江巡抚来檄。"

张鲸一听，查志隆是不想听他说话的意思，不禁怒火中烧，刚要发火，却又忍住了，"嘿嘿"一笑道："明府是敞亮人，咱也就明说了吧：京师大内要人，"他抱拳向上一举，"名字就不必提了，这位极要的要人，拟建寺庙，嘿嘿嘿，明府是聪明人，想必这个这个……"

查志隆佯装糊涂道："喔？本府愚钝，难道这位要人，要到安庆建寺庙？"

"嘿嘿嘿，怎么可能嘛！"张鲸尴尬一笑，"这个，明府……"

查志隆打断张鲸："既然如此，京中要人建寺，与安庆有何干系？"

张鲸一愣，自找台阶道："闻得贵宝地有座护国永昌禅寺，咱顺便来观摩。"

"来人！"查志隆起身向堂外唤了一声，吩咐道，"这位老公公要游览永昌寺，差两个差弁做向导，以尽地主之谊！"说罢，向张鲸一拱手，"请！"

张鲸见查志隆下了逐客令，只得起身，大声道："不必！"说罢，一甩袍袖，怒气冲冲出了二堂。回到驿馆，跳脚大骂，"查志隆，龟孙子，你等着瞧！"

一直在驿馆守候的安庆卫指挥张志学大喜，吩咐左右给张鲸沏上产自天柱山的天柱剑毫茶，摆上怀宁产的顶雪贡糕，道："老公公，这回你老人家才知道这查志隆何许人了吧？我辈真是受够他了！"

张鲸喝了口茶，语气急促地问："一笔写不出两个张字，一家人不说外道话，咱想给京城宫里的贵人化缘，你能不能赞助些银子？"

张志学重重吸了口气，叹息道："不瞒老公公说，过去，安庆城内外，都是安庆卫差逻卒巡城，委实捞了不少油水。可轮到卑职来做指挥，遇到查志隆这个煞星，不许逻卒巡城，给裁了，一星半点儿油水也没得捞了，心有余而力不足啊！"他以恳求的目光看着张鲸，"老公公若能复逻卒巡城之例，卑职每年必进贡老公公一万两银子！"

张鲸眼睛一亮，问："这查志隆有何弊病？"

张志学踌躇片刻，眉毛一挑道："哎哟，老公公有所不知，查志隆克扣军粮，每月该拨发月粮，他都迟迟不发，即使发了，也掺进去一半发了霉的，卑职想，他必是把好粮食卖了，买些发霉的粮食以次充好。这事，我卫官兵早就忍耐不下去了。"

"喔？"张鲸一撸袖子，"他娘的！咱……"随即又泄了气，"可是，这事，守备他老人家如何出面参劾？"沉吟片刻，一拍大腿，"奶奶的，不如闹场事出来，只要闹出事来，守备老人家就有借口上本参掉查志隆！"

"这个……"张志学踌躇着。

"一家子，知道振武兵变吧？兵变士卒杀了南京户部侍郎，最后怎么样？"张鲸鼓动道，"大不了找几个看不顺眼的卒子当替罪羊！"

张志学自是知道振武兵变的。嘉靖年间，南京兵部尚书张鳌招募了一支御倭部队，由地方健儿组成，谓之振武营。按制，南京军士有妻室者，月给粮饷一石，无妻室者六斗。仲春、仲秋两月，每石米折银五钱。南京户部侍郎黄懋官奏革振武营妻室月粮，引起军士怨愤，继而发饷拖期，振武营士卒遂鼓噪哗变，杀侍郎黄懋官。守备太监何绶和魏国公徐鹏举，许犒赏十万两，乱卒乃稍定。南京兵部又出面抚揖士卒，许复旧制月粮及折银，兵乱乃定。文坛领袖王世贞为此写过一首诗，谓振武兵变官兵"索饭得脯，索浆得酒"，国人无不知之。

可是，说出"兵变"二字，张鲸有些后怕，忙道："呵呵，咱不是鼓动一家子闹兵变，咱是说，闹出点动静来，方好对查志隆下手。"

张志学双目微眯，眼睛狡黠地眨巴着。

2

这天，是为安庆卫官兵发放三月份粮饷的日子，知府衙门前围了四百多人，由指挥张志学亲自率领。知府查志隆闻听衙门外人声嘈杂，气氛异常，忙召集衙门大小官吏，兵丁差弁，做好应变准备，他则悄悄从后门出了府衙，赶往同城的操江巡抚衙门。

操江巡抚衙门节堂，李邦珍见查志隆神色慌张，忙问："明府何事惊慌？"

"抚台，因下吏整治为盗害民的安庆卫逻卒，张志学对下吏早已怀恨在心。"查志隆禀报道，"今日支放粮饷，张志学亲自率众围堵在府衙前，下吏恐生变，请求抚台老大人弹压。"

李邦珍为难道："可本院职在江防，怎好调兵入城？"他在节堂焦躁地踱步，不停地捋着胡须，"目今朝廷锐意振作，谁敢造次？明府是不是太敏感了？再等等看？"

此时，知府衙门前，张志学吩咐亲兵将早已备好的一袋发霉的大米偷偷混入粮车上，粮车刚要启动，他手一挥："慢！老子要看看大米有没有发霉。"一个亲兵上前用刀一挑，霉米"哗"地撒在地上，众人围过来一看，顿时响起一片惊叫声。

"欺人太甚!"张志学大声道,"这是存心要害死弟兄们啊!"

"这狗官要害死我辈,我辈先要了他的狗命!"一个亲兵举刀喊道。

"对对!先杀了这狗官!"人群高声附和道。一片喧闹声中,几个人带头冲进了首门。

张志学见状,大声道:"把知府衙门围了!"

听到外面的喊叫声,早有两个府丁一溜小跑到操江巡抚衙门向查志隆禀报。李邦珍、查志隆在节堂里,也能清晰地听到喧闹声。

李邦珍慌了神:"本院这就传檄九江兵备道,速派兵弹压!"

查志隆道:"本府例当向应天巡抚禀报,可我知张抚台并不在苏州,恐误军机。"

待传令中军领了令檄匆匆而去,李邦珍沉吟片刻道:"安庆并不属九江兵备道防区,邻府职官,恐不愿干涉,而应天巡抚张佳胤又不在苏州,只好委应天通判以行。"遂一面差中军前去苏州传檄,一面拉上查志隆向留都兵部禀报。

两人不敢乘轿,换上布衣,穿小巷出枞阳门,登上巡抚官船,顺流向南京而去。

张志学只想闹事,并不真想杀查志隆,可已然哄闹了大半天,只见士民汹汹,却不见官府有人出面,自知不好收场,遂吩咐亲兵:"传本指挥命令,关闭城门,任何人不准出入!"

安庆城里,几百官兵闭城大噪,人心惶惶。

张鲸的敛财之旅,第一站就碰了壁,憋着一肚子火,无心再到别处,只想收拾了查志隆,让江南的官场都知道得罪他没有好下场,再出去要钱不迟。一听说安庆兵变,无心游览沿岸风光,日夜兼程回到南京,向师父张宏禀报,恳求他上章参劾查志隆。

张宏摇头道:"留都有兵部,地方有巡抚,咱就不要掺和了!"

张鲸急得直冒汗,恳求道:"师父,你老人家是南京守备,是护卫留都的。说白了就是内线,有事不向万岁爷禀报,恐万岁爷怪罪。"

"再等等看,事体不明,独独参知府,是何道理?"张宏仍不松口。

张鲸不敢把内情和盘托出,只得四处打探再作计较。

此时,应天巡抚张佳胤刚下了庐山,到了九江。他进士及第后就加入了文坛盟主王世贞的诗社，拜在他的门下。如今张佳胤巡抚江南，驻节苏州，而王世贞正在苏州赋闲，正值春夏之交，遂命张佳胤陪他到庐山一行。刚下山，九江阇城官员都想一睹文坛盟主风采，在城内设宴款待。酒席尚未开，九江兵备道慌慌张张赶来，把安庆兵变的消息知会张佳胤，道："本道不便干涉邻府事，请抚台老大人调兵戡乱。"

张佳胤闻此大惊，顾不得吃饭，带着亲兵夜趣潜山，差人连夜到安庆传令："抚台旦夕至，官兵人等，俱不得妄动，须静听抚台处分。"

与此同时，南京兵部尚书王之诰也接到了查志隆的禀报，火速派兵前往弹压。张志学本无心闹大，接到巡抚张佳胤的檄牌就自动解散了。张佳胤已赶到了铜陵，在江面官船上与来自南京的一千余官军会合，下令将张志学等人械逮南京勘问。

王之诰接到羽书，八百里加急向朝廷呈去塘报，又给高拱投书请示处置办法。

高拱刚把广东巡抚弹劾侯必登一事处分停当，一看王之诰的书函，得知安庆卫指挥张志学因与知府有隙，竟率部卒四百余闭城大噪，围困府衙，三日始散，不觉又惊又气，说了声"这还了得！"便提笔给王之诰回书：

盖自振武之变，朝廷法度不行，以致恶类效尤，跳梁不息。今是何时，敢尚如此！须先将有罪各官并各军舍拿获待命，庶临时不敢疏虞。歼厥渠魁，胁从罔治。戡乱之道，古今如此。只在处置得宜，以伸国威、靖地方。即以号令天下，使从今知有朝廷之法，亦是一机也。惟行之速而密焉，斯善矣！

次日早，高拱一到内阁，在回廊里便高声问："南京兵部塘报何在？"

内阁接本书办跑过来禀报："已送张阁老。"

高拱即知必是王之诰也有书给张居正，张居正一早就把塘报拿去阅看，也就不再着急。待三阁臣中堂会揖，张居正先把南京兵部的塘报读了一遍。

"此事，当重治不贷！"高拱一拍书案，怒气冲冲道，"不必兵部题覆，拟旨：械张志学等至京鞫治！"

高仪道："新郑，与以往兵变相比，安庆这件事，委实算不得大事，在南京勘问足矣，不必逮京了吧？"

高拱眼一瞪道："非逮京不可！"

"赞成！"张居正接言道，"自昔嘉靖初年，连有大同叛卒之变，不能正法；而后，遂有辽东兵变，又不能正法；遂有山西兵变，又不能正法；遂有振武兵变，还是不能正法！而今安庆兵变作矣，假使此前有一次处置得宜，则国威有在，人知所惩，安得复有今日之事？"

"能不能正法与是不是逮京勘问，没有关系吧？"高仪坚持说。

"所谓不能正法者，非不行法也。"高拱道，"彼时也有叛卒受刑者，可真正的罪魁祸首却逍遥法外，只是找几个龌龊之流做替罪羊以图了事。此非叛卒知之，天下人无不知之。正因如此，恶类敢效尤矣！今是何时，尚敢如此！绝不能图了事而袭故套。要拿京来问，查个水落石出，看看到底是怎么回事，无论涉及谁，必一查到底，不惟严惩责任者，还要以此为镜，堵塞漏洞，杜绝此类事再次发生！"他又一拍书案，高声道，"我当国，绝不允许此类事再现！"

见高拱与张居正怒气冲冲，一唱一和，高仪不再说话。张居正照高拱所示提笔拟旨。写毕，交书办收走，又拿起一份文牍，只看了一眼，叹息道："唉，又是一件恼人的事！"

3

大同城有一座藩王府邸，大小宫殿二十多座，房屋八百余间，是国中王府中最大的一座，此即代王府。首代代王乃太祖皇帝第十三子，至隆庆年间，已传十代。

初夏的一天，交了午时，第十代代王朱廷埼正在花园与王府承奉太监下棋，几个侍女在旁侍候着。王府长史急匆匆走过来，禀报道："王爷，出事了！"

代王头也不抬，懒洋洋问："何事？"

长史道："博野王府奉国将军朱充焴、广灵王府辅国将军朱充燀等纠集宗室百余人冲进知府衙门，未持红领，要将应分发给各宗的禄米白手全支，知府不允，奉国将军等竟群凶殴打知府！"

"喔？"代王这才抬起头，"报官了吗？"

"大同巡抚已派兵弹压。"长史道，"各宗乃王爷血亲，王爷有节制之责，出了这等事，当奏报朝廷。"

代王一摆手："有劳相国起稿吧！"说着，继续与承奉下棋。

长史，乃进士出身的从四品文官，号称藩王封国的宰相，故代王有此称。长史对朝廷，负有监视藩王之责；对藩王，则掌章奏文书，他领命即到巡抚衙门查问事体详情。

"抚台，皇亲殴伤知府固然有罪，但朝廷拖欠皇亲禄米，各宗日子也委实难捱，能不能向朝廷把此事说清楚。"长史与巡抚商榷拟稿事，不禁感慨了一句。

"相国有所不知，"巡抚道，"山西全省各粮仓，存粮一百五十二万石，而省内皇亲宗室年俸总数却是二百一十三万石，僧多粥少啊！"

两人感叹一番，统一了口径，各自起稿，一同奏上。

两份文牍同时发交内阁，执笔票拟的张居正一看，脑袋里"轰"的一声，叹息一句，说了声"又是一件恼人的事"，遂把代王的奏本和大同巡抚的参章都读了一遍，高拱、高仪听罢，俱沉吟不语。

三位阁臣都清楚，藩王宗室的事，既重大又棘手，一时又很难找到对策，自百年前宪宗时代起，内阁皆回避此事，即使出了事，也批交礼部就事论事，息事宁人，不了了之。

国制，皇子封亲王；亲王嫡长子封郡王，诸子授镇国将军，孙辅国将军，曾孙奉国将军，四世孙镇国中尉，五世孙辅国中尉，六世以下奉国中尉。另皇姑曰大长公主，皇姊妹曰长公主，皇女曰公主，婿曰驸马都尉。亲王女曰郡主，郡王女曰县主，孙女曰郡君，曾孙女曰县君，玄孙女曰乡君，婿皆仪宾。藩王皇亲不得干涉地方事务，不得擅自离开封地，结交地方官员，分封而不赐土，列爵而不临民，食禄而不治事。可日益膨胀的皇族人口，越来越成为朝廷沉重负担。隆庆三年，现存的亲王、郡王、将军、中尉共计二万八千四百九十一人，这还不包括皇族中的公主、郡主、县主等女性成员。全国税粮总收入不足两千五百万石，而各王府的岁禄开支就达九百万石，供养皇族宗室的开支，成为国家最大开支，超过了全部官吏俸禄的总和。

朝廷设宗人府，专门管理皇族宗室事宜，初以亲王领之，后以勋戚大臣摄府事，不备官，只负责把宗室陈情转报礼部而已。近百年来，历任内阁都对宗室之事讳莫如深。如今，因宗室为禄米殴伤知府，这个难题摆到了高拱面前。

高仪见高拱眉头紧锁，知他也感到为难，遂道："新郑，此事批交礼部题覆就是了，自可照常例了之。"

"虏患、漕运、军政、吏治、钱法、财用，或已有成，或正展开中，最难啃的硬骨头，唯有宗室负担一项。"沉吟良久，高拱终于开口了，"我本想待明年吏治有成，清丈田亩，再议此事，看来拖下去终归不是法子。我常告诫官员不能回避矛盾，内阁若规避烦难，岂可表率百僚！"他看了一眼张居正，"记得叔大初入翰林，给先帝上过论时政疏，所陈时弊有五，第一款就是宗室骄恣，这么多年过去了，可曾有思路？"

张居正有些尴尬。当年他上此本，把宗室骄恣列为首弊，实有所指，乃是曾经在少年时代将其祖父虐酒致死的辽王。四年前，辽王被废为庶人，圈禁凤阳高墙，他的仇已报，如今高拱遽然提到，让他颇感局促，只得苦笑道："宗室事太棘手，不敢思之，思之头疼！"突然一挑眉毛，"河南宗室为天下之最，周王府禄米却能保证，不知可否为他省借鉴。"

高拱道："河南仅亲王就达七府，郡王八十余。亲王以周王为最早，乃太祖第五子。从国初至今，仅周王子孙即达四千余。宗室禄米供给自是一大难题，地方倒是想了些法子。李邦珍巡抚河南时，建言将卒后无子除封的南陵王遗产一半免其解京，留为补充周王府禄米之用。去岁，敝县知县匡铎擢升兵科给事中，他知与敝县相邻的钧州是原徽王府邸所在，而徽王早在二十年前已因不法被废，王府群牧所改为钧州千户所，驻军千余，却也无事可干，遂建言将此千户所并入开封宣武卫，密县、新郑原输该千户所纳额粮改解省藩库，充为宗室禄粮。这两例，都是特殊情形，不便推广。"他一欠身，突然提高了声调，"似这般挖东墙补西墙，也不是办法，需谋根本之策！"

"根本之策？"高仪惊讶地问，"新郑何所指？"

"不妨以周邸为例。"高拱道，"我年轻时在开封求学十余载，加之岳父在周王府为官，对周邸事略知一二。第一代周王可谓是医学家，所撰《保生余录》《袖珍方》，被翻刻了不知多少次，若是布衣百姓，凭此也可养家糊口。第二代周王擅书，写有《东书堂帖》行世，也足以养家糊口吧？我的意思是，能不能改改宗室不能参与士农工商四业的规矩，让他们尽可能自食其力。"

高仪反驳道："一旦改变宗室不得参与士农工商四业的祖制，经商也好、做官也罢，谁能与之争胜？与其这样，不如维持原状。"

高拱顺着自己的思路，继续说："再比如，宗人府可否实体化？推贤亲王掌之，代皇上管理天下宗室。"

"新郑！"高仪突然大声打断高拱，"还是不必说这些了吧！"

高拱看着高仪，仿佛不认识他似的，又转脸看了看张居正，却见他低头沉吟着，看来这二人是指望不上了，遂决断道："兹事体大，拟旨：着礼部行札天下王府，请其各抒己见，限期报部。我辈也要多方访咨，务必啃下这根硬骨头，立一代章程！"

午饭后，高拱看见高仪正往自己的朝房走，向他招了招手，待高仪近前，笑着问："南宇，适才议宗室事，你怎么像变了个人似的？"

"新郑啊，宗室的事，不触及为好。"高仪劝道。

"为何？"高拱一瞪眼，不满地问。

"祖制如此，谁敢轻变？"高仪一脸愁容道，"况此何时，偏要议这等事，小心被人利用！"

高拱一撇嘴，鼻孔发出"哼"的一声，转身进了朝房。

4

张居正回到府中，下了轿，低头往中院走，心里还在思忖宗室之事。吕光从后面跟上，唤道："太岳相公，存翁有好消息。"

"喔？"张居正止步，转身看着吕光。

吕光道："前不久王世贞约江南巡抚张佳胤到庐山游，路上一直替徐府说情。张佳胤是王世贞的弟子，不好驳他的面子，尚未上山，就差人去松江府传令，先开释徐家三公子，案子慢慢复审。"

"这个张佳胤，竟和王世贞这帮人搅在一起！有闲工夫何不巡视各府，若到安庆巡视，发现文武不和，预为处置，或许安庆也不会发生兵变！"张居正心里说，表面上却微微点头道："这就好。"说着迈步往前走。

"太岳相公，那件事，对相公大不利。"吕光突兀地说。

张居正却已会意，道："走，到书房去说。"

吕光跟在张居正身后进了书房，尚未落座，便道："闻得闰二月时皇上曾执手对高相说'以天下累先生'；前些日子又突然颁了那道罕见的诰命，朝野议论纷纷，都说这是皇上感激高相的辅佐之功，同时告知天下，他身后只能由高相当国，不许他人染指，大事定矣！"

张居正默然。

"相公，上次存翁嘱相公预为准备遗诏，取步步为营之策，在下以为已胜券在握，不意皇上又发此诏，把这两年的政绩都记在了高相头上，还不加掩饰地直把高相说成千古一臣！"他长叹一声，语调悲壮地说，"皇上在一日，谁能撼动高相？即使皇上……，谁若敢动他，就是违背先帝遗愿！如此看来，即使此前谋略顺利达成，若无非常之举，恐也难逆转大局！"

非常之举？除了派刺客行刺，张居正想不出还有什么非常之举；可行刺的事，是万万做不得的。这样想着，他感叹一声道："张四维屡屡投书，劝我与玄翁欢和，昨我回书于他，言已决计秋末辞职南归。"

"是麻痹高相，还是真这么想？"吕光吃惊地问。

"事若不成，何以面对？"张居正又是一声叹息，"只得如此了。"

"万万不可！"吕光打气道，"内有冯太监，外有存翁，相公不可泄气，存翁必有良策应对。"

张居正沉默着，令吕光坐卧不安，不停地欠身、晃腿。

"今日内阁议起宗室事，玄翁言要为宗室立一代章程。存翁老成谋国，不知有否良策。"张居正把内阁研议情形略述一遍，"吕先生可代为请教存翁。"

"喔？"吕光两只小眼睛狡黠地忽闪着，"我这就差人黄夜驰赴松江！"

吕光闪身出去了，张居正颓然地枯坐着。不知过了多久，两个尚在少年的儿子老五、老六牵着手进来，唤他去用饭，张居正看着两张稚嫩的面庞，笑着说："嗯，要好好吃饭！"起身往外走，两个幼童在前面欢快地蹦跳着，他感慨一声，"日子过得真慢啊！"

与张居正相反，高拱却不时感叹日子过得太快。转眼间，五月上旬就要过完了，他总觉得要办的事太多，而时光却飞快流逝，每天一到内阁就是一副焦急不安的表情。

这天一进中堂，张居正就拿着一份文牍生气地说："南京守备太监张宏上本参查志隆。这个张佳胤，勘狱马虎！"

"怎么回事？"高拱不悦地问。

"张宏参查志隆的本子，说他稽误月粮，激变军士，又擅离职守，潜入南京！"张居正举着文牍道，"可前几天张佳胤的奏本却说查志隆敏才强力，剔弊爱人，因整治逻卒为盗得罪张志学，张志学为谋私利，遂铤而走险率士卒哗变，欲除查志隆而后快。"

张宏本不愿掺和地方之事，怎奈张鲸软磨硬泡，说他刚从安庆回来，知查志隆克扣军粮，激成事变，事发时又跑到南京躲起来，若不参奏，文官们官官相护，朝廷不明真相，冤枉好人，或许还会激起更大的事体来。张宏一听也有道理，便照张鲸所言紧急上了一道参章。而此前，江南巡抚张佳胤已上本禀报兵变情形，极力为查志隆开脱。

"这麻烦了！"高仪感叹一声，"张佳胤是巡抚，他有一套说辞；张太监是旁观者，又是一套说辞。不过，张太监极重修身，常对人言'我形虽废，自有不废者存'，俭朴寡言，休休有量，人不敢干以私。他的话，恐更可信些。"

高拱的胡须被他的粗气吹得在胸前乱舞，用力在书案上"啪"地一拍，"是非不清，赏罚不明，事体因此而愈加败坏！这回绝不能让任何人朦胧过关，拟旨，命锦衣卫逮查志隆于京师讯问！"似乎还不解气，"张佳胤身为抚臣，提督军务，不能遏事态于未萌；事后又勘狱不合，朦胧上奏，做巡抚不称职，降调！"

"新郑，是不是太重了？"高仪小心翼翼地问。

"不惟要重，还要快！"高拱余怒未消，"去，叫吏部魏侍郎来！"又转脸盯着张居正，"叔大，诏旨拟好了吗？拟好了送去批红！"又喊声，"来人，叫缇帅朱希孝来！"

锦衣卫衙署靠近承天门，离内阁不远，故锦衣卫都督朱希孝先一步到了内阁。锦衣卫缇帅虽为三品，可朱希孝是勋臣之后，皇上特赐一品，为示威严，他当直时总是身着一品斗牛服，不苟言笑。

高拱未等他施礼，就开口道："缇帅，安庆兵变，知府查志隆激成，诏旨已送批红，明日即差锦衣校尉星夜赶往安庆，逮京讯问！"

朱希孝虽口中称是，脸上却略过几丝阴翳。锦衣卫缇帅可不是政府随意敢传召的，只是隆庆朝皇上委政内阁，方有首相召缇帅之事出现。不过为这么件事把他传来，还是有些小题大做了吧？

高拱看出来了，解释道："非政府小题大做，委实是目今之世不容此类事件发生，一旦发生，当迅疾处置，让天下皆知朝廷威严！"

朱希孝这才露出一丝笑意，施礼而去，魏学曾正巧与他擦肩而过。

"惟贯，速为安庆物色新知府，快办！内里一批红就发红谕，克期赴任！"高拱吩咐道，"还有，张佳胤免巡抚职，南京光禄寺右卿是不是缺员？调张佳胤去。"言毕一扬手，"去办吧！"

高仪不禁摇头，暗忖：新郑未免操切！他想劝高拱两句，可刚叫了声"新郑"，怕"操切"二字出口激怒高拱，便又打住了，改口道，"喝口茶，消消气。"

高拱看着比他小五岁的高仪，又瞭了眼小他十三岁的张居正，一掀长须，慨然道："我老矣！着急啊！"喝了口茶，又道，"叔大、南宇，为宗室立章程之事，议议吧，我看礼部和各王府，未必能拿出什么像样的东西来。"

高仪道："新郑，皇上病重，我辈做臣子的，却要改祖制，为宗室重立章程，这，合适吗？"

1

隆庆六年因有闰二月，进入五月下旬，已是酷暑季节，闷热的天气让难以入眠。高拱近午夜方从吏部回到家中，换了件长衫，手拿一把蒲扇，低着头在院中缓步而行，似有万般心事积在胸中。走了几步，问跟在身后的房尧第道："崇楼，户部要扩大，天下理财官要预养、特选、重用，你以为坊间会作何观？"

"这个……"房尧第思忖片刻，"布衣百姓对朝廷的举措，非切其身者，向来漠不关心。而天下读书人，向以不言利为高，一贯鄙视钱粮衙门，突然把理财官捧得很高，估计必是冷嘲热讽。"

这不出高拱意料，他也不想展开说，又问："崇楼，你说，州县长若不从新科进士、举人中选任，该让什么人去做？"

房尧第一时不明白高拱的意思，支吾着不知作何回答。

高拱解释道："我的意思是，州县长之选，不再用初仕之人，而要用：其一，当谙熟民事；其二，对其操守才干，当有所把握。有了这两点，再授以民社之任，用以理政安民，或可有望。"

房尧第歉意一笑："玄翁，学生从未想过，容学生斟酌后再禀。"

"还有，"高拱又道，"时下内阁号称政府，可阁臣只能出自翰林院，除非被贬谪过，否则一概没有地方经历，甚至无部院经历，有治国安邦之才者鲜矣！可若贸然改阁臣选任之制，阻力甚大，能不能先改两点：

一则从改庶吉士的教习内容做起。比如，不再教以诗文，而以国家典章制度、古今治乱安危，必求其故；如何为安常处顺，如何为通权达变，如何以正官邪，如何以定国是；再则，翰林官与他官参用。做过地方官，又在部院任职既久，德行纯正、心术光明、政事练达、文学有长者，与翰林官参用，庶乎地方之事彼此商榷，处得其当而无舛。"

"玄翁，这、这可是天大的事！"房尧第吃惊地说。

"宗室之事也得重立章程。目今供养宗室乃国家最大负担，天下无事尚且捉襟见肘，万一有事，何堪重负？靠加税向百姓搜刮，早晚要出大事！"高拱又道。与其说是说给房尧第听，不如说他在梳理思路，把心中牵挂的几件大事梳理一遍。

房尧第骇异不已，道："这可都是异常之举，恐一旦提出，朝野哗然啊！"踌躇片刻，建言道，"玄翁，道路传闻，皇上病重，恐非大破大立之时。"

"正因如此，我才着急啊！"高拱感叹道。他扭身急促地说，"崇楼，你这两天快到左近走走，访咨一下，看看条鞭法到底在北方能不能推行。"

房尧第点头称是。他有一件事压在心头好久了，没敢问，此时见高拱不停地谋划着未来要做的事，越发不解了，遂压低声音问："玄翁，皇上既已有谕，要玄翁为他准备后事，学生怎不见玄翁提起拟《遗诏》之事？"

高拱蓦地停下脚步，眼前，又出现了在恭默室偶遇书办姚旷飞走送《遗诏》于冯保的一幕。这是他心里的一个结。《遗诏》是要刊布中外的，他不相信有人敢在《遗诏》里动手脚，耍阴谋，加之张居正对天叫誓，要改过自新，高拱也就未再追究此事。一听房尧第提及《遗诏》，他的神情陡然变得凝重起来，良久方道："皇上才三十六岁，龙体时好时坏，我想皇上会挺过去的。闰二月执手相嘱，只是一时恍惚所打妄语，怎可当真？吾不忍思之，遑论拟之！"他用力扇了几下蒲扇，"退一万步说，当今皇上孜孜求治，天下事蒸蒸日上，即使出现不测，等因奉此说几句可也；非如武宗正德、世宗嘉靖两朝，或屡出荒唐之举，或弊政甚多，臣下寄望于《遗诏》以改之。"

"学生明白了。"房尧第道，"不过道路传闻，说皇上其实已然自己安排好了身后事，颁给玄翁的诰命，即是授权玄翁辅导幼主治理天下的。是以有些大的改制事，玄翁倒不必急于在这个节骨眼儿上匆忙推出。"

"高某今生得遇皇上，"高拱扔下蒲扇，抱拳向上一举，动情地说，"何其幸哉！惟愿皇上万寿无疆，余概不复想！"

房尧第弯身捡起蒲扇，一边为高拱扇着，一边道："皇上何尝不是以遇玄翁为幸！看他明颁诰命，赞玄翁养气极其刚大，为众人所不能为，精忠贯日，贞介绝尘，以天下为任，赤心报国，正色立朝，尽鞠瘁以不辞，当怨嫌而弗避。为非常之人，立不世之勋！自古做大臣的，谁可得此誉？皇上这是感激玄翁两年半来的辛劳，并期待玄翁辅导幼主实现大明中兴！"

"崇楼，不要再说了……"高拱哽咽着道，两行热泪，顺着两颊簌簌而下，脑袋"嗡"的一声，胸口像塞进了什么东西，堵得喘不过气来，身子晃了晃，眼前一黑，向前栽去。

房尧第眼明手快，一把抱住了他，跟跄了两步方站稳了。高福正在回廊里的一把椅子上坐着打盹儿，闻听"橐橐"的响动声，吓了一跳，睁眼一看，星光中依稀可见房尧第拦腰用力抱着高拱，忙跑过来帮着他把高拱搀进卧室。

"好了好了，我没事。"高拱向外摆摆手，轻声道，"你们都下去吧。"

房尧第和高福轻手轻脚退出，高拱歪躺在床，感觉胸口还是堵得难受，他用手自脖颈处向下重重地捋着，大口大口地喘着粗气，直到远处传来鸡叫声，方蒙蒙眬眬睡去。

似睡非睡间，高拱做了一个梦，梦到高老庄西边那片沙丘突然狂风大作，把三个女儿的坟头瞬间夷为平地，坟地的那棵大槐树被狂风连根拔起，槐树的根茎似乎变成了手臂，拼命抱紧大地，与狂风抗争着，终于，槐树耗尽了最后的气力，被狂风卷去，飘飘忽忽飞上了天际。他想帮那棵槐树，可怎么也迈不开步；他要去追那棵槐树，可他抬不起腿来……

"啊——"的一声大叫，高拱惊醒了，浑身已被汗水湿透。他坐起身，梦境历历在目，又在脑海中清晰地过了一遍，不祥的预感遽然涌上心头。

"不会！不会！"高拱喃喃自语道，"梦与现实是反着的，对！是反着的！"起身走到屋角的盆架前，在脸盆里洗了把脸，用湿手巾擦了擦身上的汗，慢慢镇静了下来。透过窗棂，看见院子里已然洒进了一缕晨曦，微风中，高大的杨树上，几片叶子发出欢快的"哗啦哗啦"声。高拱缓步到了书房，提笔写了一道问安疏，欲起身，却已是气力全无。

"高福——"高拱唤了一声，高福从外面跑着进了书房，高拱吩咐，"倒盏茶来。再知会伙房，端碗小米粥来喝。"

2

高拱喝了碗小米粥，即登轿上朝，天气异常闷热，坐在轿中仍不住地淌汗，昨夜的噩梦让他心里阵阵发慌。进得文渊阁，吩咐一个书办把问安疏送会极门收本处，又命另一个书办到南三所召侍直御医来见。

一盏茶的工夫，侍直御医就到了高拱的朝房，不待他施礼，高拱就问："皇上的病情如何？"

御医"嗵"地跪地，叩头道："禀元翁，皇上已昏迷不省人事两天了，恐熬不过这几天了。"

"啊！"尽管高拱明知皇上已病危，但还是心存幻想，期盼像二月里那样转危为安，闻听御医此言，他心跳加快，像要飞出体内，顿觉一阵晕眩。

御医忙起身到高拱跟前："元翁气色不好，下吏为元翁诊治？"

高拱无力地摆摆手："皇上到底是什么病？"

"元翁，皇上……生了毒疮，又患了中风。"御医小心翼翼地答。

"毒疮？生疮，也不至于要命嘛！中风，即使是坊间百姓，瘫痪几年的有的是，何至于……"高拱像是喃喃絮叨着，以祈求的目光看着御医，"找偏方、做针灸，再试试吧，务必保住皇上的生命，皇上还年轻啊！咱们的皇上是好皇上啊！"他扶住扶手吃力地站起身，抱拳一揖，急促地说，"只要保住皇上的命，我给你们升职、加俸，不！还要记功荫子！好不好？"

"元翁，我辈必竭尽所能。"御医苦笑着道。

"那，快去吧，快去！"高拱向外摆了摆手。

御医辞出，高拱呆呆地坐着，心里阵阵酸楚，脑海里，把他刚进裕王府第一次见到少年裕王直至今日的情形过了一遍。又拿出前不久特颁的那道诰命，看了又看。胆怯的少年，宽厚的君主，上天何不假以时日，让大明在他手上复兴？

不知不觉已到午时，厨役抬来食盒，高拱摇摇头："吃不下，拿走！"

过了一会儿，书办来禀：新任广东巡按御史杨相来辞行请训。高拱起身，到朝房门口相候。

"元翁！"杨相见高拱亲自迎于门口，甚是感动，忙作揖施礼。

"朝廷对御史，有厚望焉！"高拱边说，边拉住杨相的手往朝房里走，待落座，嘱咐道，"广东造乱多年，积弊甚多，御史必须力为处分，务解倒悬为当。不然，恐遂至于不可为也。吾于岭南事，日夜在念，凡有可言者，不妨见教，即当为行之。"

"多谢元翁信任！"杨相躬身道。

"务必到潮州一行，查一查府推官来经济的事，说不定可打开广东官场贪墨案的冰山一角。若不刹住贪墨之风，恐再好的方略，也会走样。"高拱又嘱咐道，"不过广东善后事宜多而重，要把握好，不要与殷正茂冲突。"

杨相点头称是。他见高拱脸色发乌，眼泡凸起，双眼布满血丝，不敢久待，忙起身告辞。

高拱又起身相送，送到了门口，忽然想起来一件事，道："你到广东，抽暇到琼州一行。我听殷正茂说，海瑞呈其《上殷军门书》，为经理琼州献策。你找海瑞谈谈，看他对时局是何看法，若他认同朝廷的施政，你可上本建言起用。海瑞操守过硬，又肯不避嫌怨任事，弃之可惜。"

杨相连连点头，抱拳施礼而去。送走杨相，看看要交申时了，高拱才拖着沉着的步履进了中堂。

"新郑，你可来了！"高仪拿着一份文牍道，"宣大总督王崇古有本，代顺义王乞两事：其一，俺答称已决心不再征战，立地成佛，随喇嘛僧诵经，请赐金字经并遣番僧为其讲说；其二，欲于青海湖之南建寺，请赐庙名。"

一旦说起政务，高拱突然有了精神，声调也不知不觉高起来："好事！老俺此举，乃其悔祸之机，自当成就之。"他露出难得的笑意，略作思忖，"青海建寺，就赐名'仰华'吧。至于请赐他金字经、遣番僧为其讲经，没有不准的道理。惟差去的番僧必须得人，且待遇要优厚，令其讲说以劝化老俺顺天道、尊朝廷、戒杀为善，即往西天做我佛如来，岂不快哉！"顿了顿，又道，"遣讲僧，须用二人，若只一人，恐任其所言，别无见证……"

话未说完，乾清宫御前牌子神色慌张地跑了进来："高老先生，高老先生，万岁爷，万岁爷……"

"皇上……"高拱一看御前牌子的神情，不敢再问，双腿一软瘫坐椅上，欲起身而不能。

高仪急忙走过去，他以为张居正也和他一样来扶高拱，抬眼一看，却见他直趋御前牌子跟前，低声问："厂公在乾清宫吗？"

御前牌子茫然地点头。

张居正"呼"地大出口气，高声道："来人！"这才转身跑到高拱身边，和高仪一起把他搀扶起来，承差人等已应声而来，张居正吩咐道，"搀扶元翁，到乾清宫去！"

两名承差搀扶着高拱，张居正、高仪跟在身后出了文渊阁。张居正扭头向天上看了看，日头还高悬在正南偏西方，约莫是未申间。他又看了看前面的高拱，被两个承差架着，浑身颤抖，脚步紊乱，官袍已被汗水湿透，紧贴后背。可嘴里，却不住地催促："快走，快走——"

到得乾清门，承差不敢向前，高拱已不能独立行走，张居正喊了声："来人！"几个内侍跑出来，接着把高拱搀扶住，吃力地往里走。

进了寝殿东偏室，一眼望去，皇上躺在御榻上，似已昏沉不省，陈皇后、李贵妃拥于榻旁，不停地抹泪，太子站在御榻右边，稚嫩的脸上挂着泪珠。高拱"嗵"地跪在榻前，深情地唤了声："皇上——"泪水顿时模糊了双眼，他强忍悲痛，没有哭出声来。

皇上听到了高拱的呼唤，左手在薄被上微微动了动，似乎在摸索着什么，高拱跪行着上前，伸过手去，皇上抓住了高拱的手，吃力地睁开眼睛，久久地凝视着他，良久，又把目光转向太子，嘴唇嚅动着，却已不能出一言。

高拱从皇上的神情、嘴形猜出，他是想说："东宫年幼，以天下累先生！"高拱五内俱焚，突然意识到，皇上已口不能言，闰二月皇上在御道执手所说的"东宫年幼，以天下累先生"，实则就是亲口授顾命啊！想到这里，高拱越发悲痛，哽咽着唤了声："皇上——"

"东宫年幼，今付之卿等辅佐，皇上，是想说这句话吧？"李贵妃问，虽语调哽咽，却也从容不迫，似早有准备。

皇上似乎不满意，但又不能表达，良久，只得微微颔首，又把目光转向高拱，两行热泪缓缓滚落下来，他已经没有了一丝活力，依依不舍地松开了高拱的手，慢慢闭上了眼睛。

"皇上——"高拱唤了一声，"皇上——"又唤了一声，皇上已入弥留状态。

秉笔太监冯保近前，拿出一纸揭帖，跪呈太子："太子爷，这是万岁爷给太子爷的遗诏。"

太子可怜巴巴地看着李贵妃，李贵妃低声道："钧儿，接下。"太子方把揭帖接去。

冯保回身对跪在太子身旁的高拱道："高老先生，此为万岁爷的遗诏。"

高拱闻"遗诏"二字，已是抽泣，他颤抖着接过，泪眼模糊，看不清字迹，瞬间难抑悲痛，大恸不能胜，终于哭出声来，边哭边向御榻叩头："臣受皇上厚恩，誓以死报。东宫虽幼，祖宗法度有在，臣务竭尽忠力辅佐东宫，如有不得行者，臣不敢爱其死，望皇上毋以后事为忧。"边奏边哭，言毕已是长号不能止，陈皇后、李贵妃也失声痛哭起来。

"来人！"冯保起身道，几名内侍应声进来，冯保一指伏地大哭的高拱道，"高老先生太伤心了，快扶出去！"

3

乾清宫里，两名内侍上前，搀扶起伏地痛哭的高拱，一人架着一只胳臂就往外走，高拱仍大哭着，扭过脸去，看着昏迷中的皇上，哭喊着："皇上——你还年轻啊！皇上啊——皇上，臣舍不得皇上啊——臣舍不得……"

内侍径直把高拱扶回内阁，张居正、高仪也跟在身后进来了。高拱已哭得瘫坐在椅上，勾头喘息着。

张居正呷了口茶，神情紧张中透出几分兴奋。仿佛两军对垒，设好了埋伏，敌人已然进了包围圈，插翅难逃，他单等着决战取胜的时刻了。

高仪"嘶"的一声倒吸了口气，道："适才听遗诏，隐隐约约听到'卿等三臣同司礼监'之语，不会是我听错了吧？"

高拱依然勾头喘息，毫无反应。

高仪看着张居正问："江陵，你听到了吗？"

"这个……"张居正支吾着。

高仪走到高拱跟前问："新郑，《遗诏》安在？"

高拱无力地伸出右臂，左手向袖筒指了指。高仪伸手从袖中掏出，展读：

朕嗣祖宗大统，今方六年，偶得此疾，遽不能起，有负先皇付托。东宫幼小，朕今付之卿等三臣同司礼监协心辅佐，遵守祖制，保固皇图。卿等功在社稷，万世不泯。

"啊！果然有这句话！"高仪大惊，"太监顾命？呵呵，太监，太监安得顾命！"

这是张居正起草的遗诏中第一份公之于众的，他心里忐忑，却佯装惊诧道："喔？真有司礼监顾命之语？"拿过《遗诏》一看，"喔呀，这是怎么回事？"

"叔大，你起的稿，你当知道是怎么回事吧？"高拱有气无力地问。

"玄翁，居正委实不知啊！"张居正委屈地说，"我冒天下之大不韪为孟冲戴上顾命大臣的帽子，目的何在？"

高拱眼前，时而是适才与皇上告别的场景，时而是三个女儿临终时的画面，肝肠寸断，无心他顾，也就不再说话。

"事已至此，多说无益。"高仪感叹一声，劝高拱道，"新郑，东宫年幼，要办的事很多，都要你来主持，不要总伤心。"

高拱道："南宇做礼部尚书多年，谙熟一应礼仪，你多费心吧！"

高仪无奈，只得拟了文移，札谕各部院寺监，百官值守，不得散班回家，又召礼部仪制司郎中来，拟定丧礼仪注。

天已黑了，内阁烹膳处厨役送来了食盒，高拱吃不下，高仪吩咐换碗小米粥来，高拱方勉强吃了。饭毕，依然怔怔地坐着，默然无语。

漫长的一夜过去了，交了卯时，乾清宫里，陈皇后、李贵妃还守在御榻前，皇上的喉咙里突然发出"呼噜呼噜"的响声，孟冲、冯保见状，忙摇醒在一旁沉睡的太子，太子揉了揉眼睛，似睁非睁时，皇上咽下了最后一口气。

"孟冲，你快去知会内阁！"李贵妃从容地站起身，吩咐道。待孟冲出了乾清宫，李贵妃拉住痛哭不止的陈皇后的手，哽咽道，"姐姐，皇上大行，主少国疑，内里当有得力的太监主事。"说着，拿出一张揭帖，念道，"孟冲不识字，事体料理不开，着冯保掌司礼监印。"

这是冯保和张居正商妥，事先起草好的，冯保闻言，心里"怦怦"直跳，一阵得意，差点笑出声来，忙伏地假泣，道："奴才才疏学浅，不敢受命。"

"大事要紧，你不可辞劳，知你好，才用你。"李贵妃道，说罢方觉不妥，忙问抽泣不止的皇后，"姐姐说呢？"陈皇后茫然地点了点头。

内阁里，高拱闻听皇上驾崩，大叫一声："皇上啊——"跪地痛哭起来。

张居正、高仪并阁中书办人等，也都跪地哭泣。众人或佯装哭泣，或受高拱哭声的感染，文渊阁里的哭声响成一片。哭了一阵，高仪起身走到高拱身边："新郑，不能再哭了，要办事嘞！"

众人都起身，惟高拱还在大哭不止。高仪吩咐承差："扶元翁到朝房歇息一会儿吧。"

承差把高拱扶到朝房，他连续两夜几乎没有合眼，茶饭不思，又因悲伤过度，已是气若游丝，浑身瘫软。承差扶他到床边，把被子叠起，让他斜躺在床上。

孟冲从内阁回到乾清宫，刚进寝殿，李贵妃拿出揭帖："孟冲，大行皇帝遗旨，命冯保掌司礼监印，你这就交印！"

"遵旨！"孟冲脸色煞白，浑身颤抖着跪地叩首，战战兢兢起身垂首倒退着出了寝殿。

冯保追过去，道："孟家，你老人家放心，冯某不会亏待你。咱这就奏明娘娘，特准孟家月给米十石，岁拨人夫十名。"

孟冲一脸惊恐，生怕冯保拿了他，一听这话，"咚"的一声跪在冯保面前，"孟某感激不尽！"

冯保忙扶孟冲起来，问："几位老先生闻讯怎样？"

"咱看高老先生大恸，撑不住了。"孟冲禀报道。

"他撑不住也罢，让张老先生多辛劳些就是了。"冯保说完，抱拳一揖，转身回了寝殿，与李贵妃一阵耳语后，即差司礼监秉笔太监王臻前去内阁传旨。

"传旨？传谁的旨？"高仪嘀咕了一句，忙命承差将高拱扶出，一起跪地接旨。

王臻扯着尖嗓子念道："大行皇帝遗旨：孟冲不识字，事体料理不开，着冯保掌司礼监印。"

"啊？"高拱惊叫一声，吃力地爬起来，瞪眼道，"大行皇帝不省人事已二三日，今又于卯时升遐，而此时传旨，是谁为之？谁遣你来传旨的？"

王臻吓得双腿颤抖，低声答："是、是圣母贵妃娘娘千岁。"

高拱闻言默然，只得接过《遗旨》，细细一看，上果盖有皇帝之宝御玺，满腹怨恨无以发泄，只是"哼"了一声，不再言语。

乾清宫里，冯保正指挥众内官侍候太子、皇后带众嫔妃为大行皇帝行小殓之礼。众人照例为大行皇帝沐浴容颜、括发、穿寿衣，并在遗体前陈设祭品。又有一群内侍奉命从冰窖里抬来几桶冰块，不断轮替着放在大行皇帝御榻四周。

冯保一边忙着，一边不时向外张望，远远看见传旨太监王臻走了过来，忙抽身走过去，问："那高老先生如何说？"待王臻把到内阁传旨情形禀报一遍，冯保不禁咧嘴而笑："哼哼，高胡子，你的靠山倒了，看你还能横行几时！"

小殓礼毕，太子并皇后、嫔妃各自回宫歇息。冯保坐着凳杌，跟在李贵妃的轿子后到了翊坤宫。

李贵妃知冯保有事要禀，待净手洗漱毕，到了前殿升座，屏退左右，镇定道："说吧！"

自皇上驾崩，李贵妃突然变得严肃了许多，这严肃的表情不期然现出一副雍容气，冯保在她面前也拘束了些，躬身道："娘娘，老奴想，把大行万岁爷给太子爷的《遗诏》打一报给外廷，娘娘以为如何？"

李贵妃问："这是为何？"

冯保讨好地说："娘娘，高胡子那脾气，不惟看不起老奴，对娘娘也有几分轻看，谁驾驭得了他？老奴要替娘娘牵制他。可老奴毕竟是内官，若把给太子爷的《遗诏》示天下，让中外皆知，老奴乃受顾命之人，先帝有托，如此，老奴就好替娘娘办事了，免得外廷那个高胡子把大权都夺去。"

李贵妃一蹙眉，道："这……公然宣示内官授顾命，恐朝野哗然。"

"娘娘尽可放宽心，有张老先生在，不会出乱子！"冯保一拍胸脯道。

李贵妃踌躇道："待明日大殓后再办吧！"顿了顿，正色道，"冯保，大行皇帝特颁诰命给高先生，大行皇帝的意思，是让高先生辅佐幼主的，中外皆知，你不可造次。"

冯保狡黠地眨巴着眼睛，点头道："只要高胡子让娘娘做主，不欺负娘娘和太子爷，老奴不会与他过不去。"

"好了，咱累了，你到皇后那里去看顾，别冷落了她。"李贵妃嘱咐道。

"嘿嘿，老奴明白，必让她事事顺着娘娘。"冯保一笑道。

次日晨，冯保又指挥内官，为大行皇帝行大殓礼。乾清宫正殿已然安放了梓木镶金棺椁，大行皇帝遗体入棺。棺前设几筵，安神帛，立铭旌。礼毕，太子并皇后、嫔妃身着素服致奠；文武官员皆着丧服，由西华门入，在乾清门外哭临。

高拱刚回到内阁，忽见内里冯保打出一报，内开：

遗诏与皇太子：朕不豫，皇帝你做，一应礼仪自有该部题请而行，你要依三阁臣并司礼监辅导。进学修德，用贤使能，无事怠荒，保守帝业。

"什么?"尚未从哀痛中缓过神儿来的高拱，一拍书案，大声道，"宦官安得受顾命? 且此诏太子已然领受，冯保安得取而打报?"

"乱了! 乱了!"高仪痛心疾首道。

"冯保这个阉人，胆大妄为，欺先皇之既崩，欺东宫之在幼，欺君乱政，岂可容之!"高拱火冒三丈道。

"玄翁，此何时?"张居正在旁道，"主少国疑，艰难之会，正宜内积悃诚，调和宫壶; 外事延纳，收揽物情，乃可扶危定倾，岂可反其道而行之?"

"哼哼!"高拱冷笑一声，以咄咄逼人的目光直视张居正，"怕把老底揭出来?"他又一拍书案，"只要外廷里没有人卖众，与那个阉人内声外援，冯保纵有三头六臂，谅他也翻不了天!"

张居正脸一红，鼻孔中发出"哼"声，低头思忖片刻，心一横，拿过一张纸笺，把高拱适才攻讦冯保的话原原本本写出来，封在一个书套里，起身交给书办姚旷，附耳道："送于冯公公。"

高拱既伤心又气愤，头靠椅背，大口喘气。见张居正向姚旷交代什么，似有密事，无可奈何地摇摇头，长叹一声。

"新郑，丧礼仪注、新皇登基仪注，你不必操心。"高仪道，"可起草《登极诏》、大行皇帝上尊谥、为新朝定年号、为皇后嫔妃上尊号，还要新郑费心。"

高拱想到太监王臻说授冯保掌司礼监的遗旨乃是奉李贵妃之命来传，当时就窝了一肚子火，强忍着没有发作，一听要给后妃上尊号，心想，皇后自是太后，那个不安分的宫女李彩凤，因生皇子有功，封个太妃已经够了，遂冷笑一声道："上尊谥、定年号，自可议一议，至于为后妃上尊号，自有成例，不必费心! 别忘了，宦官不能干政是祖制，后宫不能干政也是祖制!"

张居正心中暗喜，这话，正可转报贵妃娘娘知道。

大明首相

第四部

贞介绝尘

第十八章 | 幼主登基人心惶惑
老臣反制道道设防

1

隆庆六年六月初十日黎明，成国公朱希忠、英国公张溶、驸马都尉许从诚、定西侯蒋佑，奉旨告于南北郊太庙、社稷坛，太子着丧服，在冯保引导下，到大行皇帝梓宫前陈设的几筵前告受命。回到东宫，脱下丧服，换上绣有日、月、星、龙、山、火等十二种图案的黄色衮服，戴好垂着十二旒玉藻的皇冕，赴奉先殿及弘孝殿、神霄殿祇告天地，再到大行皇帝几筵前拜叩，随后又到皇后、李贵妃前行四拜礼。礼成，出了翊坤宫，向南而行。

半个月前的五月二十六日卯时，先帝驾崩，宫内小殓、大殓礼毕，皇后、嫔妃、太子在大行皇帝梓宫前哭祭，文武百官日赴思善门哭临，三日一过，内阁上劝进表，百官在文华殿三次劝进，太子谕曰："卿等合词陈请，至再至三，已悉忠恳。天位至重，诚难久虚，况遗命在躬，不敢固逊，勉从所请。乃谕礼部择日具仪以闻。"礼部遂上登基仪注，钦天监择定登基吉日。又差派张居正与司礼监太监曹宪，率户部尚书刘体乾、礼部右侍郎诸大绶、工部左侍郎赵锦、礼科都给事中陆树德、御史杨家相、工部主事易可久及众侍从，在锦衣校尉护送下，赴天寿山潭谷岭营视陵寝。昨日，尚宝司、教坊司、鸿胪寺已在皇极殿安设宝座、云盘、云盖，殿外朱红色的台阶上设宝案，摆好了中和韶乐。

交了辰时，午门上钟鼓齐鸣，太子已到了御道，在司礼监掌印兼提督东厂太监冯保导引下，一直向南而行，登上承天门，向上天祈祷。

此时，身着礼服、早已等候在承天门外的文武百官，由鸿胪寺官员前引，走过金水桥，穿过承天门、午门、皇极门，在殿前台阶下御道两侧，文武分班跪候。

高拱跪在御道东边最北处。他心里不时隐隐作痛，为大行皇帝的早逝而痛息不已，又为太监冯保竟敢两度矫诏而愤懑。脑海里，正想着乾清宫里孤独地躺在梓宫里的大行皇帝，耳边响起了靴子的"橐橐"声，乃从御道传来，由远而近。不用说，这是十岁幼主祈祷毕，下了承天门，正往皇极殿而来。高拱想起十年前，正是裕王之弟景王有意夺嫡的敏感时刻，一向谨遵礼法的裕王私幸书房侍女李彩凤，诞下一子，裕王惶惶然急请高拱画策，高拱作出隐匿不报的决断，直到世宗皇帝驾崩，方为此子命名。恍然间，这个被隐匿四载的稚儿，转眼成了大明新主，怎不令人感慨万千！

不多时，皇极殿前传出"啪啪"的鸣鞭声，是幼主升座的信号。接着，鸿胪寺官员高唱一声："行礼——"

众文武这才起身拾级而上，在皇极殿丹墀肃立。但见设于大殿中央七层台阶的九龙金漆宝座上，端坐着身着衮服的幼主，司礼监掌印太监冯保手持拂尘，昂然立于宝座右侧，公卿百官来不及细想，即在鸿胪寺赞礼官的高唱声中行五拜三叩大礼。礼毕。司礼监太监王臻手捧内阁起草的《登极诏书》，盖上皇帝御玺。鸿胪寺赞礼官奏请颁诏，幼主颔首许之。鸿胪寺官捧着诏书，递于司礼监太监王臻，王臻面南而立，大声宣读：

奉天承运，皇帝诏曰：我国家光启鸿图，传绪万世，祖宗列圣，创守一心。二百余年，重熙累洽。我皇考大行皇帝明哲作则，恭俭守文，虚己任贤，励精图治。盖临御六载，而天下晏如，四裔来宾，兆人蒙福……朕以凉德，方在冲年。惟上帝之眷命孔殷，祖宗之基业至重。兢兢夙夜，惧不克堪。尚赖文武亲贤，共图化理。爰暨万方黎庶，与有嘉休。其以明年为万历元年，与民更始。所有合行事宜，开列于后。

新朝合行事宜，在各部院所提基础上，由高拱审定后呈报。计有大赦天下、蠲免钱粮、体恤孤寡、弭盗安民等共开四十二项，不知内里有否改动。高拱屏息静听。不料，第一项就令他大为惊诧！

一、祖宗成法至精至备，所当万世遵守，近年以来，有司不考宪度，往往自作聪明，任意更变其有，称为祖宗成法者，又多迁移出入，殊非祖宗立法本意，致令事体纷纭，军民惶惑，岂成治理？今后内外大小衙门官，务要仰求祖宗之意，明考成法，一一遵行，违者以变乱成法论，其有从前更变者俱行查复，若果系时宜，不得不然，许详具事由，奏请准允乃行。

听罢，高拱脸色煞白，嘴唇嚅动着，心想：这是谁加上去的？这不是把我的政纲、政绩一笔抹杀了吗？还要俱行查复，这不是瞎折腾吗？想到这里，他的双手禁不住颤抖起来。恍恍惚惚间，又听到关涉官员考察的，高拱极力抑制住自己的情绪，只听王臻读道：

一、内外文职官考满原有称职平常不称之分，其复职降黜与恩典有无，即照所考定夺，此系旧例。近来一概考称，殊非明试之义。今后各官给由，两京堂上官，在外抚按官，务要考其治行优劣，据实开报，吏部、都察院仍要严加考核，分别称职平常不称职照例施行，不许一概含糊奏请。

这不是睁眼说瞎话吗？隆庆五年初大计地方官，布政使、按察副使、参政、参议、金事、知府等五十四人被罢斥降调；下贪酷异常二十五人御史按问追赃，怎么说"一概考称"？高拱的手抖得越发厉害了，几乎站立不稳，晃了几晃，差一点没有栽倒。

诏书宣读毕，标志着太子已成新皇帝。百官叩拜："吾皇万岁，万万岁！"

登基大典至此告成，冯保上前牵住皇上的手，扶他下了宝座，在众内侍的簇拥下，转过七扇雕有云龙纹的大屏风，向乾清宫走去。

高拱还愣在原地，高仪拉了拉他的袍袖，他这才回过神儿来，黑着脸，顾自低头卜了台阶，忽听身后有人道："冯保是何人，直升御座而立，共受文武百官朝拜，此自古所无之事，虽王莽、曹操何敢为之？"

"宦官顾命，已令人骇然，今又如此，将来必有叵测之事！"又有人说。

高拱闻言，越发愤懑，索性加快了步伐，不忍再听。出了皇极门，工科都给事中程文追上来，焦急地说："师相，你老人家是首席顾命大臣，目今主少国疑，冯保肆意妄为，师相不能视而不见啊！"

吏科都给事中雒遵接言道："是啊师相，目今人心惶惶，不知所从，如何是好？"

高拱不说话，步子越发迈得快了。

通政司右通政韩楫也要往前追，兵部尚书杨博咳了一声，低声唤道："伯通！"韩楫停下脚步，杨博向他摇摇手，韩楫会意，跟在杨博身后，慢慢走着。

程文、雒遵跟在高拱身后，进了文渊阁。高拱进了朝房，二人也跟着走了进来。

"众目睽睽，跟着我做甚？"高拱怒气冲冲道，"不知避嫌，可知人家议论我提携门生、昵比谗佞？"

"师相做人做事一向堂堂正正，我辈是以不必避嫌！"程文道。

"说吧，甚事！"高拱坐下，喝了口茶，问。

程文、雒遵也不客气，在高拱右手的两把椅子上坐下，也都端起茶盏喝茶。程文一抹嘴道："自古有国以来，曾未有宦官受顾命之事，今有之，岂不令后世笑？"

"先帝绝对不可能有此意！"雒遵自信地说，"祖制煌煌，先帝怎么可能公然违背祖制，白纸黑字把宦官顾命写进《遗诏》？"

"矫诏！悍然矫诏！"程文义愤填膺道。

"冯保粗识三二字，言不能成文，矫诏谁为之？不言自明！"雒遵接言道。

"胆大心细，步步为营啊！"程文又道，"矫诏乃灭族大罪，彼辈竟敢为之，真是胆大包天！可他们心机甚深，算计得滴水不漏。先在给内阁的所谓《遗诏》里写上同司礼监协心辅导，并不出现冯保的名字。是以分了两步走，先是给内阁的《遗诏》只写司礼监，先帝刚升遐，即传遗旨，以冯保掌司礼监印。却原来，《遗诏》那句同司礼监协心辅导，就是为冯保量身定做的！"

"岂止步步为营！时机选择也恰到好处！"雒遵接着说，"宣布同司礼监协心辅导，是在师相与先帝诀别、无心他顾时；宣布冯保接掌司礼监，是在先帝驾崩不久，师相哀痛方殷时。看来，此事非仓促为之，必经事前周密画策！"

高拱脑海里，遽然间又重现了恭默室偶遇姚旷飞走送《遗诏》的场景，不禁有些后悔，当初若追究下去，不费吹灰之力，冯、张二人的欺君大罪即坐实矣，何至于此！结果张居正一次负荆请罪，他就将此事置诸脑后了，想到这里，他重重叹了口气，幽幽道："唉！太轻信了，太轻信了！"

"师相！"程文一脸愁云，忧心忡忡道，"自冯保掌司礼监的所谓遗旨出，百官骇愕，相顾失色；至给皇太子的《遗诏》报出，一时人皆抄报，遍传四方，人心大骇！"

"是啊师相！"雒遵附和道，"昨学生散班回家，看见闾巷小民都在议论此事，恐宦官专权之祸重现于今日，皆惊惶奔走不宁，人心惶惑甚矣！"

程文咬牙切齿道："两人里应外合，内以蔽主，上威百僚，指鹿为马，好不容易出现的隆庆中兴之局，势必得而复失，令人扼腕！"

高拱的关注点还在《登极诏》首列新朝合行事项上，但他不能公开非议新皇的诏书，只是叹了口气道："彼辈内外盘踞，外欲有所为，捏旨写于阉人，随即以诏旨颁下，我奈之何？"

程文、雒遵闻听此言，相顾失色。

2

朝中百官对《登极诏》里的那些说辞并未在意，只是对授冯保顾命惊异愤恨不已。程文、雒遵也摸不透高拱因何叹息，他们是因素知高拱不愿把精力用于钩心斗角之事，特意来说服他的。至此新旧交替的敏感时期，对方已磨刀霍霍，师相竟发出无可奈何的感叹，让二人既惊诧又失望。

"师相，国事且不必说！"程文蓦地起身，气鼓鼓道，"若矫诏之事不能拨乱反正，后世岂不谓大行皇帝昏庸，竟授宦官以顾命？大行皇帝对师相眷倚之重，情意之深，世所仅见，辞世前一道诰命，已向中外宣示，以天下付师相。目今尸骨未寒，竟被宵小所诬，师相不思为先帝正名乎？"

高拱顿时脸色遽变，起身在室内焦躁地徘徊着。

程文从袖中掏出一份文稿走到高拱面前："师相，看这个！"

"那是什么？"高拱瞥了一眼，并未去接。

程文道："礼科都给事中陆树德，临随江陵相去天寿山之前交给学生的弹章，乃该科全体给事中联名劾冯保的。"

"喔！"高拱两眼顿时放光，忙接过阅看，只见上写着：

为恳乞圣明严遣奸恶中官，以清政本，以慰群心事。职等窃惟自古有天下者，壅蔽之患莫甚于中官。盖内外间隔，奸弊易生，一借宠颜，则纵肆大作，其拙钝无能者，其为弊犹浅；其狷巧不测者，其为患则深矣。此自古圣帝明王必慎于仆从之选也。职等窃见今之中官如冯保者，刚愎自用，险恶不悛，机巧善于逢迎变诈，熟于窥伺，暴虐久著，贿赂彰闻，此群情之所共愤，而昔年科道之论列屡申，先帝非不知之也。特以其逢迎窥伺之故，仅幸免圣世之诛，然终先帝之世不令其掌司礼监事，天下固有以仰先帝知人之明矣。兹五月二十六日卯时先帝崩逝，辰时忽传冯保掌司礼监，大小臣工无不失色，始而骇，既而疑。骇者骇祸机之隐伏，疑者疑传奏之不真。举相谓曰：是果先帝意乎？则数日之前何不传示，而乃传示于弥留之后，是可疑也。是果陛下意乎？则是时陛下哀痛方切，何暇念及中官，是尤可疑也。此其机巧变诈之用，诚有不可测者，即此推之，而其神通鬼秘，阳设阴施，又何事不可为也哉……

只看了一半，高拱就拊掌道："嗯，陆树德说得好，足可代表朝野心声！"

"是啊师相！"雒遵兴奋地说，"陆树德先说，先帝察知冯保非善类，故一直不让他掌印；继之质疑冯保矫诏：让冯保掌司礼监，若果是先帝意，则数日之前何不传示，而乃传示于驾崩之后；若果是新皇之意，则是时新皇哀痛方切，何暇念及提拔一个太监？这质问真是掷地有声！加之陆树德其人一向持正，威望素孚，他站出来质疑，委实有说服力。"

"陆树德的意思是，"程文解释道，"科道当一起上本，形成声势，一举把冯保拿下，是以他此本不独上。"

高拱喟叹道："先皇尸骨未寒，幼主甫登大位，本不该扰攘。但既然冯保那个阉人胆大妄为，咄咄逼人，窥视权柄，不能不反制了！"

正说着，高仪进来了："新郑，漕运总督王宗沐有本，海运已完竣。"

高拱神色黯然："可惜，先皇……他若知道，必是高兴。"说罢，向程文、雒遵摆摆手，示意他们退出，又叫着高仪，"南宇，坐。"

高仪指了指手中的文牍："还有一本，操江巡抚李邦珍替安庆知府查志隆开脱的。"

"李邦珍的本，先放放。王宗沐的本，批交吏部、户部议赏。"高拱决断道，他看了高仪一眼，"南宇，入阁月余，有何观感？"

"跳火坑！"高仪苦笑着道。

高拱双手撑着椅子扶手，仰脸看着天花板，似有无限感伤："想不到吧？"

"江陵阴狠。"高仪道，"闻先帝驾崩，阁中哭丧，我观江陵面有喜色，洋洋得意，传遗旨时，我辈皆骇然相顾，独江陵喜动颜色，不能自禁，阁中僚吏无不见之。是诚何心？他深结冯保，已牢不可破矣！"

高拱叹了口气："今新主在幼，而张、冯二人所为如此，谁不为社稷忧？《登极诏》乃内阁起稿，内里却不按所拟，也不与内阁通气，就颁布中外。如此，我当国，必不能行事，欲就此归去，则先皇之托在焉，委而不顾不忠；欲依违取容，则更负先皇之托，更不忠！其将如之何？"

"新郑，或许是天意。"高仪突然诡秘道，"不闻天道六十年一周耶？昔正德初，大珰刘瑾弄权，其时内阁刘晦庵河南人，谢木齐浙人，李西涯楚人，乃西涯通刘瑾取容，而二公遂去。今六十年矣，新郑河南人，仆浙江人，江陵楚人，楚人通大珰取容，事又相符，岂非天意？"

高拱悚然，不悦道："我可不是刘晦庵，况彼时武宗已十有五，李西涯只是暗通刘瑾取容，如此而已。目今皇上才十龄，江陵与冯保交通，凡吾一言，当即报保，使从中假旨梗我，而彼袖手旁观，佯为不知。如此，我尚可以济国事哉！"

高仪叹息一声："可是，又有甚法子呢？"

高拱大失所望，沉吟良久，语气悲壮道："与先皇诀别时，南宇当听到我说的话了，我计已决，以死许先皇，不复有其身！我只据正理正法而行。其济，国之福也；不济，则得正而死，犹可见先皇于地下。"

"新郑有何画策？"高仪问。

高拱道："自冯保掌司礼监之旨出，我就思忖，不能令其诡计得逞。内阁上本，明正事体，政有所归，以防权阉借批红之权行私害人！"

高仪长叹一声道："新郑所言允当，自是大丈夫事，然祸福未可逆视，我固不敢助新郑行之，亦不敢劝新郑止之。"

"我这就起稿！"高拱说着，向高仪一拱手，迈步走向书案。

这件事，是他半个月来反复思忖过的，下笔如流水，只半个多时辰，洋洋数百言的奏本就完稿了。他一边吩咐书办誊清，一边在室内徘徊。

"元翁，已抄清。"书办禀报道。

高拱提笔在落款处先写上自己的名字，又吩咐书办："请高阁老来。"

高仪进来，把疏稿看了一遍，点头道："堂堂之阵，正正之旗。"

高拱心里一颤。这句话，正是当年张居正所说，与张居正香火盟的场景，倏忽间浮现在他的眼前。如今，如高仪言，他摆出的是堂堂之阵，正正之旗，张居正若念香火盟，自当在旁效韦弦之义。这样想着，便道："南宇，我想，此事，还是要张叔大知道。"

高仪手一抖，疏稿掉落在地。

"唉——"高拱长叹一声，"张叔大毕竟追随我二十余年，有报国之心，治事之才，非庸碌之辈；也并未公开与我决裂，我不忍他背上勾结宦官的恶名，若他能幡然悔悟，与我辈一道行正法正理，于国于私，都是好事。"

高仪微微摇头，不发一语。

高拱喊了声："来人，叫通政司韩通政来。"

通政司在午门内，近在咫尺，喘息间，韩楫就到了。

"伯通，内阁要上公本，须江陵也署名，你去天寿山一趟，面呈江陵。"高拱拿出封好的疏稿交给韩楫，"快去快回！"

韩楫大惑不解：何以送一封公牍，非要他堂堂的通政使去？但他未敢问，只得点头。

"伯通，你面禀张叔大，此本是防止宦官干政的。只要内里准了这道奏本，科道已相约具本劾冯保，按此本所奏，内里只能批交内阁票拟，届时内阁拟票逐冯保，宫府为之一清，自可同心协力，继续中兴大业。这是为国立一大功。值此关键时刻，望他分清是非，不要犯糊涂，贻笑后世！"高拱嘱咐道。

韩楫这才明白高拱刻意差他亲往的原因，可他越发犯难了，皱眉道："师相，学生有句话，不知当讲不当讲？"

"伯通何时学得这般不利落？"高拱不悦道。

"师相，此时，似不宜贸然对冯保发起反制。"韩楫回避着高拱的目光，低声道。

"为何？等到他恶贯满盈、祸国殃民够了，再谋驱逐？"高拱眼一瞪道。

韩楫嗫嚅道："学生闻得，从来除君侧者，必有内援。大抵权珰盘踞深固，非同类相戕，必难驱逐。如宪宗朝汪直，则尚铭挤之；武宗朝刘瑾，则张永残之；单靠外廷儒臣，甚难与之争胜负。"

这是杨博说与韩楫的话。适才登基大典甫散，杨博出于乡情，叫住了韩楫，嘱他远祸，并对他说了这番话，韩楫悚然。他早看出来了，老师凡事论是非、讲牌理，胸无城府，毫无权谋，又极爱惜羽毛，一旦对手出手，必无招架之力；加之同乡杨博屡次劝导，韩楫慢慢与老师疏远了。可老师不惟是座主，还一力提携他，他不忍背弃，遂拿杨博的话劝告高拱。

高拱摇了摇头，道："我是先皇委任的顾命首臣，面对宦竖欺君矫诏、窥窃权柄的局面，安得缄默？责任在肩，不容推卸。"又一扬手道，"我不信这个邪！冯保不过一个阉人，举朝都不能奈之何？照我说的做，这就动身，至迟明日午前务必赶回。"

3

出安定门向北，不过百里，有座天寿山。东有蟒山，西有虎峪，正合左青龙右白虎的风水之说。南面又有龙、虎二山作为案山，温榆河二水从正北流向东南，斜贯明堂，甚合抱水之说，实为风水宝地。自成祖迁都，崩后葬此，除景帝外，此后列宗皆营陵于此。天寿山遂成国朝皇陵重地。子孙为祭陵，在天寿山下建有御道、阳宅。

棂星门西北侧有一座行宫，是祭陵时的歇息之处。张居正一行就住在这里。他离开京城四天了，出行前，太监顾命、冯保接掌司礼监皆已公之于众，朝野大哗，到处是质疑甚或鄙视的目光，令张居正颇不自安。到此营视陵寝，正可避嫌，委实是件求之不得的好事。又值酷暑季节，天寿山比城里凉爽许多，张居正越发感到惬意。只是未能躬逢登基大典，略感遗憾。

日头已西沉，几缕夕阳被宫墙挡住，东侧已然一片阴凉。张居正走出居室，在神道西侧漫步。远远望去，忽见几个人在大宫门下了马，正向这边走来。锦衣校尉警惕地注视着来人，待渐渐走近，看见有锦衣侍卫，方知是朝廷所差，正欲禀报，张居正已转身回到居室。须臾，就听门外道："禀张阁老，通政使韩楫，奉命来早报公牍。"

过了片刻，书办姚旷走了出来，将韩楫引进室内。张居正伏案全神贯注地查看舆图，待韩楫施礼，方抬起头，惊问："伯通，你怎么来了？"说着，起身走到旁侧的两把座椅前，"来来，伯通，请坐。"

韩楫落座，侍从斟上茶水，悄然退出。韩楫从袖中掏出套封，双手捧递过去："此乃内阁公本疏稿，请张阁老过目。"张居正接过，走到书案前，坐下展读，只见上写着：

> 大学士高拱等谨题：为特陈紧切事宜以仰禆新政事。兹者恭遇皇上初登宝位，实总览万几之初，所有紧切事宜，臣等谨开件上进，伏愿圣览，特赐施行，臣等不胜仰望之至，谨具题以闻。
>
> 一、祖宗旧规，御门听政。凡各衙门奏事，俱是玉音亲答，以见政

令出自主上，臣下不敢预也。隆庆初，阁臣拟令代答，以致人生玩愒，甚非事体。昨皇上于劝进时，荷蒙谕答，天语庄严，玉音清亮，诸臣无不忭仰。当日即传遍京城，小民亦无不欢悦，其所关系可知也。若临时不一亲答，臣下必以为上不省理政令，皆他人之口，岂不解体？合无今后令司礼监每日将该衙门应奏事件，开一小揭帖，明写"某件不该答，某件该答，某件该某衙门知道，及是知道了"之类，皇上御门时收拾袖中，待各官奏事，取出一览，照件亲答。至于临时裁决，如朝官数少，奏请查究，则答曰："着该衙门查点"；其纠奏失仪者，重则锦衣卫拿了，次则法司提了，问轻则饶他，亦须亲答。如此则政令自然精彩，可以系属人心。伏乞圣裁。

一、祖宗旧规，视朝回宫之后，即奏事一次。至中时，又奏事一次。内侍官先设御案，请上文书，即出门外，待御览毕，发内阁拟票，此其常也。夫人君乃天下之主，若不用心详览章奏，则天下事务何由得知？中间如有奸宄欺罔情弊，何以昭察？已后乞命该监官查复旧规，将内外一应章奏，除通政司民本外，其余尽数呈览，览毕送票，票后再行呈览，果系停当，然后发行。庶下情得通，奸弊可烛，而皇上亦得以通晓天下之事。臣等又思得各衙门题奏甚多，难以通篇逐句细览，其中自有节要之法。如各衙门题覆，除前一段系原本之词，不必详览，其拟议处分，全在案呈到部以后一段，乞命该监官每日将各本案呈到部处，夹一小红纸签，皇上就此览起，则其中情理，及处议当与不当，自然明白。至于科道及各衙门条陈、论劾本，则又须全览，乃得其情。伏乞圣裁。

一、事必面奏，乃得尽其情理。皇上新政，尤宜讲究，天下之事始得周知。伏望于每二、七日临朝之后，御文华殿令臣等随入叩见，有当奏者就便陈奏，无则叩头而出。此外若有紧切事情，容臣等不时请见，其开讲之时，臣皆日侍左右，有当奏者，即于讲后奏之。如此，则事精详，情无壅蔽。不惟睿聪日启，亦且权不下移，而诸司之奉行者，当自谨畏，不敢草率塞责矣。伏乞圣裁。

一、事必议处停当，乃可以有济而服天下之心。若不经议处，必有差错。国朝设内阁之官，看详章奏拟旨，盖所以议处也。今后伏乞皇上一应章奏，俱发内阁看详，拟票上进。若不当上意，仍发内阁再详拟上。

若或有未经发拟径自内批者，容臣等执奏明白方可施行，庶事得停当，而亦可免假借之弊。其推升庶官，及各项陈乞，与一应杂本，近年来司礼监径行批出，以其不费处分而可径行也。然不知推升不当，还当驳正。与或事理有欺，诡理法有违犯字，语有舛错者，还当惩处。且内阁系看详章奏之官，而章奏乃有不至内阁者，使该部不覆，则内阁全然不知，岂不失职？今后伏望皇上命司礼监除民本外，其余一应章奏俱发内阁看详，庶事体归一，而奸弊亦无所逃矣。伏乞圣裁。

一、凡官民本词其有理者自当行，其无理者自当止，其有奸欺情弊者自当惩治，未有留中不出之理。且本既留中，莫可稽考，则不知果经御览而留之乎？抑亦未经御览而留之者乎？是示人以疑也。又或事系紧急密切而有留中者，及至再陈，岂不有误？今后伏望皇上干凡一切本辞，尽行发下，倘有未发者，容原具本之人仍具原本请乞明旨。其通政司进封外来一应本辞，每当日将封进数目，开送该科备照，倘有未下者，科臣奏讨明白，如此庶事无间隔，而亦可远内臣之嫌，释外臣之惑。其于治所关非细，伏乞圣裁。

张居正暗自惊叹："玄翁想得真细密啊！道道设防，只恐宦官干政。如此一来，冯保即使顾命身份还在，也是空的，政务悉由内阁处理，他无插手余地矣！"沉吟片刻，突然一怕书案，"好！伯通，此本甚好！通览之，可谓堂堂之阵，正正之旗即时摆出！"

韩楫一笑："呵呵，张阁老，下吏不敢置喙。"

张居正道："本朝祖制煌煌，宦官、后宫俱不得干政！先帝即以幼主托付我辈顾命辅佐，凡事自应内阁总览。"说着，提笔签上了自己的名字，抬头问韩楫，"伯通，玄翁有示否？"

韩楫一路上都在纠结，是不是把高拱的话转达于张居正。转达了，恐张居正怀疑他卷入其中；不转达，又觉对不起老师，不意张居正看完疏稿，竟说出这样一番话来，顿觉释然，遂把老师的话，原原本本转报于张居正。

"哈哈哈！"张居正听罢笑了起来，"冯保宦官耳，逐他，就像扔掉一只死老鼠，易如反掌，何谈大功？伯通，你禀报玄翁，只要居正能做的，绝不敢辞！"

韩楫松了一口气，起身道："张阁老，下吏这就回去复命。"

"诶，这成什么话！"张居正嗔怪道，"天寿山甚清凉，明日一早再回不迟！"说着，唤来侍从，吩咐为韩楫等人整备房间，传伙房多做饭菜。见韩楫依然踌躇着，张居正笑道，"呵呵，怕玄翁急脾气？不妨事，就说我忙，看稿晚了，怪罪不到你身上。"

姚旷带韩楫到间壁去了。张居正坐在书案，提笔写成一帖，亲自密封好，待姚旷回来，吩咐道："你连夜回京，交徐爵火速转呈冯公公！"

1

半个多月来，高拱很少回家。昨日，内阁公本交韩楫送张居正列名，一件大事总算有了头绪，他这才想到回家沐浴更衣。次日一早，他的轿子就上了长安街，快进长安右门时，天已亮了，高福看见前方不远处，路旁黑压压跪着一群人，隐隐约约还可以听到号哭声。

"怎么回事？"高拱在轿中听到了躁动，掀开轿帘问，没等高福回答，他伸出头来一看，几个书生模样的男子向这边围拢而来。

"冤枉啊！"几个人跪在轿前大声喊叫，拦住了高拱的去路。顷刻间，又有百十号人向轿前聚拢，大声号哭，口中称冤。高福惊慌地想上前驱赶，闻讯赶来的锦衣校尉手持寒光凛凛的绣春刀，把人群团团围住，高拱摆摆手，大声道："且慢，上前一人说话！"

一位商贾打扮的中年男子挤过来，手中高举一叠状纸，跪地高声道："我辈是南直隶安庆府人，来为知府查志隆申冤，恳请朝廷保留知府！"

"查知府冤枉啊——"人群中响起一片哭喊声，"让查知府回安庆去！"

高拱心里一沉，示意高福接过状纸，问："何冤之有？"

中年人道："青天大老爷啊！安庆卫的逻卒，明抢暗盗，把安庆城祸害得鸡飞狗跳，查知府到任，整治了那帮盗贼，断了那些人的财路，指挥张志学竟领兵哗变，欲杀知府。不意兵变平息，朝廷却把查知府也逮了！查知府是贤明知府，他是为安庆百姓受难啊！锦衣卫逮走查知府那天，安庆城数千百姓，追随到码头，号哭不止，声闻百里。我辈受安庆百姓之托，随至京师，上本诉冤，请放了查知府，让查知府回任！"

高拱听罢，沉吟片刻道："请转告安庆众百姓，朝廷逮查知府入京，乃为查清真相，非即治其罪，待勘问明白，果如诸位所言，必官复原职！"言毕，一扬手，吩咐轿夫，"走！"

众人将信将疑，闪开一条道，轿子在一阵哭喊求情声中继续向东而去。到得文渊阁，高拱一下轿，边往里走边喊："承差何在？"几个承差应声跑过来，高拱吩咐，"去，叫刑部尚书刘自强来见！"

高仪见高拱黑着脸进了中堂，不知何故，未敢出声。高拱落了座，瓮声道："这几天陆续接到南京兵部尚书王之诰、操江巡抚李邦珍奏本，替查志隆说话，张佳胤更是不为自己辩却替查志隆辩，我即疑心查志隆有冤；今日见百余百姓在长安街跪道号哭，民心如此，焉能置之不理！"

"喔？是这事。"高仪道，随即指着高拱书案上的一摞白简，"通政司送来的，都是安庆百姓上的民本，为查志隆申冤，恳请保留知府。"

高拱随手翻了翻："看来，查志隆十有八九是被陷害。"

高仪吸了口气道："确有蹊跷。李邦珍言查志隆并非擅离职守潜入南京，而是遵宪令去向兵部禀报，王之诰也证实了这一点；张佳胤又力言查志隆因得罪从'逻卒为盗'中获利的军官而被诬陷，还说诏逮查志隆而老幼悲号；巡按御史刘日睿也站出来替查志隆辩护。可话又说回来，守备张太监与查志隆有何过节儿，会诬陷他？"

高拱喝了口茶，放下茶盏道："上官认可或厌弃，或不足为凭；但百姓认可，殊为难得。百姓百余人追随来京，遮道号哭诉冤，事体大致已明。"

须臾，刑部尚书刘自强到了。高拱劈头问："体乾，安庆卫指挥张志学等人，勘问得怎么样了？"

刘自强道："禀元翁，此番逮张志学等二十三人下刑部狱，三法司会勘，供词前后反复，相互抵牾，甚费周章。"

高拱又问："查志隆讯问过了吗？"

刘自强答："查志隆前日刚逮到，昨日问过两次，只说是被诬陷。"

"到底因何起变，张志学那帮人什么说辞？"高拱追问。

"起初……"

高拱打断刘自强："不要说过程，只说结论！"

刘自强重重咽了口唾沫，答："除张志学外，其余人犯，均供称是因愤于查志隆整治逻卒，断了财路，因之怨恨于他。哗变旨在驱逐查志隆，非真欲杀之。"

"啪"的一声，高拱拍案而起，大声道："守备太监张宏何以上本参查志隆？他得了什么好处？"

"张宏一向谨慎，怎么到了南京就变了？"高仪嘀咕道。

高拱冷笑一声道："阉人，没有什么好东西！"他跨出书案，边踱步边道，"分两步走：刑部先把审勘张志学、查志隆的情形上报，内阁拟旨，待内里批红，即开释查志隆；再把张宏参查志隆的原因查明，刑部咨都察院，委巡按御史刘日睿彻查此事！"

刘自强踌躇片刻道："元翁，时下朝野人心惶惶，大内每有诏旨传出，百官无不骇愕，不能安心办事。"

"天塌了，有顾命老臣顶着，司属当安心办事才是。"高拱一扬手道，"你回去告诫部员，安心办事，不得旷废职守。明日即把勘问情形奏来，得上紧给安庆百姓一个交代。"

刘自强怏怏告退，高拱脑海里还是长安街上百余众跪哭的场景，他坐回去，以决断的语气道："对张佳胤和查志隆的处分要纠正，都要官复原职！"

"官复原职？"高仪不解，"安庆知府不是已经让吴孔性去做了吗？邸报上都刊出了。"

高拱一扬手道："宁可把吴孔性调出，也要让查志隆复任安庆知府！"

"新郑，这岂不让朝野议论朝令夕改？"高仪皱眉道。

"宁可让朝野指责朝令夕改，也要让查志隆官复原职！"高拱断然道，"非为查志隆计，乃为国家计也！"

高仪一脸茫然地看着高拱："新郑，不必这么较真儿吧？"

高拱道："自嘉靖初年历次兵变，对地方官每扣上激变之罪。这是因为叛乱军人难处，而地方官易治，遂委罪地方官，遮掩了事。对此，不惟地方官知之，天下无不知之。皆因当国者暗懦规避，不肯为国任事，依违苟且一时，遂使六七十年间，朝廷之法大坏而不可收拾，良可恨也！是以这次要办个明明白白。出现兵变，当先正叛卒之罪，而不必连及地方官。不的，军卒一旦对地方官管束不满，闭城呐喊，何愁地方官不除？此率天下而乱也，这等荒唐事，绝不允许重现于今日！"

"有道理！"高仪附和道，转念一想，又觉不妥，"不过，如此一来，地方官不再担激变之罪，不肖之辈，岂不为所欲为？"

"即使地方官有罪，亦不当同时并论，先正叛乱之罪再说。"高拱以不容辩驳的语气道，"具体到安庆之事，查志隆并无激变之情，反而有循良之政。若不让查志隆复职，则那些个叛卒谋去知府之计岂不得逞？百姓岂不大失所望？此非戡乱安民之道。查志隆复职，可令奸恶之徒慑而国法张，间阎之情通而国恩洽，使天下皆知朝廷威有必伸，非一毫所可挠；明有必照，非一毫所可眩。不惟可振一时之纪纲，而万世之纪纲由此可振；不惟可安一府之民心，而天下之民心由此安之，其于治道所关非细。"

高仪道："新郑，就按你说的办，我无异同。"

"我即上本，待内里批红，照此办理。"高拱话音未落，承差走过来禀报：韩楫求见。

须臾，韩楫满身尘土，一脸倦容走了进来，施礼毕，喜滋滋禀报道："师相，都办停当！"说着，把文牍捧递到高拱的书案。

"喔！江陵列名了！"高拱喜出望外，抬头问韩楫，"他怎么说？"

韩楫瞥了一眼高仪，欲言又止。

"不妨事，你照直说就是了。"高拱一扬手道。

韩楫这才把张居正的话复述一遍。高拱畅出口气，兴奋道："这就好，这就好！张叔大终于醒悟了。我料他大是大非面前，不会执迷不悟。"说着，大声唤书办，"把此本速送会极门！"

2

冯保拿着内阁公本，连着看了两遍，所陈五事，事事都是限制宦官之权的，恨得牙齿痒痒，嘀咕道："好你个高胡子，不愧是点过翰林的，想得够细致、够周全！"他从袖中掏出张居正连夜从天寿山送来的短束，得意一笑，"哼哼，任你费尽心机，洋洋千言，不如此公一语！"说着，吩咐掌班张大受，"备凳杌，去翊坤宫！"

翊坤宫里，李贵妃正心绪纷乱，坐卧不宁间，一见冯保，求救似的说："冯保，你快去给咱找些佛经来，咱要念经礼佛。"

冯保一看李贵妃满脸潮红，目光迷离，顿时明白过来，"啧啧"道："可怜见的，娘娘才二十多岁啊！"

"你记住，再添座神龛。要快些办！"李贵妃扭过脸去，声调哽咽道。

"娘娘，慈宁宫已然收拾停当，明日老奴即请万岁爷奉娘娘移居慈宁宫，那里后院就有大佛龛，叫大佛堂。"冯保乖巧地禀报道，他突然长叹一声，"独伴枯灯，念经礼佛？娘娘，这可不是你老人家的性格。"他又用力一捶自个儿的胸脯，"老奴也看不下去嘞！再说，万岁爷还小着哩，娘娘哪里放心得下？"

李贵妃轻叹一声："有顾命大臣辅佐，咱还能做什么？"

冯保一咬牙道："可恨那个高胡子，看不起娘娘，说后宫不得干政，还说要照例尊娘娘皇太妃，这不是想把娘娘打入冷宫吗？真是没人性！"

李贵妃闻言，泪珠禁不住滚落下来，良久，喃喃道："可，高先生说的，不能说不在理儿上。"又面露惧色，"要你掌司礼监，同授顾命的事，外廷有什么动静？"

"生米煮成了熟饭，还能怎样？难道他们敢抗旨吗？"冯保不屑地说。

"没有吵闹起来就好。"李贵妃松了口气，又问，"对《登极诏》，朝野有议论吗？"

"京城百姓都说皇恩浩荡嘞！"冯保答，"还是张老先生想得周到，在新朝应行事宜里，首列遵祖制。娘娘或许不知道，那高胡子目无祖宗成法，自作聪明，想怎么办事就怎么办事，百官怕他，不敢说话，这回一听《登极诏》上来就说不许任意变更成宪，无不拍手称快嘞！那高胡子也是哑巴吃黄连，他敢说遵祖制不对？这回刹刹他的戾气，让他知道知道，什么是天威难犯！"

李贵妃在座上左右挪动着身子，嘱咐道："冯保，近些天你要谨慎些，少出风头，别招惹了外廷。"又问，"皇后的事，办好了吗？"

"娘娘放心吧！已奉皇后娘娘居慈庆宫。"冯保答，又一撇嘴角道，"慈庆宫历来是太后所居，先帝爷在日，皇后被移出皇后所居的坤宁宫，和打入冷宫差不多少；先帝爷走了，娘娘就让把她请到慈庆宫，她自是感激娘娘和小万岁爷嘞！照娘娘的意思，以后把她供着就是了。后宫的事、天下的事，还不都是娘娘你老人家说了算！"说着，"嘻嘻"一笑，从袖中掏出一张纸笺，"一污娘娘青目，这是张老先生让老奴呈送娘娘的。"

"张先生不是去天寿山了吗？"李贵妃忽闪了几下眼睛，不解地问。

冯保狡黠一笑，挤挤眼道："张老先生心里挂着娘娘……"

李贵妃被这句话说得脸上热辣辣的，一时心旌荡漾，心里麻酥酥的，端坐着的身子陡然软了下来，抬脚照跪在座下的冯保扬了扬，嗔怪道："不许你胡说！"

冯保仰头偷觑一眼，见李贵妃面颊绯红，还带着几分羞怯，全无怒容，不禁暗喜，又道："老奴是说，张老先生一向沉稳渊重，对娘娘和万岁幼主又忠心耿耿，主少国疑之际，他放心不下，老奴呢，又觉着非仰仗他不可。"说着，把纸笺捧递给李贵妃。

李贵妃接过一看，上写两行字：

圣母皇后尊仁圣皇太后
生母皇贵妃尊慈圣皇太后

"呀！"李贵妃惊叹一声，喜色顿时洋溢于眉梢，迅疾坐直了身子，仿佛皇太后的桂冠已然戴在头上，要拿出太后的架子来。

"两宫并尊，给娘娘加徽号，此事本朝没有先例，娘娘是开天辟地第一人嘞！"冯保说着，伸出拇指晃了晃，突然重重叹息一声，"可惜，目今高胡子大权在握，张老先生说了不算。"他向前挪了挪身子，仰脸道，"娘娘，不如以霹雳手段，把高胡子赶走吧！"

李贵妃摇摇头："先帝在日，悉心委政高先生，他倒是把朝政打理得件件停当。先帝这才在临终前特颁诰命，说他是非常之人，立不世之勋，又执手授顾命，天下无不闻。先帝尸骨未寒，也未闻高先生有甚私弊，岂是说赶走就赶走的来？"

"娘娘，高胡子哪里是没有私弊，他的罪孽甚大！"冯保义形于色道。

李贵妃杏眼圆睁，惊问："高先生有何罪？"

"高胡子他要夺万岁爷的权，钳制万岁爷！"冯保愤愤然道，说着，从袖中掏出内阁公本，"娘娘请看，这高胡子上的本。"

李贵妃接过细看，口中喃喃道："亏他首席顾命，当朝首相，在煌煌奏疏里，写这么细致，像私塾先生手把手教幼童念书写字哩！"突然，她"噗"的一声笑了，"冯保，咱看，这高先生全是为了提防你哩！"

冯保叩头道："娘娘，老奴就是娘娘的一条狗啊！替娘娘和万岁爷看家护院，嗯，还替武清伯他老人家叼些野味。娘娘身居后宫，不能出头露面，万岁爷又年幼，不得老奴替娘娘说话吗？要像高胡子这么说，那老奴没有说话余地，就等于娘娘没有说话余地，高胡子可是个眼里不揉沙子的倔驴，不惟两宫并尊、武清伯封侯无望，老奴恐武清伯供京营十几万套服装被褥的事，让高胡子知晓了，他也敢查！"

"呀！"李贵妃又是一惊，"那你快去和俺爹说，就别做了吧。"

"娘娘诶！那不是要他老人家的老命吗！"冯保一吸鼻子，"武清伯穷怕啦！"

李贵妃耷拉下眼睑："咱多贴补娘家些，再让钧儿多赏赐些就是了。"

冯保一撇嘴："娘娘诶，那高胡子可是可丁可卯的倔驴，不要说娘娘的用度，便是万岁爷的用度，怕他也把得严严实实，哪里还有余力贴补武清伯！"

李贵妃神情黯然："可高先生是顾命大臣，他说事事要经内阁，不让内里直接批章奏，也不能说不对。毕竟钧儿还小哩，内里直接批章奏，是谁的意思？朝野自是会质疑，倒也是这么个理儿。"

"哼！"冯保脸一黑，"别听高胡子唬人，他那是混淆视听！难不成他高胡子让人上道本，要万岁爷禅位，内里也得发交他票拟，再照他的票拟批红？"

李贵妃一愣，皱眉不语。

冯保"嘿嘿"一笑，又掏出一张纸笺，递给李贵妃："娘娘，张老先生都替娘娘想好了。"

李贵妃接过一看,上写着:知道了,遵祖制。

"怎么样,娘娘?还是张老先生靠得住啊!"冯保得意地说,他盯着目光游移的李贵妃,"娘娘,若张老先生主外,娘娘主内,老奴替你们鞍前马后效劳,娘娘事事如意,无不满足,那日子,滋润嘞!"

李贵妃脸"唰"地红了,忙扭过头去,嗔怪道:"冯保,不许你口无遮拦!"

"嘿嘿,老奴明白娘娘的心思!"冯保说着,又叩了两个头,"那老奴就照此批红了。"

3

高拱走进内阁中堂,尚未落座,就对正埋头阅看文牍的高仪道:"南宇,太子已是皇上,不再讲学,但日讲要完善起来。借此机会,正可调整讲授内容,当以讲治国安邦的实政为主。张子维已在赴京途中,待他回来,你和他好好商榷一下,上紧编出一套册子来。"

高仪踌躇道:"新郑,《登极诏》开宗明义要遵祖制,不许变更成宪,日讲自有成宪,改了,合适吗?"

一句话点到了高拱的痛处。这几天他一直为《登极诏》里开篇就以不满的语气批评变更祖制耿耿于怀。这不惟是对他两年半来的施政变相否定,更重要的还在于,他此后的手脚势必被捆住,那些革新改制的事还怎么做?若真按《登极诏》所说进行复查,那这几年的改制势必都要退回去。但他又不能公开非议《登极诏》,更毋庸说推翻了。思来想去,还要以子之矛攻子之盾。他想到当年与朝臣争辩治道时说过的"善继善述"一语,顿时豁然开朗,思路顿明。一听高仪提到不敢变更日讲成宪,高拱把积压在心中的怨气向他撒去,揶揄道:"南宇,亏你还点过翰林!"

高仪一怔。

高拱一口把茶盏喝干,往书案一蹾道:"本朝以孝治天下,遵祖制、袭成宪,即是孝。但孝有孝道,有大孝,有小孝。《中庸》有'武王、周公,其达孝矣乎'一语。达者,变通不拘,善继善述是也。我辈在政府,当效法周公，追求达孝！我看，这才是《登极诏》谓遵祖制、守成宪之深意！"

高仪苦笑一声："新郑博学思辨，委实了得！"

高拱又道："先皇托付我辈顾命，若缩手缩脚，谨小慎微，天下必不可治，有负先皇，也对不起幼主。先皇壮年升遐，未及达成隆庆之治；今上年幼，我辈正可一鼓作气，务必达成万历之治！"

话音未落，刑部尚书刘自强求见。

"元翁，遵示连夜突击，把安庆兵变一案审勘毕，奏稿先请元翁过目。"刘自强一进来就说。

高拱刚接过奏稿，管兵部事杨博也来了。

"新郑、钱塘，《登极诏》言复查有无变更祖制者，兵部如何落实？"杨博问。这两年多，高拱大力改制，关涉军政最多，一部四侍郎尤其与祖制不合，且是看得见的事，要不要改回去？这让杨博颇感为难。

"是啊元翁，"刘自强接言道，"刑部也甚困惑，刑官久任之法刚实行，要不要废止？"

高拱正要回答，文书房散本太监匆匆进来，道："高老先生，内阁公本批回了。"

"啊？"高拱大吃一惊，发出"呵呵！呵呵"的怪笑，双手止不住剧烈颤抖起来。

高仪也惊诧不已，忙接过批红本来看，读道："朕知道了，遵祖制。"

"这是谁的意思？"高拱突然一拍书案，蓦地站起身，指着散本太监质问道。

"这……"散本太监吓得哆嗦了一下，缩着脖子，垂首而立。

"说！"高拱又是一声吼叫。

"内里批红，自然、自然是万岁爷的意思。"散本太监嗫嚅道。

"万岁爷的意思？"高拱冷冷一笑，"哼哼，别忘了，我们的天子才十岁啊！安有十岁天子而能自裁乎？"

杨博闻言，忙向高拱递眼色，高仪也提心吊胆地叫道："新郑，不要再说了！"

高拱火气冲天，继续道："还不都是你们这些阉人，凡是你们想干的

大明首相

第四部

贞介绝尘

事，就打着皇上的名义，这是皇上的意思，那是皇上定的，你们等着，我就是拼上这条老命，也要把你们这些欺君乱政的阉人赶走！"

高仪忙向散本太监道："公公，文书已接到，不妨就回吧。"

散本太监像得了大赦令，转身就走。高拱颓然地坐回椅子，激愤道："今日新政之始，辅臣百官之首，此疏乃内阁所上第一疏，要领是请求所有公牍都发交内阁票拟，不可内批。请求不要内批的公牍就这样被内批了；再观批语，显系不纳之意。阉人从中作梗如此，若不明正其事，则自兹以后必任其所为，不复可与争矣！"

刘自强愤愤然道："自太监顾命之诏出，冯保掌印之旨行，中外人心惶惶，方为危惧，所恃者，惟内阁可折其奸萌；今闻阁老公本内批不纳，必骇惧益甚！"

"再上本！"高拱大声道。

"新郑，三思啊！"高仪劝道。

"不是说要守成宪吗？祖宗成宪，内阁对皇上所发内旨，有认为不可行者，自当封驳，此谓之执奏。那我辈就不得不执奏一回了！"高拱断然道。说着，就提笔展纸。

"新郑，既然如此，老朽这就回去，上本劝谏皇上。"杨博起身道。

"博老，自强愿列名，联袂上本！"刘自强悲壮地说。

两人说完，施礼退出。高拱头也未抬，埋头奋笔疾书，不到半个时辰，奏稿已成。

高仪接过一看，上写着：

臣高拱、高仪谨题。臣等先于本月十一日恭上紧切事宜五件，仰禅新政。今日伏奉御批："朕知道了，遵祖制。"臣等窃惟五事所陈，皆是祖宗已行故事，而内中尚有节目条件，如命司礼监开揭夹签，尽发章奏，如五日一请见，如未蒙发拟者容令奏请，与夫通政司将封进本辞送该科记数备查等项，皆是因时处宜之事，必须明示准允，乃可行各衙门遵行。况皇上登极之日，正中外人心观望之际，臣等第一条奏，即未发票，即未蒙明白允行，恐失人心之望。用是臣等不敢将本送科，仍用封上，并补本再进，伏望皇上鉴察发下，臣等拟票。臣等如敢差错，自有公论，自有祖宗法度，其孰能容？臣等无任仰望之至。

　　阅罢，高仪感叹一声："尽人事，随天意吧！"说完，提笔署名。刚放下笔，突然一阵咳嗽，良久未止。

　　"南宇，你这是……"高拱起身走到高仪身边，弯身侧脸问。

　　"新、郑，我、我……"高仪弓腰大咳着，脸憋得通红。

　　"来人，唤御医来！"高拱吩咐道。

　　高仪边大口喘气边断断续续地说："新、新郑，对、不、住了，我、我帮不了你了……"话未说完，又大咳起来。

大明首相
第四部
贞介绝尘

第二十章 | 科道密集上本参劾大珰
侍郎独自登门警告亚相

1

内阁第一疏未被采纳，二阁老执奏的消息，不到一盏茶的工夫，已传遍部院衙门。六科廊就在端门与午门之间御道西侧，与文渊阁近在咫尺，自是最早得到消息的。吏科都给事中雒遵闻讯，一言不发，起身去找工科都给事中程文。

"事迫矣，师相既已封还内批，与钱塘阁老联名执奏，实为不奉诏之意，对立之势已成，我辈还踌躇什么！"雒遵一撸袖子道，"六科各上公本，弹劾欺君乱政的阉人！"

"疏稿、揭帖都已备好了！"程文既兴奋又紧张，"我兄掌吏科，乃六科之首，当仁不让，去各科走走，看他们各自要不要上本。"

"自应如此！"雒遵道，"我这就去。"

不到半天工夫，六科都已联络停当，各上公本；程文又把陆树德事先备好的礼科的奏本一并交给雒遵，齐送会极门收本处。

按制，六科上本，当以副本送内阁，谓之具揭。雒遵把六疏副本收齐，亲往文渊阁具揭。

张居正尚未从天寿山回来，高仪又因病请假，内阁只剩高拱一人。他一到文渊阁，散本太监就送来一摞文牍，高拱虽则因内阁执奏一事未见分晓，心绪烦乱，却又不愿误了朝政，进了中堂，就埋头批阅文牍。第一份是礼部奏报朝鲜国王李昖遣使来献方物。高拱暗忖：朝鲜使臣启程时，先皇尚在。他痛心地摇摇头，此时李昖或许还不知先皇驾崩、天朝已换新主的消息吧，闻讣必再遣使臣，这次就按常例区处，遂拟旨："该部议，给赏如例。"再看，是宣府镇巡抚吴兑的奏本，奏报本年上半年修堡、养马等情形。高拱掐指算了算，好于往昔，遂提笔写道："该部知道。"接下来一份，是三边总督戴才的奏本，与吴兑所奏一对比，相差甚远，所费却过于宣府，高拱不禁火起："这个戴才，督理甚不力！"提笔拟旨："该部议处。严词申饬，当及时修筑边墙城堡墩壕，务期坚固垂久，不得旷时靡费。"再看，镇守辽东总兵官李成梁奏宁前御虏功，参游等官恪遵纪律，虽无斩获之功，似有堵截之力。高拱批："下兵部议。"

　　每批一份章奏，高拱就会想起先皇，哀伤不已，暗自叹息："裕王，你如果还活着，哪里会有这么多纷扰，自可集中精力致力于隆庆之治。"这样想着，就推开文牍，提笔在纸笺上书写着、修改着。

　　雒遵携六科奏疏副本来内阁具揭，进了中堂，施礼间，高拱便叫着他的字问："道行，我拟了先皇的尊谥，你听听如何？"说着，举起纸笺念道："尊谥先皇'契天隆道渊懿宽仁显文光武纯德弘孝庄皇帝'，庙号穆宗。"

　　雒遵愣了一下，道："师相，此何时，师相还有心琢磨这事？"

　　高拱眼含泪花道："把先皇的事办理停当，我即是死了，也可瞑目！"

　　雒遵不以为然道："可是，先帝是把天下托付给师相的，把天下事打理停当，才是师相的使命啊！"他怕老师生气，忙把一叠文稿捧递过去，得意地说，"师相请看，这是六科副本，俱是弹劾冯保的！"

　　高拱惊问："都送上去了？"

　　"送走了。"雒遵道，"都察院有道本，也有独本。按制都察院的本不具揭，是以目下还看不到。"

　　高拱拿起揭帖，边摆手示意雒遵退下，边埋头翻看。陆树德的弹章他已看过，其余六疏还是第一次看到，他先展开吏科公本，只见上写着：

吏科都给事中雒遵等，为僭横宦官坏乱朝纲，恳乞圣明速赐宸断以杜祸本事。职惟自古英哲之主，所以统一天下而无意外之患者，必彰法于几初而使人不敢僭，必制尊于方萌而使人不敢横。方今司礼监太监冯保，僭窃横肆，坏乱朝纲，若不明法大斥其罪，则祸患未除，其何以号令天下而保安社稷哉！职等谨以冯保僭横之罪，著且大者为我皇上陈之。恭维皇上方以冲睿之年，嗣登大君之位。据今一时之举动，实系万方之观瞻，必近侍致敬，斯远人不敢慢也。始时能谨，斯将来有法程也。近于本月初十日，我皇上升殿登宝座，始即天子位。则宝座者，天子之位也，惟皇上得御之，以受文武百官拜祝。保不过一侍从之仆臣，尔乃敢俨然竟立于御座之上，不复下站殿班，是其日文武百官果敬拜皇上邪，抑拜冯保邪？皇上受臣下之拜，冯保亦受臣下之拜，无乃欺皇上之幼冲而慢肆无惮之若是也，岂仆从敬主之礼哉！其在殿陛之上如此，则在梓宫前可知矣；其在初服之时如此，则将来又可知矣。冯保僭横之罪渐岂可长哉！臣等又查祖制，凡宦官私宅闲住者，原无给米拨夫之例也。保乃妄奏闲住太监孟冲得月给米十石，岁拨人夫十名，是非僭乱祖制私作威福，敢于背先帝之恩，敢于挠皇上之法而大乱朝廷者乎？近日中外臣民相顾惊疑，啧啧私语，谓冯保操权仅数十日，梓宫在殡，辄敢眇视皇上，大肆更张，失今不治，恐不至昔年王振、刘瑾之祸不止也。皇上安用此宦竖而不亟置于法哉？臣等窃计制恶于未炽者，其为力也易，其贻患也小，若缓之制于晚则难矣。况保之恶为已炽乎？伏望皇上念祖宗之基业不易保，惩小人之罪恶不可纵，大奋乾刚，亟赐宸断，将冯保付之法司，究其僭横情罪，大置法典，夺孟冲违例之给，勿事姑息，不少轻贷，庶恶本预除，而众心知警，初政肃清，而主势永尊矣。

"嗯，说得是！"高拱阅罢，忍不住大声道，又嘀咕着，"尚不如陆树德之本有力也！"刚要翻看户科的奏本，书办送来一份文牍，高拱一看，是吏部尚书管兵部事杨博、吏部左侍郎魏学曾，兵部左侍郎栗永禄、刑部尚书刘自强、左侍郎朱大器、右侍郎曹金，都察院左都御史葛守礼，七重臣联名奏疏的副本，上写着：

吏部尚书管兵部事杨博等乞端政本以隆新治事。梓宫在殡，礼仪繁多，事有重轻，行有先后。乞敕内阁先行开奏，裁酌既定，以次修举。仍乞照累朝故事，凡传帖章奏，悉令内阁视草拟票，或未惬圣心，不妨召至便殿面相质问，务求至当，然后涣发。二三阁臣亲承顾命，愿陛下推心委任，则成宪无爽，新政有光。

"嗯，是声援内阁的！"高拱露出了笑容，"杨博、葛守礼，朝廷资历最深的老臣，素孚众望，他们一出面，朝野视为正声，足以代表百官。我不信内阁、部院、科道，斗不过一个罪恶昭彰的阉人！"

2

大内云台右门之北、隆宗门之南，有一排坐东朝西连房，名曰协恭堂，此乃司礼监文书房所在。凡内外章奏，都要经过文书房方可达于御前。按例，每日早晨，掌印太监过房看文书，秉笔、随堂太监也各有室，挨次细看。

这天一早，冯保下了凳杌，掌班张大受等侍从亲信，簇拥着正要进文书房，掌钥太监殷康上前道："印公，这里有规矩嘞！"

冯保刚要发火，突然想起，掌印太监进文书房，例穿直身，单身而进，亲信掌班人等不得入机密禁近，遂停下脚步道："太忙，待会儿还要到东厂去办事，朝服就不换了。"说着，向张大受等一招手，"掌班一人随侍，其余人等止步！"

以印公兼掌东厂，本朝未有，冯保为首例，大规矩已破，小规矩何用？殷康也就不敢再言，闪身让张大受进去了。

大内宦官数以万计，多半少年入宫，都要投于某一太监门下，形成本管与名下的关系，谓之拉名下。本管于名下，有抚育、管教之责，远过外朝座师与门生，恩同父子。冯保入宫多年，琴棋书画无不涉猎，又颇有心机，拉名下甚众。他接掌司礼监，先把文书房收本、散本太监换成了自己的名下，不待冯保嘱咐，这些人就把他关注的文书搜罗在一起，待他一到阅本室，即刻呈上。

冯保从张居正那里已知，会有科道上本弹劾他，但他没有料到会一起上呈，更没有想到会有这么多。他数了数，六科六公本，都察院十三道十三公本，还有御史王元宾、张涍各上独本，计有二十一本之多！冯

保心"怦怦"乱跳，手微微颤抖，打开最厚的一本来看，只见上写着：

工科都给事中程文等，为明大法劾大奸，恳乞圣断早赐剪除，以安社稷事。职等窃惟祖宗设为刑律，以惩不恪，大小皆备而至重者，乃在于谋逆僭窃假诏旨、漏御情、大不敬等事。有一于此，必诛无赦，其防至严也。乃今有屡犯重条，无君不道，如司礼监太监冯保者，职等闻见既真，敢畏祸而不为皇上言乎？冯保平日贪残害人不法等事，万千难尽，姑从后论，今以其无君不道之甚者先言之。先帝升遐，人心不胜哀悼，而中外汹汹喧传，皆以为冯保所致。职等细访之，乃知冯保平日造进诲淫之器以荡圣心，私进邪燥之药以损圣体，先帝因以成疾，遂至弥留。此事无人不知，无人不痛恨者。昔弘治十八年，太监张瑜误进药饵，致损孝帝，彼时公侯科道等官合本论劾，遂将张瑜拿问拟斩。张瑜犹是差错，而冯保则有心为之，情为尤重，此其必不可赦者一也。先帝久知冯保奸邪，不与掌印，保虽百计营求，终不能得。乃五月二十六日卯时，先帝升遐，辰时即传冯保掌印，岂非保自矫诏而为之乎？假传圣旨有条，此其必不可赦者二也。先帝升遐后一日，冯保即打出一报，内开遗诏与皇太子……一时人皆抄报，遍传四方，人心惶惑，以为司礼岂辅导之任，内官岂顾命之臣？此自古所无者，虚实未可知也。纵有之，亦是御情密事，岂宜明写在外，以令天下皆知？此不过冯保假此张大其权，使人畏不敢言，而因以肆其弄权之计耳。故使事之无也，又是假传圣旨；总使事之有也，亦系透漏御情，此其必不可赦者三也。陛下登极之日，科道官侍班，见冯保直升御座而立，皆甚骇异。出以访之，累朝近侍皆云自来无此，实自冯保今日起。夫御座者，太祖高皇帝之座也，惟继统天子登之。保是何人，乃敢俨然立于其上，逼挟天子而共受文武百官之朝拜乎？此自古所无之事，虽王莽、曹操所未敢为者。而保乃为之，不轨之心岂不可见？此其必不可赦者四也。凡此，皆冯保今日大恶，而其敢于无君不道一至于此，乃使之日在左右，专掌枢权，岂不可畏之甚耶？又据其素恶言之：保在先朝不恤帑藏空虚，惟恣侈靡之导，鳌山一作，浪费不赀，其视邦财等若粪土。而凡私营庄宅，置买田产，则价值物料一切取诸御用监、内官监及供用库。内本管太监翟廷玉言少抗违，随差豪校陈应凤等拿玉库役，勒送千金，遂陷廷玉屈死刑牢。凡承运库宝物盗取无算，太监崔敏尽知，此其耗国不仁罪之一者。徐爵系嘉靖年间问发逃军，保即收为腹心，事无巨细听其拨置，贿虽锱铢悉凭过付，寻为捏功，升为锦衣百户。以白丁之弟冯佑买功，升至锦衣大堂，又为伊侄冯天驭、冯天骐谋升锦衣千百户，家丁王贤、王才、王钦、张勋、邵淳等，皆以厮役滥窃校尉名色。若王贤者，又冒升百户。此其窃盗名器罪之二者。每年正旦、冬至、端阳三节，保辄思巧计乞升内使二百余人，每升太监一员，受银五百两；少监一员，受银三百两；小火者给牌赐帽，俱五十两；若升补各王府承奉，正则四千两，副则三千两，除珠宝罗缎等物，名曰："见面土仪。"此其贩鬻弄权罪之三者。织染局铺户石金，关领西十库银一十七万两，保即索受五千余两，张大受、徐爵各骗银一千两，仍差陈应凤等吓送金背钱五十车。又织染局匠役盗去蟒龙罗缎共三百余匹，保既连赃捉获，乃索受管局太监陈洪银物二扛，暗将获赃送入，匿不以闻。此其贪纵罪之四者。司礼监太监黄锦病故，管家梁经将锦所积玉器凡二食盒进上，保俱邀截，复吓银二万两，玉带蟒衣不可胜记。先是太监张永旧宅二所，价值五万余金，保恃强夺之，占作楼房，见存可究。又太监滕祥病故，遗有大青大碌盈数寸许者，保乃逼伊侄滕凤送入私囊，复与太监陈洪争夺凤宅二所，庄田一处，价值十万两，因不可得，忿将陈洪陷害。此其吞噬强御罪之五者。至若打死行凶内使，径弃尸骸，妄杀无辜妻孥，忍殃同列，并将太监陈宪坑下冤狱，亦皆人所共知共恨。此其荼毒凌虐罪之六者。夫以保负此四逆六罪，皆律法所不可赦者。以先皇长君照临于上，而保尤敢为如此，况在陛下冲年而幸窃掌印，虎而加翼，为祸可胜言哉！若不及今早处，将来陛下必为其所欺侮，陛下政令必为坏乱不得自由，陛下左右端良之人必为其陷害。又必安置心腹，布备内廷，共为蒙蔽，恣行凶恶，待其势成，必至倾危社稷。陛下又何以制之乎？昔刘瑾用事之初，恶尚未著，人皆知其必为不轨，九卿科道交章论劾，武皇始尚不信，及至酿成大衅，几危社稷，方惊悟，诛其人而天下始安矣。然是时武皇已十有五龄也，犹具此逆谋，况保当陛下十龄之时，而兼机智倾巧，又甚于刘瑾者，是可不为之寒心哉！伏乞皇上俯纳刍愚，敕下三法司亟将冯保拿问，明正典刑。如有巧进邪说

曲为保救者，亦望圣明察之，则不惟可以除君侧之恶，而亦可以为后人
之戒矣。社稷幸甚，天下幸甚，职等不胜激切恳祈之至！

冯保阅罢，满头大汗，脸色煞白，瘫坐在椅子上，手捂胸口，急速
而又小心地喘着气。张大受见状，急忙上前用湿手巾为他擦汗，手巾刚
沾上冯保的脸，他"啊"的一声惊叫，从椅子上跳了起来，双目惊恐地
瞪着张大受："做甚？你要做甚？"声音瘆人，仿佛从胸腔中发出。张大
受惊得后退了两步，茫然地看着冯保。冯保像是饥饿难耐的人看见食物，
"噌"地伸过手去，抓起放在桌上的另一份厚厚的文书，惊慌地浏览，正
是高拱、高仪联名所上内阁补本，而先前批红的内阁公本夹在后面，封
驳回来了！再拿起一本，是杨博等七重臣的联名奏本，语虽温和，建言
却与内阁公本如出一辙。

"完了完了！"冯保哀叹一声，颓然地坐回椅子，两眼发直，大串大
串的汗珠"啪嗒啪嗒"滚落到朝袍上他也浑然不觉。蓦地，他下意识摸
了摸自己的脖子，浑身一缩，打了个寒战，惊慌地吩咐张大受："快，快
把这些文书带上，命徐爵速去谒张老先生！火速去，火速回，一刻不得
延迟！"

3

内廷外西路隆宗门西侧有一座院落，乃慈宁宫也。院内东西两侧为
廊庑，折向南与慈宁门相接，北向直抵后寝殿之东西耳房。前院东西庑
正中各开一门，东曰徽音左门，西曰徽音右门。正殿慈宁宫居中，前后
出廊，殿前出月台，东西两山设卡墙，各开垂花门，可通后院。

冯保下了凳杌，迈着小碎步进了慈宁门。执事太监张诚迎过来，导
引他顺着廊庑穿过徽音左门，再过东山卡墙的垂花门，径直来到大佛堂。
昨日刚搬进慈宁宫的李贵妃正盘腿坐在佛龛前，闭目礼佛。

"娘娘——"冯保"嗵"地跪下，头近乎贴着李贵妃的右膝，带着哭
腔道，"那高胡子目无君父，相逼何急！"

"出了什么事？"李贵妃蓦地睁开眼睛，问。

冯保从袖中掏出一本，道："娘娘，高胡子把万岁爷的谕旨封驳回来了！"

"呀！"李贵妃惊叫一声，忙接过来看。

"高胡子上了补本，胁迫万岁爷非要照他说的做不可！"冯保又道。

李贵妃看罢，沉吟不语。

"有句话，老奴不敢说。但事关万岁爷的龙位，老奴不得不冒死说出来。"冯保边叩头边哽咽着说。

李贵妃神色慌乱，道："什么话，你快说呀！"

"内阁公本批回去，高胡子一见，勃然大怒，当场大叫'十岁的孩童如何做天子！'"冯保以惊恐的语调道。

李贵妃闻言，顿觉"轰"的一声，上身晃了晃，差一点晕倒，她定了定神儿，哭着说："先帝啊——你抛下俺孤儿寡母……"

"娘娘——"冯保也跟着哭了起来，边哭边说，"娘娘，得替幼主爷保住江山啊！"

李贵妃蓦地止住哭声，问："张先生怎么还不回来？"

冯保见李贵妃心里惦记着张居正，不禁暗喜，道："禀娘娘，张先生昨已到了巩华城，今日午后当可回京。"

昨日，冯保差徐爵面见张居正，在巩华城相遇，张居正给冯保带回一句话："勿惧，便好将计就计为之。"正是按张居正的画策，冯保今日方拿着文牍来见李贵妃，按照张居正的授意说了那番话。

"张先生怎么说？"李贵妃问。她显然知道冯保暗中与张居正保持着密切联络之事。

"张老先生能怎么说？他敢怎么说？他说了算吗？"冯保噘着嘴，赌气道。

这是张居正事先交代好的，不能给外间尤其是李贵妃一个他想取代高拱因而背后向高拱捅刀子的印象，以免她起疑。冯保思之也不无道理，就尽量保护张居正。

李贵妃叹息道："那，就照高先生说的，上紧地把文书发交内阁吧！不的，惹怒了高先生，怕不好收场。"

"可是，娘娘，高胡子得寸进尺，老奴听说他发动科道发誓要赶走老奴！赶走老奴，还不是为了剪除万岁爷和娘娘的羽翼，使万岁爷和娘娘孤立于深宫大内，他好大权独揽！"冯保头叩得"嗵嗵"响，边叩边哭着说。冯保把科道的弹章都压在自己的直房，又担心被揭发后罹欺君之罪，不得不向李贵妃笼统地禀报一句。

"高先生何苦如此相逼？"李贵妃喃喃道。

这正是冯保想听到的。照张居正的画策，就是要让李贵妃得出高拱苦苦相逼的结论，不得不出手反击。李贵妃终于说出了"相逼"一语，该是鼓动她反击的时候了。冯保蓦地仰起头，重重地喘着气，目露凶光道："娘娘，高胡子不忠，不能犹犹豫豫了，不如以迅雷不及掩耳之势，把高胡子赶出京城！"

李贵妃半天不语，慢慢站起身，轻叹一声道："先帝识高先生二十多年，给他的诰命里，说他精忠贯日，贞介绝尘，赤心报国。言犹在耳，今钧儿登基刚五天，连朝会还没有举行过一回，就忽以'不忠'赶走高先生，岂不是打先帝的脸吗？又如何让朝野信服？"

冯保心里凉了半截，跟在李贵妃身后，气鼓鼓地说："高胡子目无君父，竟说十岁孩童如何做天子，大不敬！该杀！"

"他要真有不臣之心，也不会公开说出来。"李贵妃低声道，像是回答冯保，又像是安慰自己，"他公开说出来，或许只是想说，皇帝年幼，不能独立治理天下，要内阁替皇帝打理。"这样一说，她心里陡然轻松了许多。

"可是……"冯保不甘心，还想说什么，李贵妃打断他："待张先生回来，让他想个法子，不让他们赶你走就是了。"

冯保只得叩头告退。刚走几步，李贵妃又道："冯保，咱看福建贡的枇杷、浙江贡的鲜笋真是新鲜，让钧儿赐给辅臣、讲官和各衙门三品以上官员，让大家都尝尝吧！"

"老奴谨遵懿旨！"冯保躬身道。心中暗忖：哼，彩凤不是当年初到裕邸时手把手教她认字的那个小丫头了，懂得收买人心了，够老练的！突然，他灵机一动，跪在地上向李贵妃跪行几步，匍匐在她脚下，哭道："娘娘，老奴侍候娘娘十五年了，这回一别，怕再也见不到娘娘了！"

李贵妃心一软，眼眶红了，嗔怪道："这是什么话来？咱说过了呀，要张先生帮着想法子。"

"娘娘，没有法子！高胡子把老奴的活路都断了！"冯保抽泣着道，"一旦科道的弹章上来，就得发交高胡子拟旨，他会容老奴存身吗？本以为侍候娘娘、侍候万岁爷这么些年，目今万岁爷是大明的主子，老奴也风光风光，想不到却……娘娘和幼主爷即使有心，却也无力保全咱这条看家狗，老奴死不足惜，就是放心不下幼主爷啊！"

李贵妃举起香帕，轻拭眼泪，蹙眉道："冯保，那你说该咋办来？"

"娘娘！"冯保深情地唤了一声，仰脸看着李贵妃，"老奴知娘娘这些年熟读史书，当知太后临朝之事！"

"呀！"李贵妃一惊，"这可不是闹着玩儿的！"

太后临朝，是冯保的撒手铜，连向张居正也未透露过，要在迫不得已时以此诱惑李贵妃驱逐高拱，故他早有准备，遂以恳求的语气道："娘娘，远的不说，就说大宋朝，真宗爷驾崩，东宫年十三，刘太后临朝称制，后来仁宗爷亲政，大宋在刘太后手里最是兴盛。后世常将刘太后与汉之吕后、唐之武后并称，还说刘太后'有吕武之才，无吕武之恶'，那刘太后不惟为儿子保全江山，还名垂青史。老奴观娘娘性严明，有识见，远过宋之刘太后，若娘娘临朝，幼主爷江山稳固，大明中兴有望！"

李贵妃怦然心动，又自知太后临朝与祖制相悖，仿佛突然间听到了朝野哗然而议、纷纷抗争的声音，不禁战栗了一下，惊惧地说："冯保，不许乱说！"

"难不成太后临朝比内臣顾命还要耸人听闻？"冯保鼓动道，"叫老奴看，外朝怕是宁愿太后临朝，也不愿内臣顾命。为平息纷扰，断然行之，大局可定！"

李贵妃沉吟不语。

"高胡子断然不会同意，一举把他赶走，谁还敢再反对？"冯保继续说，"让张老先生做首相，只要他赞同太后临朝，这事就成了！"

李贵妃朱唇紧闭，心乱如麻。

"娘娘，断断不能眼睁睁看着太阿倒持，大权旁落，被高胡子玩于股掌之上！"冯保激动地说，嘴角喷出一串白沫。

李贵妃心虚道："大行皇帝梓宫待殡，钧儿登基方五天，陡然改了章程，咱于心不安，怕是朝野也不能谅解。"

冯保用力叩头道："拖久了，怕是想改也改不了啦，请娘娘决断！"

李贵妃摇头："天大的事，岂是一句话就定得的？"她挪动金莲，徘徊了几步，低声道，"容咱好生想想，你可探探张先生的口气，其余人等，一概不许吐露一字，你下去吧！"

冯保施礼告退，出了慈宁宫方知满脸是汗，举起袍袖用力抹了抹。回到文书房，镇静片刻，喝了一盏茶，只得吩咐把内阁上的补本发交内阁票拟。散本太监刚要走，他又拦住："慢！先放这儿，待会儿再说。"

冯保压住科道几十本弹章不报闻，心里忐忑，恐被皇上和李贵妃知道，此罪非轻，仅此一事就得走人。可一旦报闻，矫诏的事倒是不必担心，都是李贵妃首肯的，那些陈芝麻烂谷子的事，尤其是程文弹章里说的"造进海淫之器以荡圣心，私进邪燥之药以损圣体"，让李贵妃看了，必转怒于他。还有夺人田宅的事，也必拱起李贵妃的火来。李贵妃知武清伯爱财如命，平时不少拿宫中的珍宝往娘家送，为了营造大宅，武清伯连给京营供服装之事都揽下了，这些，李贵妃都是知道的，若得知他冯保有这么多田宅，心里岂不生嫉？冯保越想越害怕，吩咐张大受把弹章都抱来，一一浏览，凝思良久，检出御史张涍的奏本，看了又看，上写：

皇上践祚之初，凡有举措，所窥伺者何限名与器，安可假人。掌司礼监印者孟冲也，未闻令旨，革某用某，一旦传奉令旨者出自冯保，臣等相顾骇愕，莫知所为。时皇上哀痛方迫，未敢渎奏，且久窥皇上圣明，必自有说，非左右之所欺蔽也。今又传奉明旨，调用张宏，臣闻其守备南京，包藏祸心，恣作威福，安庆卫指挥张志学等挟众倡乱，宏受重贿，特为奏请，驾祸知府查志隆激变，以宽志学等首恶之诛。守备如此，皇上何自察其可用？其进誉者何人？凡近习之中有欺上专擅者，不可不放逐；有导上以游逸玩好之乐者，不可投其中。时临便殿，召二三辅臣，以资启沃。前日侍讲诸臣临御之暇，令其执经诵说，一如出阁之日，及退息宫中，则视内臣老成长虑忠言逆耳者，相与周旋，则圣学日进，庶足开太平之治。

此本虽对冯保掌印提出质疑，但并不是全对着他的；而且提调张宏入京，是李贵妃的主张，不妨先把这个本子发下，内阁拟旨也不便说把他冯保如何，便决计将此本与内阁补本、杨博等人的奏本一并交皇上御览后，发交内阁，试探一下。他拿上三份文书出了文书房，吩咐张大受："你差人到张老先生家门口候着，一旦张老先生回府，即刻让徐爵去见。"

4

礼科都给事中陆树德随张居正到天寿山视营陵寝，出了巩华城，张居正的轿子慢慢悠悠，直到日头偏西方入了德胜门。一路上，陆树德心中着急，又不能超了张居正的轿子，直到入城，众人各自散去，陆树德才火急火燎地赶到六科廊。

陆树德个子不高，清瘦精干。他是浙江平泉人，其兄陆树声与高拱为同年，又同选庶吉士，正直立朝，声望素著，因愤于朝臣结党内斗，隆庆元年以礼部侍郎乞致仕，屡荐不出。陆树德颇似乃兄，率侃直，素清严，为高拱所赏识，隆庆四年由刑部主事甄拔为给事中，敢言直谏，人所畏之，升掌科。他见先帝驾崩不到一个时辰，即传冯保掌印之旨，怒不可遏，率先具本劾之。随张居正到天寿山几日，他心情异常沉重，牵挂着科道上本之事，又风闻张居正交通冯保，对他敬而远之。昨日在巩华城，忽见徐爵来谒张居正，愤恨不已，强忍着没有发作。待入城后众人各自回家，他却直奔六科廊，一则探听上本情形，一则要把徐爵谒张居正一事公之于众。

吏科都给事中雒遵乃六科领袖，陆树德先到了他的直房，略事寒暄，各自通报所关情形，陆树德问："弹章可关涉江陵相？"

雒遵摇头："六科本无一语关涉江陵相。"

"我这就上本劾之！"陆树德说着，转身欲走。

雒遵上前拉住陆树德，叫着他的字，劝道："与成兄当知，元翁重情，对先帝如此，对江陵相亦如此，他不会对江陵相下手。与成兄劾江陵相，徒增纷扰，不如集矢于冯保那个阉人，赶走了冯保，江陵相交通内官之事，也就不了了之了。"

"总要有是非正邪、贤与不肖之辩吧?"陆树德眼一瞪说。说罢,大步出了雒遵的直房,往不远处的文渊阁而去。走到文渊阁西门口,他又止住脚步,暗忖:我去禀报元翁,似有挑拨阁臣之嫌,不妥。遂转身回走,出了东华门,穿过长安街进了吏部衙门。

吏部左侍郎魏学曾闻禀,吩咐传见。陆树德施礼寒暄毕,即把徐爵驰奔巩华城见张居正一事说于魏学曾,言毕一拱手道:"人言确翁有古大臣风,是以学生愿惟确翁之命是从。"魏学曾号确庵,陆树德遂有此尊称。

魏学曾沉吟良久,道:"冯保矫诏,欺君乱政,人心惶惶,非新朝气象。目今科道已密集上本参劾,只要江陵相中立不与,冯保孤立于内,必倒无疑。于公则玄翁主持国政继续中兴大业,于私则江陵相节操得以保全。"说着,站起身,"我这就去谒江陵相,陈明利害。"

陆树德满脑子都是上章参劾,听魏学曾如是说,豁然开朗,点头道:"嗯,确翁此计稳妥。"说着也站起身,"学生也随确翁同去。"

"不可!"魏学曾摆手道,"有结党之嫌,且让江陵相误以为向其施压。我一个人去,忠言相劝,或可有济。"

陆树德只得作罢,目送魏学曾上了轿,才忧心忡忡地打道回府。

张居正自巩华城回到家,唤来小妾菱儿侍候着沐浴更衣,顿觉浑身清爽了许多。出门近十日未近女色,有些把持不住,拉过菱儿便往她房里走,刚出浴室门,游七跑过来禀报:"老爷,徐管家来了,咱见他一脸猴急的,在书房候着嘞!"

一句话说得张居正欲火顿灭,快步向书房走去。

"亲家老爷,张阁老!"徐爵一见张居正,就躬身施礼,边作揖边焦急地说,"贵妃娘娘也觉得高相相逼甚苦,可她老人家还是顾虑重重,下不了决心,反要请亲家老爷想法子保全家干父。"

这似乎在张居正的意料之中,他边落座边道:"所有章奏,皇上既不能内批,也不能留中不发,只能发交内阁拟旨;若皇上认为内阁所拟不妥,则需召见阁臣面奏。内阁会在弹劾印公的弹章上票拟出什么话,可以想象得出;即使皇上不认可,召阁臣面奏,毕竟皇上才十岁,最终还得听阁臣的。如此看来,保全印公,委实没有法子。"

徐爵一欠身道："家干父倒是想出一个法子，也向贵妃娘娘说了，贵妃娘娘说要听听亲家老爷你老人家的想法。"

"喔?"张居正露出疑惑的目光，"会是什么法子?"

"太后临朝!"徐爵道。

"啊?"张居正大吃一惊，端在手里的茶盏晃了几晃，溢出的茶水烫得他咧了咧嘴。

徐爵见状，忙放下自己的茶盏，伸过手去从张居正手里接过茶盏放于茶几，又用自己的袍袖在张居正的手上来回擦了几下。张居正缩回手去，两掌交替摩挲着，面无表情，心里却翻江倒海。太后临朝，祖制所不容，他若助其成，必为当世鄙夷、后世唾骂；况且一旦实行，必是李贵妃与冯保操控大权，他事事要受制女流、太监，治国安邦的抱负如何施展? 与其这样，莫不如继续维持时局。虽则玄翁已有猜疑，但毕竟没有公开撕破脸皮，维系下去当不成问题。又一想，冯保如被下法司勘问，自己极力掩饰的交通太监之事必大白于天下，即使玄翁谅解，自己又有何颜面立于朝廷?

张居正反复权衡着，纠结着……

徐爵见张居正眉头紧锁，忽而仰面吐气，忽而低头沉吟，在反复斟酌着，也不便多言，只得在旁侧静静地候着。正沉寂间，游七在门外禀报："老爷，吏部侍郎魏学曾求见，在茶室候着。"

"喔! 魏惟贯? 他来做甚?"张居正自语道，仰脸沉吟片刻，吩咐游七，"就说我从天寿山回来路上中了暑，病痛难忍，不便见客。"说完又一想，觉得不妥，起身把游七叫回来，"你转告他：侍郎有言，可写帖来。"

"怎么，张阁老病了?"魏学曾闻报，半信半疑，"只向张阁老进言一二，不妨事吧?"

"这……"游七支吾着，小眼睛眨巴了几下道，"老爷上吐下泻，委实不便嘞!"

魏学曾从游七的神色中察觉出张居正是故意避而不见，顿感心寒，他脸一沉道："笔墨侍候!"游七把笔墨备齐，放到魏学曾旁侧的高脚茶几上，魏学曾凝眉稍思，提笔写道：

外人皆言相公与阉人协谋，每事相通，遗诏亦出相公手。今日之事，相公宜防之，不宜卫护。此阉恐激成大事，不利于相公也。

写毕，看了一遍，提起来用嘴吹了吹，抖了几下，叠好，交给游七："你禀报张阁老，我在此候回书！"

"哼！哼哼！"张居正接阅魏学曾的禀帖，脸色陡变，发出几声怪笑，头上冒出了虚汗。突然，他"嚓嚓"几声把禀帖撕碎，往地上一甩，咬牙道，"好你魏学曾，敢来威胁老子！"说着，蓦地起身，抬脚在纸屑上猛地踩了几下，"走着瞧！"说完，疾步走到书案前，奋笔疾书：

此事仆亦差人密访，外间并无此说。今侍郎为此言，不过欲仆去耳。便当上疏辞归，敬闻命矣！

写罢，看也未看一眼，对游七道："拿去，给那个魏学曾！"又仰脸吐了口气，紧咬嘴唇，良久方道，"箭在弦上，不得不发！"转脸对徐爵道，"回去禀报印公，太后临朝，不失为稳定时局之策。为大明社稷计、为皇上计，居正赞同；然玄翁当国，居正不敢倡言。"

"晚生明白！"徐爵咧嘴一笑，躬身一揖，忙告辞而去。

"哼哼！"张居正望着徐爵的背影，眯起双目，冷冷一笑，"张居正不是高新郑，直肠子不懂迂回！太后临朝？真是不知天高地厚！"这样想着，张居正露出了笑容，"我既能玩玄翁于股掌，何况一个阉人，一个女流！"

"太岳相公！"吕光在门外喊了声，语调中满含兴奋，"存翁有奇计献上！"

"喔？"张居正大喜，"吕先生快请！"

1

高拱放心不下高仪的病，用完午饭，就急匆匆赶到他位于天师庵草场街左近的家中探视。自多年前家中失火，宅邸尽毁，高仪就一直借居在这座友人的宅子里，院子狭窄，房子破旧，大白天的，卧室里一片黑黢黢的。

管家搬过一把椅子，放在高仪的病床前，高拱坐下，用力挤了挤眼睛，慢慢地才看清东西。只见高仪面容枯瘦，咳嗽不止，几不能言。高拱说了几句宽心话就要告辞。

高仪伸出手，强抑咳声，"呼噜呼噜"喘息着问："新郑，万一此番内里再不纳……，你、你打算怎么办？"

自封还批红，再上补本，高拱心里就一直惴惴不安。大内若留中或素性直接批红，故意与内阁的建言对着干，岂不形成僵局？这也是高拱最担心的。他回过身来，弯腰拉住高仪的手道："南宇，这个还用说吗？我只能乞请放归，这是惯例，别无选择！"

高仪闻言，又是一阵剧烈的咳嗽，边咳边不住地摇手。

"哼！"高拱直起身，冷笑一声道，"皇上甫继位，罢黜首席顾命大臣，不惟对先皇无以交代，便是对天下又如何交代？对历史如何交代？谅冯保那个阉人不敢！"

高仪咳嗽着摇头，断断续续道："新、郑，善自珍、珍重吧！"

高拱抱拳揖别，一路上不断催促轿夫加快步伐。回到内阁，刚喝了一口茶，书办喜滋滋地走过来，把三份文牍放到他的书案上："元翁，文书房散本太监刚送来的。"

"喔！"高拱放下茶盏，顺手一翻，正是内阁补本，再前前后后细细一看，没有内批。高拱紧绷着的神经瞬时松弛下来，重重地吐了口气，欣喜道："果不出所料，那个阉人，不敢再作梗。"说着，一撸袍袖，提笔把早已想好的票词写了下来：

> 览卿等所奏，甚于时政有裨，具见忠荩，都依拟行。

他又拿起下面的文牍，是杨博等七臣声援内阁的奏本，高拱提笔拟旨："览奏，具见卿等忠心，依议行。"

拟好两票，高拱抑制不住兴奋，真想痛饮一场，举起茶盏"咕咚"一口，把大半盏茶喝个精光，一抹嘴："嗯，痛快！"这才捡起书案上另一份文牍，一看，是御史张涍的奏本。高拱浏览一遍，一蹙眉，暗忖：科道的二十本何以未发，单单把这本发下了？又一想，定然是冯保那个阉人大惧，故意拖着，拖一天是一天吧！"哼哼，看你这个阉人能坚持多久！"他冷笑着自语道，提起笔，思忖如何拟旨，不痛不痒于事无补，说重了，这道本的内容不合，索性先放放，待科道的那些弹章都发来再一并清账，遂把张涍的奏本一推，仰脸沉思着。忽然想到张涍奏本指张宏受张志学之贿，为其开脱，自言自语道，"安庆百姓翘首以盼查志隆复任，此事不能久拖。也正可借机把严纲纪顺民心之意达于天听，布之中外！"这样想着，展纸提笔写道：

> 正国是顺民心以遵朝廷事。臣惟国家所以强盛尊安，虽有不逞之徒，卒莫敢犯，以纪纲振而民之爱戴深也。若纪纲废则神气驰，神气驰则人无畏惮，祸乱四起；若民心失则元气索，元气索则支离涣散，邦本不固……

不知不觉，已写了洋洋千言，高拱又从头看了一遍，起身道："来人，把这些文牍封送！"

书办进来，拿起文牍刚要走，高拱摆摆手道："票拟的两份即刻封发，奏本待明日交张阁老阅后再送。"

或许是国丧期，抑或是时下人心惶惶无心做事，内外章奏比平时少了许多，到交了戌时，文牍已批阅毕。高拱起身正欲到吏部去，书办通禀：魏学曾求见。

"惟贯，我正要找你！"一见魏学曾，高拱就一脸笑意道，"皇上年幼，用人的决策程序不能再照此前老办法做，拟道《拟陈点官事宜疏》来，把用人的规矩立下来。"

魏学曾垂头丧气，拿出张居正写给他的回帖递给高拱。

"这是什么？"高拱说着，低头扫了一眼，抬头看着魏学曾，"怎么回事？"

魏学曾把求见张居正之事说了一遍，叹息道："看来，江陵相执迷不悟啊！"

高拱一扬手道："大局已定，不必管他！"

"大局已定？"魏学曾吃惊地重复了一句。

"不必吃惊。"高拱自信地说，"内阁所奏陈五事疏连同补本，都发下来了，我已拟旨俱依议行，适才已封送。据此，弹劾冯保的本子不能留中，一俟发下，拟旨把他打发到南京闲住，官府为之一清，自会风平浪静。"

魏学曾摇摇头道："冯保狡黠，江陵相又多智术，玄翁不可掉以轻心。"

"又能怎样？"高拱一瞪眼道，"所有章奏不内批、不留中，皇上不发中旨，一切都在内阁掌握中嘛！"说罢，把话题拉回去，"适才说的《拟陈点官事宜疏》，我已想好，大意是嘉靖、隆庆两朝的做法，要改……"顿了顿，便顾自把想法说了一遍，言毕，一扬手，"你回去照此意起稿，明日上奏。"

魏学曾满脑子还是到张府碰壁的事，张居正回帖里，字里行间满是怒气，欲进忠言阻止他与冯保里应外合，结果很可能激他死心塌地与冯保合谋！魏学曾感到心寒，更感到忧惧。本来是想与高拱好好合计一番的，不意他却全不在意，还在说改制的事。高拱说些什么，魏学曾一概不知，只好苦笑一声，躬身告退。

高拱见魏学曾心不在焉，担心那番话他未必记得下，便无奈地摇摇头，自语道："罢了，还是自己来吧！"言毕，一抖朝袍，吩咐备轿。

自先皇驾崩，高拱的心情从来没有像今天这样畅快过。他没有在内阁用饭，也未去吏部，径直回家。一进家门，就吩咐高福："加道荤菜！"

高福一脸迷茫。打从先皇帝去世，老爷一直吃素，今天竟主动提出要加荤菜；看那表情，好神气的样子，正想问问是咋回事，房尧第快步走了过来，唤道："玄翁——今儿回来早啊！"

"哟，是崇楼，你回来了？"高拱问，"情形如何？"

二十天前，高拱提出要房尧第到左近州县走走，了解条鞭法在北方可否实行一事。房尧第便去了固安，今日薄暮刚回来，一见面，高拱就急不可耐地问他，房尧第跟在他身后，边走边答："玄翁，北方银子少，条鞭法是把一揽子赋役，通以银子折算、缴纳。若在北方实行，农家只有卖粮换银子，而集中卖粮，粮价势必大跌，岂不伤农？是以学生以为，目今在北方行条鞭法，恐不便。"

"喔？是这样！"高拱道，"原想万历元年要铺开呢，看来要审慎。"

"玄翁……"房尧第支吾着，"学生一路走来，到处都在说，宦官矫诏受顾命，要干政，恐王振、刘瑾之祸重现。稍通文墨者，无不忧心忡忡啊！"

高拱一扬手道："翻不了天！"

"可，道路传闻，江陵相与冯……"房尧第小心翼翼地说。

"张叔大已然醒悟，冯保独木难支。"高拱轻描淡写道，"不说这个了，到书房去，把一路见闻细细说来。"

两人在书房谈兴甚浓，高福几次催促用饭都被高拱赶了出来，高福无奈，只得把饭菜端到书房去。高拱很想痛饮几杯，但想到大行皇帝，他又忍住了，情绪也突然低落了许多。两人默默用完了饭，房尧第提议到院子里走走，刚要起身，高福递来拜帖，高拱"嘶"地吸了口气："吕光？隐隐约约记得有这么个人。"

"玄翁，吕光是徐阶的幕宾，奶奶寿诞时来府为徐阶求情哭诉的就说他。"房尧第提醒道。

"喔？他又来做甚？"高拱蹙眉道。

2

或许是紧张的缘故，吕光坐在高府的花厅里，汗涔涔下。高福递给他一把蒲扇，他"呼呼"扇了几下，突然又停下，似乎在琢磨着什么，忽而又猛扇一阵……

过了一刻多钟，高拱一袭布衣，手拿蒲扇进了花厅，吕光躬身而立，待高拱在主位上坐定，他先是一揖，随即跪倒在地，拜道："存翁特差在下来京，向高相公表达感激之情。"

高拱得意地摇着蒲扇，缓缓道："起来说话。"

吕光又叩了三个头，这才起身，在西侧的一把座椅上落座，抱拳道："起初，高相公要报复存翁之说甚嚣尘上，存翁颇不自安，至三子被逮，不得不相信传言，惶惶然不知所措，对高相公误会更深。虽相公华翰迭至，一再宽慰，存翁仍不敢相信。直到蔡国熙调任，高相公拟旨发回松江府重审徐府案，存翁方恍然大悟，知高相公乃高义之士，不惟无报复之心，反而以德报怨，竟感动得老泪纵横嘞！"

"徐老相信高某就好。"高拱淡淡地说。

"岂止相信，钦佩不已啊！"吕光恭维道，"先帝颁敕，赞高相公养气极其刚大，为众人所不能为；赤心报国，力扶既隳之纲常；正色立朝，顿折久渝之议论。以不世之略，建不世之勋。存翁诵读邸报，痛哭流涕，以当年不能及时让贤为悔，见客便说，新郑乃本朝第一豪杰，有新郑当国，乃大明社稷之福！"

高拱抱拳向上一举："端赖先皇委任。"顿了顿，提高了声调，"要做的事还很多，高某无他，唯一片报国愚忠，不知有自身，誓不负先皇之托！"

吕光一抱拳："高相公锐志匡时，夙夜在公，以天下为己任，人所共仰。存翁言：今上冲龄，新郑亲受顾命，正可再接再厉，大展新猷！"

高拱微微一笑："你回去对徐老说，望他善自珍摄，必可一睹盛世

254

之象!"

"那是那是!"吕光讨好地一笑,踌躇着道,"存翁让在下给高相公捎句话:新郑励精图治,难题一一化解,惟宗室之事,最是困扰朝廷,拖累小民。此事非新郑不敢触及、不能化解。闻新郑有意为宗室立一代章程,此乃不世之功。"

高拱跷起二郎腿,仰靠在椅背上,晃了晃脑袋道:"嗯,这事是要办,必立一代章程。徐老有高见?"

吕光躬身向前凑了凑道:"存翁言:宗室毕竟是皇家血脉,做臣子的很难说话;凡事都请皇上发话,也是让皇上为难;最好的法子是效法太祖高皇帝,以德高望重的亲王为宗人令,掌管宗人府。一来宗人府出面约束宗室;二来皇上、臣子不便说的话,由宗人府做替身。如此,宗室之弊易革,新章程可成。"

"喔?"高拱两眼放光,"所见略同。"

吕光心中暗喜,继续说:"当此主少国疑之际,那些个骄横的宗室不知又会闹出什么幺蛾子,最是需要强化宗人府之时。"

高拱点头。

"存翁言:天下宗亲繁多,惟周王最贤。"吕光又道。

"徐老也这么看?"高拱得意道,撸了撸袖子,仿佛要大展手脚。

"那么,高相公打算何时迎周王进京?"吕光问。

高拱脸色沉了下来,如此机密大事,尚未成案,此公就急不可耐打听何时迎周王入京,未免越份了!他故意咳了一声,端起了茶盏。

吕光见状,知趣地告退了。

高拱走出花厅,边往书房走,边吩咐高福:"叫崇楼来。"

房尧第本想沐浴更衣,见高拱今日精神饱满,兴奋不已,必会召他议事,也就不敢离开,坐在院中候着,听到高拱果然有召,忙起身应了一声,迎了上去。

高拱边走边道:"革宗室之弊,纾小民之困,不能再拖了。解决这个大难题,正当其时也。先从强化宗人府入手,起稿奏上,即可着手。"

"玄翁,新皇登基才几天,主少国疑,关涉宗室的事,还是等等再说吧。"房尧第劝道。

"正因为主少国疑，才要上紧把宗人府强起来，约束宗室，免得这些天潢贵胄胡来！"高拱不悦道。

房尧第不敢再言。他知高拱召他来，照例是要他起稿的，一进书房，不用高拱吩咐，就坐到书案前，展纸提笔，等着高拱口述。

"太祖高皇帝……"高拱缓缓地踱着步，边斟酌边口述，可一句话未完，就再也不往下说了。良久，一扬手，"此事，不打祖制大旗寸步难行，要引用原文，明日到阁查查故牍再说。"

房尧第听高拱说到"祖制"，忙放下笔，道："玄翁，《登极诏》所开新朝合行之事，首件就是恢复祖制。道路传闻，是有人要牵制玄翁改制的。"

"哼哼！"高拱冷笑道，"他们肚里的墨水还少了些，想以祖制捆住我的手脚，没那么容易！"

房尧第见高拱一副自得样，不解地问："但不知玄翁如何突围？"

"'达孝'二字耳！"高拱望着房尧第，得意地说，"《中庸》里说武王、周公达孝。我用这两个字，把祖制这道坎儿打通了！"顿了顿，一撇嘴道，"他们费尽心机设了两道坎儿，一道是《登极诏》里暗设的祖制，一道是冯保矫诏同受顾命，我以'达孝'破解前者；以所有公牍不得留中、不得内批破解后者，让他们枉费心机！"他蓦地把双手合在一起，畅出口气，"好了，该步入正轨了！几件大事要次第推开。我想了想，吏部的事，我不能再管了，得辞了。但用人的规矩得立起来。"

"时下的做法不好？"房尧第吃惊地问。

"看怎么说了。"高拱道，"先皇把用人权都给部里，若掌铨者有私心，怎么办？嘉靖朝，权力都归皇上，难免让奸佞小人钻空子。这两个法子都不好，当改！"言毕，他一扬手，"起稿，上道《拟陈点官事宜疏》。"下午在内阁，他已向魏学曾口述过一遍，这会儿，便不假思索口述起来：

朝廷用人，权在皇上。嘉靖年间，世宗皇帝英断，二部奏本呈上，即御批点用。或点正，或点陪，或令另推，权自上出。至隆庆年间，仍照此例，然只点其排序在首者，且几无发回另推之例。故名为皇上用人，

256

实则吏、兵二部自定。今皇上初登宝位，一时臣下贤否或未尽知，今后吏、兵二部推官奏本，俱先发内阁看详票拟。如内阁认为二部所选不妥，则具本恭奏。如此，庶官可得人而亦可杜吏、兵二部徇私之弊。

房尧第埋头疾书，高拱审改一遍，不到半个时辰疏稿已成。

"玄翁，学生会意，此疏要领是：用人，当由内阁把关。"

高拱摆手道："不敢这么说。皇上居深宫大内，安得遍识中外官员贤否？内阁自当为皇上把关嘛！"顿了顿，又道，"一鼓作气，把辞部务的奏本也拟出来。"说着，又聚精会神口述起来。过了半个时辰，一道《乞恩辞免部事疏》定稿：

臣昔告病家居，荷蒙先帝圣恩，召还内阁兼掌吏部事，已二年余矣。臣去岁曾五疏辞免部务，未蒙先帝谕允。兹恭遇皇上光登大宝，实惟新政之初，凡一应政令与一应礼文，俱属阁臣议行。且先帝梓宫在殡，山陵未造，一应丧仪，亦俱属阁臣议行。臣实竟日在阁办理，更无时刻可以到部。吏部进退百官，治乱所系，臣既身不能到，若非别委之人，必至误事。此臣所以不得不言者也。伏望皇上俯垂鉴察，容臣辞免兼任，庶臣得以专心在阁，仰禅圣政。

看了一遍，高拱笑道："此本发交内阁拟旨，按例不能一次就准了，还要再上一本方可，索性也预备下吧！"遂又口述，再成一疏：

兹惟皇上新政之初，机务旁午。臣忝阁臣之首，竟日办理尚不能前，而暇及于他乎？况办理机务，乃臣本职。先帝大渐之时，召臣等至御榻前，面授曰："东宫幼小，朕今付之卿等辅佐。"则是先帝之专托，固在于辅佐也。臣既受辅佐之托，自当日在左右，奉赞万几，而又敢及于他乎？不暇及、不敢及，而不以辞，则铨衡之职必至旷废，是又臣之罪也。伏望皇上鉴臣非敢辞劳，非敢钓誉，非敢避怨，非敢远嫌，实出一念为国之心。容臣辞免部务，庶臣得以专心辅佐，以副先帝之遗言，以禅皇上之新政。

待疏成，已交子时，高拱伸了伸懒腰道："该睡觉了，明日还有一大堆事要办呢！"走出书房，又道，"这会儿院子里凉爽，去透透气！"

两人出了书房，刚到院子里，房尧第"啊"地叫了一声，以惊恐的声调道："玄翁快看，那是什么？"

高拱顺着房尧第手指方向一看，但见夜空中，东北方有苍白气，鲜明如白，虹霓状。

正是六月十五之夜，月亮时而高挂，时而被阴翳遮蔽，东北方却出此奇象，房尧第曾钻研过方术，隐约感到此非吉兆，预示着江河倒流，君子受难！但他不敢说出口，战战兢兢道："看来，要出大事啊！"

高拱凝视良久，回头看房尧第神色紧张，轻松一笑道："不要信天人感应那一套！盈天地之间惟万物。子产曰：天道远，人道近。想那有道之世，是非明，赏罚公，天下之人有理可讲，则不信命；无道之世，是非晦，赏罚紊，有理无处讲，天下之人徒相嗟叹曰：'此命也！'因此，人信不信命，实取决于朝政清明、世道公平与否。"

房尧第浑身战栗，顾自喃喃道："怪象！可怕的怪象！"

高拱"哼"了一声，嘲讽道："我料冯保那个阉人见之，必是胆战心惊！"他一扬手，"睡觉！时不我待，当只争朝夕，竭尽全力，致大明于清明、公道之世！"

"江河倒流！"房尧第还沉浸在恐惧中，不停地小声嘀咕着，"倒流，倒流……"

3

吕光出了高府，骑马走了约莫一箭远的路，借着月光，远远看见单牌楼东侧一片空地上，有几个人坐着乘凉，便翻身下马凑了过去，诡秘地问："哎，哥儿几个，听到什么了吗？"

几个乘凉的人不知此人什么来头，说的什么意思，都不作声，吕光低声道："唉，我可听人说，朝廷里要出大事，高阁老要迎周王入京！"

"啊！"几个人惊讶地叫起来，"光听说宦官要干政，大明又要胡折腾了，没听说高阁老要废了幼主啊！"

吕光用手指竖在嘴上："小声点，东厂的人听到，可不得了！"说完，回身上马，一勒缰绳，打马向南，消失在夜色里。须臾，十几个彪形大汉"忽"地扑了过来，把乘凉的几个人团团围住。

"东厂的?"一个老者怯生生问。

一个领头模样的人问："在议论什么? 嗯?"

"说是高阁老要迎立周王?"老者道，向远处一指，"呶，是他说的。"

"不是吧? 好像是迎周王入京。"一个年轻人更正说。

"谁说的?"领头模样的人向老者手指的方向张望着，"没看见人哪?"又回头看着老者，"到底谁说的? 说不出来，跟老爷我走一遭！"

老者吓得缩着头不敢出声，坐在他身边的年轻人道："都这么说，传来传去，不知道谁说的。"

"就是嘛！这么说不就没事了吗！"头领说着，一摆脑袋，一个喽啰上前，拿出一张稿笺，又有喽啰端来笔墨，放在地上，另一个喽啰把灯笼放在笔墨稿笺旁。头领道，"把适才说的话写下，画押。"见几个人愣着不动，他从腰间抽出绣春刀，恶狠狠道，"不写? 都给我押走，投镇抚司大牢！"

老者忙伏地叩头道："小老儿不识字，兵爷写下来，我等小民画押，画押。"

一个喽啰趴在地上，记录下几个人的话，念了一遍，几个人都点头称是，轮流画押。头领一笑："走，快回去投帖！"说着，几个人匆匆往北而去。

冯保正在大内隆德阁东侧忠义室东小屋里，焦急地等待着外间的消息，心腹档头陈应凤喜滋滋进来："禀厂公，办妥了！"说着，把一封禀帖递给冯保。冯保展开一看，咧嘴笑着，又皱眉道："把'京城纷传高阁老欲迎周王入京'，改为'迎立周王'，不是更有分量?"

陈应凤"嘿嘿"一笑道："厂公，小的看，不如含糊着写，更让人信服。厂公面奏时，把'入京'再作别解，或许更妥。白纸黑字留下来恐不好。"

"是这么回子事！"冯保大喜，"用印！"说着，拿出钦赐密封牙章，陈应凤接过，用印钤封。冯保揣入怀中，"备凳杌，去慈宁宫！"

"哼哼！"冯保坐在凳杌中，得意地冷笑一声，"高胡子，咱斗不过你，徐老先生老奸巨猾，你岂是他的对手！"

松江至京师间，传递消息者穿梭不断。当徐阶得知高拱欲为宗室立一代章程时，起初只是惊讶，想不到高拱连这等事也敢碰；待闻听先帝驾崩，他陡生一计，命人飞报吕光，吕光即报张居正，两人密议一番，待吕光转往高拱府中，张居正急差游七召徐爵，把密计转报冯保。冯保接报，即差陈应凤与吕光接应，一番忙碌，制成了这封密帖。

冯保在慈宁宫首门下了凳杌，执事太监张诚禀报："万岁爷来给娘娘问安，被娘娘留下，在前殿习字哩！"

冯保暗喜，焦急地说："十万火急的事，咱要见万岁爷和娘娘！"见张诚踌躇，冯保从袖中掏出一锭金子塞到他的手里，附耳道，"坊间纷传，高胡子要迎周王入京，想必你也听到了吧？"

"这个……"张诚惊讶地张大嘴巴，望着冯保，冯保向他挤了挤眼，又恶狠狠地"嗯"了一声，张诚惊恐地连连点头，"隐隐约约听说了，印公快去禀报吧！"

皇上正端坐案前，李贵妃站在他身后，低头用手指着摊开在书案上的一本册子，她指一个字，皇上读一个字。已然读过一篇，皇上有些疲倦，却又不敢声张，不时抬眼看看母妃，再低头去读。又抬眼间，忽见冯保从门外进来，皇上欢叫道："大伴！大伴来了！"像是要讨好母妃，问道，"给皇后娘娘和贵妃娘娘上尊号的事，怎么还不办呀？"

冯保顾不得回答，跪地叩头。

"钧儿，不早了，回宫歇息吧！"李贵妃拉过皇上胖乎乎的小手，摩挲着道。

"娘娘啊！"冯保突然以焦躁、惊恐的声调叫了一声，"要出大事啦，这事该让万岁爷知道啊！"说着，掏出密帖，跪行到李贵妃面前，双手呈上。

李贵妃打开密帖，刚看到"迎周王入京"四字，不禁"啊"了一声，脸上的红晕瞬时退潮，适才还笑盈盈的面庞遽然间恍如一张白纸，两腿禁不住颤抖起来。

皇上早被适才冯保的语气吓得不知所措，一见母妃惊恐的样子，嘴撇了又撇，欲哭却又强忍着，扑向李贵妃。李贵妃弯身把皇上紧紧搂在怀里，抚摸着他的后背，安慰说："我的儿，莫怕莫怕！"

须臾，李贵妃镇静下来，拉着皇上升了座，问："冯保，会是真的吗？"

冯保叩头道："娘娘，老奴怕出事，这些天让东厂的人盯着那些个大臣，高胡子家里，有可疑人员出入。"顿了顿，又道，"高胡子脱口而出说十岁天子怎能治天下，原来是伏笔，为迎立周王打伏笔！"

"那个高老头，是个坏人！"皇上突然一跺脚，大声道。

李贵妃一惊，盯着皇上问："钧儿从哪里看出来的？"

"看他那大胡子，黑红脸，咱一见他，心里就发慌！"皇上噘嘴道。

"钧儿，你是皇帝，该称朕，不可说咱！"李贵妃尽管心慌意乱，却还是不忘教训儿子，又转过脸来问冯保，"可是，高先生冒天下之大不韪行废立，对他有何好处？"

"娘娘！"冯保道，"行废立，谓之定策。定策之功，如同开国元勋，世代封爵，他必是受此诱惑，密谋行之！"冯保早料到李贵妃会有此问，已与张居正预备好了说辞，此时便脱口而出。

李贵妃搂过皇上，摇着头，潸然泪下，蓦地又抬起头，问："可他总要有理由吧？"

"娘娘，欲加之罪何患无辞？"冯保早已成竹在胸，"他不是发动门生揪着矫诏不放吗？他不是不许留中、不许内批吗？这都是为废立做的铺垫！"

"先帝啊——"李贵妃哽咽着，绝望地叫了声，又慌慌张张地抚摸着皇上，"我的儿！"说着，放声痛哭。皇上见母妃如此，"哇——"的一声也哭了起来。

"娘娘啊！万岁爷啊！"冯保也假意哭喊了两声，突然跪直了身子，以惊慌的声音道，"高胡子的岳父，做过周王府的审理，高胡子与周王密切交通！这两年，高胡子执掌朝廷大权，文武大员都是他提拔的，军权也在他手里，他一呼百应，一旦发动，万岁爷、娘娘无招架之力啊！"他又俯身下去，双手拍地，"娘娘啊，不敢再等了，得上紧下手啦！"

李贵妃蓦地起身，道："走，到慈庆宫，说于皇后。"说着，拉起皇上的手疾步往外走。

"备轿！娘娘要去慈庆宫！"冯保大声吩咐着，"万岁爷要起驾！"

4

陈皇后出身书香门第，乃大家闺秀，自入裕邸，即不受先帝所宠，她并无怨言，每天看书作画打发时光。先帝驾崩，她已心如死灰，更不愿介入外间之事。听完李贵妃的哭诉，她心定神淡，低声细语道："妹妹，凡事你拿主张，凡妹妹的主张，咱俱无异同，就不必知会咱了。"

李贵妃又客气了两句，施礼告辞，拉住皇上的手快步走出皇后寝殿，冯保跟在身后，低声道："娘娘，当快刀斩乱麻，以迅雷不及掩耳之势把高胡子赶走！"

"你快拟旨，罢黜高拱，不许他停留！"李贵妃嘴唇哆嗦着，吩咐道，"不许走漏风声！"

"遵旨！"冯保高兴地想跳起来，竟忘记施礼，就一溜小跑往出了慈庆宫，刚到门口，又站住了，回身迎上李贵妃，跪地叩头："娘娘，此事，当知会张老先生，以后要靠他执掌外朝。"

"张先生不会走漏风声吧？"李贵妃问。

冯保一拍胸脯："娘娘放心！"说罢，爬起来复又小跑着而去。

回到直房，冯保兴奋得不能自已，提笔的手抖个不停，只好在书案上用力拍了两下，疼痛感上来了，手不再抖动，这才拟了一道谕旨，封好交给掌班张大受，吩咐道："徐爵在东华门外候着，你快去交给他，让他速转张老先生核定。"

张大受踌躇道："东华门已关闭……"

冯保解下自己的牙牌，递给张大受："拿上，看谁敢不开门！"

掌印太监的牙牌，乃象牙制成，有云尖，下方微阔而上圆，一边刻"忠"字甲号；一边刻司礼监掌印太监衔。张大受拿起牙牌，把密帖揣入怀中，快步出了隆德阁忠义室，直奔东华门而去。

"咣啷啷——"东华门开启，尚未大开，张大受闪身出去，徐爵听到门响，已伫立门外，接到密帖，翻身上马，疾驰张居正宅邸。

张居正早已接到徐爵的通报，得知冯保已按计上了密帖，并面奏李贵妃，事态紧急，他不敢休息，正焦急地在前院踱步，听到首门开启，忙迎过去与徐爵在垂花门相遇。徐爵掏出密帖递给张居正。张居正边往书房走，边撕开密封，一进书房，未落座就弯身凑在灯下展读。

"事协矣！"张居正直起身，仰脸慨叹道。定了定神儿，又把冯保拟的谕旨看了一遍，见文句不顺，甚或还有错字，不禁摇头。

徐爵一看，忙问："亲家老爷怎么直摇头？"

张居正并不提文句不顺的事，而是说："怎么写皇帝圣旨？皇帝才十岁，登基才五天，就一个人决定了罢黜顾命大臣？天下人谁能信服？当把皇后、皇贵妃抬出来。"

"是是是！"徐爵连连点头。

张居正又道："迎立周王，欲行废立，未免太骇人听闻，不必在谕旨里说！"

徐爵不解："亲家老爷，不说这个，以啥借口赶走高胡子？"

"迎立周王之事，很容易查证，即使一时赶走玄翁，随时可能翻转！"张居正解释道，"玄翁逼迫皇上非照他的陈五事疏做不可，历历有据，拿这个做文章方为妥当。"

"喔呀呀！亲家老爷想得周到！"徐爵赞叹道，"咱看，就照亲家老爷的想法拟吧！"

张居正坐下，稍一思忖，提笔拟写谕旨。写毕，看了一遍，一摇头，"嚓嚓"撕掉了。

徐爵在旁等得着急，见张居正好不容易写好了，又撕掉，不解地问："亲家老爷，这是……"

张居正道："皇上还小，太深奥的话，不像皇上的；印公嘛，粗通文墨，写得太文绉绉，必让人起疑。若科道纷纷质疑，纠缠谕旨出自何人之手，岂不因小失大？"

"哎呀呀！"徐爵惊叫，"亲家老爷真是心思缜密啊！"他撇嘴一笑，"那个高胡子，粗粗拉拉，治国或许有一套，权谋嘛……"

张居正听得刺耳，不待他说完，便唤游七："带亲家吃几盏酒去。"

游七进来，引徐爵出去了，张居正埋头反复斟酌，改了又改，约莫大半个时辰才封交徐爵，叮嘱道："让印公抄了，盖上御玺，再加盖皇后、李贵妃的印章。"

送走徐爵，张居正心里七上八下，独自在院中徘徊着，忽见东北方有一片霓虹状的苍白气，心里阵阵发慌，不敢再看，转身回到书房，双手合十，闭目默念道："玄翁，你官宦世家，父母俱下世，又无儿无女，怎知居正的甘苦？"念毕，缓缓放下，蓦地又合十默念，"居正并非为一己之私为此不义之举，只开海禁、通海运这一件事，就是把大明往邪路上引哪！看了《登极诏》里居正暗中加上的守祖制的话，玄翁当明白，居正不忍看玄翁越走越远。居正是为大明社稷计，才不得不如此的！"默念了一阵，走出书房，向东北方向望去，见苍白气渐散，心里才稍稍踏实了些。

冯保也看到了夜空中的苍白气。他在直房等候张居正审定谕旨稿，左等右等不见回来，急得浑身冒汗，便出直房透气，一眼看见东北方向的奇象，吓得匍匐在地，连连叩头，向上天祈祷。直到闻得东华门开启声，才慌忙爬起，抖了抖朝袍，勾头钻进直房，端起茶盏喝茶压惊。

张大受在东华门内从徐爵手中接过密帖，一溜小跑进了冯保的直房。冯保双手颤抖着打开看了一遍，皱眉沉吟片刻，想不明白张居正何以重新拟旨，却也顾不得多问，忙抄写到谕旨用纸上，起身跑出直房，坐凳机直趋慈宁宫。

虽已是子夜，李贵妃却毫无倦意，在慈宁宫前殿不住地徘徊。突然，她一回身，高声问："张诚何在？"

"老奴在！"站在殿外的张诚应声进殿，跪地叩头道。

李贵妃弯身低语："咱来问你，你可听到过高先生要迎立周王的传闻？"

"这个……"张诚支吾着，想到那一锭金子，还有冯保凶狠的"嗯"声，一咬牙道，"禀娘娘，老奴、老奴隐隐约约、隐隐约约、听、听到过。"

"好了，你起来吧！"李贵妃怅然道，又叮嘱，"不可泄于任何人！"

正说着，冯保匆匆进来了，施礼毕，颤抖着把谕旨稿捧递李贵妃。

"迎立周王之事，何以不说？"李贵妃阅罢蹙眉问，又道，"皇帝登基方五日而逐顾命大臣，不说过硬的理由，怎向天下人交代?"

冯保用袍袖抹了把汗道："娘娘，此为张老先生所拟，想必张老先生深思熟虑过的。"又以惊恐的语调道，"一旦事泄，恐有不测之祸，上紧用印吧!"

李贵妃沉吟片刻，把谕旨稿递给冯保，决断道："明日乃六月十六，正是朝会之日，朝会上宣诏吧!"

冯保眨巴着小眼睛，暗忖：科道都要参加朝会，万一哪个愣头青抗旨，岂不麻烦? 遂讨好地"嘿嘿"笑了两声，建言道："娘娘，万岁爷第一次朝会就是罢黜首相的，不吉利! 不如只召五府六部堂上官宣诏。"

"也罢!"李贵妃道，说罢打了个寒战，叮嘱道，"你和张先生要有应对之策呀!"

"娘娘，东厂密探俱已分头跟踪大臣，外朝有张老先生在，娘娘自可放心，万无一失!"冯保一拍胸脯道。

5

隆庆六年六月十六日，是立秋的前一天，有些阴沉，却异常闷热。高拱坐在轿中，掐指一算，先帝驾崩二十一天了，新皇继位刚六天。可这些天来因为太监顾命、冯保掌印一事，人心惶惶，纷纷攘攘，竟无新朝气象。他有些着急，思忖着一旦科道弹劾冯保的奏本发交内阁，拟旨把冯保打发到南京闲住，就请皇上举行朝会，提振士气，新人耳目。这样想着，轿子到了文渊阁前，刚一下轿，书办姚旷迎上来，施礼毕，将一封禀帖呈上。高拱展开一看，是张居正写的，因中暑未痊愈，请假三日。

"喔? 叔大年纪轻轻，一向身体健朗，怎么病倒了?"说着顾自往里走。刚进了中堂，有内官来传旨：召内阁、五府、六部并都察院堂上官，辰时至会极门集议。

高拱吃了一惊，甚感纳闷。这是什么会议? 既不是朝会，也不像是御前廷议，真是不伦不类! 怎么事前不通过内阁? 又一想，皇上年幼，诏旨当由内阁起草，怎么内阁一无所知? 越想越生气，大声吩咐道：

"去，快马催张阁老到会极门！"说罢，在室内背手徘徊，不到半刻，又吩咐，"再去，快马催张阁老，务必把他抬来！"

"嗯。"高拱颔首，似乎是悟出来了，自语道，"十有八九是为那件事！"紧锁的眉头瞬时舒展开来，脸上露出了笑容。看看时辰即到，疾步出了文渊阁西门。

会极门位于皇极殿前广场东侧廊庑正中，是一座屋宇式大门，门外即是文渊阁。高拱望去，见文武已然就班，再扭头向南看去，两个内官架着张居正缓缓走来，便驻足候着。

"玄翁，所为何事？"走到高拱跟前，张居正有气无力地问。

高拱盯着张居正看了又看，见他脸色苍白，两眼布满血丝，似乎一夜没有合眼，忙问："怎么，叔大中暑，连觉也睡不成？"

张居正不敢与高拱对视，勾头做痛苦状，低声道："上吐下泻，不能安枕。"又向下一指，"双腿无力，软绵绵的。"

"喔，是要好好休息休息。"高拱关切地说，"不过，今日是新皇第一次御门，你还是来一下为好，既然来了，就听听吧！"

"会是什么事，怎么事先一无所闻？"张居正嘀咕道。

高拱一扬手道："今日之事，必是为科道弹章，宣旨驱逐那个阉人的！"

"喔？"张居正暗自好笑，却也不再言语，佯装若有所悟。

"当是此事！"高拱似乎在给自己打气，以自信的语气道，顿了顿，又道，"冯保侍候贵妃娘娘和皇上有年，只看科道弹章，怕是不忍遽遣，总要问个明白方好下旨。待会儿皇上若问，你不要说话，我来答对，我必以正理正法为言！"

张居正默然。

高拱心头突然蒙上一层阴影，事先无一语与内阁通气，也未命内阁草诏，难道仅凭十岁天子临机宸断？这样想着，脸上的笑意陡然消失了，扭脸对张居正道："叔大，待会儿答对，我只依正理正法言，恐忤上意，你可就此处置，我归去就是了！"

"玄翁只是这等说话！"张居正苦笑着道。

一抬头，已然到了会极门前的慢道上。这会极门坐落在数丈高的台基座上，却不设台阶，前后出慢道，向外倾斜，便于通行，又与内金水河走势相符。

文武重臣俱已分班列队肃立，高拱阔步走到文官班首站定，张居正也在内官搀扶下，在高拱与杨博中间的空位处站立。

高拱侧脸向上望去，楼宇下安放着御座，却不见仪仗摆列，也未有科道侍班纠察。暗忖：既然不是朝会，不摆仪仗也好。回过头来看了看面东而立的前后左右中五军都督府的堂上官，个个身着戎装，垂手而立，脸上却布满疑云；再转脸向南扫去，文官班列里，百官不是眉头紧蹙，就是闭目沉吟，朝班被一股诡异的气息所笼罩。

午门城楼上敲响了辰时的鼓声，六名御前侍卫手持刀枪剑戟昂然走出，在御座前左右一字排开，接着，太监走出，"啪啪"几声鞭响过后，幼主在众太监簇拥下升座。鸿胪寺赞礼官高唱一声："拜——"

文武百官跪拜，山呼："吾皇万岁！万万岁！"

拜毕，众人起身肃立，赞礼官又高唱一声："有旨！"

话音未落，秉笔太监王臻捧圣旨出，在御座右侧站定。

众人齐刷刷跪地，静候宣旨。

高拱心里"怦"的一声，暗忖：有旨？不是说好的，诏旨必由内阁草拟进呈吗，怎么发中旨？且听是何旨，待散了朝，要上本说道说道。

王臻一声亮嗓："张老先生接旨——"

跪伏在地的人群中"嗡嗡"一阵躁动。高拱以为自己听错了，头微微抬起，目光向后勾视，只听张居正说了声"臣接旨——"，麻利地爬起来，向前迈了几步，走到王臻面前，王臻将圣旨捧递到他的手里。

"怎么回事？怎么回事？"高拱暗自惊问。

"宣旨！"赞礼官高唱一声。

张居正清了清嗓子，朗读道：

皇后懿旨、皇贵妃令旨、皇帝圣旨。说与内阁五府六部等衙门官员：我大行皇帝宾天先一日，召内阁三臣在御榻前，同我母子三人亲受遗嘱，说东宫年小，要你们辅佐。今有大学士高拱，专权擅政，把朝廷威福都强夺自专，通不许皇帝主管，不知他要何为？我母子三人惊惧不宁。高拱便着回籍闲住，不许停留。你们大臣受国家厚恩，当思竭忠报主，如何只阿附权臣，蔑视幼主，姑且不究。今后都要洗心涤虑，用心办事，如再有这等的处以典刑！

"啊——"人群中发出惊叫声。

众臣骇愕，却也不忘照例山呼："吾皇万岁！"

小皇上不等众臣起身，"嗖"的一下滑下御座，逃也似的转身而去。

"这这这……"起身后的众人相顾失色，有的用力晃动脑袋，以便确定是不是在梦中。

高拱听到"今有大学士高拱专权擅政"一句，已是惊得浑身战栗，再闻"着回籍闲住，不许停留"，瞬时汗如雨下，脑袋发蒙，众人皆已起身，他还跪伏在地，仿佛失去了知觉。

众人见状，俱愕然不知所措。张居正走上前去，弯身搀扶："玄翁，起来吧！"又向内一扬手，"来人，扶玄翁！"

高拱被张居正用力掖起，双腿颤抖，脸如死灰，浑身像被大雨浇过，汗水向下流淌着，胡须也粘在了一起。嘴唇哆嗦着却说不出话来，双手抖得不能自已，欲迈步而不能。

魏学曾、曹金几个人想凑过来搀扶，张居正摆摆手，示意众人散去。两个内侍走过来，架起高拱向文渊阁西门而去。

张居正跟在高拱身后，愤愤不平道："没有想到，万万没有想到，新朝甫开，竟出这等事！居正这就上本，请皇上收回成命，不然，即请皇上将居正也一同罢斥，居正与玄翁共进退！"

高拱紧抿双唇，仰视长空，一语不发。

第二十二章　踉踉逼逐中玄归乡 左挡右突太岳当国

1

锦衣校尉奉旨把高宅团团围住，东厂档头陈应凤率侦事番子四处游弋。高宅男男女女尚不知外间发生了什么，正惊愕间，高拱踉踉跄跄从轿中钻出，失魂落魄地奔向书房，拿出大行皇帝两个月前所颁诰命，置于书案，他抱拳一揖，跪地叩头，大哭一声："先皇啊！裕王——你把东宫托付老臣，老臣无能啊，不能帮先皇守天下！老臣辜负了你的托付啊裕王！"

撕心裂肺的哭声让阖府上下震惊不已，房尧第、高福慌慌张张跑进书房，张氏、薛氏也闻声赶了过来，但见高拱伏地痛哭，不时抽搐战栗，任凭家人如何劝说，哭声久久难止。

几个轿夫在垂花门嘀嘀咕咕着。一个道："娘的，平时跟着他，早出晚归，一点油水也没捞着，这回怎么着也得捞一把！"

"他家也没啥值钱的家什！"另一个说。

"首饰总有几件吧？"另一个道，"趁着他们在书房，哥儿几个到别处翻翻看！"

轿夫们边骂骂咧咧，叫上他们在高家做婢女的媳妇，手脚麻利地翻箱倒柜，搜罗值钱的物件。

"开门——开门！"首门外响起"嗵嗵"的砸门声，锦衣卫百户冯驭是冯保之侄，衔冯保之命，率一干校尉催促高拱出城，他一边砸门一边高喊，"快着些，快着些滚出城去！"

高福跑出来，打开大门，作揖道："军爷，俺老家离京城两千里，总要雇辆车吧？军爷开恩，缓缓，缓缓中吧？"

冯驭一举绣春刀，大声道："哼，皇恩浩荡，放大奸臣高胡子全乎着回去，咋还不识趣嘞！小心皇上变了主意，下旨砍了他的脑袋！"

高福吓得浑身打了个寒战，忙跪地磕了三个头，爬起来跌跌撞撞跑进书房，惊叫着："老爷，老爷，咱快回老家去吧，快点走吧！"

高拱已哭得力气全无，被房尧第搀起，扶到椅子上坐着，紧紧把先皇的诰命抱在怀里，仿佛怕有人抢去。张氏边抹泪边问缘故，高拱两眼发直，顾自默念着："裕王、裕王……"

"高福，你去打听一下外间的情形吧。"张氏吩咐道。

"奶奶，出不去啊！"高福跺脚带着哭腔道，"外面都是兵爷，凶巴巴的，吓人嘞！"

张氏一顿足道："平时想巴结老爷的，不知有多少；老爷一力提拔的人，又不知有多少，竟没有一个敢照面的？"

话音未落，就听院中有人在喊："姑母何在？姑父何在？"

高福忙跑出来，一看，是张孟男。

礼部员外郎张孟男闻听姑父被罢，急忙赶往高宅。冯驭恶狠狠地拦住他，不准入内。张孟男只说乃高夫人侄子，来送姑母。冯驭这才放行。他冲进院内，但见各屋房门大开，家具东倒西歪，衣被满地乱丢，却不见姑母、姑父的影子，只得在院中高声惊唤。

高福像见了救星般，哭喊道："侄少爷，侄少爷！快来救救老爷吧！"

张孟男跟着高福进了书房，张氏一见，拉住他的手哭道："我的乖乖啊，该咋办哩！"

"乖乖儿啊！"高拱望着张孟男，举袖掩面拭泪，"你做符郎五年不迁，不怪姑父？我以为你会怨我，生不相见，死不相哭。刻下姑父落难，你却冒死来看我，我对不住你哩！"

张孟男道："至亲之间，姑父大人何出此言！"

高拱蓦地伸过手，拉住张孟男："乖乖儿，外间情形如何？"

"骇异不敢信其事！"张孟男道，"闻得吏部魏侍郎正与九卿联络，欲

270

上疏明此事。"

高拱摇头："既然敢对我突然袭击，事前必谋有应对之策，说啥也晚了。"

张孟男突然跪在高拱面前，从容道："姑父大人，四时之序，成功者退。幸而得全身而退，自可悠游山林，岂不乐乎?"

高拱沉吟片刻，镇静下来，吩咐道："来，老爷已不是一品大员了，更衣!"

张氏、薛氏跟着高拱进了卧室，见室内一片狼藉，又惊又惧，却也顾不得了，好不容易找出一件深蓝色直裰，一顶方巾，替高拱换上了。更衣毕，高拱伸手拿过官袍，又回到书房，把书案上的珊瑚串珠放入一品朝冠内，吩咐薛氏："一并包好，带回老家去。"

"老爷，还想回来?"张氏道，"老了，经不起折腾了，安心养老吧。我看这官场，容不得你这公正廉直的倔老头!"

"我只盼，能够穿着这身衣冠进棺材!"高拱伤感地说，"也好去见裕王。"

一句话说得张氏、薛氏又抹起了眼泪。

"好了!"高拱一扬手，喊道，"高福，快去雇辆马车来，明日五更就走!"

高福走过来，哭丧着脸道："老爷，家里没几个碎银子，雇不起马车啊!"

"老爷放心，学生这就去办。"房尧第接言道，边说边拉住高福往外走，"别在老爷面前说这个，快去雇车，雇不起马车，雇辆骡车，先离开是非之地再说。"

高福点头，忙去屋中取银子，这才看见院里屋中已被翻腾得不成样子，值钱的家当早被轿夫、婢女洗劫一空，存钱的柜子也被撬开，里面分文不存，遂跺脚大哭："老天爷啊，不给好人活路啦!"

房尧第忙跑过来道："高福，别给玄翁添堵。家财是小事，保命要紧。"说着，回到自己住的耳房，拿两块银锭："你先拿去雇车，只要能先出城就好。"

张氏要搀扶高拱进卧室休息，他一扬手："要讲规矩，明日出京不能不辞朝，我要先写个帖子，知会内里。"说着，提笔展纸，埋头起稿。

"玄翁，不是说张阁老上本论救吗？何不等等看？再说，明日就走，委实仓促了。"房尧第不甘心，劝道。

高拱摇摇头，提笔沉思着。张孟男忙拉着房尧第出了书房："明日五更要启程，家里仆从婢女四散，我辈上紧帮着收拾行装吧。"

两人进了高拱的卧房，默默地整理着文稿书籍。

"侄少爷，玄翁什么罪？"房尧第忍不住问。

张孟男低声道："说是专权擅政，通不许皇上主管。"

"这、这什么罪？"房尧第愤愤不平道，"皇上才十岁啊，怎么主管？本朝又不许后宫、宦官干政，自然是先帝托付的首席顾命大臣、当朝首相主管了，错了？"

"嘘——"张孟男向外扬了扬下颌，摇摇头，示意房尧第当心。

正说着，张居正的管家游七带着两个仆从抬着食盒进了院，见四下无人，便在院中唤道："启禀高爷，我家老爷命给高爷送吃食来。"

张孟男恐听到张居正的名字会刺激到姑父，忙跑出来拱手道："多谢张阁老。高爷整备赶路，先小寐一会儿，食盒先放书房吧。"

游七昂着头，晃着腿道："我家老爷病着，还强撑起稿上本，替高爷申辩呢！"

2

张居正从会极门一散班，送高拱上了轿，并未进文渊阁，而是登轿出东华门，径直回家。给事中吴文佳、御史陈三谟已奉召在茶室候着。见张居正下了轿，跟在他身后往里走，过了垂花门，张居正止步，回身吩咐道："你们这就回衙门，遍告科道、部院，就说张阁老正带病起稿，上本论救玄翁，别人就不要添乱了。目今钱塘高阁老病重，张阁老也未到阁，无人票拟，说也无益，反倒惹内官发中旨降祸。"

二人点头，正要退出，张居正又道："再加句话，就说谁不知道张阁老和玄翁是生死之交，玄翁用的人，张阁老必照样信用，添乱者除外。"

交代毕，张居正大步进了书房，把昨夜已写好的论救高拱的奏本拿出来，看了一遍：

大学士张居正、高仪乞慎举措、鉴忠直，以全国体，以成君德事。本月十六日，传奉皇后懿旨、皇贵妃令旨、皇帝圣旨，高拱便著回籍闲住，不许停留。臣仪卧病不能赴阙宣谕；臣居正方自天寿山覆视陵地回还，途中触帽盛暑，已注门籍调理，忽闻传宣，力疾扶掖趋至会极门，钦奉前谕，不胜战惧，不胜忧惶。臣等看得高拱历事三朝三十余年，小心端慎，未尝有过，虽其议论侃直，外貌威严，而中实过于谨畏，临事兢慎，如恐弗胜。昨大行皇帝宾天，召阁臣三人俱至御榻前，亲受遗嘱，拱与臣等至阁，相对号哭欲绝者屡。每惟先帝付托之重，国家忧患之殷，日夜兢兢，惟以不克负荷为惧，岂敢有一毫专权之心哉？夫人臣之罪莫大于专权，拱读书知礼义，又岂敢自干国纪，以速大戾？正缘昨者阁疏五事，其意盖欲复祖制，明职掌，以仰裨新政于万一，词虽少直，意实无他。又与臣等彼此商榷，连名同上，亦非独拱意也。若皇上以此罪拱，则臣等之罪亦何所逃？仰惟皇上登极大宝，国家多事之时，正宜任使老成匡赞圣治，岂可形迹之间，遽生疑二？且拱系顾命大臣，未有显过，遽被罢斥，传之四方，殊骇观听，亦非先帝所以付托之意也。伏望皇上思践祚之初，举措当慎，念国家之重，老成可惜，特命高拱仍旧供职，俾其益纾忠荩，光赞新政。不惟国家待大臣之体亦足见，皇上知人之明始疑而终悟，当与成王之郊迎周公、汉昭之信任博陆后先相望矣。如以申明职掌为阁臣之罪，则乞将臣等与拱一体罢斥，庶法无独加，而人皆知儆矣。

阅罢，自语道："嗯，谁读了会不为之动容？"顺手将疏稿塞入袖中，吩咐游七："备轿，去天师庵草场街高阁老家。"

"老爷，不就是在疏稿上列名吗？小的替老爷跑一趟吧。"游七讨巧道。

"你？"张居正瞪了他一眼，"还有件天大的事，你办得了？"

须臾，整备停当，张居正快步登轿。轿子已启动，他又掀开轿帘，对旁边的游七道："叫钱佩他们几个跟着，你不必去，到翠花楼给玄翁叫桌酒菜送去。"

约莫过了两刻钟，张居正赶到高仪寓所，捏着鼻子进了他的卧室。

高仪闻听高拱被逐，大咳一声，"噗"地喷出一大口鲜血。

张居正吓了一跳，待侍从收拾停当，方道："南翁，居正此来，一则请南翁在论救玄翁的奏本上列名，一则……"他顿了顿，"冯保言于居正，说皇上年幼，当由太后临朝！"

"啊——"高仪又是一惊，"哇"的一声，一股鲜血喷出，他也顾不得了，一抹嘴，喘着粗气、嗓音嘶哑着道："万万不可！高某宁死不敢奉诏！"

张居正暗喜，安慰了高仪几句，匆匆辞去。回到府中，一下轿即吩咐侍从将奏本速送会极门收本处。进了书房，提笔写了禀帖，密封好，吩咐书办姚旷："送徐爵，转交冯公公，请他照此帖在内阁论救玄翁的奏本上批红，务必在今日批出发抄。"姚旷拿上密帖要走，张居正又道，"再到礼部去一趟，叫吕调阳、王希烈来见。"

礼部尚书吕调阳、侍郎王希烈都是翰林出身。吕调阳是广西桂林人，但祖籍湖广，是张居正的同乡，又同为军户出身，彼此交好；王希烈是礼部左侍郎，他与魏学曾同年，也是高拱赏识拔擢的新秀。有鉴于此，张居正没有在书房接待他们，而是躺在卧室的床上，还用一根蓝布条勒住头部，不住地呻吟着，说话也有气无力，先叫着王希烈的字道："子中，你给先帝选的吉壤甚佳。周视山川形势，结聚环抱，诚天地之隩区，帝王之真宅啊！"

王希烈在先帝驾崩后即奉诏先行到天寿山选陵址，此时被张居正夸奖，心里虽则美滋滋的，但脸上却仍是一副愤愤然的模样。他不能接受高拱被逐的现实，对张居正满腹怨恨，正与魏学曾相约联络九卿科道抗争，见到张居正，刚欲开口质问高拱被逐之事，不意却被他夸赞一番，他也就默然以对。

张居正继续道："病体不支，本不能见客，然事体重大……"说着，一阵咳嗽。

王希烈心想，再大的事体，无过于挽留玄翁，遂忍不住道："张阁老，目今第一要务是挽留玄翁！"

张居正又咳了两声，道："我已与钱塘联名上本，请求皇上收回成命。"他又咳了一阵，有气无力道，"此番请二公来，事体比这个还要大。"

"啊？"吕调阳胆小怕事，闻听此言不觉吃惊地叫出声来。

张居正从夹被中伸出手，向坐在旁侧椅子上的吕调阳、王希烈招了招，两人会意，起身走到病榻前，张居正低声道："正在酝酿太后临朝，逐玄翁乃铺垫也。"

吕调阳吓得踉跄着退了几步，颓然坐到椅中，口中喃喃："怎么办？怎、怎么办？"

王希烈也是大惊失色，不敢相信："张阁老，这、这是真的？"

"钱塘阁老说了，誓死不奉诏！"张居正以此回答了王希烈的疑问。

"这这这……"王希烈退到椅中，"呵呵，呵呵，太监顾命已是骇人听闻，又冒出个太后临朝！"

"岳翁，"吕调阳胆怯道，他虽比张居正大九岁，却比他晚一科中进士，故仍以前辈尊称之，"端赖、端赖你拿、拿主张，此事可万万行、行不得啊！"

"内里发中旨，以迅雷不及掩耳之势罢黜了玄翁；安知不可再发中旨，以迅雷不及掩耳之势宣布太后临朝？"张居正又说，"是以事态急矣！"

王希烈蓦地站起身："果如此，当发动百官，伏阙抗争！"

"伏阙抗争？"张居正在枕上连连摇头，"议大礼时的左顺门血案，即是前车之鉴。世宗皇帝只十五岁，朝廷百官与之对立，最终怎么样？"

王希烈泄了气，愣了半天，才颓然坐下。

卧室里一时陷入沉默。

张居正叹息一声道："我思维再三，有个法子，特请二公参详。"

"喔？什么法子？"吕调阳和王希烈几乎异口同声问。

"两宫并尊！"张居正道。

"两宫并尊？"吕调阳和王希烈又异口同声重复一句。

"皇后、李贵妃并尊太后，并加徽号。"张居正顺势道。

"可、可……"吕调阳本来就有些口吃，一着急，越发结巴得说不出话来。

"成宪不允，古之未有啊！"王希烈双手一摊道。

"尊太后，有先例；同加徽号，是没有过。"张居正道，"就是两个字嘛！总比临朝称制好吧？"

"并、并尊，就就就不临朝？"吕调阳忙问。

"总要给点甜头，方好谏言。"张居正道，"如二公赞同，我即疏请召对，当面谏诤，使临朝之议胎死腹中！"

吕调阳和王希烈相顾点头。

"臣不密则失身！"张居正突然目露凶光，"太后临朝一事，不可对外言一字！"

吕调阳、王希烈心"怦怦"跳着，心事重重地告退。

"子中，你跑哪里了？"王希烈刚回到礼部直房，等在那里的魏学曾就叫着他的字，不悦地说，"联络九卿的事，出了岔子了！"

王希烈只顾喝茶，问也不问。

魏学曾只得道："原只是就九卿总上一疏还是各衙门分别上疏有争议，刻下到处在说，江陵相、钱塘相都生病在家，阁中无人票拟，上本无用，反会招祸。"他一捶大腿，痛心地说，"上本之事，吹了！"

"惟贯，张阁老正设法论救，还是等等再说吧！"王希烈平静地说。

魏学曾惊讶地看着王希烈。听到高拱被逐的消息，王希烈最为义愤，大喊大叫要讨说法，怎么此时突然变了一个人？他赌气似的站起身，道，"子中，原说去张府讨说法的，目今都打退堂鼓，只有吏部考功司郎中穆文熙、科道里的宋之韩愿意去，你还去不去？"

"惟贯，事情比我辈想象的要复杂，我看还是算了吧！"王希烈低头道。

"那好，你不去，我去！非为玄翁，乃为公理！尝谓公道自在人心，可没人仗义执言，未免让人寒心！"魏学曾说着，大步出了王希烈的直房。

已是午时，魏学曾顾不得吃饭，带着吏部郎中穆文熙、刑科给事中宋之韩，跨马赶到张府。张居正正在书房独自用饭，忽闻魏学曾来见，把碗往桌子上一撂，怒气冲冲道："又是他！不见！"

游七凑过来："老爷，如何打发他，小的看姓魏的黑着脸，不好惹嘞！"

张居正对游七耳语一番，游七迈着方步走进茶室，道："魏侍郎，咱家老爷躺在病床上，不好见客，不妨再进帖子。"

"哼！"魏学曾气鼓鼓道，"我也不再进什么帖子了，我辈只想问，皇上继位才六天，就下诏逐顾命大臣，这是怎么回事？诏书出自何人之手？不可不明示，以释天下人之疑！"

"侍郎大人，你想做甚？"游七一瞪眼道，"我家老爷忍着病痛，在为高爷申辩，你们却来骚扰他，是不是怕咱老爷替高爷申辩成功啊？你们对高爷就这么仇恨？"

魏学曾闻言，心里骂了声"无赖撒泼！"却也不敢说出口，只得讪讪而去。

3

东方刚放亮，街上行人稀落。一辆骡车载着高拱和张氏、薛氏三人并全部家当，沿长安街缓缓而行，不惟未具威仪，反倒有缇骑手持绣春刀在后面威逼押送。

骡车在东华门前停下，高拱下了车，在两名内侍引导下，磕磕绊绊穿过会极门，到了皇极门前的小广场，前来陛辞。

国制，无论在任或卸职大臣，离京前均应到皇极门前向皇上辞行。多半情形，皇上并不升座，陛辞者也只是对着空空如也的御座远远叩头而已。高拱预感到，此番陛辞，就是与紫禁城的永诀。他多么想到大行皇帝的梓宫前再看一眼，与先皇诀别。可规制所限，只能在这里对着御座叩头。他缓缓伏下身去，心里默念着："先皇！裕王！老臣不得不走了，九泉之下再相见吧！"

高拱颤颤巍巍爬起身，刚要转身，身后传来亲热的呼唤声："玄翁！"他回头一看，张居正走了过来。

"玄翁！"张居正又唤了一声，语调有些哽咽。他走上前来，从袖中掏出一份文牍，递给高拱。

高拱一看，是张居正为挽留他上的本，并不细看，而是径直翻到最后，但见御批写着："高拱不忠，朕已宽贷。卿等不可党护负国。"一看"党护负国"四字，高拱心里顿时明白了，皇上年幼，冯保文理不通，谁会写出"党护负国"一语？想到这里，高拱"哼"了一声，把文牍递给张居正，揶揄道："叔大费心了！"

张居正也意识到"党护负国"四字把秘密暴露了，只怪当时忙乱，竟未细想，顺手写出这么文绉绉的句子来，被高拱看穿了。他神情慌乱，忙道："新郑距京师一千五百里，玄翁年迈，坐一简陋骡车，怎么受得了？居正这就上本，为玄翁乞恩驰驿。"

高拱赌气道："既然是罢黜，勒令闲住，无资格驰驿！"又嘲讽地一笑道，"叔大必不可上本，不畏'党护负国'之旨再出？"

张居正表情尴尬，无奈地叹息一声："玄翁到底只是如此！"

高拱还想发泄自己的怨愤，转念一想，既然他没有撕破脸皮，自己已为刀俎下的鱼肉，不可徒逞口舌之快，也就忍住了，道："叔大，记住香火盟时说过的话，振兴大明！"

张居正忽闻高拱说出这句话，一时激动不已，躬身道："居正不会忘记多年来玄翁对居正的教诲。就请玄翁放心，居正绝不辜负先帝之托，绝不辜负玄翁之望！"他提高声调，唤了一声，"中玄兄，"说着，施深揖礼，"中玄兄在上，临别之际，请受小弟一拜！"

高拱安然受之，并不回礼。待张居正直起身，他一拱手："叔大，安葬先皇之事，托付给你了！"言毕，含泪转身向会极门走去。出了东华门，站立片刻，扭脸向紫禁城投去最后一瞥，蓦地转过头来，大步走向骡车，高福、房尧第把他搀扶着上了车，高拱悲怆地说了声："走！"随即闭上了眼睛，两行热泪簌簌滚落到胸前。

"快走！"骑马跟在车后的冯驭高举绣春刀，故意大声叫喊着。

会极门内，望着高拱佝偻着苍老之身蹒跚出了会极门，张居正鼻子一酸，眼圈红了。他对着高拱的背影一揖，自语道："玄翁，你老了，居正来做。居正必效法太祖高皇帝，只俭与严二字，即可把大明治理好！"再放眼望去，高拱的背影已看不见了，他一转身，快步往文渊阁走去。进了朝房，展纸提笔，又成一疏：

昨该原任大学士高拱钦奉圣谕，回籍闲住。查得旧例，阁臣去任，朝廷每每优加恩礼。今拱既奉旨闲住，臣未敢冒昧请乞。但拱原籍河南，去京师一千五百余里，不得一驰驿而去，长途跋涉，实为苦难。伏望皇上垂念旧劳，不遗簪履，特赐驰驿回籍。在拱感荷皇上高厚之恩，在朝廷犹存待辅臣之体，臣同官亦为荣幸。未敢擅便，谨题请旨。

写毕，吩咐姚旷速送会极门。姚旷踌躇片刻，道："岳翁，昨高阁老有一本，《正国是顺民心以遵朝廷疏》，是为安庆兵变善后的，还上不上？"

张居正接过一看，洋洋洒洒千言，要办的事是要复张佳胤、查志隆原职。沉吟片刻道："此本不上了。刑部勘问安庆兵变的奏本发下没有？"

姚旷眼明手快又心思细密，早把发下的刑部奏本与高拱的奏稿放在一起了，张居正接过，浏览一眼，提笔拟票："此事既已审勘明白，张佳胤著回任，查志隆著吏部照原职另行委补。"拟毕，交姚旷一并封交收本处。呷了口茶，张居正暗忖：要发出一个讯号，稳定人心。这样想着，遂提笔给张佳胤修书：

自公在廊署时，仆已知公。频年引荐，实出鄙意。不知者乃谓仆因前宰之推用为介，误矣！天下之贤，与天下用之，何必出于己。且仆与前宰素厚，顷者不恤百口为之昭雪。区区用舍之间，又何足为嫌哉！蔡人即吾人，况前宰非蔡人，而公又吾人也。何嫌、何疑之有？愿努力勋名，以副素望。

尚未落款，忽有秉笔太监王臻传旨：皇上即于平台召见张老先生。

平台召见，非礼仪性的，多半是皇上有重大军国政务要垂询。张居正早已成竹在胸，一路北行，稳步穿过后左门来到云台。抬眼一看，盘龙御座虽已设下，却不见仪仗摆列，正纳闷间，冯保从乾清门迈着碎步走了过来。

"张老先生，来来来！"冯保慌慌张张地向张居正招手，又一指云台门，示意他过去，"张老先生，高胡子终于滚蛋了，首相你来做。"

张居正不悦，暗忖：首相的位置，岂是你一个阉人给的？但他不露声色，抱拳道："还要仰仗印公奥援。"

"张老先生，"冯保小眼睛滴溜溜地转着，"刻下主少国疑，中外对逐高胡子怕也多有非议，待会儿你就向万岁爷建言，以太后临朝稳定时局，如何？"

"印公，此事我也颇费周章，先和钱塘阁老通气，再向礼部两堂官吹风，可……"张居正叹息一声，"阻力甚大，钱塘阁老誓言要尸谏！"他作出无奈状，又重重吸了口气，"此时若提出临朝称制，恐不惟不能稳定时局，怕还要火上浇油，谁能掌控？"又补充道，"不过两宫并尊一事，我已和礼部说定，不会有碍，不日即可呈上。"

冯保眨巴着眼睛思忖着：太后临朝本是他为诱使李贵妃逐高拱而临时起意，李贵妃也是半推半就，甚或犹犹豫豫，今目的已达，冯保也不愿再节外生枝，便暧昧地一笑道："嘿嘿，张老先生，此事咱去和娘娘圆场，但你要事事想着娘娘，让她老人家高兴！"言毕，向内一扬下颌，"不说了不说了，咱这就请万岁爷出来。"

须臾，手持剑戟的内侍昂然而来，黄罗伞和御扇徐徐而出，仪仗摆列停当，冯保引着皇上升座，张居正躬身肃立旁侧，待皇上坐定，即上前跪拜叩首。

皇上吸溜了一下鼻子道："皇考屡称先生忠臣。"

张居正暗想：皇考眼里，高拱才是大忠臣，我只能做他顺驯的副手。这样想着，一时竟不知做何答，只是叩首道："谢皇上！"

皇上从袖中掏出一张纸条，看了一眼，抬头道："罢了高拱，元辅张先生来做。"

"谢皇上！"张居正又叩首道，"方今要务，在守祖宗旧制，不必纷更。臣当为祖宗遵宪，不敢臆更；当为国家惜才，不敢私用。"

"先生操劳！"皇上稚气地说了一句，随即提高声调道，"赐宴！"

张居正再叩首间，皇上滑下御座，在内侍簇拥下沿御道而去。听着御靴"橐橐"之声渐小，张居正这才起身，望着皇上的背影，心中暗想：一个孩子，一个阉人，一个女人，不难对付！顿时，豪迈之气在胸中升腾而出，他攥紧双拳，迈开大步，昂首往文渊阁走去。

4

高拱的骡车出了崇文门，这一带是京城的热闹去处，商贩云集，店铺林立，车水马龙。骡车在熙熙攘攘的街道上缓缓穿行，远远的，东厂的侦事番子紧紧盯着前后左右，查看有没有送行的官员；锦衣百户冯驭率一干校尉凶神恶煞地跟在车后，不时大声吆喝着，引得过往的百姓驻足观看。

一个教书先生夹着书本走过来，他忽然想起，当朝首相昨被罢职了，这骡车上的老者，想必就是高阁老，遂惊叹一声："快看，那老头儿就是被皇上赶走的高阁老！"

"呼啦"一声，众人向骡车涌来，指指点点着。

"唉，没听说这老头儿犯啥错，咋就给罢了嘞？"

"该！"有人道，"他这几年，把内阁里的人都赶走了，这回轮到他自个儿啦！"

"哎呀老天爷！"教书先生模样的男子大声反驳，"高阁老可是好人嘞！不是他，咱京城哪里会有这繁华？商铺怕是多半要关张，他老人家亲自到街上查访，朝廷出了不少恤商策啊！"

"是啊！"一个白胡子老者道，"这高阁老把鞑子给驯服了，咱老百姓，再也不像往年那样提心吊胆了！不易啊！"

"我听说，这高阁老是清官，这几年加意肃贪，怕是得罪了人哩！"

"听说，是被朋友背后捅刀子啦！"

"我听说，是因为高阁老眼看宦官干政，带头反对，把内里的人得罪了。"

"哼，若不是朝廷里有人与太监里应外合，太监哪有那大本事？"

一个老婆婆抱着小孙子也挤在人群里观看："坐辆破骡车，好生可怜啊！"说着，抹起了眼泪。

"是啊是啊，做了那么多事，到头来落得这么个下场，可怜啊！"

……

高拱听到这些议论声，这才睁开眼睛，见人群多有流涕者，他心里一热，抱拳向两边默默晃了晃。

骡车驶过护城桥，再往前走，就是彰义门了，出了彰义门就出城了，高福恐郊外无用饭之处，正好前边不远处有家饭铺，遂吩咐车夫靠边停车。

"不许停车！"冯驭大喝一声，"快走！"

高福走过去，躬身道："军爷，出城怕没有饭铺，让俺在这吃了饭再走吧！"

"哼哼！"冯驭一声冷笑，"给留着吃饭的家伙还不是捡个大便宜？这会儿还惦记吃饭，不许，走！快走！"

"高福！"高拱唤了一声，"走，一顿饭不吃，饿不死！"

骡车出了彰义门，过六里桥，高福饥肠辘辘，回头一看，押送的锦衣缇骑已然不见，遂驻足四处张望，看见左前方有家野店，高兴地说："老爷，停车吃饭吧？"

"走！"高拱断然否决道。

出彰义门向西南，是条官道，各省官员陆路进京多半要经过这里，故不时有驿车穿梭，随着"闪开闪开"的喊声，骡车便要闪到路旁，待驿车驶过方再入道前行。驿马荡起的尘土飘飘忽忽落到骡车上，呛得张氏咳嗽不止。

"姑父！姑母！"忽听不远处传来呼唤声。高拱抬头看去，乃是张孟男骑马立在右前方的一片空地上。待车近前，张孟男翻身下马，把马背上驮着的两个布袋搬下，"姑父、姑母，侄儿来为大人饯行。"说着，解开布袋，掏出一条被单铺到地上，解下马鞍，请高拱坐上去，又把布袋里的吃食、茶罐摆上，说了句："请！"

高拱拿起一个烙饼，卷上酱牛肉，大嚼起来。这顿饭，他吃得格外香。吃了一张烙饼，又抱起茶罐，"咕咚咕咚"喝了几大口，一抹嘴道："孩儿啊，我夜思孩儿昨日之言，嘉今日孩儿之行，真像是酷热难耐时痛痛快快洗了个凉水澡！好！好！好！"说着，泪珠潸然而下。

别过张孟男，骡车继续前行，过了卢沟桥，高拱吩咐停车，他颤颤巍巍下了车，拉住房尧第的手道："崇楼，我已是山野之人，用不上你了，就此作别吧！"

房尧第默然良久，悲怆道："玄翁，学生回京安顿好家眷，必到新郑去看你老人家。"又道，"学生忽有诗兴，口占《立秋日芦沟送新郑少师相公》一首，为玄翁送行。"说着，吟诵道：

> 单车去国路悠悠，绿树鸣蝉又早秋。
> 燕市伤心供帐薄，凤城回首暮云浮。
> 徒闻后骑宣乘传，不见群公疏请留。
> 五载布衣门下客，送君垂泪过芦沟。

高拱听罢，神情黯然，抱拳道："崇楼，好自为之吧！"言毕，转身登车，吩咐车夫，"快走！"

行不到一个时辰，忽有快马来迎，高拱一看，乃是亲家曹金。他已在前方真空寺备下饭菜，为高拱饯行。高拱驻车进了真空寺，魏学曾在山门相迎："玄翁——"他抱拳叫了一声，哽咽着说不下去了。

"惟贯，你能来送我，我很高兴！"高拱强颜欢笑，拉住魏学曾的手一起往里走，"此后无论谁掌吏部，惟贯都要一如既往。用人，一定要一秉大公！"

魏学曾苦笑一声，把他欲联络九卿上本、到张居正宅邸讨说法及其后的情形约略说了一遍，一摇头道："玄翁，如此，江陵相对学曾必恨之入骨，不会再用学曾了。"

"不会吧？所谓宰相肚里能撑船，你持正理、尽忠言，没有什么不对的。"高拱不以为然道，"当年尚宝寺承何以尚在朝会上大喊大叫，乞皇上赐他尚方宝剑好诛杀我这个'奸臣'，我复出，不还是给他升职了？"

魏学曾暗忖：此公到这个时候还这么天真，难怪遭人暗算！他叹息一声："磊落之士不能立足，非国家之福！"

三人进了一个静室，曹金正要吩咐侍从打开食盒，忽见高福领着一个小尼姑走了过来，高拱刚要出言责备，话未出口，张大嘴巴，愣住了。

"亲家翁，这是……"曹金不解地问。

高拱一扬手道："都退出去！我要和这位菩萨说话。"待曹金、魏学

283

曾满脸狐疑地离开了，高拱上前，细细打量着小和尚，"你是珊娘！"

"曾经是，可今日见到了先生，放下此一尘缘，就永远不再是了。"珊娘平静地说。

珊娘自离开丹阳就到了京城。访得高拱既要主持阁务，还要处理铨政，忙得席不暇暖，不要说儿女情长，便是他自身，也不再顾及得到了。她知道，今生今世，与高拱缘分已然尽了。这世界已了无牵挂，她想到了自我了断。这天，珊娘来到高梁桥外，沿着高拱带她走过的路径，漫无目的、神情恍惚地走着，一位真空寺的禅师窥破了珊娘的内心，劝诫道："慈忍护念众生，若自杀身，得偷罗遮罪。"珊娘似懂非懂，恭恭敬敬向禅师求教，一番交谈，珊娘为之动容，遂追随禅师到了真空寺，入了空门，法号"慧云"。精心修禅两年余，她已断了尘念，唯一放不下的是高拱，盼着与他见一面，了却尘缘。她时常留心从过路的客人那里探听京城的消息。今日午前，忽见有两位高官模样的人带着侍从来到寺内，珊娘隐隐约约感到，此二人与高拱有关，一问方知，高拱昨日被罢黜，今日要路过此地，她便在寺前徘徊，果然等到了。众目睽睽，她不便上前搭话，遂把高福唤到一边，高福大吃一惊，不由分说便带她进了高拱所在的静室。

高拱见珊娘已是一身尼姑装扮，透过圆帽帽檐，可知一头秀发也已削去，似不像是暂时存身，为之惋惜，道："珊娘受委屈了！"

珊娘淡然道："诸法因缘生，我说是因缘；因缘尽故灭，我作如是说。几回生，几回死，生死悠悠无定止。自从顿悟了无生，于诸荣辱何忧喜。"

高拱沉吟着，悟出珊娘是在劝慰他，却不知作何答。

"心境明，鉴无碍，廓然莹彻周沙界。万象森罗影现中，一颗圆光非内外。"珊娘又说，语调软绵，仿佛在唱歌。见高拱茫然无措，她莞尔一笑，"先生，都放下吧！"

"我自忖，今生做人做事，无愧于心。"高拱声音低沉，"惟对不住珊娘。"

珊娘摇摇头，淡淡一笑，诵吟道："体诸法如梦，本来无事，心境本寂，非今始空。理宜丧己忘情，情忘即绝苦因，方度一切苦厄。"说罢，双手合十，向高拱深深一揖，"先生珍重！"

高拱想说什么，珊娘已然转身，头也不回，走出了房门。

5

高拱望着珊娘的背影，愣了良久，方唤曹金、魏学曾进屋用饭，二人正想打探，高拱一扬手，感叹道："听禅师一席话，我心稍安！"曹金、魏学曾不便再问，打开食盒，心事重重地用了饭，簇拥着高拱出了真空寺山门。

一出山门，忽见内阁书办姚旷带着两名承差，飞马到了跟前，翻身下马，拿出一份文牍，施礼道："高阁老，下吏奉张阁老之命来送公文。"

高拱冷冷道："是何公文？"

"乃驰驿勘合。"姚旷道，"张阁老上本，请皇上赐高阁老驰驿，又拟旨：'准驰驿'，都送上去了，并吩咐下吏到工部写勘合伺候。"

高拱一笑："安知皇上必准？安知再无党护之说？而预写勘合送来，其内幕情理可知！"请驰驿的奏本尚未批红，张居正就命人送勘合来，足见凡事都是张居正一手操控，高拱越想越气，勃然大怒："欲上本救我，则上本救我；欲言党护负国，则言党护负国；欲乞驰驿，则乞驰驿；欲准驰驿，则准驰驿。"他发出一阵怪笑，"俗话说又做师婆又做鬼，吹笛捏眼，打鼓弄琵琶，三起三落，任意播弄君父于掌中乃至此也！"说着，转身面北，抱拳上举道，"吾皇虽幼，然聪明天纵，出寻常万倍，愿天地鬼神、祖宗先帝之灵，益加启发，早识奸谋，勿使为社稷之祸，拱虽万死亦甘心！"说罢，转身走向骡车。

众人愕然。

魏学曾回过神儿来，忙拉住高拱，劝道："玄翁不可如此。既然皇上有命赐玄翁驰驿，玄翁与谁赌气？"

高拱似有所悟："我知乃张叔大所为，故不用；然既称君命，则安敢不受？"

说话间，一辆豪华驿车已驶到，魏学曾、曹金吩咐侍从把骡车上的东西搬到驿车上，又搀扶高拱上了车，这才躬身含泪揖别。

换乘驿车不仅宽敞舒适了许多，没有了缇骑逼逐，且住宿、吃饭都有供应，高拱一家的惊恐、愤懑、焦躁情绪得以舒缓。但高拱还是催促驿车日夜兼程赶路，过了保定、真定二府，驿车才如常行驶，慢了下来。

这天，已近午时，驿车正往栾城驿赶去，骑在一头毛驴上的高福回头一看，忽见后面几匹快马飞奔而来，吓得后背发凉，正踌躇着要不要禀报高拱，"玄翁——"随着一声长唤，快马已然驰近。

高拱听到了呼唤声，吩咐驻车，打开车帘回头张望，三匹快马到了车前，竟是张四维！高拱惊喜不已，急忙下车，叫着："子维！子维——"泪水在眼眶里打转。

"玄翁！"张四维翻身下马，一把拉住高拱的手，又唤了一声"玄翁！"哽咽着说不出话来。

"子维，你怎么来了？"高拱泪眼模糊地打量着张四维。

张四维摇着高拱的手，镇静片刻道："四维奉召赴京，刚到逐鹿，忽见邸报，骇异不敢置信，访得玄翁刚过逐鹿不久，遂飞马来谒！"

"我以为今生见不到子维了。"高拱黯然道，泪水止不住涌了出来。

"玄翁！"张四维唤了一声，放声痛哭起来。

高拱松开手，拍了拍张四维的肩膀："子维，不必难过，见了就好。你还是上紧走吧，驿道过往的人很多，传到京城，对你不好。"

张四维摇摇头，止住哭声，吩咐张得："速去栾城，找家上好的酒馆！"说着，搀扶高拱上驿车，"到栾城再说。"

到得栾城驿，安顿好张氏、薛氏，张四维扶着高拱进了一家酒馆，两人对面而坐，高拱把情形约略说了一遍，随即从袖中掏出一张纸笺，叹息道："老夫被逐不足惜，遗憾的是愧对天下苍生！"说着，把纸笺递给张四维，"前日在真定遇雨，作此诗以抒怀，请子维一阅。"

张四维一看，只见上写着：

自是天家雨露宽，孤臣千里湿征鞍。

塞垣回首烟尘静，农亩关心稼穑艰。

可喜一朝驱毒暑，不眠中夜袭轻寒。

却惭未满甘霖望，徒使苍生拭目看。

"玄翁，你老人家当鼎革之日，居保济之任，开诚布公，周防曲虑，不阿私党，即古之社稷臣，何以加焉！"张四维激动地说，"玄翁欲尽破世人悠悠之习，而措天下于至治，天下人无不知之。三载于兹，玄翁领政府、摄铨衡，不知有自身，天下已治而犹以为未治，天下已安而犹以为未安，虽横遭排挤，不为自己抱冤，却有对不起天下百姓之憾，发出'却惭未满甘霖望，徒使苍生拭目看'之叹，真乃古今第一豪杰！"

高拱摆摆手，举袖拭泪道："前几日在良乡县夜宿，梦一伟丈夫，衣冠甚固，貌庄而和，弟子六七人侍侧。我问从者此何人？从者曰乃孔夫子。我肃然起敬，拜见之，因问：'夫子每教人以仁，而不说缘由，弟子请夫子赐教。'孔夫子曰：'只一点真心便是。'子维，此即高某做人的准则，待人必以真心，求仁得仁，夫复何憾！"

"玄翁做人，可谓仁人；做官，可谓纯臣。四维今生得玄翁耳提面命，实乃大幸！"张四维诚恳道。说着，为高拱斟上酒，举盏恭恭敬敬敬酒。放下酒盏，不禁感慨，"以先帝对玄翁的眷倚、情谊，方科道欲攻江陵相，玄翁若不阻止，抑或向先帝面禀冯、张内外交通一事，则江陵相必被逐；然则，玄翁乃力为解之，遂有今日之祸！玄翁可曾后悔否？"

高拱一摇头："我何悔？彼时因先皇病笃，恐苦先皇心，故宁受吞噬，而不敢以此戚先皇。今我顺以送先皇终，而未曾敢苦其心，则我本心已遂，又何怨悔之有？"

"玄翁这样想就好。终归玄翁未负先帝，也不愧先帝对玄翁的深情厚谊。"张四维哽咽道。

"细思之，所谓未负先皇，只是心未负而已！"高拱感慨道，"我乃顾命首臣，凭几之语，执手之托，盖谆谆焉！然先皇升遐仅二旬日而狼狈去国，先皇所托，不能再尽责矣！是以我也只是心未负，却未有以副，只可死见先皇地下，却不能说未辜负先皇执手之托，九泉下见到先皇，我心仍有愧焉！"

张四维痛苦地摇头道："非玄翁避艰难，实为他人窥视权位。四维以为，史上未有如玄翁待江陵相之厚者；也未有如江陵相逐玄翁之狠者！"说着，又起身为高拱斟酒。

高拱一把拉住张四维，嘱咐道："子维，你的心意我都领了。可你还年轻，今后的路还长。据我所知，张叔大对你并无嫌疑，且亦甚赏识，曹大埜之流攻你，并非张叔大本意，是为攻我而牵连到你。你不可与张叔大决裂，还是要一如既往与他亲近。此非为张叔大，亦非为子维，乃为国也！你是知道的，还有很多事我未来得及做，盼你立足朝廷，把我未来得及做的事继续做下去！"

张四维苦笑道："四维本想即上本再乞休，玄翁既然有嘱，我还是硬着头皮进京，看看局势再说。"

不知不觉，这顿饭已吃了一个多时辰，驿车备好，在外等候多时，高拱只得恋恋不舍登车。

"玄翁，珍摄啊！"张四维躬身一揖，含泪道。

"子维，你也好自为之啊！"高拱泪流满面，向张四维一抱拳，倏地放下了车帘。

"有朝一日，四维必白玄翁冤！"张四维像是自言自语，又像是说给高拱听。

第二十三章 光棍闯宫惊御驾 权臣密谋诛高拱

1

这是一个严寒的早上。万历年号刚刚使用了十九天，睡意蒙眬的皇上就被叫醒，乘舆往皇极门听政。舆辇刚出乾清门，忽见一着宦官巾服的无须男子从西边的丹墀向御驾疾步而来。内侍大惊，一拥而上，把男子按倒在地，一阵乱搜，竟从袖中摸出一把匕首！

司礼监掌印兼提督东厂太监冯保忙命将惊魂未定的皇上抬进乾清宫，又差王臻到皇极门传旨，取消早朝，这才吩咐："带人犯到内署，本厂亲自审勘！"

内署，就是东厂设在大内的官署，在北街东，混堂司之南。这里古槐森郁，廨宇肃然，抬头望去，官署门楣上方悬挂着一幅匾额，上书"朝廷心腹"四个大字。冯保进得至圣堂，在一把虎皮交椅上坐定，两排校尉在两侧站定，已被五花大绑的人犯在两名旗校挟持下跪倒在大堂。

"尔何人，光天化日之下竟敢闯宫刺驾？"冯保一拍书案，大声喝问道。

人犯吓得魂飞魄散，叩头如捣蒜，连声道："小的不敢！小的名王大臣，早就听说紫禁城很好玩，只是想混进宫来四处游逛游逛。"

"胡说！"冯保又一拍书案，"尔从哪里来？如何混进宫来的？"

"小的是南直隶靖江人，"自称王大臣的人犯道，"闻听戚继光大帅招南兵，小的就到三屯营投军，未被收纳，一想，既然好不容易到北方一趟，不如到京城逛逛，来到京城四处闲逛时，遇着到街上采买的一宦官小哥，和他结为兄弟。昨日偷了小哥的巾服，今日就混进宫来了。"

冯保进宫多年，知道以往也偶有一些闲杂人等，利用搜检不严等漏洞混入宫中的。好奇者有之，探视亲友者有之，盗窃财物者有之，因此，适才发生的事，也不足为奇。只不过，此人袖中藏有利刃，且正巧惊了御驾。一旦此事传开，对他不利。毕竟，作为大内总管，宫中出了这等事，他难脱干系。冯保也知道，对他矫诏的非议并未因高拱的被逐而平息，反而越发甚嚣尘上。万一那些人拿惊驾之事大做文章，发起对他的攻讦，他岂不是百口莫辩？这样想着，冯保顿时火冒三丈，一把抽出案上的佩剑向人犯冲了过去。冲到跟前，举刀要砍，又停住了，大喝一声："把这个混账东西押入厂狱！"又一摆手，屏退左右，只留张大受一人，附耳道，"你去，重重用刑，让那个混蛋承认，他是浙江义乌人，蓟镇的逃兵，混迹京城，为陈洪收留，在陈洪家窃得巾服，混入宫中。"

"老宗主，这是为何？"张大受狐疑地问。

"戚继光招的都是浙江兵，而逃兵最喜投靠内官。如此，即可把陈洪抓起来，一解心头之恨，再把他的宅邸田产一律接收了！"冯保得意地说，"嫁祸于他，则责任不在我辈。"张大受恍然大悟，钦佩地看着冯保，不住地点头。冯保又道，"你先去照适才所说知会张老先生一声，让他心里有个数，免得外朝议论纷纷。"

正在中堂批阅文牍的张居正闻报，吃了一惊，又听闯宫者来自戚继光麾下，心里一沉，蹙眉沉吟片刻，拉住张大受到了回廊，见四下无人，附耳道，"戚帅手握重兵，地在危疑，不宜株连而贻误军国大局。你禀报印公，莫让人犯牵连戚帅，给他改个籍贯，比如说南直隶武进人，混迹京城，入前掌印陈洪家，为其所昵，遂窃得宦官巾装，混入宫中。"说着，拱手做拜托状。

冯保一听张大受转报的张居正的说辞，眼睛眨巴良久，突然拊掌大笑，兴奋道："去知会张老先生，我在文华殿东小房等他！"

堂堂首相，被一个太监呼来唤去，张居正心中自是不悦，但他不惟放下手中文牍起身即往，见到冯保，也是一脸笑意："印公相召，有何见教？"

冯保故意沉着脸，敲打张居正："咱访得，张老先生不断给人投书，解释说你不惟没有参与逐高胡子，还冒死替他解脱；既如此，是谁怂恿皇上逐的高胡子？"

张居正这半年来面授、投书，一直在向中外臣僚解释，前几日还给宣大总督王崇古复函，言"当其时，人情汹汹，祸且不测，仆犹冒死为之营诉，为之请驿，谨得解脱。"他说这些，是要王崇古等人体谅他的，也是让他们替自己向不明真相者解释的，并不保密，故而冯保知道这些也在意料之中。但被冯保当面敲打，张居正还是有些尴尬，遂一笑道："印公，事前居正说过，居正与玄翁乃生死交，不能给人以背后捅刀子的印象，印公也是赞同的。"说着，一抱拳，"印公多担待！"

"张老先生！"冯保以语重心长的声调道，"不是咱不愿担待，只怕担待不起啊！"他一指茶盏，示意张居正用茶，又叹息一声，"张老先生，你是知道的，先帝爷刚给高胡子颁敕，说他多好多难得，可先帝爷尸骨未寒，高胡子被咱给赶走了，天下人不服啊！东厂访得，目今朝野还在议论，说什么高胡子要求事必经内阁，不是擅政，乃正理正法！"他拍了拍自己的肚子，又指了指张居正的腹部，"你我心知肚明，高胡子有啥罪？而你我内外交通矫了先帝爷的诏，乃灭门之罪！"

张居正脸色陡变，疑惑地看着冯保，不知他为何说这些。

冯保脸上挂着几丝惊恐的表情，继续说："《丝纶簿》虽被咱偷偷藏匿了，可还是不能高枕无忧！"

《丝纶簿》专门记录皇上交代过的话，以备他日查验，防止矫诏或传旨时掺杂私货。冯保已偷偷将先帝临终前一个月的《丝纶簿》藏匿起来，以减其欺妄之迹；如今又刻意在张居正面前提及，似乎故意让他感到惊悚。

张居正似乎悟出了冯保的底蕴，低声问："印公的意思是？"

"说不定哪天有个什么茬口，高胡子复出，那……"冯保顿了顿，阴森的目光在张居正脸上扫来扫去，突然抡起右臂，做刀劈手势，咬牙道，"一不做二不休，永绝祸本，杜患于将来！"

"嘶——"张居正倒吸了口凉气，浑身发冷，哆嗦了一下，低头不语。

冯保又道："张老先生，官场上，绝不能有妇人之仁！先帝爷在时，若高胡子向他告发你我，恐目今在朝廷发号施令的，不是你张老先生！"他又一抡右臂，一脸杀伐气，断然道，"当断不断，反受其乱，不可踌躇！"

张居正黯然道："如此，后世如何看张居正其人？"

"张老先生，你是《穆宗实录》的总裁吧？难不成实录里会把我辈谋高胡子的事都如实录下来？"冯保嘴角挂着一丝冷笑，突然握紧拳头，在眼前用力一晃，"历史，是权力写的！权力让人知道的过去的事情，就是历史！再说，后人的道德不比前人高尚到哪里，国人的历史观里没有'道德'二字的位置。"他咧嘴一笑，"咱支持你，张老先生，你把高胡子什么开海禁、通海运的事给他废了，重新回到太祖皇帝的轨道上来，后世照样说你是名相！"见张居正一脸苦楚，冯保又道，"张老先生，你只做一件事：内阁上本，要求追究幕后主使者，它事，咱来做！"

"何时上本？"张居正低声问。自高拱被逐，这半年多来，他和冯保想挖出高拱的把柄却未能如愿，张居正心里一直不踏实，若能一举从肉体上让高拱消失，也是他内心所愿。即使冯保不借机提出这个想法，他也会旁敲侧击向冯保提出。因此扭捏一番后，也就作出了愿意配合的表示。

冯保略一思忖，道："总要整备一两天，等咱消息吧！"

张居正一拱手，起身要走，冯保咳了一声，沉脸问："张老先生，南京守备太监张鲸，就是为咱造庙筹些款，巡按御史刘日睿上本弹劾他，你打算如何区处？"

"这……"张居正只得又坐下，向冯保抱拳道，"惟印公之命是从！"

"把刘日睿贬走！"冯保气势汹汹道，"此后，外朝的事，咱让张老先生做主；内官的事，咱来区处，不许外朝说三道四。"说完，起身一拱手，扬长而去。

张居正望着冯保的背影，一咬牙，举起拳头往茶几上砸去，快落下的瞬间又停住了，长叹一声，起身出了东小房。

过了两天，张居正的奏本就在邸报上刊出，内称：

臣等窃详，宫廷之内侍卫严谨，若非平昔曾行之人，则道路生疏，岂能一径便到？观其挟刃直上，则造蓄逆谋，殆非一日，中门必有主使勾引之人。乞敕缉事问刑衙门，访究下落，永绝祸本。仍乞皇上出入警跸，倍宜严备。再照祖宗旧制，门禁甚严，望敕司礼监官，遵照律令，严行申饬。其该日守门内外官员，俱乞量加惩治。庶人知所警，杜患将来。

又拟旨：

卿等说的是。这逆犯挟刃入内，蓄谋非小。着问刑缉事衙门仔细研访主逆勾引之人，务究的实。该日守门内官，着司礼监拿来打问具奏，守卫法司提了问。

与此同时，张居正差侍从钱佩携带他的密函，悄然赶往河南新郑。

次日，锦衣卫、东厂校尉十余人，在冯保心腹陈应凤率领下，奉旨出京，日夜兼程飞马奔新郑而去！

2

新郑县城东大街，有一座宅邸，名谓适志园，始建于孝宗成化初年，已有近百年历史。园内有一全用拱形砌就的无梁殿，按乾南坤北方位设计，以子午线为中轴，坐北朝南，下有用白石铺成的数层台阶，上下两层，下层称澄心洞，又名八卦洞，四面设门，前脸有三个门洞，寓意为跳出三界之外；上层称敬仰堂，面阔五丈，进深三丈，单檐歇山顶，檐下斗拱出挑，屋角高翘，绿色琉璃瓦罩顶，抱厦五间，前为木制隔墙，雕刻着精美的图案。这里，就是高拱的居所，澄心洞是他的卧室，敬仰堂则是书房。

二月初时节，天气转暖，万物复苏，院内的槐树已开花，散发着芬芳香甜之气。高拱从高老庄老宅过完年就回到了澄心洞居住。闻到院中槐花的香气，他出了房门，站在槐树下仰头凝视了片刻，又伸头向院外张望着。他很想出门走走，但想到张四维来书所嘱，还是忍住了。

去年六月末，张四维在栾城与高拱拜别，一个多月后，高拱之弟高才辞职归乡，张四维托他带来一函，言：

> 栾城拜别北行，忽忽如失，迄今且匝月矣。都中人情事体，俨如革代，不忍见、不忍言。我翁精忠宏度，天地鬼神、九庙神灵实共鉴之，此不须言说也。惟翁心术事业，数年来已表现于天下；今又以主持国体，为阉人所逐，始终大节，虽古人无多让，幸自宽慰，无以他端介意。前奉台谕，薄游名山川，极为高致，今则不可。且闭门谢客，绝口勿言时事，以需时月，何如？

张四维在京接近枢要，定然是探得陷阱尚深，危险尚未过去，引燃政变的烽火尚未熄灭，且有随时借风复燃之势，高拱仿佛听到了京城某个阴暗的角落里传出的霍霍的磨刀声，他不得不杜门谢客，不见缙绅，不言时事，日以整理旧疏文稿打发时光。

在院中站了一会儿，高拱回到书房，拿起殷正茂的书函，又看了一遍。去岁十二月七日，朝廷颁旨严海禁，饬令督抚"将商贩船通行禁止，片板不许下海，仍严督沿海官军往来巡哨"。殷正茂开广东海禁的提议被驳回，他并接张居正函示，严令其约束沿边将上，无容勾引番人交易图利，并命他将濒海谪戍的民众迁徙到湖广、云南、四川，以防这些对朝廷素有不满之人成为海贼向导。张居正又指示他，申言军令，对两广之瑶、僮土司，凡不驯服者，一律不得抚之，当大事剿除，奸殄无遗，勿复问其向背。殷正茂心情郁郁，遂差人给高拱投书，通报近况，感激高拱对他的提携和支持。高拱甚感动，踌躇了几天，还是决计给他回书：

> 公雄才渊略，亮节真心，实仆二十年所敬仰者。岭表多艰，虽劳节钺，曾未期月立致辑宁，俾数十年猖獗之徒，悉归王化，数千里作逆之处，尽服朝廷，公之功在社稷，何其伟也！仆曩在政府，虽不无少效赞襄，然爱莫能助，顾何力之有焉，而公乃归功于仆，则何敢当！人回，草此布谢。余情如海，莫克具陈。临楮不胜怅恺，统惟心照，不宣。

写毕，反复读了几遍，觉得没有招惹是生非的话，方封交殷正茂的急足携去。办完这件事，高拱怅然地坐在书案前，想到此前在位时已回书殷正茂，极赞开海禁的主张，要他正式奏报，不意待奏疏到时他已无能为力；他不曾料到张居正会颁诏"将商贩船通行禁止，片板不许下海"。越想越气，又不敢发作，遂提笔在墙上用力写下"净扯淡"三字，心绪这才稍平。

"老爷，看谁来啦！"高福突然跑进来，兴奋地说。话音未落，门外响起一唤："玄翁！"高拱看去，房尧第出现在眼前。

"玄翁角巾野服，恂恂一布衣老啊！"房尧第强颜欢笑道。

"崇楼！"高拱惊喜道，突然又扭过脸去，举手摇了摇，"你不该来！"

房尧第上前一步，躬身施礼道："玄翁乃至诚至纯之士，今古罕见，学生今生得为玄翁效力，于愿已足，何忍去？"

高拱以袖拭泪，转过脸来，起身拉住房尧第的手，急切问："崇楼，一路上听到些什么？"

房尧第苦笑一声道："玄翁仓促归乡，学生来前，专程去了京中，拟捡书籍若干替玄翁携来。大抵是东厂密探依然在监视旧宅，飞报江陵相，江陵相竟召学生去见，问玄翁近况。学生答：抵舍病困，几不自存。江陵相为之恻然，吩咐游七以玉带、器币、杂物可值千金者相赠，要学生带来送于玄翁，以解困顿。"

"谁让你要他的东西！"高拱突然发怒，瞪着房尧第，"既做师婆又做鬼！"

房尧第忙道："玄翁息怒。京城人心惶惶，谣言四起，玄翁仍处危地，虚与委蛇为好。"

高拱默然，良久方道："子维来书，言朝廷俨如革代，情形究竟如何？"

房尧第道："玄翁去国三日，钱塘高阁老就吐血而死；江陵相即荐好友吕调阳入阁。旋即，即行闰察。"

高福正为两人续茶，笑问："闰茶？俺咋没有听说过？啥地儿产的？"

房尧第仰脸一笑："此察非彼茶。指的是朝廷对京官行定期以外的考察。祖制，京官六年一大察，若执政要重新洗牌，在常例外行非常之举，考察京官，谓之闰察。"

高福红着脸一伸舌头，低头出去了。房尧第喝了口茶，把他在京城打探到的情形禀于高拱。

高拱去国不过十余日，张居正就启动闰察，察典罢黜吏部郎中穆文熙、给事中宋之韩、程文、雒遵等三十三员；右通政韩楫、尚宝承何以尚、御史杜化中、张齐、杨相等五十三员降调外任；刑部尚书刘自强、户部尚书刘体乾致仕；刑部右侍郎曹金调陕西巡抚，漕运总督王宗沐调南京刑部侍郎。此后，科道弹章不断，曹金奉旨回籍闲住；张四维上本求去，奉旨回籍调理；给事中吴文佳弹劾魏学曾，说他徇私以负高拱，面是背非，乃患得患失之鄙夫小人，魏学曾奉旨回籍闲住；又因御史刘日睿弹劾守备太监张鲸，张居正拟旨，言刘日睿欺皇上年幼，贬谪外任；又有科道弹劾原任苏松兵备副使、现任山西学政蔡国熙奸邪险诈，假道学以欺世，奉旨革职听勘。

与此同时，两宫并尊，尊李贵妃慈圣皇太后；加张居正左柱国，进中极殿大学士，荫一子尚宝司司丞；荫司礼监太监冯保弟侄一人为锦衣卫正千户；升被调任南京礼部主事的曹大埜为山西提学佥事，升原巡按广东御史赵淳为湖广参议。

"原想让杨相去查潮州贪腐案的，如此一来，广东官场的贪风是刹不住了。"高拱关注着他去国前部署的几件事，听到新任巡按广东御史杨相被调外任，赵淳则连升七级，他叹息了一声。

房尧第喟叹道："人谓'高党'黜落殆尽矣！"

"高党？"高拱眼一瞪，"高某最恶结党，今竟有高党之说，真是天大的笑话！若说人以群分，倒也说得过去，被罢黜的俱正直敢言之士。"

房尧第一笑："也不尽然。当年在朝会上乞尚方宝剑要诛玄翁的何以尚，此番也被调外任，颇有替玄翁出气之意嘞！"他旋即叹息一声，"玄翁太爱惜羽毛，总怕背上报复的恶名；江陵相就不同，手腕甚辣，快意恩仇，程文、宋之韩、张齐诸公一举罢黜，曹大埜则转眼升迁，魏学曾、曹金诸公也不得不灰溜溜卷铺盖走人！学生看，江陵相委实是强势人物！"

"哼哼！"高拱冷笑道，"还不是仗着冯保那个阉人！"又叹息一声，

"他跟着我学了多少学问，可惜不学我的为人，却跟着徐华亭学了不少智术，真把徐阶那套权谋学得炉火纯青！"

"喔，对了，"房尧第又道，"闻得松江徐府案已了，徐阶三个公子皆复原官。"

"意料之中。"高拱道，一扬手，"不说这些了，目今朝政如何？"

房尧第道："玄翁呕心沥血改制，时下俱复旧制矣！"

"尽反吾政，国事安得有望？"高拱摇头不止。

"嘶——"房尧第吸了口气道，"江陵相厉行节俭，据说过年宫里的花灯都不许放了；又大力裁撤冗员，节省开支；诏令天下州县必按期足额征收赋税，无论历年积逋还是当年之额，凡不能完纳的，一律罢职！"

"眼里只盯着几个小钱儿，算细账，无大格局！"高拱嘴一撇道。

"江陵相又行考成法，以六科稽核六部，以内阁稽核六科；又加意课吏治，朝奉旨而夕实行，委实是雷厉风行。"房尧第又道。他一拍脑门，"对了，江陵相下诏罢海运，毁船厂！"

"啊！"高拱大叫一声，蓦地起身，连连叹息，"喔呀喔呀喔呀！造孽啊，造孽！"说着，提笔展纸，写道：

> 海运一事，会予去位，当事者务反吾所为，随议罢。所造海舟弃之无用，沿海诸备皆废，予闻而三叹，可惜也。然此计终难寝，当必有为国谋忠者。纵他日必有行时，然又劳费一番矣！姑书记之，留于后世鉴……

尚未写完，高福慌慌张张跑了进来，道："老爷，江陵张爷差人送密书。"

高拱一惊，怔住了。

"人呢？"房尧第忙问。

"人走了。"高福答。说着，把密函递给高拱。

高拱打开密函，只看了一眼，面如土色，双手抖得拿不住纸笺，房尧第忙上前扶住，方勉强看完，颓然而坐，流泪道："大祸临头矣！"

房尧第接过一看，浑身战栗，愤然道："冯保丧尽天良，竟诬玄翁刺驾！"又拿起书函细读，蹙眉沉吟，喃喃道，"江陵相何以密函驰告，还特意嘱玄翁切勿惊怖死，想救玄翁？还是欲胁令玄翁自裁？"

高拱双目微闭，淡然道："先皇临终前，我曾在病榻前奏言，誓以死报，彼时我业已以死许先皇，不复有自身。在京不得死，今得死故园，也算万幸，可见先皇于地下了！"说罢，一扬手，"高福，备酒，我要和崇楼痛饮一场！"

这顿饭吃得甚悲怆，高拱饮了三盅酒，夹起一块豆腐，却怎么也咽不下去，和房尧第相对而泣。忽听外面一阵骚动，高福一脸惊恐禀报道："老爷，兵爷把院子围了！"

高拱起身走到院中，只听门外有人大喊："我等奉钦命逮河南高某！"

"哈哈哈！"高拱放声大笑，从袖中掏出一个小瓶，打开瓶盖，举在手里就要往嘴里倒。

房尧第大惊，忙道："玄翁且慢，学生有句话要说。"说着，一步跨过去，一把将高拱手中的小瓶打落在地，哭着道，"玄翁立马要死？玄翁细思之，他们只是高叫要逮河南高某，而不说具体人，且他们并未闯进门来，显系故意恫吓玄翁，让玄翁自裁。只要玄翁一死，他们就达到目的了，且天下后世都以为玄翁畏罪自杀，谁为玄翁辩白？再说，弑君谋逆，当灭九族，玄翁一人死，高家一族岂不都要被枉屈死？"

高拱顿悟："崇楼说得是，我不能死！"说罢，走到首门前，命高福打开大门，他挺起胸大声道，"何人大胆，在此高声喧哗，扰我城百姓！高某在此，请吧！"

厂卫校尉并县衙众差弁都愣住了，陈应凤上前一步，躬身道："高老先生，我辈奉钦命捉拿人犯到京勘问。"

高拱把双手并在一起，向前一伸："请！"

陈应凤"嘿嘿"一笑，问："高福何在？"

高福闻听喊他的名字，吓得浑身哆嗦，低声道："小的就是。"

"拿了！"陈应凤大喊一声，两个校尉上前，麻利地给高福上了枷锁，往外推搡。

"且慢！"高拱拦住校尉，"高福乃老夫忠仆，与老夫形影不离，未闻他有何罪过，何以拿他？若说高福有罪过，那便是老夫指使，尔等放了他，老夫与尔等前去过堂！"

陈应凤又是"嘿嘿"一笑："高老先生，我等奉命拿高福，待审勘明白，再拿你老人家不迟！"说完，大喝一声，"带走！"

3

东安门外的东厂外署大厅西侧有座祠堂，其南设有一狱，乃东厂羁押重犯之地。这天午时，冯保的掌班太监张大受来到厂狱，掌刑千户亲自打开一间牢门，张大受闪身进去，跟在身后的档头把一个大包裹放在地上。披枷带锁、正歪在地上的王大臣惊起，连连叩头："大人，小人冤枉啊，小人就是想到紫禁城逛逛，并无歹意啊！"

"嘿嘿！"张大受诡异一笑，一挥手道："拿酒来，咱陪兄弟喝一场！"

"不不不！"王大臣吓得浑身战栗，"不喝酒，不喝酒，小人不想死啊！"

几个番役有的抬几、有的抬食盒，鱼贯而入，在牢房摆上宴席。张大受吩咐："给兄弟打开枷锁！"

一名番役上前卸下了枷锁，王大臣边甩着发酸的手腕，边惊异地看着张大受。张大受屏退左右，盘腿坐下，斟上两盏酒道："咱说兄弟啊，咱是来救你的嘞！"说着，举盏道，"来来来，饮了！"

王大臣战战兢兢喝干了一盏酒，张大受把一只鸡腿塞到他手里，干笑两声道："兄弟，你这个事呢，弄好了，升官发财，弄不好，家破人亡！"

"大人，怎么说？"王大臣茫然问。

张大受扭身解开包裹，把蟒绮冠服，并两剑一刀摆开，刀剑柄首上镶嵌着异宝饰物，他盯着贪婪地啃着鸡腿的王大臣道："看到了吧，这些冠服刀剑，非寻常之家可有，谁给你的？"

王大臣忙摆手："不不，大人，这不是小人的东西！"

"嘿嘿嘿，"张大受又是一阵怪笑，"咱也知道不是你的。但你若说是你的，兄弟诶，大哥我就能救你啦！"

"这话怎么说，大人？"王大臣飞快地眨巴着惊恐的小眼睛问。

张大受又斟上酒，举盏道："兄弟，咱看你是聪明伶俐之人，想用你，方来设法救你。"说着，与王大臣碰杯，一饮而尽，附耳嘀咕一番。

"真的？"王大臣惊喜地叫道，旋即一垂首，"哪有这好事，大内的冯太监亲自问过小人，他不发话，谁能救得了小人？"

"咱不会骗你！"张大受一拍胸脯，"不瞒兄弟说，咱就是冯太监的掌班张大受，你是见过的，或许是你当时吓傻了，忘记了。咱就是奉了冯太监之命来救兄弟的。你替冯太监办事，冯太监替你消灾，两合适不是吗？"

王大臣"梆梆"地叩头："多谢大人救命之恩！小人一定照大人说的做！"

"就是嘛！咱看兄弟就是明白人！"张大受笑着说。两人欢快地推杯换盏，饱餐一顿，张大受方出了牢房，进宫复命。

冯保闻报大喜，吩咐张大受速去内阁，向张居正禀报情形。

此时，张居正在朝房里正被刑科八名给事中围住，不得脱身。

张居正所上追查幕后主使者的奏本一出，京城上至部院大臣，下至闾巷小民，莫不汹汹骇愕，稍有思考能力的人都从这字里行间读出腾腾杀气。科道一个个坐立不安，欲具本明其事，可时下不惟言官选任需具揭帖禀张居正同意，且内阁稽核六科，实已将言官置于张居正一手控制之下，众人惧怕首相的铁腕，踌躇不敢上。刑科众给谏整日在一起议论："此事关我刑科，若我辈无一言，遂使国家有此一事，吾辈何以见人？"议来议去，想出一个法子：回避此案真假，只上本要求将王大臣从东厂移送法司审问。可是，奏本已写成，八位给事中又踌躇了，担心贸然上奏开罪张居正，遂相偕齐赴朝房向张居正禀报。

"事已成矣，尔等还这般纠缠？"张居正听罢，沉着脸道，"本阁部早就说过，多言乱听，多指乱视，奉劝尔等，像这等惊天大案，还是不要插手的好。刑科的奏本，不许上！"说罢向外一指，"都退下！"

刑科八位给谏只得讪讪告退。张居正忙起身，躬身请站在门口的张大受入座，笑着问："印公有何示？"待张大受通报毕，他点了点头，嘱咐道，"要事先预备停当，正式审勘只是走程序，如此方可万无一失。"

张大受道："印公已赏东厂伙长辛儒银二十两，让他与人犯朝夕同处，好吃好喝供着，又教他如何说高阁老主使行刺事。咱这就把口供、奏本预备下来，一旦高福逮到，严刑拷打，让他在口供上画押，就万事大吉了！"

刚送走张大受，书办姚旷呈来一封急函，张居正一看，是陆光祖的。陆光祖是张居正同年，会试时又都出自礼房，交情甚厚，年前刚起用为吏部右侍郎，赴京途中在临清得知此事，火速差人投书：

此事关于治道甚重，望翁竭力挽救。万一不能保存旧相，翁虽苦心，无以白于天下后世。不肖忧之至切，夜不能寝，念与翁道义深交，敢僭昧驰告，非为旧相也。

张居正阅罢，摇摇头，把书函扔到一边。

"太岳，太岳！"门外响起气呼呼的喊声，太仆寺少卿李幼滋拄着拐杖闯了进来，"我在家养病，刚听说，等不及到府上，就径闯首相朝房了！"李幼滋不惟是张居正的同年，还是湖广同乡，刚从陕西按察副使升京堂，因病注门籍，在家调理。他身躯肥胖，茶壶、酒壶、尿壶皆不可少，人称李三壶，在张居正面前了无顾忌，他把拐杖"嗵"的一声在地上捣了一下，"太岳，奈何为此事？"

张居正不悦，叫着他的字道："义河，这是什么话？"

"朝廷拿得闯宫之人，而你即令追究幕后主使者，今厂中称主使者即是新郑阁老，若以此杀了新郑阁老，万代恶名必归于你，将何以自解？"李幼滋不客气地说。

张居正两手一摊："我正为此事忧不如死，奈何谓我为之？"

李幼滋摇了摇头，苦笑道："该说的话我都说了，乃为太岳计，太岳三思吧！"

张居正起身欲送，尚未挪步，游七冒冒失失闯了进来，张居正刚要呵斥，游七一抹眼泪，哽咽道："老爷，小少爷、小少爷，殇了！"

"啊！"张居正一声惊叫，瘫坐在椅中。

李幼滋回身安慰道："太岳，不必难过啦！你看，世宗皇帝育八子，存者仅先帝一人；今上不也有两个兄长幼夭吗？皇家尚如此，何况他人？

家家都有这等事，宽心些。"

张居正头靠椅背，良久不语，脸上不时掠过一丝恐惧的神情。在听到幼子夭折的消息的瞬间，他心里"咯噔"一声，突然想到曾在高拱面前发过的毒誓，难道真的应验了？他为此感到恐惧，心"怦怦"乱跳着。

游七以为张居正在为失去幼子而难过，等了约莫一刻钟，见他还瘫坐着，上前轻轻推了推："老爷——"

"啊！"张居正一惊，双手在胸前向两边猛地一抡，仿佛在抵挡什么，又把游七吓了一跳。

"走，回家！"待回过神儿来，张居正起身道。

出文渊阁，正欲上轿，吏部尚书杨博远远地唤了声："江陵，且留步！"

4

张居正听到吏部尚书杨博唤他，只得转身相迎。

杨博快步往张居正这边走，雪白、疏朗的胡须被风吹起，在胸前乱舞着。两人相遇，杨博气喘吁吁道："江陵，闰察将科道近半数察典，或黜落，或调外任，缺员甚多，半年过去了，得补上了。吏部起了稿，想先请江陵过目后再正式上奏。"

杨博是元老，隆庆元年任吏部尚书时被劾去职，高拱复出后举荐起用，先帝命他以吏部尚书衔管兵部事。高拱被罢，杨博顺理成章回任吏部，他为官圆润，事事请示张居正后方走程序。

张居正心里七上八下，纷乱如麻，无心关注此事，遂道："时下事体烦乱，待过些日子再说此事不迟。"

"江陵……"杨博欲言又止。

张居正知道杨博想说什么，便道："博老看，那件事，当何如处？"

杨博之所以此时来找张居正，就是想就王大臣案当面向他进言的，只是不知如何开口方不会惹他不悦，故而踌躇；既然张居正主动问他，他求之不得，遂道："新郑虽粗暴，天日在上，万万不会干这等事！此事关系重大，若果为之，恐惹事端，且举朝人人自危，似乎不可。"

张居正以为，杨博复起后未能掌铨，高拱又对杨博掌铨时的做法多有革除，杨博当对高拱耿耿于怀，此时必与己同心，这才破例向他求教的，不意杨博说出这番话来，他脸一红，露出失望的神情，抱拳一揖道："博老，居正家中有事，失陪！"

杨博怅然地看着张居正的轿子疾速而去，摇了摇头，转身往都察院走去。

张居正的轿子刚要出东华门，他突然掀开轿帘，吩咐："转回，去佑国殿！"

佑国殿在会极门之东，供安玄帝圣像，又称关帝庙，签最灵。因居紫禁城内，平时并无闲杂人等。轿子转回到佑国殿前停下，张居正吩咐任何人不得入内，独自进了殿，恭恭敬敬叩头求签。他双手微微颤抖，抽出一签，细细一看，只见上写着：

> 才发君心天已知，
> 何须问我决嫌疑。
> 愿子改图从孝悌，
> 不愁家室不相宜。

再看签文注解，乃是：所谋不善，何必祷神，宜决于心，改过自新。

张居正暗自一惊，神色黯然，步履沉重地走出殿门。

回到家中，一向不苟言笑的张居正，抱住夭折的幼子放声痛哭起来，家人劝慰良久，还是未能劝住，不觉诧异。却不知，张居正固然为失去幼子痛心，但更重要的是以此释放淤积心头不能对人言的巨大压力；同时，这一刻，他突然感受到了高拱连失三女的痛楚，无儿无女的悲凉，不忍再伤害他，心里涌现出一股愧疚，以痛哭抒发愧意。

长子敬修见父亲痛哭不止，便向游七一使眼色，两人强行把张居正架起扶到书房。张居正坐在书案前，连晚饭也没有吃，茶水凉了再换，换了又凉，他却未呷一口，只是呆呆地坐着。约莫过了一个多时辰，游七进来禀报：都察院陈瓒陈老爷来谒。

陈瓒虽比张居正大二十岁，却是同年，高拱被逐后，张居正把他从南京都察院内调任左副都御史，陈瓒对张居正甚感戴，俨然幕宾，时常到张府禀报部院情形。他一进书房，见张居正脸色不对，忙关切道："太岳为国操劳，委实太累了，还是要珍摄啊！"

"玉泉，"张居正以虚弱的声调叫着陈瓒的号道，"都察院那帮人还算安静吧？"

"他们要上本，我费九牛二虎之力总算压下来了。"陈瓒表功道，旋即叹息一声，"只是御史钟继英鬼鬼祟祟，有些不安分。他是大司空朱衡的同乡，我判断可能朱衡背后给他打气，台长葛守礼也在为他撑腰。"他向张居正面前伸伸脖子，"科道安静了，九卿却不安分嘞！杨博、葛守礼、朱衡，这三老对太岳怨气甚大啊！"

杨博面见张居正，劝他收手，而张居正面赤意沮，颇不怿，杨博越发担忧，即赴都察院找台长葛守礼商榷办法。因杨博和葛守礼同年，彼此相厚，遂把他面见张居正的情形向他说了一遍，两人扼腕唱叹良久。恰在此时，工部尚书朱衡也来了，进门就道："自古宰相坐废，或不无怨望；然若怀奸蹈险，冒天下之大不韪，行刺驾之事，于古未闻！高新郑乃磊落之士，岂甘心做这等事？天下人谁会相信？所谓追究幕后主使者，无非是锻造冤案，广事株连，大开杀戒！乾坤朗朗，安得允许此等事发生？"

朱衡的声音传到间壁陈瓒的直房，他蹑手蹑脚走到葛守礼直房前，驻足细听，虽听不真切，却也能够判断出，三人都是满腹怨气，遂忙跑到张府禀报。

张居正沉吟不语，却分明可以听到他"咯咯"的咬牙声。

时下的部院，张居正将好友、蓟辽总督谭纶升为兵部尚书；调亲家、南京兵部尚书王之诰为刑部尚书；调好友、南京户部尚书王国光接替刘体乾掌户部，这三人对张居正言听计从。而杨博、葛守礼、朱衡都是年近七旬、资格很老的重臣，威望很高，张居正一时不好动他们。可施政中总觉得这三老碍手碍脚，这个说为政不可操切，那个说言路不可堵塞，关涉到吏部、工部、都察院的事体，张居正不得不恭恭敬敬与他们商榷后方可决断。对此，他本已心怀不满，又听这三老竟聚到一起嘀嘀咕咕，说不定还会结伙行动，给他设置障碍，张居正又惧又气，牙根痒痒，恨不得一举将三人逐出朝廷！这样想着，他陡然改变了主意。

张居正深知，逐高之役并未全胜，人心不服，伺机翻案者有之，冷眼旁观者有之，高拱在一日，这种情形就一日不能消除。更可怕的是，本朝阁臣屡仆屡起者并不罕见。嘉靖朝首相张璁、夏言都有在花甲之后再起的经历。甚或严嵩年过八旬，被迫还乡的路上就谋起复，若不是他和恩师徐阶智术过人，严嵩很可能再起。与这三人相比，无论是人望、才干还是政绩，高拱都远过之。一旦高拱复起，他和冯保矫诏之事势必被揭出，灭门之祸就会降临到他张居正的头上。与其这样，不如顺势诛灭高拱，以除后患！待陈瓒一走，张居正就跪地向南叩首，道："玄翁，居正内要应付大珰，外要与心怀不满的重臣周旋，委实很苦啊！似这般扰扰攘攘，万历新政何时方可全力推进？为万历新政计，玄翁再最后帮居正一次吧！此后，居正必全力以赴，为复兴大明而鞠躬尽瘁！"言毕，他郑重地三叩首，方缓缓站起身，顿觉一身轻松，唤来游七吩咐道："你这就去见徐爵，知会他转告印公，那件事，要办就快些办，不要拖泥带水！"

5

厂卫校尉从河南逮押高拱管家高福到京的消息，一夜间传遍了京城。眼看着，弑君谋逆大案就要成立，高拱命悬一线，事态进入十万火急的当口，人们仿佛已嗅到血腥之气。

都察院左都御史葛守礼再也坐不住了。起初，他暗中支持御史钟继英上疏，暗指其事而不明言，却惹得张居正勃然大怒，拟旨令钟继英回话。刑科八给事中面见张居正被训诫后，又去谒，一连五日，张居正都避而不见。看来，科道是指望不上了，而狱情甚急，葛守礼夜不能寐，遂找到杨博，相约一同到张居正府上规劝于他。兹事体大，不到最后一刻，绝对不能放弃努力。

杨博和葛守礼的手本递进去了，两人在茶室候着。张居正在书房里阅看徐爵饭后送来的文牍。他先看了东厂审勘人犯口供，见都照事先所议供述停当，便放在一边，又拿起东厂就本案审勘给皇上的奏本，奏本罗列了高拱谋刺皇上的证据，却未有结论性的用语，张居正实在看不下去，遂提笔加上"历历有据"四字。刚放下笔，游七来替杨博、葛守礼通禀，张居正虽极不情愿，却也不得不吩咐传请。

进得花厅，寒暄过后，张居正请二老坐了上座，他坐在下首陪着。待两人支支吾吾说明了来意。张居正面带愠色，不耐烦道："二老不必再费心了，这是铁案。目今同谋已然拿到，一旦审勘毕，依法处置就是了！"

张居正此言一出，花厅里的气氛顿时紧张起来。

"我葛某是不是乱臣贼子？"葛守礼蓦地起身，激动地说，"除非说我葛某人附了乱党，否则，我愿以百口保新郑！"他比张居正大二十三岁，中进士早二十一年，名副其实的前辈，张居正看他火起，也不敢与之争辩，只得上前扶他坐下。

"是啊江陵！"杨博附和道，"老夫敢担保，高新郑绝不会做如此大逆不道的事！"

张居正低头不语。

"江陵，这样做，图痛快于一时，但想没想过后果呢？"葛守礼脸红脖子粗，说话的口气越来越强硬了，"当年，严分宜对夏贵溪怎样？鼓动世庙把他杀了；而他呢，他唯一的儿子，被徐华亭鼓动世庙给杀了！"语调中带有几分恐吓的味道。

张居正一向喜怒不形于色，此时却也忍不住声嘶力竭道："二老难道怀疑张某人甘心玄翁？玄翁是张某人生死交，我忍心吗？二老居然如此看我？"说着，气鼓鼓地走进书房，拿出适才正在阅览的文牍递给杨博，"博老请看，别再怀疑张某人、纠缠张某人了好不好！"

杨博展开文牍，象征性地扫了一眼，顺手递给葛守礼。

葛守礼只看了一眼，就露出惊诧的神情，又翻了翻，见"历历有据"四字，乃张居正的笔迹，突然发出一声怪笑，把文牍揣进袖子里。

"这这……"张居正似乎领悟到了什么，脸色陡变，"这个、这个……"一向出口成章、语气坚定的张居正突然变得嗫嚅支吾起来，表情尴尬，"东厂那些人，不懂法理，我、我、我帮着改了几个字而已。"说话间，额头上冒出了汗珠。

"嘿嘿!"葛守礼还是怪笑,高深莫测道,"葛某愚钝,但还是记得的,"他故意顿了顿,吊一吊张居正的胃口,"我朝成宪,东厂的任何文书,须直呈皇上,非经皇上批准,任何人不得阅览;而这件文书,事关机密,不立即呈报皇上,怎么先送给政府了呢?葛某做过几年刑官,记得这叫故违成宪,欺君犯上,乃是杀头之罪啊!"

杨博正举盏喝茶,闻言手抖了一下,茶盏"啪啦"一声摔了个粉碎!张居正脸色煞白,汗珠直淌,心"怦怦"跳个不停。一旦葛守礼上奏,将此事公之于众,他交通宦官、故违成宪两大罪状就坐实了,而两条罪状的哪一条都足以要了他的命。张居正万万没有料到,适才写下的"历历有据"四字,就像是为自己的欺君大罪量身定做的!此时,他已全无主张,以乞求的目光看着杨博,期盼他出手相救。

"好了好了,与立!"杨博故意叫着葛守礼的字,以示亲近,"江陵为国辛劳,我辈哪能不体谅?"说着,起身从葛守礼袖中把文牍掏出,还给张居正,笑道,"江陵,老夫和台长俱知,此惊天大案,江陵是局外人;可能够阻止事端演进的,也只有江陵你嘛!"

"喔……博老明鉴!"张居正慌慌张张把文牍塞入袖中,抱拳向杨博、葛守礼连连作揖,"苟可效,敢不任?"

"御史钟继英上本言此事,是他的本分,望江陵不要惩治他。"葛守礼借机提出要求。

"冯保怕是不想轻饶他。"张居正回应道,又向葛守礼一抱拳,"居正一定为钟御史说话!"

送走杨博二人,张居正坐在书房苦思冥想善后之策,终于有了一个主意。

次日是经筵日,朝廷重臣都要列席。待讲官讲读毕,张居正上前叩首道:"陛下,奸人闯宫惊驾一案,人犯王大臣妄攀主使者,很不可信。臣以为似不必兴师动众,紧追不舍;臣担心此案若处置不当,诬及善类,有伤天地和气。"

皇上事先并不知张居正会面奏此事,也未有人教他答案,一时茫然不知所措。站在两侧的部院寺监大臣更是目瞪口呆,怎么先前杀气腾腾要追究幕后主使者的张居正,突然之间又说出这样一番话?

"这到底是怎么回事啊?"

"是啊,看来有望大事化小。"

一散班,众人三三两两,低声议论着。

张居正目不斜视,上前拉住杨博的袍袖,进了东小房。

"江陵,你今日在经筵上这么一说,朝野就都知道了,首相已出面掌控局势!"杨博边落座边道,听不出是赞许还是揶揄。

张居正微微一笑道:"博老看,此事如何善后?"

杨博沉吟片刻道:"只要真心想了,倒也不难。"

张居正忙道:"只要能够阻止东厂那些人胡闹,维护大局,维护玄翁,居正在所不辞!"

杨博道:"江陵,照理,此案当三法司会审。既然起始即交厂卫侦办,就由厂卫加法司会审好了。"

"喔?"张居正拿不定主意,看着杨博,未遽然决断。

"都察院乃三法司之一,台长德高望重,又做过刑部尚书,我看由他和厂公、缇帅共主会审,可给人以开诚布公的观感,也会落实江陵的意图。"

张居正点点头,道:"用人、行政,还请博老多帮忙。"

"呵呵,恐老夫帮不上江陵忙了。"杨博怅然道,说着故意咳嗽了几声,"老夫这就上本乞休,望江陵成全。"

张居正心中暗喜,却佯装惊诧:"博老何出此言,朝廷正需老成谋国如博老者,博老焉能求去?"说罢,起身扶起杨博,"博老,内阁文牍堆积如山,居正要先走一步了。"刚走了几步,又回身道,"台长、厂公好说,缇帅会不会推辞?就请博老差人先知会他一声,居正再上本请旨,免得被动。"

果如张居正所料,锦衣卫都督朱希孝闻听要他出面会审王大臣一案,竟有大祸临头之叹!接到杨博的通报,他忙到承袭成国公爵位的长兄朱希忠府上,哭诉道:"此案编造太离奇,毒害深谋,伤天害理,朝野议论纷纭,如顺从,舆论必将矛头对准审勘此案的人,那我朱家五世令名岂不毁于一旦!若据实审勘,彼辈费尽心机构陷新郑阁老谋逆弑君,怎能容忍揭出真相?这可如何是好?"

朱希忠已病入膏肓，闻言惊惧万端，浑身颤抖，只是痛哭。朱希孝见从他那里讨不到计策，安慰了兄长几句，急匆匆赶到张居正府上，凄凄哀哀求情道："元翁，饶了我吧，老朽、老朽实难当此任啊！"

张居正厌恶地扭过头去，漠然道："此事是博老提议的，缇帅不妨找博老去说。"

朱希孝垂头丧气出了张府，转谒杨博，一见面，就老泪纵横，连连作揖："冢宰，请开恩啊！"

"缇帅，别着急！"杨博一笑，安慰道，"欲借年高德劭的缇帅，成全朝廷宰相之体，哪里会是坑害于缇帅呢！"他遮遮掩掩，但还是给朱希孝指点了迷津。

朱希孝一脸苦楚，还想推辞，杨博道："江陵格局、手腕，与高新郑大不同，况内里尚有大珰奥援，识时务者为俊杰啊！"他一掀疏朗的白须，又指了指朱希孝的银发，"我辈老矣，知趣为好。我正要上本求去，缇帅办完此案，不妨也让贤吧，如此，或可保全。"

6

二月十九日晨，风和日丽，是个难得的好天。东安门外天不亮就净了街，厂卫校尉手持刀叉剑戟，三步一岗五步一哨，戒备森严。到了辰时半，一向很少开启的东厂外署南大门徐徐打开，三顶大轿在侍从的护卫下次第进了东厂大院，在祠堂前停下。锦衣卫都督朱希孝、都察院左都御史葛守礼、司礼监掌印兼提督东厂太监冯保，一个个各怀心事走出轿子，整理冠带，相互寒暄、谦让着往大厅方向走去。突然，风沙大作，黑雾四塞，人对面不相识，众皆骇惧，尚未回过神儿来，暴雨夹带冰雹倾盆而下！

朱希孝、葛守礼、冯保俱大惊失色，慌忙钻进祠堂躲雨。

东厂大厅里，都察院、锦衣卫、东厂各自挑选的问官已各就各位，忽听外面狂风大作，大厅的窗户上响起"啪啪啦啦"的声音，相顾失色。东厂理刑官白一清一脸惊恐地对本厂所差二问官道："唉呀老天爷啊！天意如此，你们不怕？高新郑是顾命元老，与此事何干，硬要诬他！我辈皆有身家子女，他日能免诛夷之祸？二公受冯公公厚恩，当进一忠言为是。"

二问官浑身颤抖着，不敢出一言。

过了约莫两刻钟，雨住风息，天气稍开朗，冯保站起来，躬身请朱希孝和葛守礼出祠堂，进大厅。

大厅里，在雕刻着狄公断虎故事的墙下的高台上，摆着一张长条桌，上以黑布覆盖，朱希孝年长，又是功勋之后，居中落座，葛守礼和冯保在左右两侧坐定。

"带人犯——"朱希孝大声喊道。

须臾，披枷带锁的王大臣被校尉带到大厅。按制，厂卫问事，必先加刑。于是，行刑校尉先将王大臣打十五大板。

"原说与我官做，永享富贵，怎么打我？"王大臣号叫道。

冯保忙问："快说，是谁主使你来？"

王大臣瞪目仰面道："是你使小人来，你自己不晓得，却又问小人？"

朱希孝、葛守礼端坐着，微闭双目，一语不发。

冯保气急败坏，面色如土，一拍桌子："你招供说是高阁老使你来刺朝廷，如何今日不说？"

王大臣不服气道："是你教小人说来，小人哪里认得高阁老？"

朱希孝嘴角挂着一丝笑意。他照杨博的指点，早已密遣锦衣校尉到狱中见过王大臣，探得所谓高拱主使刺驾乃冯保所授，便警告王大臣："入宫谋逆乃灭族之罪，难道你想把一家老小都搭进去？不如吐实，或可免罪。"王大臣顿悟。待高福逮至，朱希孝又命把他混在镇抚司里的一帮人犯中让王大臣辨认，王大臣辨别不出。朱希孝见此，对此案底蕴已然一清二楚。但这个底他不能揭出来，只能见好就收，遂厉声喝道："大胆贱奴！竟然连问官也攀扯，一片胡说，只该打死，老公公不必问他。"又一指人犯，"押下去！"这才扭脸看了看葛守礼，又转向冯保，"这贱奴胡言乱语，审也审不出个子丑寅卯，还是算了吧。"

冯保既羞且怒，又无可奈何，只得点头。回到宫里，他把张大受叫进直房，"啪啪"扇了两个耳光，骂道："狗东西，这点小事都办不利落，差一点让老子下不来台！"

张大受吓得忙跪地叩头，连道："老宗主饶命，小的明明都办停当了，小的看那朱希孝表情诡异，会不会是他差人见过人犯？"

冯保抬脚要踢，就听门外响起"万岁爷叫老公"的喊声，这是宫里宦官间的一个惯例，一旦皇上要见掌印太监，乾清宫近侍太监就会喊一声"万岁爷叫老公"，宫外的宦官再接着喊，一直喊到掌印的直房。冯保闻听，只得收住腿，慌慌张张赶往乾清宫。

皇上正在御案前温书，一见冯保进来，忙跑过去，好奇地问："大伴，案子问明了吗？"

冯保叹气道："那个贱货，一会儿说是高胡子主使行刺，一会儿又胡言乱语……"

"万岁爷爷！"突然，年已七十余的掌钥太监殷康跪奏道，"不要听他，那高阁老是个忠臣，他如何干这等事，他是臣下，行刺万岁爷对他有何益？必无此事，不要听他！"又转向冯保，"冯家，万岁爷爷年幼，你当干些好事扶助万岁爷爷，如何干这等事？那高胡子是正直忠臣，受顾命的，谁不知那张蛮子夺他首相，故要杀他灭口。你我是内官，又不做他首相，你只替张蛮子出力为何？你若干了此事，我辈内官必受祸，不知死多少哩。使不得，使不得啊！"

"是啊冯家，"秉笔太监张宏附和道，"说高阁老差人行刺，天下人谁也不会信，万万不可以此兴大狱啊！"

皇上忽闪着眼睛看着冯保，冯保低头不敢辩驳，只得道："万岁爷放心，老奴定然把此案审勘明白。"

出了乾清宫，冯保忙差陈应凤前去内阁，向张居正讨教。

东厂会审情形，张居正已了如指掌。他忙把一直欲谒他而不得见的刑科给事中召来，吩咐道："此事我当出面主导，只不妨碍玄翁便了，你们不必上本，也请转告科道同僚，不要再言此事，不的，若事态控制不住，谁上本谁负责！"

刑科给谏们喏喏告退。坐在一旁的吕调阳举着一份文牍道："元翁，这是御史钟继英的回话奏本，我看留中不发算了。"钟继英上本言王大臣案事有蹊跷，当移送三法司审勘。内阁拟旨，令他回话，这是钟继英遵旨上的回话本。

"不行!"张居正断然道,"罚俸半年!"

"这、这是为何?"吕调阳不解。

"不处分他,恐科道以为谁都可随意上本!"张居正恨恨然道。

"哦,明白。借以威众,使不敢再有言者。"吕调阳低声嘀咕道。

这时,陈应凤走了进来,张居正忙起身相迎,延之朝房。陈应凤低声道:"印公让小的禀报张老先生:内边有人说话,事不谐矣,请张老先生拿主张。"

张居正道:"回去禀报印公,内阁会打理停当。"不等陈应凤回应,即唤承差,"到刑部去,请大司寇来见!"

刑部尚书王之诰来到文渊阁,张居正正在朝房用午饭,坐着未动,头特不抬,叫着他的号道:"西石,来,你的备下了,一起吃。"

王之诰见张居正面色憔悴,故作轻松道:"亲家,不会是请我来吃饭的吧?"

"王大臣闯宫案,转刑部审勘。"张居正瓮声道。

"喔呀!"王之诰惊叫道,"亲家,别难为我!"

张居正一皱眉:"既然交刑部一家审,说明不是什么大案。"

"可,事先都对外散布是高新郑和陈洪主使……"王之诰支吾着。

张居正打断他:"事体是这样的:王大臣者,佣奴诡名,南直隶武进人,以浮荡入都,与一小竖交昵,窃其牌帽,闯入禁门。"他抬头问王之诰,"此何罪?"又自答,"阑入宫禁罪嘛!"

王之诰听明白了,亲家把此案经过、罪名都定好了,让刑部走程序,可他还是不踏实:"亲家,万一人犯在公堂上说出隐情……"

张居正不等王之诰说完,"啪"地把筷子往书案上一拍:"他是何人,想说就说?"

"喔,明白!"王之诰颔首,"我这就回去布置。"张居正也不起身,沉着脸道:"速办,今夜审毕,明日上奏,速了此事!"

当夜,刑部大堂开审王大臣案。当人犯带到时,已不会说话,问官郑汝璧自问自答了一番,令王大臣画了供,遂以"阑入宫禁罪"判斩立决以奏。

闹得沸沸扬扬的一个惊天大案,就此了结。都察院左副都御史陈瓒知道张居正很关注科道反应，便留心观察，向他禀报道："科道倒是不敢上本，可私下还是交头接耳，说甚追究幕后主使者是怎么回事？逮高福来京又是怎么回事？"

张居正一掀长须："玉泉你看，为救玄翁，须发顿白，耿耿丹心，谁可知之？"他眼圈泛红，长叹一声，"今才救得下，也对得起玄翁，对得起天地良心了！"

一连几天，张居正无心办文，接连给各地督抚、巡按修书，每函都有相同的一段话：

顷奸人挟刃入内，诬指新郑所使。上自两宫主上，下自闾阎细民，一闻此语，咸以为信；而抵隙者，遂欲甘心焉。中外汹汹，几成大狱。仆切心知其不然，未有以明也。乃面奏主上，斯事关系重大，窃恐滥及无辜。又委屈开导，以国法甚严，人臣不敢萌此念，请得姑缓其狱，务求真的乃可正法。荷主上面允；而左右中贵人亦皆雅相尊信，深谅鄙心，不敢肆其钩钜之巧。伏念六七日至于旬时，果得真情。新郑之诬始从辩释。国家元气乃得无损。不然此公之祸固不待言，而株连蔓引，流毒缙绅，今不知作何状矣。嗟乎！如仆苦心，谁则知之？日来为此形神俱瘁，须发顿白，啜茶茹药，又谁与怜之？耿耿丹心，祗自怜耳。公初闻此，必重惊骇。恐远，不详其颠末，特以奉闻。士大夫有欲知者，亦可略示其概，俾得安意无恐。

他又提笔给高拱修书，写了又毁，毁了又写，斟酌了几天，觉得还是暂时不写为好，只是差钱佩再赴新郑，给高拱送去人参、黄芪等两大布袋补品。

这些天，高拱在惊恐、愤懑中度日如年。房尧第每天都到县署西边的永新驿打探消息。接到张居正送来的补品，又访得他给督抚的书函大意，高拱"哇"的一声，吐出一口鲜血。

高拱虽怀疑此案乃冯保与张居正密谋锻造，却又不愿相信。待得知张居正四处解释，高拱方不得不相信了。他一时接受不了。密谋夺他首相之位，固然让高拱耿耿于怀，但他慢慢也想开了，首相之位乃公器，别人要夺取，也只好由他去；但既然已然夺了首相之位，因何要锻造假案，族灭多年旧友？

"为甚？叔大，这是为甚？"高拱仰天大叫一声，晕倒在地。

在病榻上躺了一个月，病却不见好。胸闷、头晕，浑身乏力，抬头的气力都没有了。张氏见状，只得悄悄嘱咐家人预备后事。

清明节这天，高拱嘱咐房尧第："崇楼，你备好笔墨纸砚。"

"玄翁，不必多想，你老人家因受打击，承受不住方才病倒的，实则并无大碍。"房尧第劝道。

高拱道："我恐不久于人世。我的冤屈可到九泉诉于先皇；可事实真相不能不留给后人，我口述，你记下，藏好，有朝一日，让后人看看，知道历史真相到底是什么。"房尧第思忖，或许一腔愤懑抒发出来，病也就好了，便不再劝阻，搬来几案，备好笔墨纸砚，听高拱口述。

"这是我的病榻遗言，"高拱开口道，"我要把和张叔大多年的交往、顾命始末、政变真相、锻造假案企图灭我高氏一族的真相，一五一十说出来，绝不虚饰、编造。"

第二十四章　海瑞难忍赋闲警告当道 高张再叙友情五味杂陈

1

时光荏苒，转眼间到了万历四年底。这年的冬天格外寒冷，就连一向温暖的琼州竟也有几分寒意，已经赋闲八年、年近七旬的海瑞，不得不翻箱倒柜，找出一件棉袄穿上，又在屋里堆了劈柴烤火取暖。

"老爷，今年这么怕冷嘞？"海安不解地问。

"心里寒啊！"海瑞伤感地说。

八年里，海瑞从未心灰意懒过，时刻关心着时局。闲来无事，细思当年事，唯一后悔的是隆庆元年徐阶排挤高拱时，他上本痛骂高拱这件事。回老家的头两年，海瑞逢人便说："中玄是清贫守介的宰相，悔一言之误！"高拱被逐后，海瑞沉默了许久，翘首以盼朝廷召他复出的消息。可是，科道、抚按几次荐举，都被张居正压下了，又听说徐阶家族的案子已全然推翻，徐家三子不惟没有治罪，还官复原职，海瑞不禁仰天长叹："这世道，公理安在！"这件事越发让海瑞急于复出，即使拼上老命，也要为国家正风气。可是，抚按交章举荐，张居正却置之不理，海瑞徒叹奈何。

几天前，海瑞忽从邸报上看到巡按辽东御史刘台弹劾张居正的弹章，称张居正诬陷高拱弑君大罪，逐之诬之，又私下投书夸耀说是他费尽心机保全之；张居正当国不几年，江陵老家就富甲全楚，府邸营建豪华无比；张居正为子弟谋举乡试，许御史舒鳌以京堂、布政施尧臣以巡抚；

张居正违法干纪如此，却通不许他人非议云云。读罢邸报，海瑞怒不可遏，激愤道："他事勿论，但科举乃国家抢材大典，断不可任私意通关节！今张江陵竟敢作弊？"他茶饭不思，万历五年正月初一这天，愤然修书一封，投给内阁亚相吕调阳：

> 今春公当会试天下，谅公以公道自持，必不以私循太岳；想太岳亦以公道自守，必不以私干公也。惟公亮之。

吕调阳已九次提出辞职，均未获批准，便索性以在家养病为由不再上朝，接到海瑞的书函，差人转给受命主持春闱的张四维。

张四维是万历三年应召入阁的。他虽与张居正同岁，可在张居正面前却如同书吏，谨小慎微，仍时常遭到训斥，只得强忍着，处处赔小心。这天，张四维怀揣着海瑞的书函，想找机会呈张居正一阅。一到中堂，刚坐定就看到江西巡抚曹大埜的奏疏，言刘台家族在家乡横行乡里，合门济恶，以羁押大牢。张四维额头冒汗。自张居正当国，科道只能颂扬他，不许有一字指摘。刘台指名道姓弹劾他，张居正自是不会善罢甘休。果不出所料，新任江西巡抚曹大埜的奏疏很快就呈来了。张四维不敢做主，请张居正指示如何拟旨。张居正瞪了张四维一眼，沉脸道："刘台合门济恶，父兄并刘台都发远樟地充军！"张四维战战兢兢拟了票，一时不敢呈海瑞的书函。张居正见张四维心神不宁，也没有理会他。中堂里的气氛甚是压抑。正在这时，兵部尚书谭纶神色惊慌跑到中堂，禀报说京营一千多士卒在长安街游行！

张居正大惊："因何游行？"

谭纶道："士卒棉服里棉花甚少，竟有以茅草填充者。"

张居正皱了皱眉。他知晓是慈圣太后的父亲武清侯李伟所为，顿感棘手，但嘴上却道："谁这么胆大，敢以黑心棉害我军人，彻查严惩！"

谭纶走上前去，低声道："京营被褥服装，通为武清侯所供。"

张居正佯装吃惊："有这事？必是谣言无疑。"说完即低头思忖应对之策。正犯愁间，秉笔太监张大受来传慈圣太后懿旨："咱听说街上有人闹事，事出有因，内阁当秉公办事，若关涉皇亲，亦不必袒护。"

大明首相
第四部
贞介绝尘

"圣母英明！"张居正叩首道，起身吩咐谭纶道，"子理，此事这么办：一、你亲自出面，请军士回营，违者军法处置；二、宣示彻查'黑心棉'一事，无论关涉到谁，决不姑息；三、答应补发军服；四、兵部上本，明说其事，刊于邸报，以释群疑。"

谭纶面露难色，支吾良久，摸不透张居正何意。

"此事，当与武清侯无涉，必是内库官贪墨舞弊，抓几个，砍头！"张居正决断道，顿了顿，又道，"兵部上本时，别忘了把慈圣太后的懿旨写上，写明：慈圣太后此举至公无私，中外臣民莫不仰诵！"

谭纶这才明白，领命而去。张居正转过脸来，对张四维道："子维，访得坊间对今年春闱多有议论，我两个儿子要赴会试，我需回避，你要办妥。"

张四维适才还纳闷张居正何以当着他的面交代处置军人闹事一事，此时方恍然大悟，忙道："请元翁放心，四维必打理停当。"看此情形，海瑞的书函若呈递上去，必激怒张居正，张四维只得压下。

不久，会试、殿试张榜，张居正长子敬修、次子嗣修同登进士第，嗣修还高居榜眼。朝野为之哗然，京城讹言四起，张居正宅邸大门上还不时有揭帖出现，长安街上的白头揭帖随处可见。东厂秘密追查许久，也未查出散发揭帖之人，此事也就不了了之。待风声过后，张四维方把海瑞的书函转呈张居正。他只匆匆扫了一眼，冷冷道："记住，此公断不能用！"又感叹一声，"到底还是玄翁知我啊！"

几个月前，张居正接到老家一函，说高拱曾差人携贺礼到江陵贺其子敬修、嗣修乡试中举，张居正甚为感动，此时想起尚未向高拱表达谢意，又想起高拱的内侄张孟男要赴南京尚宝司之任，忙提笔修书：

> 春间承翰教，以舍弟、小儿叨领乡荐，重辱遣贺。仰荷厚情，拟附入觐令弟修谢。比令弟行，以冗沓忽忘之，至今为歉。兹令亲张尚宝人便，专此启谢。

张孟男赴南京上任，借便回家，遂带着张居正的书函与礼物，赶往新郑。

几年来，张居正最放心不下的就是高拱。自王大臣案了结后，他闻得高拱卧病，时常差人给他送药送礼。开始，高拱欲拒之，夫人张氏劝道："叔大既不撕破脸，不管真假，你总是给他颜面！"高拱无言以对，遂安然受之。但张居正所馈金银宝物，他一概不用，闻得他的二子终于乡试登科，便差人携礼前去祝贺。

二子同登进士第的喜庆被无头揭帖给搅了，查办此案又折腾了几个月，刚消停下来，忽接江陵老家传来讣闻：七十四岁的父亲张文明去世了。按制，接到父母讣闻，不必请假，当即辞官奔丧，并在家守制三年。张居正忽然想起，当年徐阶曾暗示他驱逐郭朴，就是以郭朴为父守制未满便回朝复职为由，弹劾他大德已失，将其赶走的。想到这些，不禁忧心如焚，忙召集幕僚商榷应对之策。

众人意见不一，工部尚书曾省吾道："太岳兄握权久，一旦去，他人必谋之，即使想悠游山林，恐也不得！"

张居正悚然道："去不得去，留不能留，真不如死了！"

"死倒死得，去却去不得！"曾省吾一脸严肃道，"内有慈圣太后、冯公公鼎力支持；外之部院大臣、九卿科道，俱为太岳一手拔擢，翻不了天！"又道，"太岳兄若奔丧守制，高新郑、徐华亭二老必有一人复出。华亭年近八旬，声名狼藉，而高新郑……我看，大抵当是高新郑复出。"

张居正拿出一封密函递给曾省吾。曾省吾一看，乃是高拱门生胡槚所写。他前不久升为操江巡抚，张居正特命他绕道河南看望高拱，此函即胡槚从途中密报的，只见上写着：

玄翁言：幸烦寄语太岳，一生相厚，无可仰托，只求为于荆土市一寿具，庶得佳者。

曾省吾一笑："高新郑此乃表白无他志，安知不是故意麻痹太岳兄？退一步说，即使高新郑无复出之志，安知他的门生故旧还有对太岳兄不满的人，不百般设计把他抬出来？或说冯保不允高新郑复起，可一旦太岳兄去国，冯保一个阉人，失去外援，独木难支，安得阻止高新郑复出？须知，内阁大佬张四维、申时行、户部尚书殷正茂、刑部尚书王崇古、礼部尚书马自强，可都是当年高新郑赏识的人。他们内心到底是希望太岳留还是中玄出，还真说不好。此身家性命攸关之事，不能含糊！当把利害陈于冯保，冯保必赞同夺情。只要内里赞同，外朝叽叽喳喳也无用！"

经过一番幕后运作，皇帝下诏，不许张居正奔丧、丁忧，由他的次子、翰林院编修张嗣修代为奔丧。临行前，张居正嘱咐他过新郑县时去看望高拱。不过旬日，张嗣修就到了新郑县，造访适志园。

"喔呀呀，喔呀呀！"高拱一见张嗣修，拉住他的手，一边打量一边惊叹，"这乖乖孩儿，长这么大了！当年你出生时，伯伯我还去你家喝满月酒嘞！不得了，不得了，如今登了榜眼，做了编修，喔呀！"

张嗣修在适志园吃了午饭，这才告辞。到了许昌驿，即差随从钱佩将情形驰马飞报张居正。

张居正被反对夺情的人攻讦得体无完肤，不惜以霹雳手段廷杖上本反对夺情的五臣，血肉横飞中，朝廷才稍稍安静下来。不意操江巡抚胡槚差人飞马呈来一封密件，张居正打开一看，乃是刻刊的一本书册，细看内容，不禁大惊失色！竟是署名海瑞的一道奏本，痛骂张居正背弃人伦，不如禽兽！张居正气得火冒三丈，急召曾省吾来见。

"倒是海瑞口气，但不像海瑞所为。"曾省吾分析说，"若是海瑞所写，因何刻刊发售？必是小人借机敛财。"

"人心不服啊！"张居正喟叹一声。

"太岳兄，当差你的门生去巡按广东，密查海瑞，看能不能抓到什么把柄，把他办了！"曾省吾献计道，"至于这本册子的事，当令胡槚销毁书籍，密查奸人，严惩不贷！"顿了顿，又道，"这些事不足虑，只要高新郑那里安静就好。"

正在此时，钱佩携张嗣修密函来呈。张居正忙打开阅看，突然眼圈泛红，鼻子一酸，道："朝廷内外，多少人是我一力提携，他们表面上感恩戴德，一到节骨眼儿上，就经不起考验，不惜背叛我！"张居正黯然道，"而玄翁……还是玄翁大度啊！这样处处提防着他，度君子之腹了！"

"目今看，高新郑委实是罕见的君子。"曾省吾看罢，也感叹了一句。

"三省，待转年回乡葬父，我欲到新郑谒见玄翁。"张居正哽咽着说，他一掀花白的胡须，"老了，念旧。"

"也好。"曾省吾道，"朝野知二翁把手言欢，或可消除以往的诸多猜疑，对太岳兄大有利。"

不久，张居正又接到家书，言高拱遣人到江陵吊唁。他不禁潸然泪下，修书答谢：

前小儿南归，方伏在苫块，情绪荒迷，不遑启报。比辱遣吊勤惓，又承厚奠，不胜哀感。小儿途中书来，言翁推凤爱，引入内舍，款语移时，垂泣而别。孤方在哀苦之中，感念厚谊，涕泗横流，所谓悲者不可累也。贵恙想已勿药。孤近尊谕旨，勉强稽留，待经理皇上大婚事，计来岁春夏间，乃得乞归。拟过梓里，当作一日淹留。今预盼此期，真以日为岁也。

高拱接阅此函，默然良久，泪珠簌簌而下，"啪嗒啪嗒"滴落在书笺上。

2

万历六年三月下旬的一天，新郑城一大早就静了街，城墙上数十座望楼、角楼、敌台上，站满了手持剑戟的兵勇，紧盯着城内外行人的一举一动；自郑州至新郑的官道上，逻卒旁午，缇骑穿梭，戒备森严。巳时过半，张居正所乘大轿，在河南巡抚、藩臬二台、大梁兵巡道、巡按御史等簇拥下，向新郑城迤逦而来。

这台大轿，前面是起居室，后面是寝室，两廊一边一个书童焚香挥扇。三十二名轿夫抬着，远远望去，仪饰绘彩，光耀白日，前后鼓吹，赫赫煊煊。兵部所遣一千多名骑兵前后警戒；蓟镇总兵戚继光所差精锐神枪手、神箭手数十人随护，兼壮行色。这阵仗，不要说布衣百姓，便是督抚藩臬，也从未见过。

特制大轿进了拱辰门，因轿子过大，既进不了适志园，也抬不进县衙，便停在县衙照壁与首门之间，差重兵把守。张居正一下轿，来不及

大明首相

第四部

贞介绝尘

休息，就在巡抚等簇拥下徒步往适志园而来。走了几步，抬头见两座牌坊，赫然立于大街之上，他驻足观看，但见一座是隆庆六年六月河南巡抚梁梦龙所立，上书"柱国元辅"四字；一座是万历四年河南巡抚、巡按御史所立，上书"庙堂砥柱"四字，都是为高拱而立。张居正一笑："喔，玄翁在乡梓，甚有声望嘛！"

众人猜不透张居正的心思，俱不敢出言，默然跟在他身后往适志园疾步而行。

适志园里早已打扫干净，闲杂人等俱已回避，显得格外寂静。高拱自万历元年被诬刺驾，备受打击，身体一蹶不振，几年来近乎缠绵病榻，早已无有当年的健朗。闻听张居正就要到了，策杖出了澄心洞，欲到首门迎候，房尧第劝阻道："江陵相今之探视玄翁，用意不可知，玄翁当卧病，以解其疑。"说着，搀扶高拱回澄心洞卧床静候。

"玄翁——中玄兄——"门外传来了张居正的呼唤声。

房尧第出门一看，张居正已屏退左右，只带两名亲随，疾步进来了，忙迎上前去施礼："元翁，玄翁病笃不能亲迎，命学生迎迓。"

"喔？玄翁病了？快，快带我去见玄翁！"张居正急切地说。

进得澄心洞，一眼望见高拱躺在病榻上，张居正快步上前，躬身施礼，旋即拉住高拱的手："玄翁——"哽咽着说不出话来。

"叔大！"高拱叫了一声，泪水簌簌而下。

房尧第搬来一把椅子，扶张居正坐于病榻前，张居正落座，拉住高拱的手不肯松开："相别六载，做梦总是梦见你啊，中玄兄！"说着抬手指了指自己的鬓发，"玄翁看，居正鬓发俱白，老矣！"

高拱挣扎着要坐起，房尧第忙上前将他托住，张居正动手把枕头竖在他身后，高拱倚上去，手颤抖着，泪水还在簌簌流淌。张居正拿起床头摆着的手巾为他擦拭，关切道："玄翁一向健朗，何以虚弱如此？"

房尧第回应道："禀元翁，自被诬主使刺驾，玄翁忧惧愁苦，遂成痼疾。"

张居正略显尴尬，正要说什么，高拱突然捶被哭道："叔大，往者几死冯保手，虽赖叔大相救而存，而冯保意尚未已，奈何？"

张居正忙拉住高拱的手："玄翁，有居正在，勿忧！"

房尧第为张居正斟上茶，高拱摆摆手，示意他退出，张居正见状，也吩咐亲随退出，屋内只剩高拱、张居正两个人了。高拱低声问："叔大，我归乡六载，尚不知到底因何罪被逐。"

张居正脸一红道："玄翁，居正原以为乃肇于要求权归内阁的陈五事疏；后来方知，实乃起于迎周王入京之议。"

"这……"高拱愣住了。

张居正道："主少国疑，慈圣娘娘本已惊恐不安，闻此必是大惧，小人借机煽惑，遂有逐玄翁之旨出矣！"

"徐老害我！"高拱长叹一声，"万万没有料到，徐老如此歹毒！"

"玄翁，都已过去，珍摄为务！"张居正劝道。

高拱沉默良久，又问："听说老俺还活着？北边这几年还安静吧？"

张居正突然一脸怒气："玄翁，去年秋，礼科给事中彭应时、工科都给事中刘铉，交章论劾兵部尚书王崇古，对当年封贡互市一事至今不依不饶！"他感叹一声，"回头想想，当年不是玄翁，这件事办不成！"他突然又如释重负般，"老俺连年款贡弥恭，边围宁谧。可惜的是，把汉那吉坠马而亡。"

"要笼络忠顺夫人，老俺死了，和平不能死！"高拱嘱咐道。

张居正不语。他不愿听高拱对国政指手画脚的话，默然良久，一笑道："玄翁，赵内江去春捐馆了。"

"喔？我算算，"高拱掰着指头，口中喃喃，"赵内江年过古稀，算是高寿了。"

"嗯，除了赵内江，致仕阁臣都还在世。"张居正道。

高拱又掰着指头在掐算，嘴里念叨着："徐老七十六了；李兴化、陈南充、郭安阳都六十八了；殷历下小些，快六十了。我也六十七了，都是快死的人了。"他突然仰脸盯着张居正，问，"叔大，我隐隐约约听说，《嘉靖遗诏》是徐老召你密草的，不会吧？"

张居正愣了一下："呵呵，玄翁相信吗？必是徐老门客见玄翁对《嘉靖遗诏》耿耿于怀，故意散播的，意在离间。"

高拱点头道："我说嘞，我那么抨击《嘉靖遗诏》，你从未出一语；给我写的六十寿序里，你还提及此事，以我的做法为然。叔大再深沉，也不至于藏得如此之深吧?"

"玄翁知我。"张居正笑道。他不想谈及关涉过往恩怨纠葛的话题,掀了掀已然花白的长须,"过得快啊玄翁,居正都五十四啦!"他慨叹道。

"海瑞也奔七了吧?"高拱突然问。

张居正脸颊上的肌肉跳了几跳,神情有些诡异。他纳曾省吾的建言差巡按广东御史到琼州查访海瑞,不意御史到了琼州,在离海瑞居所不到一里地时突然暴卒。张居正闻报胆战心惊,从此不愿再听到海瑞的名字。高拱不知内情,劝道:"海瑞名望高,弃之不用,终归说不过去,后世对你会有非议,想替你辩护的人恐也找不到借口。"说着,急促地喘息起来。

"玄翁,不可激动。"张居正欠身,伸手在高拱胸口轻轻捋了几捋。

高拱神色黯然:"叔大,我活不到六十八了。人之将死,有句话说给叔大。我对叔大,非无怨望,但我观这些年,叔大也不易。闻得目今百官凛凛,各率其职,纪纲就理,朝廷肃然,也难得!终归你追随我多年,既有报国之志,又有干济之才,你当国也是我之所愿。不过,开海禁通海运之事,还是要小,不然后世不会谅解;我还听说时下收税下硬指标,不妥!国库充盈不如百姓富足;还有,听说死刑犯也下了硬指标,这不合适。"一口气说了这么多,高拱累得满头大汗。

"玄翁襟怀坦荡,总会宽恕居正之罪。"张居正起身一揖,"居正牢记玄翁教诲,欲破世人悠悠之习,而措天下于至治。幸遭时遇主,起衰振隳,守祖宗法度,致力于成君德,抑近幸,严考成,综名实,清邮传,核地亩,皇上亦悉心听纳,目今正赋不亏,府库充盈,总算没有辜负玄翁期许。"说着,他突然垂首拉住高拱的手,哽咽道,"可是,居正开罪了太多的人,因皇上夺情一事,朝廷缙绅公然上本,骂居正为禽兽矣!"

高拱安慰道:"叔大,当天下之大任,富贵不能淫;处天下之大事,祸福不能动。如无不可,则可以退,可以死,可以天下非之而不顾。又如其不遇于时,则便人不知,亦嚣嚣,独善其身,遁世不见知而不悔,盖无所往而不宜也。如此,方可称豪杰!"

张居正点头:"知我罪我,惟玄翁一人。哓哓之议,居正当置之度外,愿以深心奉尘刹,不予自身求利益!"

高拱又道："必须识得玉汝于成之理，而坚强以持之，随事省悟，知益精而仁益熟，便是过得此关。若不能过得此关，使一旦得志，便骄淫以逞；不然，便穷愁而无以自存，不可以为人矣，况当大任乎？"

张居正一笑："以此看来，这些年玄翁并未怨尤，必增不少学问有以教居正。"

高拱露出自豪的神情："昔读经典，多有不敢苟同者，因做官不便分心，莫能笔之书。归田之暇，乃埋头著述，以偿夙志。要在破腐儒拘挛之说，以明君子之道。概而言之，目今天下之势，莫说孔孟程朱，即使与太祖开国之初，早已大异其趣，必得与时俱迁，以新视野来阐释经典。"

"喔？可谓失之东隅收之桑榆啊！"张居正笑道，"居正以为，国朝二百年，阁臣宰辅以百计，若说学问之精深、见解之独到，非玄翁莫属。世人只知玄翁乃治国安邦之干才，尚不识玄翁为思想大家。是以玄翁的宏著，当上紧刻刊。居正知玄翁家贫，恐难以付梓，当嘱抚按助玄翁刻刊。"

高拱警觉地摇头道："祖上留些薄田，而我除了粗茶淡饭，别无花销，刻刊著述，尚可支撑，不劳叔大费心了。"

不知不觉，已近一个时辰，张居正道："玄翁，居正出京，皇上命所有公牍，仍要送居正审批，是以一路上也无喘息之机；况玄翁年事已高，也不宜久谈，今日就到这里吧。"

高拱不便再留，但还有一句话一直未及开口问，见张居正要起身，遂支吾道："这个……这个，叔大啊，我听说邵大侠，被人灭门了？"

"喔，万历元年，居正指示江南巡抚张佳胤干的。"张居正直言不讳，凛然道，"江湖中人，不可介入公门之事。"他旋即一笑，拍着高拱的手道，"闻得邵某人口无遮拦，说甚隆庆三年底玄翁复出，乃是他交通太监陈洪促成，对玄翁声誉有损。"

"我听说……"高拱越发支吾起来，"他、他有一义女，最后怎么样了？"

"是有一个义女，可多方查访，不知其下落，闻得早已遁入空门。"张居正道，一蹙眉，"怎么，玄翁识得？"

大明首相
第四部
贞介绝尘

高拱没有回答，知珊娘未被残害，也就放心了。张居正刚走出澄心洞，高拱就哆哆嗦嗦向枕下摸了摸，珊瑚串珠还在，他紧紧攥在手里，似乎怕被人抢去。

3

张居正刚离开新郑不几日，李贽突然到访。

当年，李贽在礼部司务任上，颇受高拱赏识，虽是举人出身，却不断拔擢，自是对高拱心存感激。此番他要到云南赴任，特意来探望高拱。得知李贽升云南姚安知府，高拱不禁摇头："卓吾，当年我掌铨政，一改只重进士之弊，文选司也曾报单，要升你知县，被我停格，次第升你做国子监博士、礼部主事，窃以为卓吾不宜主政地方。你此番去，非好事。"

李贽道："玄翁的性子，还是一如既往率直。学生亦如此，这么多年还是改不了。"他嘲讽地一笑，"玄翁，官场容不得率直的人。"

高拱黯然道："我当国为时甚短，未能彻底扭转士风，心有愧焉！"

"玄翁持正，暗于事几。"李贽直言不讳道，他仰脸感叹道，"一个国家，如果总是公正廉直者出局，则这个国家的衰败，就是命中注定的了！"说罢，眼圈一红，泪水涌了出来。

高拱见李贽流泪，感慨道："卓吾，当年不少人在我面前说你偏激，我不以为然。那些整日声色犬马之辈，倒是不说怪话，可他们口称忠、爱，实则心中只有自身；唯有忧国忧民之士，见弊端而忧、而怒，不忍缄默。这方是真正的忠君爱国之士啊！"

房尧第担心高拱的身体，走过来附耳向李贽交代了几句，李贽只得告辞。

又过了二十多天，奉高拱之命前去参加张居正之父葬礼的侄子高务观从湖广回来了，一进适志园，就唤道："三伯，三伯——"见无人回应，高务观急忙进了澄心洞。

高拱躺在病榻上，像是在昏睡。

房尧第正在书房翻检书籍，高拱这几年新著的《春秋正旨》《问辨录》《本语》及整理的从前著作《日进直讲》等都刻刊了，房尧第想让高拱签名，留给他做纪念，抱着几本书刚下楼，正看见高务观进来，黯然道："侄少爷，玄翁恐是受张太岳来访的刺激，真的病重了。"

"喔呀！"高务观忙走到病榻前，低声唤道，"三伯，侄儿回来了。"

高拱吃力地睁开眼睛，张了张嘴，没有出声。高务观从怀中掏出一封书函："三伯，这是江陵相让侄儿带回的。"说着，展开来，举在高拱面前：

相违六载，祗于梦中相见，比得良晤，已复又若梦中也。别后归奔，于初四日抵舍。重辱遣莫，深荷至情，存殁衔感，言不能喻。使旋，草草附谢。苦惊悯切，不悉欲言，还朝再图一披对也。

"叔大还要来？"高拱突然发出了声音，"也好，我正好还有两句话要对他说。"

"玄翁，若不是江陵相来，你老人家受刺激，哪里会病成这样？"房尧第道，"还是回绝了好。"

高拱摇头。

高务观一脸惊奇道："三伯，我在江陵遇到一个南直隶太仓州的人，说是王世贞所遣。听说这王世贞被江陵相玩于股掌，对他恨之入骨，咋还差人去吊唁？对了，他还给江陵相家的祠堂写了一篇《德庆祠堂记》，全是吹捧江陵相的，人看了，都私下撇嘴哩！"

"江陵相手腕儿了得啊！"房尧第感叹一声，拉过高务观，走到院中，叫着他的字道，"子象，听说江陵相此番出行，藩臬两台跪接，藩王出城相迎，真是这样吗？"

"都这么说。"高务观道，"藩王宴请，都是请江陵相居首座。"

"啊？"房尧第大惊，"这不是皇上出巡的规制吗？江陵相越分如此，危矣！"

"目今天下，都在江陵相掌握中，部院大臣见了他如同耗子见了猫，他怕啥？听说连皇上也惧江陵相三分嘞！"高务观慨叹道，"三伯适才说有话要对江陵相说，千万别说出什么逆耳之言，忤了江陵相啊！"

"不会。"房尧第自信地说，"玄翁胸襟开阔，非常人可比。他又甚重情，对先帝、对江陵相，凡事俱把一个情字摆在首位，不然，他也不会落此下场。"

高务观拉着房尧第走到院子东南角的一个亭子里，在石凳上坐下，低声道："听说无论是官场还是读书人，对江陵相俱甚厌恶，可又不得不承认，他勤于国政，国库充盈，海内晏安，他当国这六七年，委实是国朝少有的强盛时期。"

"还不都是玄翁打下的底子！"房尧第一撇嘴道，"其一，若不是玄翁独主与北房封贡互市，达成和平，以边贸取代战争；又用张学颜抚辽东，殷正茂督两广，捷报频传，打下底子，哪里会有海内晏安之势？又哪会有国库充盈之局？其二，江陵相当国，还是靠张四维、王崇古、殷正茂、张学颜、潘季驯、吴兑、梁梦龙、张佳胤、申时行、马自强这些人帮衬，历数朝廷栋梁，几乎都是当年玄翁赏识拔擢的。若说江陵相有甚高明的话，就是手腕儿了得，无论是正赋还是历年积欠，必照数强征，不的，就摘州县长的乌纱帽，国库能不充盈吗？骚动海内，鸡飞狗跳，不恤民生，不恤公议，焉能持久？我看，他已处危地矣！"

"这么说，江陵相与三伯当国施政，还是有异同？"高务观又问。

"张四维与玄翁和江陵相皆有交情，他投玄翁书中多次讲过，玄翁与江陵相格局、识见、作用不同，可谓灼见！"房尧第解释道，"江陵相学的是太祖高皇帝，崇尚俭与严，孜孜于充盈国库而已；可玄翁认为，目今与太祖时代大不同，当与时俱迁，据实定策。比如，江陵相严海禁、弃海运，玄翁扼腕叹息！兵部建梯队储才、刑官久任、重用理财官等等，都给改回去了，更不要说玄翁欲做未来得及做的改制，如州县长选任、阁臣选任及为宗室立一代章程之事了。若玄翁当国十年，大明的局面，必为之一新！江陵相虽说有本事充盈国库，可他的手腕，别人学不来，他那套法子，不可持续，一旦他去国，我担心局面不可收拾。"说着，他仰天一叹，"仅此，二人之高下立判矣！"似乎怕有人与他争辩，又快言快语道，"再说，玄翁守贫，律己甚严；江陵相则反之，他的那些事，国中传遍了。就说这回他坐的那顶轿子，要是玄翁看见了，不知该怎么想呢！"

"子象，子象——"屋里传来高拱的呼唤声，高务观急忙跑过去。

"你给算算日子，叔大何日可到？"高拱问。

"三伯，你老人家安心养病吧，何必这么着急。"高务观一笑道。

"我、我怕等不到了。"高拱戚然道，说着，两行泪水淌了出米。高务观忙拿过手巾上前为他擦拭，边嗔怪道，"三伯，你老人家不要多想，在朝时辛劳不说，罢官回来也没闲着，著书立说，时下就安心养病吧！"

此后的几天里，高拱见人就问："叔大何时到？"起初，房尧第或高务观还回应他，看他天天都是念叨这句话，慢慢地，也就支吾一声而已。

"叔大何时来？"这句话，成了高拱的自言自语。

1

万历六年六月初三，天气酷热，辰时刚过，张居正独自一人进了澄心洞。他是从江陵返京途中，刻意再谒高拱的。

高拱早已命家人将他托着，半倚在叠起的被褥上，听到张居正的脚步声，就急不可耐地哭着道："叔大，你可来了！"

张居正走上前去一看，高拱眼窝深陷，两颊也塌陷下去了，面色枯黄，奄奄一息，不觉鼻子一酸，唤了声："玄翁——"便抽泣起来。

"叔大——"高拱泪水涟涟，伸出手，张居正忙紧紧抓住，"玄翁——"他又唤了一声，泪水簌簌地滴到两人攥在一起的手上。

两人哭了一会儿，高拱重重地喘息着，以低沉的声音道："叔大，我有两句话说给你听。"吐字已含含混混，甚不清晰。

张居正不落座，弓着身子站在病榻前，将头伸到高拱面前，细细辨听，大抵明白其意，道："玄翁请讲。"

"我快死了，要去见先皇。"高拱喘着粗气，歇了歇，"有两件事，要托付给叔大。"

"玄翁不必悲观。"张居正安慰道，"不过玄翁有话，说出来也是好的，居正当不负所托。"

"我无子嗣，要务观承嗣，此事，托叔大主持。"高拱道。

张居正点头。

"我、我扪心自问，无负国家，"高拱又哭了起来，晃了晃张居正的手，"我死后，请叔大替我、替我请、请恤典……"似乎用尽了全部的气力，他再也说不出话来了。

张居正低头沉吟，良久无语。

高拱只是流泪，哭声也发不出来了。张居正见状，不敢再打扰，晃了晃高拱的手："玄翁珍摄！古语云，高位不可久窃，大权不可久居。居正回朝后，把诸事交代停当，也要告老还乡，届时与玄翁从容话以往。"说着，俯下身去，抱住高拱大哭起来。

房尧第上前拉住张居正道："相公请起，玄翁虚弱，让他老人家歇息一会儿吧。"

张居正止住哭声，缓缓起身，站在病榻前，深深一揖："玄翁，就此别过！"言毕，含泪快步出了澄心洞。

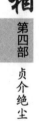

高拱说不出来，手伸在半空，像是要抓住张居正，舍不得放他走；又像是挥手与他告别。望着张居正的背影，高拱泪眼模糊，只看见一个黑影晃动了几下，消失不见了。

张居正叫上高务观和房尧第，随他进了县衙，房尧第将早已备好的文契拿出来，张居正在高务观过继给高拱的文契上签字，虑及高拱已然病重，不便再让他签字，张居正也代签了。就此办理了高务观过继的手续。

辞别张居正，高务观、房尧第急忙回到澄心洞，见高拱滑下了枕被，已失去了知觉。高务观忙请来郎中诊治，折腾了大半个时辰，才慢慢苏醒过来。

病榻上的高拱，恍恍惚惚中已没有白天黑夜的区别，有时一整天都在昏睡；有时深夜里却睁着眼睛，嘴里发出"呜里哇啦"的声响。

这天用过早饭，高务观拿着一封书函来到高拱的病榻前，俯身轻声道："爹，叔大相差人送药来，还有一书。"言毕，展读道：

玄翁兄台阁下：比过仙里，两奉晤言，殊慰夙昔，但积怀未能尽吐耳。承教二事，谨俱祗领。翁第专精神、厚自持，身外之事，不足萦怀抱也。初抵京，酬应匆匆，未悉鄙悰，统容专致。

高拱的嘴已喔塌在一起，他吃力地张开，说了一句什么。高务观仔细辨听，似乎明白了，趴在他耳边道："今儿个是七月初二。"

高拱的精神似乎见好，他用尚听使唤的右手抓起旁侧几案上的笔，颤颤巍巍在一张纸上写了几个字：去宝谟楼。

高务观看罢，吩咐高福、高德，在座椅上横竖各绑两根木杠，把高拱抱上去，又叫来房尧第，四人抬着来到坐落于适志园北端的宝谟楼。

宝谟楼乃先皇允高拱所请赐建，是一座以青砖砌造的二层楼，屋顶歇山，绿色琉璃瓦覆盖，四边呈下重貌的穿窿拱形，面阔三间，正面辟一门，木门两扇，门坊上题着"钦赐楼堂"四字。

天气闷热，低垂的乌云遮蔽了日头，没有一丝风，宝谟楼前的几棵槐树似乎已昏昏睡去。

座椅落地，高拱抬眼望去，工部奉先皇之命制作的匾额悬挂在二层的门额上，上书"宝谟"二字，是先皇御笔。他唤了声："先皇！"又向楼内指了指，含含混混说了一句，高务观细细辨听，又一再核对，方知是要拿来先皇最后一次所赐诰命观看。祖孙三代所得诰命、敕书都已恭放在鉴忠堂内，高务观进去捧出一道诰命放在高拱怀里。高拱扬了扬右手，示意众人离开，他独自一人坐在楼前，低头看一眼诰命，抬头望一眼先皇御笔所书"宝谟"二字，这样反复看着、望着，约莫半个时辰，忽听他念出声来，似乎是"盖有不世之略，乃可建不世之勋；然必非常之人，斯克济非常之事"这一段。

突然，一阵旋风就地陡起，"呼"的一声把诰命卷起，飘飘忽忽在半空翻滚着，高拱一惊，伸出右手无助地乱抓了几下，大叫一声："裕王——"便栽落椅下……

"爹，爹！"

"玄翁！玄翁——"

"老爷！老爷——"

高务观、房尧第、高福、高德哭喊着跑了过去，高拱已没有了呼吸。

后事早已预备下了，一番忙碌，打理停当，一边向朝廷呈报讣闻，一边差高福进京，携高拱之弟、在籍调理的后军都督府经历高才的书函，谒见张居正，恳请他为高拱请恤典。

高拱辞世，不出张居正的预料。但闻噩耗还是一阵悲怆，流泪给高才回书：

三十年生死之交，一旦遂成永诀，刺心裂肝，痛何可言！犹幸比者天假其便，再奉晤言，使孤契阔之怀得以少布，而令兄翁亦遂长逝而无憾也。今嗣继既定，吾契且忍痛抑哀，料理家事。至于恤典诸事，须稍从容，俟孤于内廷多方调处，俾上意解释，孤乃具疏以请。旦夕有便，当告之贵省抚按，托其具奏报也。后有陈，乞令盛使高第来。

写毕，即交游七转给高福，带回复命。

2

远在松江的徐阶，不出一个月就接到了京城飞报。他坐上一艘小船急赴太仓。想到海瑞、蔡国熙连番折腾，多年来辛辛苦苦所占十多万亩官田被充官；又想到他和三个儿子所受的惊吓、屈辱，如今小他九岁的高拱先他而去，徐阶苍老的脸上抑制不住笑开了花。

小船在浏河码头徐徐靠岸，近乎佝偻成一团的徐阶手持拐杖，在侍从簇拥下噔噔前行。

"存翁——"如日中天的文坛盟主王世贞迎上前去，躬身施礼。

"元美！"七十六岁的徐阶精神矍铄，兴奋地说，"高新郑捐馆矣！"

"喔？"王世贞露出喜色，"高新郑亡故了？喔呀，这是个好消息，存翁终于可以安枕了！"他一指停在前面的轿子，"存翁，快请上轿，到园中痛饮！"

到得弇山园，王世贞引徐阶进了密室，几个衣着鲜丽、容颜秀美的丫鬟端来几碟小菜，置于一张精美的方桌上，两人对面坐下，先饮了几口茶，丫鬟斟上酒，两人举盏相碰，各自一饮而尽。

"晓得高新郑因何而死吗？"徐阶一抹嘴问，又自答，"乃失贿致死！"

"啊？"王世贞一惊，正夹菜的筷子"啪啦"一声散落桌上。

"江陵归乡葬父，新郑便密遣门客尧第入京，贿慈圣太后父武清侯谋代之。"徐阶诡秘道，"武清侯纳新郑贿，进言慈圣，不得间。江陵既归，知其事，诮让良苦。新郑既失贿，而知其泄，忧懑发疾死！"

"竟有此事？"王世贞瞪大眼睛，将信将疑。

徐阶一笑："呵呵，元美，你的《首辅传》，高新郑一篇，可以完篇了。"

"幸其早败，也幸其先死！"王世贞得意地说，"他高新郑在后世心目中是何等人，就由世贞小子来勾画啦！"

徐阶自饮一盏，道："不过还没完，新郑托江陵为他请恤典嘞！"

"高新郑这是想要为他平反啊！"王世贞说着，也自饮一盏，伸过脑袋问徐阶，"存翁看，江陵相会给他恤典吗？"

徐阶一笑："以元美对江陵之所知，会吗？"

王世贞摇头："江陵相其人深不可测，世贞不敢断言。"

"新郑至死，两人都维系着旧情。故，江陵必是高调为新郑请恤典。"徐阶道，"然则，最终，不会给他恤典。"

"这是为何？"王世贞一脸狐疑地问。

"道理很简单，"徐阶一将疏朗的胡须，笑吟吟道，"江陵一直说他未与逐新郑之谋，不给新郑恤典，即说明皇上、太后迄今对新郑不能谅解；以此可证，当年逐新郑，果出自皇上、太后本意。新郑临终面托江陵此事，何尝不是窥破此玄机？不的，以新郑的性格，他断断不会向江陵开这个口的。"

"可是，谁都知道，目今江陵相以摄政自居，皇权在握，他不怕外人责他寡恩薄情？"王世贞又问。

"呵呵，江陵自可将此事推给冯保。"徐阶道。

王世贞诡秘地眨眨眼道："有传闻江陵相与慈圣……"

徐阶忙打断王世贞："嘘——元美，说不得的。"

"终归江陵相其人，城府深不可测，而权谋亘古无二！这些年世贞屡被其籝美，玩于股掌，"王世贞恨恨然道，"世贞方今始悟！"

徐阶又自饮一盏，劝道："人无完人嘛！江陵费尽心机与内里周旋，致力于拨乱反正，委实不易，元美当体谅。"

"我赞其相业，而薄其为人！"王世贞梗着脖子道。

徐阶举起酒盏在面前晃了晃道："元美，《首辅传》里，关涉老夫、新郑、江陵，不可夹杂个人恩怨于其间哟！"

王世贞举盏接应："为取信后世，世贞必一秉史家之德。待此番高新郑请恤之事有了结果，高新郑一篇即可杀青。"

"拭目以待！"徐阶笑着说。

此时，京城里，张居正也为高拱恤典一事犯愁。他已等了一个月了，既不见高府差人，又未见请恤典的奏本，不禁摇头："无嫡亲子孙，终归无人尽心办事。"倒是他的同年又是高拱亲家、闲住在家的前刑部侍郎曹金差人携重礼来谒，请求张居正替高拱请恤，张居正复函：

玄老长逝，可甚悼痛。前过新郑，再奉晤言。比时病甚，与不可了，但相与痛哭耳。追惟平昔，期许萧、曹、丙、魏，今一旦遂成永诀，每一念之，涕泗盈襟。恤典一节，前已心许，今虽启齿大难，然不敢背，已为之调解于内，俟渠夫人有疏，当为面奏代恳也。厚惠概不敢当，谨璧诸使者。

又等了几天，还不见新郑来人，张居正坐不住了，唤来幼弟张居易，嘱咐道："你在京城盘桓已数月，该回了，顺道到新郑去，代我祭奠玄翁。"

张居易带上祭礼并张居正给高才的书函，次日南下。

高拱的灵堂就设在澄心洞里。张居易在房尧第的陪伴下到了高拱灵前献上张居正的祭品，哭祭一番。随后，将书函交给高才，高才一看，上写着：

薄奠，敬烦从者布之灵几，表生刍之意耳。前闻讣后，竟不见使至。比已调解于内，似有可挽之机。须令嫂夫人自上一疏乞恩，孤当为面奏陈请也。

接阅此函，高才忙赶到开封拜见曹金，二人花了两天工夫，为高拱夫人张氏草成一疏，差房尧第进京面呈张居正代奏。房尧第照曹金所嘱，先将高拱家里最值钱，也是最喜爱的一件玉器呈给张居正。

"这是做甚?"张居正连连摆手，"使不得，使不得!"

"高夫人让学生禀报相公，先相公一生清廉，所爱惟此器物，无子孙可遗留，谨以此献给相公，望见此物如见先相公。"房尧第哭着道。

张居正听罢，颇是酸楚，只得收下。他展开张氏的奏本一看，洋洋洒洒千言，俱是言高拱功绩的，不禁皱眉道："若奏本只为玄翁评功摆好，岂不是变相指责皇上当年罢黜玄翁是功过是非不分? 况冯保对玄翁恨之入骨，这等奏本到他手里，必激其怒火，不如换掉，只写些乞恩的话就是了。"

房尧第遂照张居正的吩咐，另写一本呈上。张居正看罢，点头认可，把奏稿置于书案，抬头盯着房尧第道："崇楼为玄翁谋，吾早知之; 今玄翁已逝，崇楼可从吾游乎?"

"多谢相公抬举!"房尧第起身一揖道，"老仆事玄翁久，玄翁甫下世即改换门庭，仆不忍为也。老仆死，何面目见玄翁地下? 且老仆背玄翁而从元翁，元翁看得起这样的人吗?"

"义士!"张居正由衷地赞叹道，"真乃高义之士啊!"

房尧第又一揖，凛然道："玄翁才是举世无双的高义之士，老仆方死心塌地侍候他，将来到了九泉，也还要去见玄翁、追随玄翁!"

张居正默然。

过了一天，司礼监文书官田义来到内阁，口传圣旨："高拱不忠，欺侮朕躬，今已死了，他妻还来乞恩典，不准他。钦此!"

张居正一笑，旋即做沉痛状，吩咐张四维道："子维，内阁上公本，为玄翁再请!"

张四维暗忖: 此公该不会又是当年一边逐玄翁，一边上本乞留玄翁，再暗地拟旨"不可党护负国"那一套吧? 但既然是张居正吩咐，他不敢不遵，斟酌再三，写成一本，张居正反复斟酌删改，旋即上奏:

当日，张居正吩咐申时行拟旨:

高拱负先帝委托，藐朕冲年，罪在不宥。但以先帝潜邸讲读，朕推念旧恩，始准复原职，给与祭葬。

据此，礼部上奏：高拱准复原职，拨茔地一区，四十三亩。命工部给银二百五十两，遣本省布政司堂上官致祭。张居正拟旨"如该部以"，内里批红，刊于邸报。张居正忙给高才修书：

玄翁恤典，甚费心力，仅乃得之。然赠谥尚未敢渎请，俟再图之。过此一番应得之例，则后来续请，根基定于此矣！

高才接函，又与高务观商，遣使入京参谒张居正，请他为高拱创传记、撰墓铭、写行状，并依例预付润笔费并谢礼。张居正收下润笔费，礼物退还，并以侍妾名义带给高拱夫人张氏礼物一份，复函高才云：

仆与玄老交深，平生行履，知之甚真，固愿为之创传，以垂来世。墓铭一事，虽微委命，亦所不辞，仅操笔以俟。行状，当属之曹傅川可也。请文佳惠，祗领。余不敢当，辄付使归璧。外荆室有薄物，奉令嫂夫人，幸为转致。

高才接函，又遣使携谢礼来谢，张居正收下礼物，另以他的名义备礼一份，复函云：

古语云："死者复生，生者不愧。"比者，但求不愧于此心耳，非欲布德于高家也。猥辱遣谢，深以为愧。薄具致尊嫂夫人，幸为转纳。

此时，曹金也照张居正所嘱为高拱撰写了行状，投书送阅，张居正删改了一通，致函曹金：

玄老行状，事核词工，足垂不朽。不谷不过诠次其语，附以铭词耳。

函已发出，张居正又觉言不尽意，遂再修一书：

不谷与玄老为生死交，所以疏附后先，虽子弟父兄，未能过也。巨奈中遭险人交构其间，使之致疑于我，又波及于丈。悠悠之谈，诚难户晓，惟借重一出，则群喙自息。况此乃区区推毂素心，敬闻命矣。

已是万历七年正月了，张居正得知工部所发丧葬费，河南布政使司并未及时发到高府，高拱停灵逾半载仍未下葬，遂致函河南巡抚云：

故相中玄公今尚未葬。闻恩恤葬价，有司未能时给，此仁人之所隐也。不揣涸冒，敢徽惠于下执事，惟公哀怜之。

河南巡抚接阅张居正书函，即发工部所拨丧葬费二百五十两，高府于初春安葬高拱于县城西北郑韩古城墙南侧。

此时，恰好王世贞去拜谒徐阶："存翁，你老人家竟未猜中，既不能说给了高新郑恤典，又不能说没有给。却原来，江陵相是拿请恤典事为自己洗刷污点嘞！"他揶揄了一句，"人言存翁多智善谋，可比起江陵相来，到底还是有差距，足见江陵相早已胜于蓝矣！"

"老夫，常人也！"徐阶道，"而江陵的手腕儿非常人可比！"言毕，与王世贞相顾唏嘘不已。

3

万历十年七月初二，是高拱辞世四周年祭日。这一天，高务观率子孙上坟祭奠。烧纸间，纸灰一明一暗，久久不能熄灭；好不容易熄灭了，又"嗖嗖"地升腾、盘旋，一家人胆战心惊。高务观满腹狐疑回到家里，在永新驿做伙夫的邻居给他带来一个惊人的消息，十二天前，即六月二十日，张居正在京城宅邸病故了。

高务观道："难怪适才有那些怪异情形。"说着，急忙返回高拱墓前，又烧了几张纸，喃喃道："爹，江陵张相公辞世了，活了五十八岁。"

家在洧川的范守已是万历二年进士，正丁忧在籍，特来祭奠高拱，闻听张居正亡故，道："张居正一死，必遭清算，当上本为玄翁申冤昭雪。"遂以高拱夫人张氏的名义，拟好奏本，伺机上呈。

张居正辞世的消息传到太仓，王世贞高兴不已，立即启程前往松江拜谒徐阶。徐阶半倚在病榻上，拿着刚刚接到的张居正为他八十寿诞所撰寿序，老泪纵横，哽咽不能言。

"存翁可知，隆庆二年存翁去国，实是江陵相在背后捣鬼！"王世贞为撰写《嘉靖以来内阁首辅传》，四处搜集朝廷内幕，为安慰徐阶，把他知道的这件事说了出来。

"老夫何尝不知。"徐阶叹口气，"所谓寿多则辱。江陵得罪了天下人，清算他是早晚的事，老夫岂不受连累？"

王世贞得知徐阶是为此事担忧，忙道："申时行为亚相，对存翁执弟子礼，又是苏州人，当上紧差人找申相联络，有他在朝廷坐镇，想来不会牵累存翁。"又道，"张四维乃高新郑亲信，务必请申相阻止他给高新郑昭雪。"

徐阶点头："元美所言极是。申相与元美甚厚，元美也差人一起进京如何？"

王世贞爽快地答应了。

果然不出所料，对张居正的清算，自万历十一年初开始了，先是冯保被发配南京，接着科道纷纷追论张居正，直至下旨抄家。阁揆张四维正要着手为高拱昭雪，接到乃父讣闻，急忙日夜兼程回蒲州奔丧守制。又过几个月，万历十二年八月，皇上发布诏书：

> 张居正诬蔑亲藩，侵夺王坟府第，钳制言官，蔽塞朕聪。私占废辽地亩，假以丈量，庶希骚动海内。专权乱政，罔上负恩，谋国不忠。本当断棺戮尸，念效劳有年，姑免尽法追论。伊属张居易、张嗣修、张顺、张书都永戍烟瘴地面，永远充军。你都察院还将张居正罪状榜示各省直地方知道。

各省、两直隶遵圣旨，到处张贴着大字誊黄，公布张居正的罪状。

高务观见状，方把早已预备好的奏本，差人送达京城。此时，张四维丁父忧回籍，申时行接任内阁首揆，通政司将高拱夫人张氏的奏本送内阁，申时行吩咐："朝廷好不容易消停了，不必再节外生枝！"

张氏盼着京城能传来好消息，盼了四年也没有等到，怀着万般遗憾故去。因她是诰命一品夫人，高务观上本，朝廷颁旨：准照例与祭一坛，开圹合葬。工部给银五十两，遣本省布政司堂上官致祭。

倏忽间，高拱去世已经二十四年了，万历年号使用已满三十年。这一年对朝廷来说，是难得的平静的一年。自万历十年张居正病逝，随之而来的是对他的清算，国朝的党争就此拉开大幕。硝烟甫散，接着又掀起了"国本之争"，近二十年，先后有四位阁揆因此事而被逼退。去岁，万历二十九年十月，"国本之争"终于以皇上的让步而告终，宫女所出的皇长子被册立为太子，转过年来，行太子成婚礼。朝廷终于出现难得的祥和之气。高务观遂乘机上本，为父请谥。

皇上年已不惑，接到高务观的奏本，陷入了对往事的回忆。这些年来，在与朝臣的对立较量中，他每每以失败收场，身心俱疲。想到皇考不上朝，不理政，却事事打理停当，国泰民安，百官拥戴；而他赌气不上朝，结果不惟遭到朝臣的冷嘲热讽甚或公开谩骂，国事也江河日下，想到这些，对高拱的认识，彻底转变了。他召来礼部尚书冯琦，让他看了奏本，问："此事当礼部题覆，卿意何谓？"

"高拱有过，也有功。"冯琦不敢贸然表态，含混道。

"不！高拱大有功于国家，大有功于朝廷！"皇上以坚定的语气道，"皇考对高拱眷倚非常，赞誉有加，朕今日方悟其故。"他感叹一声，"朕若得高拱这样的元辅，何至于此？"

冯琦明白了皇上召他的意图，遂题覆：

本官器本高明，才兼谋断。爰从讲幄，入赞机廷。以辅弼之任而握铨衡，则威权不免过重；自搏击之余而当枢要，则恩怨不免太明。然其人实有忧国家之心，兼负济天下之具。即如处安国亨之罪，不烦兵革而夷方自服，国体常尊，所省兵饷何止数十万。又如授那吉之降，薄示羁縻而大虏称臣，边氓安枕，所全生灵何止数百万。此皆力为区画，卓有主持。当其成败利钝之未形，不顾毁誉身家而独任。仓皇去国，寂寞盖棺，论者谓其意广而气高，间不符于中道，要之性刚而机浅，总不失为人臣。宜加易名之典，以劝任事之臣。其妻张氏宜与祭一坛合葬。

内阁拟旨，内里批红：

高拱虽屡被论黜，但在阁之日，担当受降，至今使北虏称臣，功不可泯，特允所请。

四月初六日，皇上颁谕为高拱平反昭雪，赠太师，谥文襄，赐诰命一道：

奉天承运，皇帝制曰：国家于辅弼之臣，每笃始终之谊。才品程之，功实定论，采之舆评。其有绩丕著于中朝，而报未孚于物望，则荣名峻秩，朕不敢爱焉。所以彰有劝示，无私也。故原任光禄大夫柱国少师兼太子太师吏部尚书中极殿大学士高拱，锐志匡时，宏才赞理。当鑾庭之再入，肩大任而不挠。位重多危，功高取忌。谋身近拙，实深许国之忠；遗俗似迂，雅抱殿邦之略。幕画得羌胡之要领，箸筹洞边塞之机宜。化椎结为冠裳，柔犬羊于怗服。利同魏绛，杜猾夏之深忧；策比仲淹，握御戎之胜算。在昔允资定力，于今尚想肤功。溯彼远猷，洵堪大受。眷兹巨美，宁问微疵。矧公论之久明，岂彝章之可斩。是用追赠尔为太师，谥文襄，锡之诰命。於戏！宠极师垣，冠百僚而首出；名垂衮字，耀千载以流辉。旧物既还，新恩赠渥。英灵未泯，永慰重泉。仍准后世嫡子嫡孙奉祀生员二名，春秋致祭。

皇上意犹未尽，又命礼部再赠高拱特进光禄大夫，颁制书一道。

奉天承运，皇帝制曰：朕崇鸿号于慈闱，覃庆泽于臣庶。凡为人子，嘉与尊亲。矧笃我世臣，推恩硕辅者乎！尔原任柱国光禄大夫少师兼太子太师吏部尚书中极殿大学士赠太师谥文襄高拱，博大精详，渊宏邃密，经纶伟业，社稷名臣。家学夙著乎箕裘，史才称良于衮钺。横经潜邸，历九载之师儒；秘策金縢，受两朝之顾命。既秉成于揆席，复驭柄于铨衡。慷慨有为，公忠任事。追殚内宁之略，益宏外御之勋。岭表滇南，氛净长蛇封豕；东夷西虏，烟消埃鹭庭乌。洵称纬武经文，不愧帝臣王佐。虽谗人之罔极，旋公道之孔昭。嘉乃肤功，已晋三公之秩；稽于定论，载蒙壹惠之褒。当兹庆洽寰区，岂靳恩施故旧。爰从子请，用需皇纶。是用追赠尔为特进光禄大夫。锡之诰命。於戏！世赏光延溥洪，麻于燕翼悃诚。披沥徽异，数于龙章。彤管流辉，玄扃增贲。

高务观接到诏旨、敕书，热泪盈眶。等到七月初二高拱二十四周年祭日，高氏族人齐集高拱墓前，鸣放鞭炮，宣读皇上诰命、敕书。读毕，高务观跪在墓前大喊一声："爹啊——你老人家可以瞑目了！"

"高阁老，好人啊！"身后传来一片喊声，高务观回头一看，十里八乡的百姓，黑压压的一片，望不到头，都向墓地涌来，边走边大声喊着，"好人啊，高阁老！"

一个打扮入时的男子突然闪身扑倒墓前，大哭一声："高阁老，你老人家生错了地方啊！"

高务观大惊，忙上前搀扶，惊问："壮士哪里人，何出此言！"

男子道："不瞒兄台说，在下乃邵大侠之子邵识途。当年张居正密令江南巡抚张佳胤对我邵家斩草除根，多亏姐夫挟褓褓中的在下翻墙逃出，留得一命。长大成人后，循先父足迹，游走海上，结识不少西洋人，方知佛朗机诸国，已日益强盛。在下听老辈人说，先父最仰慕者乃高阁老，又闻朝廷为高阁老昭雪，特来祭奠。"

"可壮士不该出言不逊。"高务观仍未释怀。

"在下将高阁老刻刊的大作熟读之。不禁大惊！"邵识途道，"高阁老治国要领乃更法以趋时，据实定策，力推开海禁、通海运、造海船、建水军，重商恤商，又欲推户部改制。兄台可知，西洋诸国日渐强盛，也正是这些套路而已！皇上昭雪高阁老，固然褒扬有加，百姓爱戴高阁老，固然仰诵不已，可高阁老真正的功勋，国人谁识之？是以在下感慨了一句。"

高务观似懂非懂，也就不再计较。

邵识途复跪地，三叩首，起身转向众人，大声道："众位可知，目今世界早已进入大航海时代矣，高阁老当国时，我大明面临着多重重大抉择：战争还是和平；锁国还是开放；抑末还是重商；姑息还是肃贪；激活旧制还是除旧布新。高阁老都坚定地选择了后者：面对战争还是和平的抉择，他选择以贸易取代战争；面对锁国还是开放的抉择，他选择解海禁、通海运；面对抑末还是重商的抉择，他选择重商恤商；面对姑息还是肃贪的抉择，他大喝一声贪婪无赦；面对激活旧制还是除旧布新的抉择，他致力于'立规模'，不断推出革新改制举措。不唯如此，谁不知道，大明官场贪墨、奢靡之风甚盛，高阁老却自律甚严，安于守贫，就连被称为清官的海瑞也赞高阁老是个安贫守清介的宰相。更加难能可贵的是，高阁老锐志匡时，肩大任而不挠的担当精神，贯穿于他施政的全过程。不计毁誉毅然决断，一举结束与北虏二百年战争状态；审时度势，决断解海禁、通海运；不怕得罪人，大力肃贪、改制，都是高阁老担当精神的写照。高阁老主政仅仅两年余，只争朝夕、励精图治，朝政焕然一新。先帝褒扬他精忠贯日，贞介绝尘，赤心报国，正色立朝。他委实是一位励精图治、不计毁誉、把握大势，力图为我国家开辟新出路、忠诚干净担当集于一身的当世豪杰！倘若高阁老执政久，断不会严海禁、弃海运；断不会毁书院，禁异端；又必锲而不舍恤商工、兴贸易；倘若再改户部之制，重用理财官，再改内阁大臣、州县长选任之制，持续行刑官、兵官久任之制，如此，势必为我大明开创出一新出路，哪里会像今日，似破旧大船陷进泥沼不能脱身！"他又仰天一叹，"高阁老，总有一天，国人终会识君，必目为千古第一名臣也！"

大明首相

第四部

贞介绝尘

附 记

高拱去世六十六年后，满洲入主中原，建立大清。又过了二十九年，乃康熙十二年，六部衙门接到一张禀帖，是前朝大学士张居正幼子允修之孙、荆州府生员张同奎呈进的，但见上写着：

> 温纶出自圣朝，先帝之洪恩广被；微功掩于仇口，故相之幽迹堪怜。乞布仁慈，削史诬、革戏嘲，以维直道，以作尽荩。

原来，早在前朝天启二年，户部左侍郎等合词为张居正请恤，经朝议，认为张居正辅政十载，功不可泯，准复原职，予祭葬，谥号酌改，房屋未变价者准给子孙奉祠居住。崇祯十三年，皇上又下旨复张居正子弟原官。但朝野仍视张居正为权奸。坊间流传的私家所著前朝史书，将张居正与严嵩并列奸臣传，称他"残害忠良，荼毒海内，乃奸人之雄，忘生背死之徒，包藏祸心，倾危同列，狗彘不食其余"！坊间广为流行的戏剧《朝阳凤》，把张居正刻画为大奸巨贪，极尽嘲讽挖苦之能事。荆州张家后人越发抬不起头来。张同奎一气之下，赴京上书，乞求大清朝廷削史诬、革戏嘲。

此时的礼部尚书是熟知前朝掌故的龚鼎孳。他是崇祯年间进士，授兵科给事中。李自成攻入北京后，他投降大顺军；清军入关后，再降多尔衮，被原职留用，目下颇得皇上赏识。他接到禀帖，差人答复张同奎，戏剧《朝阳凤》，朝廷必下旨严劈其戏板，永不许做；对于张居正的功过是非，朝廷正在修《明史》，届时定会有公正评价，又请张同奎将家中收藏的先祖史料呈于朝廷，以备修史之用。

　　修史诸臣得江陵张家所献史料，阅览一遍，感慨系之："世人对居正甚恶，可史家不能意气用事。神宗初年，居正独持国柄，后毁誉不一，迄无定评。要其振作有为之功，与威福自擅之罪，俱不能相掩。"遂以此基调修成张居正传。

　　与此同时，在长达近百年的修撰《明史》过程中，对高拱的评价遇到了前所未有的麻烦。高拱的著述里，充斥着"鞑虏建彝"这样的字眼，且其靖边之功最为昭著；但大清忌讳"虏"字，皇上甚至下令禁毁高拱关涉边务的著作。无奈之下，见王世贞《首辅传》里的"高拱传"，几无对高拱功绩的记载，也甚少关涉"鞑虏建彝"，索性将其改头换面照搬过来，搪塞了事。